LAS CHICAS MENTIROSAS

EVA BJÖRG ÆGISDÓTTIR

LAS CHICAS MENTIROSAS

ISLANDIA PROHIBIDA 2

TRADUCCIÓN DE
CHEREHISA VIERA

Primera edición: mayo de 2024
Título original: *Stelpur sem ljúga*

Diseño de cubierta: Kid-Ethic Design Studio
Imagen de cubierta: Dan.nikonov | Shutterstock
Corrección: Fernando Ballesteros, Sara Barquinero

Publicado por Principal de los Libros
C/ Roger de Flor, n.º 49, escalera B, entresuelo, despacho 10
08013, Barcelona
info@principaldeloslibros.com
www.principaldeloslibros.com

ISBN: 978-84-18216-83-1
THEMA: FFP
Depósito Legal: B 7210-2024
Preimpresión: Taller de los Libros
Impresión y encuadernación: Liberdúplex
Impreso en España — *Printed in Spain*

Para Gunni

El nacimiento

Las sábanas blancas me recuerdan al papel. Crujen cada vez que me muevo y hacen que me pique todo el cuerpo. No me gustan las sábanas blancas y no me gusta el papel. Algo en la textura, en la manera en la que el rígido material se pega a mi delicada piel, me hace estremecer. Por eso apenas he dormido desde que estoy aquí.

Mi piel tiene casi el mismo color que las sábanas y también, de forma irónica, que el papel. Es fina y blanca y se estira de una manera extraña cuando me muevo. Siento como si fuera a desgarrarse en cualquier momento. Las venas azuladas son claramente visibles. Sigo rascándome, aunque sé que no debería. Mis uñas dejan rastros rojos y tengo que obligarme a parar antes de que empiecen a sangrar. Si lo hicieran, solo atraería más miradas de soslayo de los doctores y las comadronas, y ya recibo bastantes.

Es evidente que piensan que me ocurre algo malo.

Me pregunto si entran sin avisar cuando visitan a las otras mujeres de mi ala. Lo dudo. Parece que estuvieran esperando a que hiciera algo mal. Me hacen preguntas indiscretas y examinan mi cuerpo, inspeccionan las cicatrices de mis muñecas e intercambian miradas serias. Critican mi peso y estoy demasiado cansada para explicarles que siempre he sido así. No me estoy matando de hambre; siempre he sido delgada y he tenido poco apetito. Puedo olvidarme de comer durante días y no me doy cuenta hasta que mi cuerpo tiembla de hambre. No lo hago de forma deliberada. Si existiera una pastilla que contuviera la dosis diaria recomendada de nutrientes y calorías, me la tomaría de un trago.

Pero no digo nada e intento ignorar la mirada penetrante del doctor y sus fosas nasales dilatadas mientras me observa. No creo que le caiga muy bien. No después de que me pillaran fumando en la habitación. Todos se comportaron como si le hubiera prendido fuego al maldito hospital, cuando lo único que había hecho era abrir la ventana y soplar el humo hacia la noche. No esperaba que alguien se diese cuenta, pero tres o cuatro de ellos se amontonaron y me gritaron que apagase el cigarrillo. A diferencia de mí, no podían verle el lado divertido. Ni siquiera sonrieron cuando tiré el cigarrillo por la ventana y levanté las manos como si me apuntaran con un arma. No pude evitar reírme.

Desde entonces no me han dejado a solas con el bebé. Me siento aliviada, la verdad, porque yo tampoco confiaría en mí. La traen y la ponen en mi pecho, y cuando se engancha a mi pezón y succiona, siento como si me apuñalaran con mil agujas. No veo nada de mí en la criatura que yace sobre mi pecho. Su nariz es demasiado grande para su cara y todavía tiene grumos de sangre seca en los mechones oscuros de su cabello. No es agradable de ver. Me estremezco cuando, sin previo aviso, deja de chupar y mira hacia arriba, directamente a mis ojos, como si me inspeccionara. «Así que esta es mi madre», imagino que piensa.

Nos miramos la una a la otra. Bajo sus pestañas oscuras, sus ojos son grises como la piedra. Las comadronas dicen que el color cambiará con el tiempo, pero espero que no sea así. El gris siempre me ha parecido precioso. Mis lágrimas amenazan con derramarse y giro la cara. Cuando vuelvo a bajar la mirada, el bebé sigue observándome.

—Lo siento —susurro—. Siento que te haya tocado como madre.

Domingo

—No tan rápido. —Elma aceleró el paso, pero Alexander ignoró a su tía y siguió corriendo. Su cabello rubio y un poco largo brillaba con el sol de diciembre.

—Intenta atraparme, Elma. —Se giró y la miró con ojos brillantes, solo para tropezar y caerse de cara.

—¡Alexander! —Elma corrió hasta él y vio que no se había hecho daño, salvo por unos arañazos en las palmas de las manos—. No pasa nada, estás bien. No te has hecho daño. Bueno, no mucho. —Lo alzó en brazos, le quitó la grava de las manos y le secó la lágrima que le rodaba por la mejilla enrojecida—. ¿Vamos a la playa a buscar conchas interesantes?

Alexander se sorbió la nariz y asintió.

—Y cangrejos.

—Sí, quizá también encontremos cangrejos.

Alexander se olvidó enseguida del accidente. Se negó a sujetar la mano de Elma y siguió avanzando.

—Ten cuidado —gritó tras él.

Cuando llegó a la arena negra, Elma vio que se detenía y se agachaba. Algo había llamado su atención.

Lo siguió sin prisa mientras respiraba el fuerte olor a sal de la costa. El sol brillaba intensamente a pesar del frío, y la fina capa de nieve que lo cubría todo cuando se despertó esa mañana había desaparecido. Las olas se balanceaban con suavidad bajo la brisa. La escena era tranquila. Elma se aflojó la bufanda y se acuclilló junto a Alexander.

—¿Puedo ver qué tienes ahí?

—La pata de un cangrejo. —Levantó una extremidad articulada, pequeña y roja.

—Guau —dijo Elma—. ¿Y si la metemos en la caja?

Alexander asintió y la dejó con cuidado en el recipiente que Elma le tendía, luego volvió a salir corriendo en busca de más tesoros.

Alexander acababa de celebrar su sexto cumpleaños y el mundo le parecía lleno de atractivos. Los viajes a la playa de Elínarhöfði eran importantes para él, puesto que había muchas cosas interesantes que encontrar ahí. A Elma también le gustaba ir a la playa cuando era niña. Solía llevarse una caja para las conchas y se quedaba completamente absorta mientras examinaba lo que la playa le ofrecía. Había algo muy relajante en los sonidos y olores de la costa, como si todos los problemas del mundo pasaran a un segundo plano.

Recordaba vagamente haber oído la leyenda de cómo Elínarhöfði había obtenido su nombre. Algo sobre Elín, cuyo hermano era el sacerdote y hechicero medieval Sæmundur el Sabio. También tenía una hermana, llamada Halla, que vivía al otro lado del fiordo. Cuando Elín quería hablar con Halla, se dirigía al cabo y agitaba un pañuelo para que lo viera su hermana, que se sentaba en Höllubjarg, o 'roca de Halla', al otro lado. Elma estaba pensando en compartir la historia con Alexander, pero en cuanto lo alcanzó, le sonó el móvil en el bolsillo.

—Elma… —Era Aðalheiður, a quien parecía faltarle el aliento.

—¿Va todo bien, mamá? —Elma subió a una gran roca al lado de su sobrino.

—Sí. —Se oía un rumor y una respiración agitada—. Sí, estoy sacando las guirnaldas. Por fin voy a ponerlas. No sé por qué no me puse con ello antes.

Sus padres siempre colocaban demasiada decoración navideña, normalmente en noviembre. O, más bien, su madre lo hacía. No era que su padre no quisiera ayudarla, pero Aðalheiður nunca le daba ocasión de hacerlo. Solía aprovechar la oportunidad mientras él estaba en el trabajo, lo que le daba carta blanca para decorar cada rincón de la casa.

—¿Quieres que te ayude?

—Oh, no, puedo arreglármelas. Estaba pensando que… tu padre cumple setenta en dos semanas. ¿Podrías ir con tu hermana a Reikiavik a comprarle un regalo? Sé que le gustarían unos nuevos vadeadores de pesca.

—¿Solo nosotras dos? —Elma hizo una mueca. Nunca había tenido una relación estrecha con su hermana, a pesar de que solo se llevaban tres años—. No sé, mamá…

—Dagný esperaba que pudierais ir las dos.

—¿Por qué no vienes tú también?

—Tengo mucho que hacer —dijo Aðalheiður—. He pensado que podríais ir el fin de semana que viene y pasar el día juntas. Tengo un cupón de regalo para el *spa* que tu padre y yo no utilizaremos, pero vosotras podríais ir mientras estáis en la ciudad.

—¿El cupón que te regalé por Navidad? —Elma no se molestó en ocultar su indignación.

—Sí, oh… ¿Me lo diste tú? Bueno, me gustaría mucho que lo usarais vosotras. Pasad un día de hermanas.

—Pero compré el cupón para ti y papá. Os vendría bien que os mimaran un poco. Nunca vais a ninguna parte.

—Qué tontería. Vamos a Praga en primavera. Tenéis que ir…

—En otras palabras, ¿ya está decidido?

—No seas así, Elma…

—Estoy bromeando. Claro que iré. No hay problema —la interrumpió Elma.

Se guardó el teléfono en el bolsillo y se fue tras Alexander, que estaba en la orilla del mar. Hacía mucho que las hermanas no pasaban tiempo juntas. Elma a veces cuidaba de su sobrino, sobre todo porque él solía llamarla para que fuera a buscarlo. Aparte de eso, ella y Dagný se comunicaban principalmente a través de sus padres. Elma a veces se preguntaba si tendrían algún tipo de relación si no estuvieran ahí.

—Elma, mira cuántas tengo. —Alexander le enseñó un puñado de piedrecitas multicolores. Cada año se parecía más a su padre, Viðar. Los mismos rasgos delicados y ojos azules; el mismo carácter amable y buen corazón.

—Son preciosas —dijo—. Seguro que son piedras de los deseos.

—¿Tú crees?

—Lo sé.

Alexander guardó las piedras en la caja que le tendía Elma.

—Yo también lo creo —respondió, y sonrió mostrando el hueco del primer diente que se le había caído. Después extendió la mano y apartó un mechón de pelo de la cara de Elma.

Elma se rio.

—Oh, gracias, Alexander. ¿Tengo el pelo hecho un desastre?

Alexander asintió.

—La verdad es que sí.

—¿Qué es lo que vas a pedir? —Se puso de pie y se sacudió la arena de los pantalones.

—Te las voy a regalar. Para que puedas pedir un deseo.

—¿Estás seguro? —Elma tomó su mano y regresaron al coche—. Podrías pedir lo que quisieras. Una nave espacial, un submarino, un Lego…

—Oh, lo conseguiré igualmente. Se lo pediré a Papá Noel. Necesitas las piedras mucho más que yo porque Papá Noel solo escucha a los niños, no a los adultos.

—¿Sabes qué? Tienes razón. —Abrió el coche y Alexander subió a la parte trasera.

—Sé lo que vas a pedir. —Miró a Elma con seriedad mientras lo ayudaba a abrocharse el cinturón.

—¿Lo sabes? ¿Puedes leer la mente?

—Sí. Bueno, no. Pero aun así lo sé —dijo Alexander—. Quieres un niño como yo. Mami dice que por eso estás triste a veces. Porque no has tenido un niño.

—Pero te tengo a ti, ¿no? —dijo Elma dándole un beso en la cabeza—. ¿Por qué iba a querer a alguien más?

El teléfono le vibró en el bolsillo antes de que Alexander pudiera responder.

—¿Estás ocupada?

Era Sævar. Al oír lo afónico que estaba, Elma se alegró de no haber aceptado su invitación para ir a bailar la noche anterior. La vida nocturna de Akranes no es que fuera muy animada últimamente, la mayoría de la gente prefería salir de fiesta por Reikiavik. Aun así, el pueblo celebraba algún evento social de vez en cuando, como el de la noche anterior. Elma todavía no había tenido tiempo de ir. Imaginaba que implicaría encontrarse con mucha gente con la que llevaba años sin hablar y eludir preguntas que no tenía ganas de responder.

—Me desperté temprano y he salido de paseo con mi sobrino —respondió—. ¿Cómo estás? ¿Te divertiste anoche?

Sævar contestó con un gruñido y Elma se rio. A pesar de su corpulencia, Sævar tenía poca tolerancia a la bebida. Por lo general, le llevaba varios días recuperarse de una resaca.

—No te llamo por eso, aunque ya te contaré más tarde —Se aclaró la garganta y añadió en un tono más serio—: Ha aparecido un cuerpo.

Elma miró a Alexander, que estaba sentado en el coche, examinando sus piedrecitas.

—¿Qué? ¿Dónde?

—¿Dónde estás? —quiso saber Sævar, ignorando su pregunta. Se oían interferencias en el teléfono.

—En Elínarhöfði.

—¿Puedes venir a recogerme? No creo que esté en condiciones de conducir…

—Ahí estaré.

Elma se guardó el teléfono en el bolsillo del abrigo, se sentó en el asiento del conductor y le sonrió a Alexander por el espejo. Le sonrió al niño que quería darle sus piedras de los deseos para que no volviera a estar triste.

Después de dejar a Alexander en casa, Elma condujo hasta el bloque azul de apartamentos donde vivía Sævar. Solo había tres detectives trabajando en la rama occidental de la División de Investigación Criminal, cuya sede estaba en Akranes, y Elma se consideraba muy afortunada por tener un compañero como él. Habían conectado desde el primer día, y aunque los casos a los que tenían que hacer frente a veces podían ser sórdidos, con él nunca faltaban las risas. Hörður, el jefe de la DIC, era más serio, pero Elma no tenía quejas al respecto. Como jefe era escrupuloso y justo, y Elma era feliz en su trabajo.

Hacía más de un año que había vuelto de Reikiavik y las reducidas dimensiones de su pueblo natal ya no le afectaban. Se había acostumbrado a lo cerca que estaba todo, lo que significaba que podía ir caminando o en bici a cualquier sitio que quisiera. Incluso había empezado a disfrutar de que cada día la saludaran las mismas caras en la tienda o en la piscina. A lo único a lo que no se había acostumbrado era a ir de paseo por los alrededores llanos del pueblo, donde sentía que todas las miradas estaban puestas en ella. En su lugar, prefería dirigirse a la plantación forestal o a la playa de Langisandur. Se sentía menos expuesta. Incluso se había sorprendido a sí misma deteniéndose para admirar la vista del pueblo, la montaña de Akrafjall, la playa o la extensión azul de la bahía de Faxaflói, como si ningún lugar en el mundo pudiera equiparárseles en belleza. Santo Dios, se estaba convirtiendo en su madre.

Sævar se encontraba delante de su edificio con las manos en los bolsillos y los hombros levantados hasta las orejas por el frío. Lo único que llevaba eran unos pantalones de chándal gris claro y una fina chaqueta negra. Tenía el cabello despeinado y pegado a la nuca, y entrecerraba los ojos como si la luz del día le resultara excesiva.

—Qué veraniego —comentó Elma cuando entró en el coche.

—Nunca tengo frío. —Puso las manos heladas sobre Elma.

—¡Ay, Sævar! —Elma retiró el brazo y le dirigió una mirada asesina. Encendió la calefacción mientras negaba con la cabeza.

—Gracias —dijo Sævar—. No parecía que hiciera tanto frío cuando miré por la ventana. Solo vi al sol brillando y el cielo azul.

—Típico «pronóstico de ventana» —repuso Elma—. Creía que ya nadie cometía ese error en Islandia. Sabes perfectamente que el tiempo cambia cada quince minutos. —Salió del aparcamiento y añadió—: ¿A dónde vamos?

—Fuera del pueblo, al norte.

—¿Sabemos de quién se trata?

—Todavía no, pero no hay muchos candidatos, ¿no?

—¿Qué significa eso?

—¿Te acuerdas de la mujer que desapareció en primavera?

—Sí, claro. Maríanna. ¿Crees que se trata de ella?

Sævar se encogió de hombros.

—Vivía en Borgarnes, y el agente que llegó primero a la escena estaba seguro de que era una mujer. Parece ser que todavía conserva bastante cabello.

Elma no podía imaginarse el estado en el que se hallaría el cuerpo si era Maríanna. Habían pasado más de siete meses desde su desaparición el viernes 4 de mayo. Había dejado una nota en la que le suplicaba a su hija adolescente que la perdonara. Maríanna tenía una cita, así que su hija no esperaba que regresara esa noche. No había nada raro, la chica era lo bastante mayor para dormir sola en casa. Pero como Maríanna todavía no había vuelto a casa el sábado por la tarde ni contestaba al teléfono, la chica contactó con su familia de apoyo, una pareja que cuidaba de ella cada dos fines de semana. Llamaron a emergencias. Descubrieron que Maríanna no había acudido a su cita. Después de varios días de búsqueda, encontraron su coche frente al hotel de Bifröst, aproximadamente a una hora de Akranes, pero no había rastro de Maríanna. Su nota les hizo pensar que podía haberse suicidado, pero, como no se encontró el cuerpo, el caso siguió abierto. Hasta el momento no había ninguna pista nueva.

—¿Quién encontró el cuerpo? —preguntó Elma.

—Unas personas que se hospedan en una casa de verano cercana.

—¿Dónde estaba exactamente?

—En una cueva en los campos de lava de Grábrók.

—¿Grábrók? —repitió Elma.

—Sí, el cráter volcánico. Cerca de Bifröst.

—Sé lo que es Grábrók. —Elma apartó la mirada de la carretera para ponerle los ojos en blanco—. Pero ¿no se suponía que era un suicidio? Esa era nuestra hipótesis, ¿verdad?

—Sigue siendo posible. No he oído que haya otra versión, aunque es probable que necesitemos que el médico forense averigüe qué sucedió. El cuerpo debe de encontrarse en muy mal estado después de todo este tiempo. No está muy lejos del lugar en el que apareció su coche, así que tal vez se metió en la cueva con la esperanza de que nadie la encontrara.

—Es una forma extraña de…

—… ¿suicidarse? —terminó Sævar por ella.

—Exacto. —Elma aceleró y fingió que no se daba cuenta de la manera en la que Sævar la miraba. No era que el tema fuese demasiado delicado para ella. En absoluto. Sin embargo, no podía evitar que sus pensamientos se dirigiesen a Davíð cada vez que se mencionaba un suicidio.

Elma estaba en segundo año de Psicología en la Universidad de Islandia cuando lo conoció, y ya había decidido que la carrera no era para ella. Él estudiaba Empresariales y estaba lleno de grandes sueños y estupendas ideas que iba a poner en marcha. Nueve años después ninguno de esos sueños se había cumplido, pero aun así Elma asumía que las cosas iban bien. Ambos tenían buenos trabajos, un piso, un coche y todo lo que necesitaban. Davíð parecía un poco decaído a veces, pero no le daba mucha importancia. Había dado por hecho que las noches las pasaba durmiendo, como ella, y que lo encontraría, como de costumbre, al regresar a casa ese día de septiembre. Se equivocaba.

—Puede que no sea ella —dijo Elma, y empujó con fuerza esos pensamientos hasta el fondo de su mente.

—No, tal vez no —coincidió Sævar.

Tomaron el desvío hacia el norte, en dirección a Borgarnes. Akrafjall, la característica montaña en forma de plato que era el símbolo principal de Akranes, adquirió una forma completamente distinta de cerca. El coche frente a ellos aminoró la velocidad y se desvió por un camino de tierra que llevaba a la montaña. Seguramente sería alguien que pretendía aprovechar el sol y el cielo despejado para subir hasta la cima, en Háahnjúkur. Elma le echó una mirada furtiva a Sævar. Tenía los ojos rojos y, cuando se subió al coche, ni siquiera el olor a loción de afeitado y pasta de dientes pudieron enmascarar el tufo a alcohol.

—Cualquiera diría que aún te dura la borrachera de anoche —dijo Elma—. O que te has caído en una bañera llena de *landi*. —*Landi* era el nombre que los islandeses daban a las bebidas destiladas de manera ilegal—. Te divertiste anoche, ¿eh?

Sævar se metió un chicle en la boca.

—¿Mejor? —preguntó, y exhaló en dirección a Elma.

—¿En serio quieres que te responda?

Estaba decidida a restregarle que se había pasado. Él siempre lo hacía cada vez que era ella la que había tenido una noche dura. La última vez fue en verano, cuando Begga, una de las agentes uniformadas, invitó a sus compañeros a una fiesta. Elma no solía beber mucho, pero esa noche algo había salido mal y había acabado con la cabeza en el inodoro como una adolescente borracha. Le echó la culpa al *whisky* que alguien había traído. En aquel momento le había parecido muy buena idea probarlo. Puede que la botella de vino tinto también tuviera parte de culpa. Recordaba vagamente haberse hecho cargo de la música y que sus habilidades de DJ no habían sido recibidas con entusiasmo por sus compañeros; bueno, salvo por Begga, que había berreado alegremente a coro con los Backstreet Boys.

Sævar bajó un poco la ventanilla con una mirada de disculpa a Elma.

—Estoy un poco mareado. Solo necesito una buena ráfaga de aire fresco.

—¿Quieres que pare?

—No, no. Estaré bien. —Volvió a subir la ventanilla—. Elma, la próxima vez que se me ocurra salir a bailar, ¿me harás el favor de detenerme?

—Lo intentaré, pero no prometo nada.

—Ya no tengo edad para esto.

—Eso es verdad.

Sævar frunció el ceño.

—Se supone que tienes que decir: «Venga ya, Sævar. Sigues siendo joven».

Elma sonrió.

—Treinta y cinco no es mala edad. Te queda mucho tiempo.

—Treinta y seis —gruñó Sævar—. A partir de ahora todo va cuesta abajo.

Elma se rio.

—Tonterías. Si vas a empezar a sentir lástima por ti mismo cada vez que salgas, haré todo lo que pueda para intentar disuadirte la próxima vez. O al menos para mantenerme lejos de ti al día siguiente.

La única respuesta de Sævar fue otro gruñido.

Grábrók quedaba a una hora en coche de Akranes por la costa oeste. Sævar se quedó dormido en el camino. Su cabeza se balanceo de un lado a otro y se sacudió adelante y atrás antes de volver a caer sobre el reposacabezas. Elma bajó la música y encendió la calefacción porque todavía sentía frío de su paseo por la playa. No podía dejar de sonreír al pensar en Alexander y en lo dulce que había sido. Ojalá pudiera detener el tiempo para poder disfrutar un poco más de su inocencia y honestidad. Los años pasaban demasiado deprisa. Parecía que era ayer cuando lo sostuvo en brazos por primera vez en la sala de maternidad, todo arrugado y rojo, con ese cabello blanco en su cabecita. Desde su regreso a Akranes un año atrás, había podido pasar mucho más tiempo con él y su hermano pequeño Jökull, que había cumplido dos años en septiembre. Como resultado, no parecían estar creciendo tan aterradoramente rápido.

Condujo por la circunvalación, con el mar al oeste y las montañas al este, y pasó cerca de las laderas marrones y pedregosas del monte Hafnarfjall, un tramo peligroso por el viento que a menudo estaba cerrado al tráfico. Más adelante, el paisaje se convertía en una llanura cubierta de hierba que rodeaba el fiordo de Borgarfjörður, con sus grandes cielos abiertos y las peculiares granjas blancas, que se reflejaban en las aguas del fiordo. A medio camino, la carretera se desvió al norte por un puente que los llevó a Borgarnes, un pueblecito de edificios pequeños y blancos que se acomodaban al paisaje, posados en los bajos acantilados sobre el mar. Como la circunvalación atravesaba el pueblo, las tiendas y cafeterías de las gasolineras estaban llenas de turistas tanto en invierno como en verano, lo que le daba un ambiente muy distinto al de Akranes, que estaba en el extremo de la península, un poco alejado de las rutas habituales.

Tras dejar Borgarnes, la carretera los llevó junto a granjas de techos rojos y algunos rodales de árboles, seguidos de interminables campos de césped marchito. Justo delante, una protuberancia en el horizonte marcaba la forma piramidal del monte Baula, que se alzaba en el paisaje al norte de su destino y crecía a medida que se acercaban. Veinte minutos después, las tierras de pasto dieron lugar primero a un campo más rocoso revestido con plantaciones de pinos y marañas de abedules autóctonos, y luego a campos de lava con montones de piedras musgosas conforme se aproximaban a Grábrók. Un conjunto de bloques blancos y negros muy modernos y geométricos y unos edificios residenciales ligeramente más viejos de tejados rojos señalaban la presencia del campus universitario que habían construido ahí, en Bifröst, cuya población se llenaba de estudiantes en los meses de invierno. También era una zona popular para residencias de verano, y Elma pudo ver coches aparcados frente a la mayoría de ellas, lo que sugería que la gente estaba aprovechando el buen tiempo antes de que llegara el invierno.

Justo detrás de los edificios universitarios se elevaba la distintiva silueta marrón del Grábrók, un pequeño volcán que había entrado en erupción por última vez hacía mil años. No era lo bastante alto para ser llamado una montaña, pero tenía una agradable forma cónica y un gran cráter en el centro. De hecho, había tres cráteres, pero los que se encontraban a ambos lados del principal eran más pequeños y menos notorios. El cráter tenía flancos lisos de cenizas grises y rojizas, y la hierba pálida se extendía por las laderas más bajas, lo que contrastaba con el amasijo circundante de piedras musgosas que formaban el campo de lava. Elma vio un vehículo policial aparcado al pie del cráter y se desvió antes de llegar al aparcamiento, que normalmente estaba lleno de turistas y autobuses. Subieron por el estrecho camino de gravilla y se detuvieron junto al otro coche de policía.

Le dio un empujoncito a Sævar, que parpadeó varias veces y bostezó.

—¿Te sientes mejor? —preguntó Elma mientras abría la puerta.

Sævar contestó con una inclinación de cabeza, pero su apariencia indicaba lo contrario. En todo caso, parecía incluso más cansado y demacrado que antes.

Un agente uniformado del cuerpo de policía de Borgarnes estaba de pie junto al coche, un hombre de mediana edad al que Elma no recordaba haber visto antes. Había llegado a la escena antes que ellos y hablado con las personas que encontraron el cuerpo. Fueron dos niños que se alojaban en una casa de verano cercana. Estaban jugando al escondite en el campo de lava cuando encontraron los restos. El policía se protegía los ojos del sol. Aunque no había casi viento, el frío era lo bastante intenso como para que Elma se echara a temblar. Se ajustó la bufanda con fuerza alrededor del cuello y reparó con el rabillo del ojo en que Sævar estrechaba su fina chaqueta contra su cuerpo.

—No es una visión agradable —dijo el policía—. Pero supongo que estáis acostumbrados a todo en el DIC.

Elma sonrió. La mayoría de los casos que acababan en su escritorio eran infracciones de tráfico o allanamientos. Podía contar con los dedos de una mano las veces que había visto un cadáver. Cuando dejó Reikiavik para unirse a la DIC occidental, se había preparado para una vida tranquila a pesar del tamaño de la región, pero no pasó más de una semana antes de que apareciera un cuerpo en el viejo faro de Akranes. Toda la nación estuvo pendiente del caso.

—El terreno es irregular —continuó el agente—. La cueva es bastante profunda y estrecha. Hay que agacharse para entrar. Los chicos quedaron muy impactados, creyeron que habían visto un elfo negro, un duende o algo así.

—¿Un elfo negro? —Elma alzó las cejas, sorprendida.

—Lo entenderás cuando lo veas.

Gatear sobre la lava áspera resultó ser más difícil de lo que parecía. Elma tuvo que concentrarse para no tropezar con las piedras irregulares. Mantuvo la mirada clavada en el suelo frente a ella, en busca de puntos de apoyo seguros, pero estuvo a punto de perder el equilibrio dos veces porque el musgo bajo sus pies cedió. Hizo una pausa para recuperar el aliento y observar el magnífico paisaje. Estaban al sur del cráter, en un terreno elevado que los ocultaba de la circunvalación y del público que usaba el aparcamiento.

El agente de Borgarnes había señalado el lugar en el que habían encontrado el cuerpo con un chaleco amarillo reflectante, lo cual les venía bien, puesto que habría sido imposible localizarlo de otra manera, cada roca parecía igual a la de al lado. Incluso cuando se detuvieron, Elma no pudo identificar dónde se encontraba el cuerpo. Solo cuando el agente la señaló con el dedo pudo ver la estrecha entrada, oculta entre el musgo. De hecho, no sabía si llamarla cueva o fisura. La abertura estaba en pendiente y no parecía especialmente grande, pero cuando se agachó vio que el espacio era mucho más profundo y amplio de lo que había pensado en un principio. Una vez atravesada la entrada, había sitio para que un hombre adulto se pusiese de pie, si agachaba la cabeza.

Sævar tomó prestada la linterna del agente y la dirigió hacia la penumbra. La luz iluminó las paredes y el techo de roca oscura mientras Elma atravesaba la abertura y avanzaba con cuidado por el suelo irregular. En cuanto estuvo dentro, todos los sonidos se desvanecieron hasta convertirse en un murmullo. Quizá solo era el sonido de su respiración, que hacía eco en las paredes rocosas. Miró a Sævar y sintió un poco de miedo en el estrecho espacio. Luego se armó de valor y dirigió la mirada a la parte trasera de la cueva. Cuando la linterna iluminó el lugar, se quedó sin aliento.

No le extrañaba que los chicos creyeran haber visto un elfo negro. El cuerpo estaba vestido con ropa oscura y tenía la cabeza un poco más elevada que el torso. El cráneo no era negro, sino gris pálido y marrón, con algunos mechones de cabello. No quedaba nada del rostro; no tenía piel, solo unas grandes cuencas oculares y una dentadura que parecía sonreír.

Sævar recorrió el cuerpo con la linterna para revelar un abrigo negro, una camiseta azul y unos tejanos raídos que la humedad había oscurecido tras tanto tiempo en la cueva. Sin previo aviso, el rayo de luz se desvaneció. Elma giró la cabeza y vio durante un segundo la cara de Sævar volverse blanca como la tiza antes de que todo se pusiera oscuro y él diera unos pasos a un lado y se doblara hacia adelante. Lo siguiente que oyó fueron sus arcadas, seguidas del sonido de su vómito sobre la lava.

Dos meses

Dijeron que era normal; que ese sentimiento desaparecería con el tiempo. «Es la depresión posparto», dijo la comadrona de pelo rizado, mientras yo yacía en la cama de aquel hospital, justo después del nacimiento. «A la mayoría de las mujeres les pasa», añadió con una mirada comprensiva a través de sus horribles gafas cromadas. Sentí la necesidad de arrancárselas de la cara, tirarlas al suelo y pisotearlas. Pero no lo hice. Me limitaba a secarme las lágrimas y sonreír cada vez que entraban las comadronas. Fingía que todo iba bien y que estaba loca de contenta por la hija que nunca había querido tener.

Todas se lo creyeron. Acariciaron las mejillas regordetas de mi hija y se despidieron de mí con un abrazo. No vieron cómo la sonrisa desapareció de mis labios en cuando me di la vuelta. Cómo las lágrimas rodaron descontroladamente por mis mejillas cuando entré en el taxi.

Desde que dejé el hospital y volví a casa, la oscuridad en mi cabeza se ha vuelto cada vez más negra, hasta el punto en que temo que pueda tragarme. No hay nada de la alegría o la satisfacción prometidas, solo vacío. Duermo y me despierto. Los días pasan monótonos mientras ella descansa, esa pequeña niña de cabello oscuro que apareció después de tantas horas de dolor. Incluso su llanto se ha convertido en un zumbido distante que apenas percibo.

Por primera vez en semanas, luché contra el deseo de zarandearla cuando se puso a llorar. Solo quería que parara para poder escuchar mis pensamientos. Cuando sus gritos se volvieron ensordecedores tuve que abandonar la habitación porque era probable que si me quedaba lo hiciera. La habría zarandeado como a una muñeca de trapo.

Suena terrible, pero así es como me sentía. Estaba furiosa. Sobre todo con ella por exigirme tanto, pero también con el mundo porque no le importaba. Me imaginé dejándola caer al suelo por accidente o poniendo una almohada sobre su cara, y cómo así acabaría todo. Le habría hecho un favor. El mundo es un lugar horrible, lleno de gente odiosa. Esos pensamientos y visiones acudían a mí de noche, cuando llevaba días sin dormir y no me sentía ni viva ni muerta, solo existiendo en un limbo intermedio. Como si fuera una persona distinta. Como si no quedara nada de mí.

Y para ser totalmente sincera, si es que es posible, no me parecía bonita. No lo era. Su rostro no era el de un bebé. Sus rasgos eran demasiado fuertes, su nariz demasiado grande y sus ojos tan atentos que estaba segura de que desde dentro del bebé acechaba una adulta, alguien que me observaba todo el tiempo y esperaba que cometiera cualquier error. Esa no podía ser mi hija, la niña que había llevado nueve meses. Durante el embarazo me había dicho a mí misma que todo merecería la pena cuando llegara, pero no me parece así. Para nada.

Por eso evitaba su mirada. Enseguida dejé de darle el pecho y en su lugar comencé a darle el biberón. No me gustaba sentir que obtenía su alimento de mi cuerpo. Me resultaba incómodo tenerla tan cerca, ver esos ojitos grises abrirse y observarme mientras bebía. Cuando lloraba, la dejaba en el cochecito y la balanceaba hasta que paraba. A veces tardaba minutos; otras, horas. Pero al final siempre se callaba.

Luego me iba a la cama y lloraba hasta quedarme dormida.

Cuando el equipo forense llegó a la escena, Sævar se había recuperado un poco y estaba sentado en el coche de policía. Al cabo de unos minutos el interior empezó a oler como una discoteca a las cinco de la mañana, así que Elma tuvo que salir. Se recostó contra la puerta y observó a los técnicos trabajando en el campo de lava. El día se había vuelto oscuro de repente. El cielo, que hasta hacía poco había sido azul, ahora era gris y estaba nublado. Un gran banco de nubes ocultó el sol y una fría ráfaga de viento se extendió por el paisaje.

Elma enterró la nariz en la bufanda e intentó no pensar en el frío que tenía. Finalmente, vio que el todoterreno de Hörður se acercaba a Grábrók por el camino de gravilla. Se encontraba con su familia en su casa de verano junto al lago en Skorradalshreppur, a unos cuarenta y cinco minutos en coche, cuando recibió la llamada sobre el cuerpo. La saludó brevemente, se puso su gorro ruso de piel y fue a reunirse con el equipo forense. Para sorpresa de Elma, Hörður se internó en el campo de lava con la rapidez y seguridad de un senderista experimentado. Cuando regresó, abrió el maletero de su todoterreno.

—Gígja insistió en que os trajera esto —dijo, y sacó un termo y dos vasos de papel.

—Bendita seas, Gígja. Dale las gracias de mi parte —dijo Elma, y aceptó con gratitud el vaso. La esposa de Hörður era lo contrario a él, que tendía a ser rígido y formal, mientras que ella era despreocupada y simpática. Desde el primer momento trató a Elma como si la conociera de toda la vida.

Hörður vertió café en el vaso que sujetaba, luego señaló al coche con la cabeza.

—¿Qué le pasa?

—Está un poco indispuesto.

—¿Indispuesto?

—Sí… —Elma sonrió con remordimiento—. Al parecer se divirtió anoche.

Hörður negó con la cabeza.

—¿No es un poco mayor para esa clase de tonterías?

—Eso le dije yo. —Elma tomó un cauteloso sorbo de café. Seguía ardiendo.

—No pinta bien —dijo Hörður después de un breve silencio. Volvió a mirar hacia el campo de lava, donde los técnicos se movían con sus trajes azules. Aunque aún era de día, habían colocado lámparas para iluminar el interior de la cueva.

—No, el cuerpo parece... bueno, que lleva meses ahí.

—¿Pudo haberse caído?

—No, no lo creo —respondió Elma—. No si tenemos en cuenta el ángulo de la cueva. No sería una caída lo bastante grande, ¿verdad? Es como si se hubiera arrastrado hasta ahí porque no quisiera ser encontrada. Y tal vez nunca lo habrían hecho si los chicos no hubieran pensado que la cueva era un buen sitio para esconderse.

—¿Así que pudo haberse metido allí a morir?

—Exacto. Quizá no quería que nadie se topara con su cuerpo.

—¿Estamos seguros de que es una mujer?

—Sí, bastante seguros —contestó Elma. Los mechones de cabello que se conservaban en el cráneo eran largos y el abrigo parecía de mujer. Las zapatillas también eran pequeñas, probablemente una talla 36. Elma no habría podido ponérselas—. Pero no sé si se trata de Maríanna. Parece probable. Es decir, no han desaparecido muchas mujeres en los últimos meses o años.

—No, Maríanna es la única que no hemos encontrado. —Hörður tiró su vaso en una papelera que habían instalado junto a un banco. Se ajustó el gorro y se frotó las manos.

Pareció que había pasado una eternidad cuando oyeron un grito distante y alzaron la vista. Un miembro del equipo forense los estaba llamando. Hörður fue hacia él a toda prisa y Elma golpeó la ventanilla del copiloto. Casi hizo una mueca cuando vio el terrible aspecto de Sævar. Su cara, que se había puesto blanca como la de un cadáver, ahora se veía decididamente gris. Tenía los ojos rojos e hinchados, y temblaba. Aun así, salió e hizo un esfuerzo patético por sonreír.

—¿Quieres mi bufanda? —le ofreció, a pesar de estar congelándose.

—No, estoy...

—Claro que sí. —Se la quitó y la envolvió alrededor del cuello de Sævar, intentando ocultar el escalofrío que la asaltó cuando el viento se aferró a su cuello desnudo con sus dedos helados—. Te queda bien.

—Gracias. —Una vez más, intentó sonreír y fracasó.

—Vamos. No queda mucho para que puedas volver a arrastrarte hasta la cama —dijo, y le dio un empujoncito cuando emprendieron la marcha.

—¿Eso crees?

—La verdad es que no. —Elma se rio—. Es probable que tengamos que ir a la comisaría después. Pero pararé en una gasolinera de camino a casa para que puedas comprarte algo frito.

—Oh, Dios. Ni lo menciones.

—¿Tan mal está la cosa?

Por lo general, Sævar nunca rechazaba una propuesta de comida basura. Elma lo había visto dar cuenta de dos perritos calientes con queso y patatas fritas, seguidos de patatas de bolsa de postre, y aun así no se había llenado.

—No volveré a beber jamás —anunció Sævar con un gemido.

—Han encontrado una identificación —les explicó Hörður cuando llegaron a la cueva. El hombre del equipo forense le entregó una bolsa de plástico transparente que contenía una tarjeta de identificación con evidentes señales dejadas por la humedad de la cueva. Aunque la tinta del grabado se había desvanecido, el nombre todavía era visible: Maríanna Þórsdóttir.

—¿Cuánto tiempo ha pasado desde que desapareció? —preguntó el técnico.

—Fue a principios de mayo —respondió Hörður—. Así que hace más de siete meses.

—Bueno, a mí me parece que el cuerpo está muy bien conservado, dadas las circunstancias —dijo el hombre—. Sobre todo, las partes protegidas por la ropa. Todo salvo la cabeza y las manos. Aunque todavía tiene algunas zonas de tejido blanco en el cráneo, en la parte de atrás de la cabeza y en el cuello, por ejemplo. Hemos echado un vistazo y estamos bastante seguros de que hay una fractura en el cráneo, así que lo mejor será llamar al médico forense. Imagino que se le hará una autopsia.

—Sí, por supuesto —afirmó Hörður—. ¿La fractura del cráneo la pudo causar una caída?

El hombre hizo una leve mueca.

—No es probable. Ya has visto el ángulo de la cueva. Tienes que arrastrarte para llegar hasta donde está el cuerpo. Si quieres saber mi opinión, el golpe lo causó otra cosa.

Hörður reflexionó un instante.

—De acuerdo —dijo—. Llamaremos al forense.

Elma vio que a Sævar le estaba costando tragarse su decepción. Esperar a que el forense viniera desde Reikiavik implicaba quedarse al menos dos horas en ese frío glacial.

La oscuridad llegó del este y se extendió por el cielo con aterradora rapidez hacia el ocaso. Se habían pasado todo el día viendo trabajar al equipo de técnicos. Cuando el forense llegó, ya estaba atardeciendo. Necesitó menos de una hora para valorar la situación y tomar un par de muestras antes de que transportaran el cuerpo a Reikiavik, donde le harían la autopsia al día siguiente.

Tanto el forense como los técnicos coincidían en que las heridas del cráneo de Maríanna no podían haber sido causadas por una caída. Además, tenía una mancha grande y oscura en la parte delantera de la camiseta que también podía ser sangre. El cuerpo estaba tan descompuesto que era difícil estar seguro, pero varios factores indicaban que su muerte era sospechosa. Sin embargo, les pareció extraño que no hubieran metido los restos de Maríanna en una bolsa de basura, o al menos los hubieran tapado con una manta o escondido bajo un montón de piedras. La persona que la había dejado allí confiaba en que nadie la encontraría.

Después de lo que pareció un día interminable, Hörður, Elma y Sævar volvieron a la comisaría de Akranes para decidir sus próximos pasos. Elma estaba sentada en la sala de reuniones sosteniendo su cuarta taza de café. Casi se había terminado un paquete de galletas que había sin abrir sobre la mesa cuando llegaron. Sævar estaba sentado frente a ella y bostezaba mientras hacía a un lado su portátil. El color había regresado a sus mejillas, a pesar de que había subsistido todo el día a base de bebidas con gas. Miró su reloj y luego a Elma. Al sentir que la observaba, alzó la mirada.

—¿Qué? —En el resplandor amarillo de las luces del techo, de repente también le entró sueño y ahogó un bostezo con la mano.

—¿No deberíamos hablar con la hija de Maríanna?

—Yo me ocupo de eso —dijo Elma. La chica se llamaba Hekla. Después de la desaparición de su madre se había mudado con Bergrún y Fannar, la pareja que cuidaba de ella cuando era más pequeña y que había alertado de la desaparición de su madre. Elma no estaba segura de por qué habían acogido a Hekla durante su infancia, aunque sabía que Maríanna había tenido algunos problemas. En cualquier caso, Bergrún y Fannar estuvieron más que dispuestos a darle a Hekla un hogar permanente cuando se quedó sola.

—¿Deberíamos contactar a alguien más? —preguntó Sævar.

—Bueno, el padre de Maríanna vive en Reikiavik —dijo Elma al recordarlo—. Pero, si no me falla la memoria, su hermano y su madre están muertos. No tenía ningún otro familiar cercano.

Elma se agachó para acariciar a Birta, que estaba sentada a sus pies. La perra de Sævar casi siempre iba derechita a ella cuando la llevaba a la oficina, algo que sucedía a diario desde que había terminado con su novia de siete años. Le faltaba valor para dejar a la perra sola en casa, así que casi se había convertido en parte del mobiliario de la comisaría. La exnovia ya había empezado a salir con otro hombre y estaban esperando un bebé. Sævar afirmaba que se alegraba por ellos, pero Elma dudaba que fuera del todo cierto. Tampoco parecía complacerle demasiado la preferencia de Birta por Elma, por mucho que bromeara al respecto. Elma lo había visto mirando fijamente a la perra a sus pies, como si le ordenara en silencio que fuera con él. Pero Birta ignoraba sus llamadas, igual que ignoraba cualquier orden que le diese en presencia de Elma. En su lugar, la perra dirigía una mirada curiosa a Elma y esperaba sus órdenes.

—Hablaré con el padre —dijo Sævar con la mirada fija en Birta.

—Como quieras —respondió Elma, y se puso en pie. Birta la imitó de inmediato y la siguió obedientemente hasta el despacho, donde volvió a tumbarse a sus pies.

Bergrún y Fannar sin duda parecían buenas opciones para Hekla. Ella era dentista, él ingeniero; y vivían en una casa en uno de los barrios periféricos más nuevos de Akranes, en una vivienda gris oscuro con forma de caja y un patio de cemento. Aparte de Hekla, tenían un hijo llamado Bergur, a quien en un principio habían acogido y luego adoptado. Acababa de empezar el colegio. La primera vez que Elma se reunió con Bergrún, la mujer le explicó sin rodeos que la decisión de adoptar la habían tomado debido a que había sufrido varios abortos. No todo el mundo era capaz de adoptar niños que no fuesen de su propia sangre, pero no había indicio alguno de que Bergrún y Fannar les tuviesen menos cariño a Bergur y Hekla que el que sienten los padres por sus hijos biológicos. La pareja salió a recibir a Elma y a Sævar, que también había decidido ir, y los invitó a entrar en su hogar, que estaba cubierto de fotos y obras de arte consistentes en salpicaduras abstractas de pintura y los nombres «Hekla» y «Bergur» escritos con letras desiguales en las esquinas.

Hekla estaba sentada en la mesa de la cocina frente a sus libros de texto. La sudadera negra que llevaba le quedaba varias tallas grande, y se había atado el cabello oscuro en una coleta alta. Levantó la cabeza cuando entraron y se quitó uno de los auriculares inalámbricos.

Elma le sonrió y recibió una sonrisa tímida como respuesta.

—¿Qué les parece si nos sentamos ahí? —sugirió Bergrún, y señaló a su derecha. Dejó que los detectives se dirigieran a la sala de estar mientras esperaba a Hekla, y posó una mano tranquilizadora en el hombro de la joven cuando los siguieron. Bergrún era varios centímetros más alta que su marido y superaba con mucho a Hekla, que era bastante pequeña para su edad. Solo le llegaba a Elma por el hombro, a pesar de que, con sus muy normalitos 168 centímetros de estatura, no era especialmente alta.

—Esta mañana… —comenzó Elma una vez estuvieron todos sentados. Observó cómo sus expresiones cambiaban mientras les informaba del descubrimiento del cuerpo cerca de Grábrók. Evitó entrar en detalles, fue breve y al grano. Mientras hablaba, intentó no pensar en los espeluznantes restos que habían dejado de parecerse hacía mucho a la persona que había sido alguna vez.

—¿Quién encontró el cuerpo? —preguntó Fannar, y se desplazó al borde del sofá. Era un hombre bajito, bastante anodino, con cabello castaño, ojos grises y gafas. Desde algún lugar de la casa llegó el sonido de un televisor: las voces chillonas de unos dibujos animados.

—Dos chicos que estaban jugando en el campo de lava —respondió Elma—. Los restos de Maríanna se enviarán al forense, que llevará a cabo un análisis más detallado mañana. Después, con suerte, tendremos una idea más clara de la causa de la muerte.

—¿La causa de la muerte? Ustedes dijeron que… —Bergrún le echó un vistazo rápido a Hekla, que estaba sentada a su lado, y después bajo la voz— … que era probable que hubiese desaparecido por voluntad propia.

No hubo ninguna señal de que sus palabras tuvieran efecto alguno en Hekla. Probablemente había oído todo tipo de teorías sobre la desaparición de su madre, y tenido tiempo para pensar en ellas. Era imposible saber qué pasaba por su mente tras conocer la noticia. Los observó sin inmutarse, con los ojos muy abiertos y las comisuras de los labios ligeramente hacia abajo.

—Eso es lo que imaginamos en aquel momento —dijo Sævar—. Pero como no pudimos encontrar el cuerpo, fue imposible confirmarlo. Solo era una teoría.

Bergrún le pasó un brazo a Hekla por los hombros y la joven apoyó la cabeza en ella. Su mirada se desvió para enfocarse en un cuenco de cristal sobre la mesa de centro.

—Nos pondremos en contacto con ustedes en cuando sepamos algo más —dijo Elma.

—Vamos a reabrir la investigación —añadió Sævar—. Así que nos gustaría preguntarles si han recordado alguna cosa que no hubieran pensado en primavera y que pudiera ser importante. Lo que sea.

—No… no lo sé. —Bergrún miró a su marido—. ¿Se te ocurre algo, Fannar?

Fannar negó lentamente con la cabeza.

—Hekla —dijo Elma con suavidad—. La última vez que viste a tu madre fue la noche del jueves, el 3 de mayo, ¿verdad? ¿Recuerdas si hubo algo diferente de lo habitual?

Hekla negó con la cabeza.

—Se comportó como siempre.

—¿Y los días anteriores? ¿Tu madre parecía distinta?

—No lo sé. —Hekla bajó la mirada hasta sus uñas negras y comenzó a arrancarse el esmalte—. Es decir, estaba… como… feliz. Creo que estaba emocionada por… ese hombre. Siempre estaba con el móvil.

Eso era lo mismo que Hekla les había explicado en primavera. Cuando examinaron el portátil de Maríanna, encontraron una infinidad de mensajes entre ella y el hombre con el que había planeado encontrarse. La mayoría los había enviado a través de sus redes sociales, a las que la policía había tenido acceso.

Elma observó a Hekla. Era muy difícil leerla. No reaccionaba mucho y no hablaba a menos que le preguntaran directamente. Elma tuvo la misma impresión la primera vez que charlaron. Era difícil conectar con la ella; difícil conseguir que contestara a las preguntas con algo más que lo mínimo. No había llorado ni mostrado ninguna señal de aflicción. Claro está que cada niño es diferente y que no hay una manera correcta de reaccionar ante una situación traumática. Obviamente, Hekla no era alguien que mostrara sus sentimientos. Además, las circunstancias que rodearon la desaparición de Maríanna fueron un tanto inusuales. No estaban seguros de si volvería o no. A veces, un caso de desaparición es más duro para la familia que la muerte de un ser querido. El elemento de incertidumbre complicaba el proceso de duelo y dejaba a amigos y familiares en el limbo, sin saber si podrían ponerle punto final.

—¿Y ahora qué? —preguntó Bergrún.

—Como ha dicho Sævar, vamos a reabrir la investigación —contestó Elma—. Nos pondremos en contacto con ustedes en cuanto averigüemos algo nuevo o si necesitamos más información.

Se despidieron y Bergrún los acompañó hasta la puerta.

—Creo que a Hekla le iría bien asistencia psicológica —dijo mirando a su alrededor para comprobar que la niña no estuviera escuchando—. Le ha afectado mucho.

—Por supuesto —dijo Elma—. Me aseguraré de que alguien se ponga en contacto con usted. No se preocupe.

Bergrún asintió.

—¿Cómo cree que ha estado Hekla? —preguntó Elma.

—¿Que cómo ha estado?

—En los últimos meses, quiero decir. ¿Se ha adaptado bien a su nueva situación?

—Sí, muy bien, dadas las circunstancias —respondió Bergrún—. Pero no sabe cómo lidiar con ello y me da la sensación de que está un poco confusa. Por eso creo que no le iría mal buscar ayuda profesional. Su relación con Maríanna no era una relación normal entre madre e hija. A menudo Hekla no quería volver a casa después de los fines de semana que pasaba con nosotros y tenía que convencerla.

—Ya veo.

—Sí —prosiguió Bergrún—. Así que, en cierto modo, esto ha sido bueno para Hekla. No quiero decir que sea bueno que Maríanna haya muerto, por supuesto que no. Pero la situación de Hekla ha cambiado a mejor, y sé que la hace feliz poder vivir por fin con nosotros de forma permanente.

Elma sonrió con amabilidad, aunque el comentario le pareció extraño e inapropiado, por no decir algo peor. Era evidente que Bergrún y Fannar llevaban una vida más acomodada que la de Maríanna: tenían una casa más grande y un coche mejor. Pero, por lo que Elma sabía, Hekla no había sufrido el menor daño por parte de Maríanna, a pesar de haber necesitado un poco de apoyo de los servicios sociales.

—¿Cuándo fue la primera vez que la acogieron?

Bergrún sonrió.

—Cuando tenía tres años. Entonces tan solo era una cosita diminuta. Era una niña tan adorable que lo único que quería hacer era abrazarla y no dejarla ir nunca.

Cinco meses

No siempre he estado tan vacía. De niña estaba llena de emociones: ira, odio, amor, tristeza. Quizá tuve demasiadas, y por eso ahora no me queda ninguna. El adormecimiento de cuerpo y alma es lo que me lleva a hacer todo tipo de cosas que la gente encuentra horribles. Pero no me importa. Es como si no quedara nada en mi interior excepto una rabia roja, agitada y sofocante que no puedo controlar. Igual que cuando era niña y me temblaban los dedos y me ruborizaba. Siempre me sentía como un globo que se expandiría hasta explotar con un fuerte estallido. A veces descargaba mi ira sobre mis padres, a veces sobre una muñeca llamada Matthildur. No tenía cabello y se le cerraban los párpados cuando estaba boca arriba. No me interesaba pasearla en un cochecito como hacían mis amigas, mucho menos vestirla y darle un biberón lleno de un líquido blanco que parecía leche.

Una vez me dominó una cólera terrible. No sé por qué. Supongo que estaría relacionada con algo que mis padres hicieron o no hicieron. Pero eso es irrelevante. Lo único que recuerdo es cerrar con fuerza la puerta de mi habitación e intentar en vano contener las lágrimas de rabia. Me detuve en el centro de la habitación y dirigí la mirada a Matthildur, que estaba sentada en mi cama con su elegante vestido. Sus ojos miraban con expresión ausente al infinito y tenía una sonrisa estúpida, como si siempre estuviera feliz. La levanté y, sin pararme a pensar, le golpeé la cabeza contra la pared, una y otra vez, hasta que me dolieron las manos y el esfuerzo me dejó sin aliento. Al final la solté y cayó al suelo. Luego me quedé ahí y un adormecimiento se extendió por mi cuerpo. No sabía si me sentía bien o mal. Mi rabia había desaparecido, pero cuando miré a la muñeca en el suelo con una mancha de pintura rosa en la frente, sentí que había hecho algo malo. Me agaché, la recogí y la abracé con fuerza mientras la mecía contra mí y le repetía una y otra vez que lo sentía.

Es extraño tener seis años y sentir que eres una mancha negra sobre una sábana blanca. Como si el mundo estuviera en un vuelo con turbulencias y lo único que pudieras hacer fuera agarrarte e intentar no caerte. Mi maldad era algo que intentaba ocultar, pero sabía que estaba ahí; una criatura oscura con cuernos y cola que se posaba en mi hombro, me susurraba órdenes y me clavaba sus afiladas garras. Aunque no podía entender exactamente por qué, me daba placer. Más placer que cualquier otra cosa. No era algo de lo que me hubiera dado cuenta de adolescente o adulta; no, lo había sabido desde que era niña e iba a la guardería y me divertía pellizcar a Villa. Villa era una niña fea y aburrida que siempre olía a pis. Era un año menor que yo y solía hablar con una voz llorona, sin importar lo que dijera, incluso cuando estaba feliz. Siempre que pensaba en ella me acordaba de su nariz congestionada y de cómo levantaba su pequeña lengua para lamerse el labio superior como si sus mocos fueran dulces. Cada vez que la profesora salía de la clase, me escabullía y la pellizcaba en la parte trasera del brazo, lo que la hacía estremecerse y llorar. Era una de las pocas cosas que me hacía feliz en esa época. Creo que tenía cinco años.

Eso fue antes de que mis actos empezaran a tener consecuencias. Los niños no son responsables de lo que hacen, pero los adolescentes sí. Por mucho que sus cuerpos cambien y su universo se ensanche, siguen siendo niños que tampoco saben lo que están haciendo. Lo descubrí cuando tenía trece y le hice una foto en el vestuario a una chica asquerosamente gorda cuyo nombre había olvidado. La llamábamos Albóndiga, un apodo que creo que rimaba con su nombre. Les enseñé la foto a los chicos de mi clase durante el descanso. Se rieron y fingieron arcadas mientras la chica nos observaba a lo lejos con las mejillas regordetas tan rojas como el jersey que llevaba todos los días de la semana, todos los días del año. Me pillaron. Tuve que disculparme con ella y asistir a una reunión con mis padres y los suyos, que me miraron como si yo fuera algo que uno encuentra en el desagüe cuando se atasca, mientras el director del colegio hablaba del acoso y sus consecuencias.

Después de eso fui lo bastante lista para que no me pillaran. Al menos la mayor parte de las veces. Me hice mayor y me di cuen-

ta de la importancia de causar una buena impresión si quieres progresar en el mundo. No hay que dejar que nadie sepa lo que piensas en realidad, incluso cuando sabes que todos tienen pensamientos horribles que no se atreven a decir en voz alta. Aprendí bastante rápido a mantener la boca cerrada y sonreír. Sé amable. Di que sí.

La mayoría de la gente pensaba que era totalmente normal. Quizá un poco temperamental, como habría dicho mi abuela. Pero últimamente tengo la sensación de que ya no puedo controlarme. Imagino que mi alma cambia de color; a veces es amarilla, otras veces azul y, de vez en cuando, de un rojo brillante y chillón.

—Intenta ser amable con tu hermana, Elma. No cuesta nada ser educada.

—¿A qué te refieres? Siempre soy amable. —Elma miró boquiabierta a su madre, quien estaba intentando desenredar las luces navideñas antes de cubrir el seto frente a la casa, pese a que ya eran más de las nueve de la noche. Elma se había perdido la cena por haberse quedado trabajando hasta tarde. Cuando llegó a casa de sus padres, se encontró un plato para ella de cordero asado y patatas gratinadas esperando a que lo calentara en el microondas. Devoró la comida en tiempo récord mientras su madre la interrogaba acerca del descubrimiento del cuerpo. La curiosidad de Aðalheiður no tenía límites; seguía bombardeándola a preguntas, sin importar las veces que Elma le asegurara que no había mucho que contar.

—Ya. —Aðalheiður no parecía muy convencida.

Elma se abrazó. No podía entrar en calor después de todas las horas que había pasado fuera y seguía fantaseando con su preciosa y acogedora cama. Se percató de que su madre tenía problemas con las luces.

—Deja que te ayude —dijo, y agarró un extremo. Cuando terminaron de colgar los cables y las bombillas en las ramas, se volvió hacia su madre y repitió—: Siempre soy amable con mi hermana, es ella la que…

Se detuvo ante el suspiro de su madre.

—Ay, Elma, ¿por qué tenéis que ser así? Habéis estado discutiendo desde que erais pequeñas.

—Pero mamá… —Elma se quedó casi sin palabras—. Ya sabes cómo fue para mí. Ella era la que no quería tener nada que ver conmigo. Si alguna vez, aunque fuese solo una, hubiera mostrado interés por mí… —Al darse cuenta de que había alzado la voz, Elma se mordió el labio antes de que pudiera soltar algo de lo que se arrepintiese—. Lo que pasa es que has olvidado cómo era.

—¿De veras? —exclamó su madre, y luego sonrió—. Según recuerdo, le hiciste un agujero a su vestido favorito.

—Pero eso…

—Y también recuerdo que pusiste jabón en su pecera para que todos sus peces murieran.

—Eso es…

—Y podría seguir, Elma. No eras un ángel. Siempre hablas como si hubieras sido la víctima, pero se necesitan dos personas para empezar una pelea.

Elma sintió que se ruborizaba.

—Tú misma me dijiste que no quería que naciera. Me odió desde el primer día.

—¡Ay, Elma!

—¿Qué? —Lo dijo más alto de lo que pretendía.

Aðalheiður se irguió.

—No puedes guardarle rencor a una niña. Solo tenía tres años cuando naciste y fue duro para ella, ya no era el bebé de la familia. Durante los primeros meses después de tu nacimiento, se comportó como si fuera un año menor. Empezó a usar el chupete otra vez y a dormir con su osito de peluche, e incluso le cambió la voz. —Aðalheiður se rio al recordarlo—. Empezó a hablar como… un bebé. De repente no era capaz de pronunciar las erres. Pero tu hermana siempre fue buena contigo, Elma. Se tumbaba a tu lado durante horas y te acariciaba las mejillas regordetas. Siempre con un solo dedo, como si tuviera miedo de hacerte daño. —Aðalheiður sonrió—. Lo único que os pido es que seáis amables entre vosotras. Eso es todo. Cariño, a veces puedes ser un poco brusca.

Elma se quedó callada. ¿Qué podía hacer para que su madre entendiera cómo había sido la vida con Dagný como hermana mayor? Una vida en la sombra de alguien a quien todos consideraban perfecta. Siempre había sido la hermana menor de Dagný, nada más.

—¡Hola! —De repente se oyó la voz de Dagný en el interior de la casa y Elma emitió un gemido apagado—. ¿Hay alguien en casa?

Aðalheiður dirigió a Elma una expresión severa.

—Bueno, ¿tomamos una taza de té?

—Aquí estáis —dijo Dagný tras abrir la puerta del patio.

Parecía una bailarina de *ballet* con el cabello recogido en un moño perfecto, sin ningún mechón fuera de sitio. A Elma le habría gustado parecerse más a ella, pero la gente solía sorprenderse cuando oían que eran hermanas, y Elma sabía por qué: Dagný era preciosa mientras que Elma era... bueno, lo que era. No era fea, pero tampoco especialmente guapa. Del montón. Tenía el cabello castaño claro, la piel pálida y pecas. No había nada especial o memorable en ella. Cuando era adolescente, Elma intentó llamar la atención con su ropa y su peinado, pero lo único que consiguió fueron miradas de soslayo por resultar extravagante. Y dado que no compartía la idea de que cualquier tipo de atención era mejor que ninguna, decidió ser discreta y al final optó por mantener un perfil bajo, por lo que pocas personas se fijaban en ella.

—Hoy he horneado *kleinur* —anunció Dagný, sonriente, y levantó dos bolsas de plástico llenas de rosquillas de canela.

—Ahora sí nos entendemos —dijo Elma, al descubrir que todavía le quedaba espacio para un capricho después de la cena. Agarró la caja con las luces que no usarían ese año y entró en la cocina.

—¿Qué has hecho hoy? —preguntó Aðalheiður mientras encendía la tetera.

—Bueno, he horneado *kleinur*, como puedes ver. —Dagný dejó las bolsas encima de la mesa—. Y Viðar ha llevado a los chicos a nadar.

—Qué bien. La piscina se ve fantástica después de todas las mejoras. —Aðalheiður puso platos y tazas en la mesa junto con una caja que contenía una selección de bolsas de té—. Bueno, a ver qué os parece esto: se acerca un cumpleaños importante para vuestro padre y quiero organizarle una fiesta sorpresa. Solo para la familia y algunos amigos, pero creo que podría ser divertido. Siempre he querido organizar una fiesta sorpresa, pero no sé cómo encargarme de... ya sabéis, todos los preparativos para algo así, por lo que me preguntaba si podríais organizarla vosotras dos.

—Elma y yo nos encargaremos —se ofreció Dagný de inmediato—. ¿Verdad, Elma?

—Sí, claro —respondió Elma—. También podríamos buscar un recinto.

La tetera empezó a hervir y Aðalheiður llenó tres tazas con agua caliente, después se unió a sus hijas en la mesa. Elma escogió una bolsa de té y la sumergió en la taza humeante.

—Buena idea —dijo Dagný—. ¿Qué te parece si vamos al centro el sábado? Podríamos comprar adornos, y también buscar un regalo, y es probable que necesite una nueva camisa, y… —Se interrumpió y empezó a reírse—. Vale, lo admito: me encanta organizar fiestas.

—Me parece bien —dijo Elma, y mojó la rosquilla en el té.

Dagný no parecía tener ningún problema con pasar tiempo a su lado. Se preguntó si solo era ella la que llevaba las cicatrices de su pasado. Sin duda Dagný era consciente de que apenas le había dicho un par de palabras de pésame a Elma después de la muere de Davíð. Y Elma podía contar con los dedos de una mano el número de veces que su hermana había ido a Reikiavik a visitarlos cuando aún vivía. A veces le daba la sensación de que Dagný había olvidado que tenía una hermana.

Su padre entró en la cocina y trajo a Elma de vuelta al presente. Cuando mordió la rosquilla, descubrió que había caído un gran pedazo en el té porque se había olvidado por completo de sacarla de la taza.

La ventana de la habitación de Hekla tenía un diseño brillante. Podía cerrarse de manera herméticamente para que no se oyera nada del exterior, incluso aunque hubiera una fuerte tormenta. En el piso en el que había vivido con Maríanna, el aullido del viento que pasaba por el marco de la ventana solía mantenerla despierta por la noche. Otra ventaja, incluso mejor, de esta ventana era que podía abrirse de par en par, casi como una puerta, lo que le permitía salir siempre que quisiera sin que nadie se diera cuenta. El único problema era cerrarla de manera que pudiera abrirla desde el exterior. Era complicado, pero hace algún tiempo que había dado con una solución. Al atar una goma de pelo elástica alrededor del pestillo y del marco exterior, podía mantenerla cerrada. Más tarde, cuando quería volver a entrar, lo único que tenía que hacer era quitarla.

Sin embargo, esa noche temía que la ventana fuera a abrirse de golpe y se rompiera el elástico. El viento era tan fuerte que la goma se estiraba de manera alarmante. Hekla añadió dos más para asegurarse y confió en que todo saliera bien. Caminó de puntillas junto a la pared de la única planta de la casa y se agachó cuando pasó por la ventana de la habitación de Bergrún y Fannar. El coche la esperaba al final de la calle.

Se sentó en el asiento del copiloto y sonrió a Agnar. Él le devolvió una sonrisa incómoda y pisó con tanta fuerza el acelerador que el motor emitió un rugido lo bastante ruidoso como para cabrear a los vecinos. Hekla sintió su cuerpo presionado contra el asiento cuando el coche se puso bruscamente en marcha.

—Era Maríanna —dijo al poco rato—. A quien encontraron. Ya sabes, el cuerpo.

Agnar apartó los ojos de la carretera y la miró. Extendió la mano y la apoyó en el muslo de la chica.

—¿Estás bien?…

Hekla asintió. No quería hablar de Maríanna, pero sentía que tenía que decírselo. Agnar también parecía tener problemas para encontrar las palabras adecuadas.

—¿Debería…? ¿Quieres que haga algo? —dijo casi tartamudeando.

Lo observó y se preguntó a qué se refería. No había nada que pudiera hacer. Ya había hecho más que suficiente.

—¿Tienes dinero? —preguntó, decidida a no pensar en Maríanna por el momento—. Me muero por un helado.

Agnar sonrió. Se dirigió al servicio de recogida para coches y se detuvo junto a la ventanilla, justo cuando iban a cerrar. La chica que los atendió parecía malhumorada. Poco después Hekla tuvo el helado en el regazo y comenzó a engullirlo; se atiborró de chocolate Daim y cobertura de regaliz hasta que se sintió mal.

Condujeron un rato por el pueblo y se detuvieron en el puerto, donde Agnar se puso una bolsita de tabaco de mascar bajo el labio. Hekla lo odiaba: le hacía parecer un hámster. Siguió comiéndose el helado, consciente de que, en cuanto terminara, Agnar empezaría a besarla.

—¿Quieres que me deshaga de ella? —preguntó.

—Sí. —Hekla dejó de remover los restos del fondo de la tarrina y se la entregó.

La dejó en la bolsa de plástico que guardaba bajo el asiento. Después tomó su mano y recorrió el dorso con sus dedos largos y finos. Era extraño lo cortos y regordetes que se veían sus dedos junto a los de él. Se sintió como si fuera una niña que no debería estar en un coche con un chico que tenía casi veinte. Agnar se inclinó y empezó a besarla. Intentó pensar en otra cosa.

Más tarde, cuando se fue a la cama esa noche, Hekla se sintió inquieta. Había hecho todo tipo de cosas con Agnar y le había prometido todo tipo de cosas que no estaba segura de poder darle. No era que él hiciese nada mal, pero el interés de Hekla disminuía con cada mensaje y cada mirada que Agnar le dirigía. Cuanto más empalagoso se volvía, menos quería verlo.

A Hekla ya no le parecía que estuviera bueno. Para ser sincera, nunca había pensado que lo estuviera, salvo al principio. Quizá porque era el primer chico que mostraba interés en ella, y en aquel entonces necesitaba ese interés.

Lo conoció una noche en la que Hekla había ido a Akranes con sus amigas, Tinna y Dísa. Las chicas, emocionadas al pensar que iban a ir a pueblo en coche con los chicos mayores, fueron hasta el final de la calle para que sus padres no las vieran. Cuando un pequeño vehículo azul se paró en seco junto al bordillo, las tres se metieron en él, apretujándose en el asiento de atrás.

Acabó junto a Agnar; alto, delgado y con demasiada gomina en el cabello. Sus brazos se tocaron cada vez que el conductor giraba bruscamente y cuando aceleró a fondo al salir del pueblo. Alguien encendió un cigarrillo y el coche se llenó de humo y, después, de aire gélido cuando bajaron las ventanillas. Más tarde, cuando los chicos las llevaron a casa, Agnar le preguntó su nombre en Snapchat mientras ignoraba las burlas y risas de sus amigos. Al día siguiente se encontró un mensaje suyo y durante las semanas siguientes sus conversaciones se volvieron cada vez más intensas. Le contó muchas cosas que nunca le había dicho a nadie, sobre su madre y el colegio, sobre el acoso y la rabia. Agnar usó las palabras correctas para contestarle. La entendía y estaba dispuesto a escucharla. Por fin, alguien que sabía quién era en realidad y que quería seguir conociéndola.

No era una sensación a la que estuviera acostumbrada. Tinna y Dísa eran las primeras amigas que tenía y seguía sin acabar de entender cómo había sucedido. En el colegio de Borgarnes nadie se había fijado en ella, y ni siquiera Maríanna parecía interesada. A veces le preguntaba a Hekla cómo le iba, pero Hekla podía ver cómo se perdía su mirada en cuanto comenzaba a responder. Cuando Hekla quiso cambiar de colegio, Maríanna no la tomó en serio, y cuando le preguntó si podía mudarse con Fannar y Bergrún, se puso furiosa. Como si Hekla tuviera alguna deuda con ella.

Una vez, en un ataque de rabia, Maríanna le pegó en la cabeza con una cuchara de madera y le gritó: «¿Tienes idea de todo lo que he sacrificado por ti?». Hekla lo recordaba claramente porque fue en ese momento cuando empezó a odiarla. Desde entonces nunca pensaba en ella como «mamá», solo como Maríanna.

Hekla volvió a ver a Agnar el siguiente fin de semana que pasó en Akranes con Bergrún y Fannar. Fue a recogerla con un amigo porque todavía no se había sacado el carné de conducir. Cuando se conocieron estaba oscuro y no pudo echarle un buen vistazo. A la luz del día, Agnar tenía acné y la tez pálida; se sorprendió un poco cuando se dio cuenta. Tenía un aspecto diferente en su imaginación. Las fotos que le había enviado por Snapchat no mostraban su piel o esos brazos largos y delgados que le recordaban a los de un pulpo. Además, caminaba de forma extraña; sus brazos y piernas se agitaban de un lado a otro, y tenía los hombros tensos. Ese no era el chico con el que se había obsesionado durante las últimas semanas.

Fue extraño lo rápido que olvidó sus reticencias. Lo único que tenía que hacer era decirle algo bonito y tratarla como si fuera una persona increíble. Nunca se había sentido así, de modo que pasó por alto lo demás y se centró en las cosas bonitas que le decía y no en su aspecto físico. Hasta ese momento no se había dado cuenta de que nunca le había gustado, solo la manera en que la hacía sentir. Bueno, ya no necesitaba ese tipo de validación. Ahora la cuestión era cómo deshacerse de él.

Siete meses

Reikiavik es justo como lo recordaba, un pueblecito que finge ser una ciudad. Durante la mayor parte del año el cielo está gris y los coches compiten por ser el más sucio. Los que se aventuran a salir caminan a toda prisa, vestidos con los mismos anoraks gruesos y la capucha echada sobre los ojos. Al fin y al cabo, no hay nada que ver salvo el cielo gris, el viento y la llovizna.

Ojalá nunca hubiera tenido que venir.

Hoy me han dado las llaves del piso. Durante los últimos meses he vivido en un apartamento alquilado a las afueras de Reikiavik. Es una sensación extraña ser propietaria de repente. Siento que soy muy joven para tener algo tan grande. No es que sea muy grande; solo es un piso pequeño y barato en un feo bloque de apartamentos al que le vendría bien una mano de pintura. Detrás del edificio hay un jardín comunitario rodeado por una valla rota y con un cajón de arena lleno de hierba en el centro.

Está en la segunda planta. Cuando por fin subo las escaleras, el corazón me late con fuerza por tener que cargar con el bebé, que no pesa poco. Un bulto de diez kilos subido a mi cadera.

La dejo en el suelo mientras busco las llaves. No se mueve, se queda quieta en su buzo rojo mientras mira al infinito. Le cuelgan los brazos a los costados y su expresión es solemne; tiene la boca torcida, casi parece una mueca.

—Vale, este es nuestro nuevo hogar —digo, y abro la puerta. Últimamente hago eso, hablar en voz alta, conmigo y con ella, pero ya no hay nadie que me responda; nada salvo un silencio opresivo.

No estoy preparada para el olor a moho que me golpea. Mis zapatos dejan marcas húmedas en el parqué desgastado cuando llevo a la niña dentro. En realidad, no está tan mal. Cocina, sala de estar y dos dormitorios. Un sofá maltrecho de cuero negro en la sala de estar y una pequeña mesa de comedor en la cocina. Salvo por eso, el piso está vacío. No se parece en nada a la casa en la que crecí: no hay un piano de cola en el salón ni una chimenea que llene las noches con un acogedor chisporroteo. Los únicos sonidos en este piso son los que le llegan de los vecinos por culpa de las paredes mal aisladas y el fuerte ruido del tráfico de la calle a la que da la ventana de la cocina.

Me duelen los hombros y la espalda, así que vuelvo a dejar a la niña en el suelo. Sus ojos grises examinan nuestro nuevo hogar. Sigue siendo enorme, lo ha sido desde que nació. Es mucho más grande que los otros niños de su edad. Unos días después de que naciera, empezaron a salirle granitos en la cara. Las comadronas dijeron que era perfectamente normal, pero no podía tocarlos sin sentirme asqueada. Por suerte, ahora tiene la piel bonita y lisa, pero sigue sin parecerse a los otros bebés. Hay algo adulto en su expresión. No balbucea ni babea ni sonríe. Pero sabe llorar y gritar cuando no está feliz, aunque no derrama lágrimas y no hay forma de calmarla. Lo único que puedes hacer es esperar hasta que se detenga por cuenta propia. El resto del tiempo se dedica a mirar al espacio y me hace sentir como una fracasada. Solo es un bebé, como siempre me estoy recordando, pero no puedo librarme de la sensación de que me observa y me juzga.

Me siento en el sofá y enciendo un cigarrillo. No es que el olor aquí dentro pueda empeorar. Mientras el humo gris se enrolla hacia el techo, decido que será el último. No queda nadie con quien pueda fumar. Mis amigos se han desvanecido. Mis padres también. Nadie se ha puesto en contacto conmigo desde que me mudé. Como si me importara. No eran nada salvo una panda de perdedores sin futuro, solo tenían pasado. No soy como ellos.

Cuando me termino el cigarrillo, abro la ventana y lo tiro. Observo cómo deja una pequeña marca en la nieve. No conozco estas calles ni estos edificios, son completamente nuevos para mí. Nunca había visitado este barrio hasta que vine a ver el piso, pero la falta de familiaridad es buena. Significa que nadie me reconocerá y, mientras eso dure, estaré a salvo.

Mientras eso dure, no tengo nada que temer.

Lunes

Bergrún no soportaba a la gente que daba por hecho que podía tener hijos. Tal vez por eso nunca le había caído bien Maríanna. Se puso de pie, tiró el resto de las gachas de avena a la papelera y metió el bol en el lavavajillas.

La cafetera hizo el ruido habitual al moler los granos. Después de que el líquido negro cayera en la taza, hubo silencio absoluto. El cabello de Bergrún seguía húmedo por la ducha que se había dado, y sentía un placentero letargo después de sus ejercicios matutinos. Pero sus pensamientos seguían regresando a Maríanna, lo que le impedía disfrutar de ese momento del día como normalmente hacía. Volvió a presentársele su manera casual, espontánea, de intentar que tuvieran lástima de ella. Hubo veces en que Bergrún quiso gritarle que el mundo no giraba a su alrededor. Sin embargo, le había dado pena el primer día que la había visto. Bergrún se sentó con el periódico, pero, en lugar de abrirlo, se puso a mirar por la ventana.

Dos fatídicas llamadas habían definido el día en que conoció a Maríanna. La primera había sido del hospital para comunicarle que el tercer intento de fecundación *in vitro* había fallado. Incapaz de creerlo, se había reído de forma histérica y había dicho que debía tratarse de un error. Tenían que revisar los resultados. ¿Era posible que los hubieran confundido con los de alguien más? Porque podía sentirlos, sentía unos movimientos extraños en el vientre, como si flotaran pequeñas pompas de jabón en su interior. «Hola, personita», había susurrado mientras se acariciaba el estómago la noche anterior. «Hola». Podía jurar que alguien en su interior le había devuelto el saludo con una patadita, un gesto o lo que fuera que hicieran los bebes en el vientre.

Al final Fannar le quitó el teléfono y la rodeó con sus brazos. La abrazó antes incluso de darse cuenta de que estaba llorando. ¿De verdad le había gritado a ese amable doctor? Ella, que nunca perdía los estribos ante nadie. Su padre solía decir que no tenía sangre en las venas. ¿Estaba siquiera viva? No sentía que lo estuviera. No mientras lloraba en los brazos de Fannar y sentía cómo reventaban las pompas de jabón, una a una. Pop, por, pop. «Adiós, personita. Adiós, alma que nunca existió».

Esa había sido la primera llamada. La segunda había supuesto una gran mejora. La llamó la Agencia de Protección de Menores para decirle que había una niña que necesitaba un hogar de acogida. ¿Estaban dispuestos? Pese a no sentirse exultante, se encendió una chispa de esperanza en su interior. Fannar había tenido dudas, y hasta ella misma se había cuestionado seriamente si sería capaz de sobrellevarlo, pero después de navegar por fórums en línea llenos de mujeres embarazadas que se quejaban de dolores, cansancio, reflujo e insomnio, supo que era más fuerte que ellas. Así que dijo que sí, y no se arrepintió ni por un segundo desde que llegó la niña.

Hekla. Con su cabello oscuro y rebelde, su sonrisa tímida y sus preguntas extrañas. Bergrún sabía que era especial, distinta a los otros niños. Un poco tímida e introvertida. Puede que fuera el efecto de una crianza en la que Bergrún no quería pensar. Creía que la llegada de Hekla no había sido una coincidencia, sino una compensación divina por el niño que no podía concebir. De ahí lo devastador que fue para ella cuando, seis meses después, recibió una llamada en la que le comunicaron que la madre de Hekla estaba lista para volver a hacerse cargo de ella. Bergrún lloró incluso más que cuando había recibido las tres fatídicas llamadas del hospital. Porque esa vez la niña no era solo producto de su imaginación: había sostenido a Hekla en sus brazos, se había acostado junto a ella mientras dormía, la había llevado de la mano por innumerables parques infantiles, le había besado cientos de rasguños y le había enjugado un número aún mayor de lágrimas.

Afortunadamente, Maríanna accedió a que Hekla pasara un fin de semana con ellos cada dos semanas, lo que era mejor que nada. Bergrún invitaba a Hekla a ir de vacaciones con ellos y a la casa de campo que alquilaban en Pascua, pero devolverla le dolía cada vez más. Se esforzó al máximo por tener una buena relación con Maríanna, con la esperanza de que algún día reconociera que Hekla estaría mejor con ellos. Pero a Maríanna no parecía importarle. Bergrún intentó persuadirla en repetidas ocasiones, de forma amable, claro, consciente de que perdería a Hekla para siempre si Maríanna decidía romper el acuerdo. Pero nada de lo que dijera ni las suplicas de Hekla tuvieron el menor efecto: Maríanna no les hacía caso.

Al oír pasos en el pasillo, Bergrún se terminó el café. Tenía un largo día por delante en la clínica dental y debía preparar el almuerzo para llevar, ordenar la ropa y hacer el desayuno para dos personas. No pudo evitar sonreír. Bergur tenía siete años. Lo acogieron con seis meses, y varios meses después quedó claro que sería algo permanente. Por fin. A Bergrún le había llevado mucho tiempo aceptarlo y no pudo relajarse del todo hasta que tuvo los papeles de adopción en la mano. A diferencia de Maríanna, la madre de Bergur había hecho lo mejor para su hijo y había renunciado a él. En cambio, Maríanna insistía tercamente en aferrarse a su hija, a pesar de los deseos de Hekla y de lo que evidentemente era mejor para ella. A Maríanna ni siquiera parecía caerle muy bien Hekla. ¡Su propia hija! Si había algo de lo que estaba segura Bergrún era de que Maríanna nunca había merecido a Hekla.

La autopsia iba a comenzar a las nueve. Elma, Sævar y Hörður entraron en la casa de la esquina, que formaba parte del Hospital Nacional de Reikiavik, aunque desde el exterior parecía una vivienda. No había carteles en la parte delantera y pocos habrían sospechado que en el sótano se guardaban hileras de cuerpos en cámaras frigoríficas especialmente diseñadas; que era un lugar en el que abrían cuerpos, extraían órganos internos y los dejaban en bandejas de acero.

Elma, que ya había asistido a autopsias, tenía una idea bastante clara de lo que el procedimiento conllevaba. Sin embargo, en cuanto comenzó el examen se dio cuenta de que nunca había estado presente en la autopsia de un cadáver en ese estado. Mientras el forense rebuscaba en la ropa de manera metódica, ella observaba el cráneo. Se veía diferente bajo los focos del laboratorio de patología. Mucho más real, pero, a la vez, más irreal. A Elma le resultaba difícil hacerse a la idea de que todos eran así bajo la piel, sin importar el aspecto exterior. Sin importar sus pensamientos, sentimientos o personalidad. A fin de cuentas, las personas solo era carne y hueso que acabaría por deteriorarse, descomponerse y desaparecer.

El forense cortó la ropa y dejó al descubierto el cuerpo que había debajo, lo que provocó que a Elma se le revolviera el estómago. La piel tenía manchas grises y marrón claro. El forense les explicó que debía tener mucho cuidado porque se había deteriorado hasta un punto en el que no le costaría mucho desintegrarse. Cedía ante su tacto como si fuera queso blando o gachas de avena.

—Ha sido una suerte que las condiciones de la cueva fueran tan favorables —dijo el forense—. Ha sido un verano húmedo, apenas ha penetrado la luz solar y la temperatura ha permanecido convenientemente baja y constante. —Mientras lo explicaba, metió la ropa en una bolsa de plástico y la dejó a un lado.

—¿La humedad no debería acelerar la descomposición? —preguntó Sævar.

—Buena pregunta. —El forense parecía muy animado—. Sí, normalmente la humedad descompone los tejidos más rápido, pero hay ciertas condiciones que provocan la formación de una substancia gris similar a la cera, la adipocira, en los tejidos. Las reacciones químicas que tienen lugar evitan que las bacterias y los insectos los consuman. Es habitual en lagos y pantanos, por ejemplo.

—Pero la encontraron en una cueva —señaló Sævar.

—Exacto. —El forense sonrió—. La reacción también puede producirse en cuevas estrechas y húmedas en las que el aire es estático. El suelo estaba cubierto de una capa de arcilla húmeda y musgo, y el cuerpo se había hundido en ella, así que la piel se había fusionado con la arcilla.

Los tejidos que quedaban ya no parecían piel. Donde antes la sangre roja había circulado a través de venas y arterias, ahora había herrumbrosas manchas marrones. Elma hizo un esfuerzo por controlar la respiración mientras observaba. No quería ponerse en evidencia vomitando como había hecho Sævar el día anterior.

—No obstante, esto no atañe a todo el cuerpo —prosiguió el forense—. Las partes que estaban menos protegidas, como las manos y la cara, han quedado reducidas a huesos, aunque quedan restos de tendones y ligamentos, puesto que por lo general se descomponen más despacio. Evidentemente, el cerebro y los ojos han desaparecido por completo, pero el abdomen ha conservado bastante más carne, como se puede observar. El tejido blando también se ha conservado en el cráneo, los tendones y algunos lugares. Sobre todo, en la parte de atrás de la cabeza y en otras áreas en las que el cuerpo estuvo en contacto con el suelo.

—¿Hay alguna posibilidad de detectar heridas? —preguntó Elma, y desvió la mirada.

—Sí, lo intentaremos —respondió el forense—. Si te fijas aquí, por ejemplo, puedes ver de inmediato manchas oscuras en la piel del estómago y de los pechos que podrían indicar patadas y golpes. —Señaló el pecho con un dedo enguantado, luego tomó una cámara y empezó a hacer fotos—. La fractura del cráneo es tan insignificante que dudo que pudiera haber sido mortal. Es más probable que muriera por las hemorragias causadas por los golpes. La fractura se encuentra en la frente, aquí, lo que indica que la persona que se la infligió tuvo que estar encima de Maríanna en ese momento o que era más baja que ella.

—¿Por qué lo dices? —intervino Hörður, quien hasta ahora había permanecido en silencio.

—Porque si el asaltante hubiera sido más alto que Maríanna, la fractura estaría más arriba en el cráneo. Suponiendo que usaran un objeto contundente para golpearla en la cabeza. Es imposible saber la altura de la persona que golpeó a Maríanna si esta estaba en el suelo, pero la posición es compatible con sus otras lesiones. Lo que quiere decir que estaba tumbada cuando la golpearon.

—¿Pero por qué perdió tanta sangre si la golpearon? —preguntó Hörður—. ¿La hemorragia no habría sido sobre todo interna, si no se usaron armas cortantes?

—Bueno, la golpearon en la cabeza con un objeto contundente, aunque no podría decir exactamente con qué —respondió el forense—. No soy capaz de dilucidar por dónde salió la mayor parte de la sangre. Hay indicios de hemorragia interna, pero también hay una pérdida considerable de sangre. —Miró el cuerpo con el ceño fruncido, luego trajo un carrito de acero y observó la selección de escalpelos que había encima.

—¿Piensas que estaba muerta cuando entró en la cueva? —preguntó Elma.

—Sí, eso creo. Tengo entendido que encontraron muy poca sangre en la escena, así que sería la conclusión lógica.

—¿La mataron a golpes? —preguntó Hörður.

El forense bajó la cámara y los miró.

—Sí, yo apostaría por eso —contestó—. Con una descomposición tan avanzada es difícil afirmar con seguridad si murió por los golpes, pero a juzgar por los hematomas que tiene en el cuerpo y por la fractura en el cráneo, yo diría que es muy probable. Sin embargo, todavía no estoy seguro de la causa exacta de la muerte. Tendremos una idea más clara después de haber examinado los órganos internos. A menudo conservan signos de lesiones. —Agarró un escalpelo y les dirigió una sonrisa alentadora antes de empezar a trabajar.

—Compararé los dientes con la ficha dental de Maríanna Þórsdóttir para confirmar la identidad, pero creo que podemos asumir que es ella —les dijo el forense dos horas más tarde. Estaban de pie fuera del laboratorio y, a pesar de que el olor era mejor ahí fuera y de que no había un cadáver diseccionado frente a ella, Elma todavía se sentía mareada.

Se habían encontrado restos de sangre en la garganta de Maríanna y, pese a que la piel del rostro no se había conservado, el forense estaba seguro de que había recibido un golpe frontal que le había roto la nariz, lo que explicaría la mayor parte del sangrado. La sangre la habría caído por la garganta, obstruido las vías respiratorias y dificultado la respiración.

Pero no podía afirmar con seguridad si la causa de la muerte había sido la pérdida de sangre, la hemorragia interna o la asfixia. Aun así, quedaba bastante claro que a Maríanna le habían dado una paliza y que las lesiones le habían provocado la muerte en un periodo de tiempo relativamente corto.

—Bien, seguiremos en contacto. —Hörður ya estaba a mitad de la escalera.

—Una cosa más —dijo Elma—. ¿Tienes alguna idea de por qué el asesino no intentó ocultar el cuerpo, metiéndola en una bolsa de basura, por ejemplo?

El forense se encogió de hombros.

—Ese tipo de conjeturas no son parte de mi trabajo —le recordó—. Pero lo que sí puedo decirte es que cuando un cuerpo se guarda en una bolsa de basura gruesa, se preserva mucho mejor; tanto el cabello como los fluidos corporales y el ADN. Quizá la persona que la dejó en la cueva esperaba que la naturaleza siguiera su curso y destruyera todas las pruebas. Y en circunstancias normales no habría sido mala idea. Pero dudo que el asesino hubiera podido predecir la reacción química que tendría lugar gracias a las condiciones de la cueva.

—¿Es posible que la transportaran en una bolsa de plástico?

—Podría ser, por supuesto, pero desafortunadamente no puedo demostrarlo.

Elma asintió. Se había preguntado cómo habían podido trasladar el cadáver por un terreno irregular en esa época del año sin que nadie lo viese. A principios de mayo, el atardecer no es hasta poco antes de medianoche, y después sigue habiendo algo de luz. Además, parecía improbable que alguien hubiera podido arrastrar el cuerpo por el campo de lava mientras buscaba un buen sitio para esconderlo. Lo único que se le ocurría era que la persona que lo había escondido tenía que estar muy familiarizada con la zona y que probablemente ya conocía la cueva. Otra cosa de la que estaba completamente segura era de que hacían falta dos personas para llevar a Maríanna.

—Os enviaré las fotos y el informe preliminar más tarde —dijo el forense al despedirse.

Una vez fuera, Elma se llenó con agradecimiento los pulmones de aire frío y fresco y se sintió mejor de inmediato. No lograba acostumbrarse a presenciar autopsias. No era capaz de comprender que hubiera gente que se ganaba la vida con ello. Puede que te acostumbraras, como sucedía con todo lo demás. El forense había trabajado con una actitud serena y meticulosa y no había mostrado señales de estar afectado por el cuerpo, mientras que los pálidos rostros de Sævar y Hörður habían dejado claro que estaban en el mismo barco que ella. Después de entrar en el coche, ninguno habló durante un rato.

—Quizá deberíamos comer algo —sugirió Sævar.

—Para ser sincero, ahora mismo no creo que pueda ni ver comida —admitió Hörður, pero accedió a parar en una gasolinera que vendía bocadillos.

Elma se sintió mejor después de media lata de refresco y un trozo de chocolate, pero eso fue lo único que pudo comer.

—Tendremos que repasarlo todo desde el principio —dijo Elma—. El caso difiere bastante de lo que parecía en primavera.

—No había nada sospechoso en aquel entonces. —Sævar arrugó el envoltorio de su bocadillo de gambas—. Lo que quiero decir es que dejó una nota para su hija, un mensaje que parecía una nota de despedida, y dimos por hecho que Maríanna se había ido en coche a Bifröst. Todo indicaba que se trataba de un suicidio premeditado.

—Lo sé —dijo Elma—. Lo que hizo que la búsqueda fuera tan difícil fue que su coche apareció cerca de una parada de autobuses en Bifröst, lo que significaba que en teoría podía haber ido a cualquier lugar del país, aunque ningún conductor la recordaba. Y como los perros no pudieron encontrar ningún rastro cerca del coche, era una conjetura razonable.

—Y también tuvimos en cuenta el móvil —dijo Sævar.

—¿El móvil? —Elma se giró para mirarlo.

—Rastreamos los movimientos de su móvil y la última señal provenía de Akranes, ¿recuerdas? Por eso enfocamos la búsqueda ahí. Luego, después de que su coche apareciera en Bifröst, cambiamos el enfoque. Fue un desastre.

—Sí, tienes razón —dijo Elma—. Así que presuntamente fue a Akranes antes de dirigirse a Bifröst.

—Exacto. Pero su móvil dejó de enviar señal a primera hora de la tarde en Akranes. Pudo haberse quedado sin batería o…

—Alguien pudo haberse deshecho de él —terminó Elma—. Hoy en día la mayoría de la gente es consciente del importante papel de los móviles en las investigaciones. Cualquiera que lea o escuche noticias sobre crímenes sabe que se pueden rastrear.

—La prensa se dará un banquete cuando esto salga a la luz —dijo Hörður con aire sombrío, y suspiró.

A pesar de que el caso de Maríanna Þórsdóttir seguía fresco en la memoria de Elma, solicitó los archivos para asegurarse de que no había olvidado ningún detalle importante. Era raro que una mujer joven desapareciera en Islandia y el caso había atraído mucha atención en aquel entonces, así que era probable que Hörður tuviera razón: ahora que estaba claro que Maríanna había sido asesinada, la histeria de los medios de comunicación sería inconmensurable.

Elma observó la foto de Maríanna en su escritorio. Era la imagen que circuló por los medios cuando denunciaron su desaparición. Un selfi de su página de Facebook que probablemente se había tomado en una ocasión especial. Por lo menos, salía arreglada; llevaba una camiseta negra, el cabello ondulado y una enigmática sonrisa en sus labios pintados de rojo. Resultaba imposible creer que esa fuera la misma persona que los restos espantosos que habían visto en la mesa de autopsias esa mañana.

La investigación original reveló enseguida que Maríanna tenía un largo historial de trastornos mentales. Había tomado medicación para la depresión y experimentado varios episodios de drogadicción y alcoholismo. El mensaje que esperaba a su hija cuando volvió del colegio estaba garabateado en la parte trasera de un sobre, en la mesa de la cocina de su piso en Borgarnes, junto con un billete arrugado de cinco mil coronas.

Lo siento. Te quiero. Mamá.

Pese a que no era propio de Maríanna dejar una nota como esa, Hekla no le dio mucha importancia. Usó el dinero para pedir una *pizza* y se fue a la cama antes de la medianoche. No se preguntó por qué su madre no había vuelto a casa porque sabía que Maríanna tenía una cita esa noche. No fue hasta la tarde siguiente que Hekla empezó a preocuparse. Había intentado llamar a su madre, solo para descubrir que tenía el móvil apagado. Cuando Maríanna no regresó esa noche, Hekla llamó a Bergrún, que fue a Borgarnes a recogerla y avisó a la policía.

En cuanto comenzaron a investigar, descubrieron que Maríanna no se había presentado a la cita. Solo en ese momento las cosas empezaron a ponerse serias, y para entonces ya llevaba desaparecida más de veinticuatro horas. El hombre con el que había quedado se llamaba Sölvi y trabajaba en la planta de ferrosilicio de Grundartangi en Hvalfjörður, igual que muchas otras personas que vivían en la zona. No había nada que lo relacionara con la desaparición de Maríanna, dado que se conocían desde hacía poco tiempo. Estaba bastante dolido y molesto porque lo hubiera dejado plantado, y la había llamado varias veces antes de darse por vencido, como confirmaba su registro de llamadas.

Maríanna tenía un exnovio; de hecho, más de uno, pero todas sus relaciones habían durado poco tiempo. Sin embargo, la policía no indagó mucho en el tema porque no había tenido contacto con ninguno de sus ex. Su único familiar vivo era su padre, que vivía en Reikiavik. Hekla no lo veía desde antes de la muerte de su abuela, cuando la niña tenía diez años. Maríanna también tenía un hermano que supuestamente se había suicidado a los veintiún años, cuando estaba embarazada de Hekla.

Después de peinar Akranes y los alrededores en busca de Maríanna, su coche, un Golf viejo y oxidado, apareció a setenta kilómetros al norte del pueblo, cerca del campus universitario de Bifröst. Eso fue motivo de consternación, puesto que habían rastreado su móvil hasta Akranes y basado la búsqueda en esa información. Los registros mostraban que la batería del teléfono no se había agotado; lo habían apagado de forma manual. ¿Lo había hecho Maríanna o alguien más? En aquel momento, supusieron que había sido ella.

No encontraron nada de interés en el coche: no había ningún teléfono, ningún bolso, ninguna mancha de sangre ni ningún signo de lucha. Estaba muy sucio, en un estado repugnante, había restos de comida y latas de bebidas en el suelo, y una bolsa que contenía un traje de baño enmohecido y una toalla. Todo indicaba que Maríanna había abandonado el coche en el aparcamiento junto al hotel de Bifröst y había continuado a pie o se había subido a un autobús. Durante días, los investigadores exploraron la zona alrededor del coche, recorrieron los parajes circundantes y buscaron en los lagos, pero no encontraron ni rastro de Maríanna. Ni siquiera los perros rastreadores pudieron encontrar su rastro.

No había nada especialmente sospechoso en el hecho de que no la hubieran encontrado. El paisaje volcánico alrededor de Bifröst estaba lleno de grietas y fisuras peligrosas por las que una persona podía caerse con facilidad. De vez en cuando la gente desaparecía en ese lugar sin dejar rastro. Al final, suspendieron la búsqueda. Aunque el caso permaneció abierto, la opinión popular era que se había quitado la vida. No obstante, ahora que se había demostrado que esa suposición era incorrecta, a Elma se le ocurrían varios detalles que podían haber generado sospechas.

Por ejemplo, Maríanna había hecho la colada la mañana de su desaparición. Tal vez no fuera nada extraordinario, pero, cuando revisaron el piso de Maríanna, a Elma le había resultado extraña la ropa mojada. No se habría molestado en hacer la colada si tenía pensado suicidarse. El piso era un completo desastre, las camas no estaban hechas y en la nevera había carne picada y pollo crudo. ¿Por qué tomarse la molestia de comprar comida si su intención era suicidarse? Sin duda no lo habría dejado para que Hekla lo cocinara.

La policía observó las grabaciones de las cámaras de seguridad del supermercado pertenecientes al día anterior a la desaparición de Maríanna y la vieron por la tienda con el carrito. Elma recordó pensar que no parecía el tipo de persona dispuesta a acabar con todo. Pero sus pensamientos se desviaron hasta Davíð. Nunca lo habría creído capaz de suicidarse, así que tal vez su juicio no era de fiar. Por eso había guardado silencio en aquel entonces y se había limitado a observar cómo la mujer, que era varios años menor que ella, metía refrescos y golosinas en el carrito y salía del supermercado con dos voluminosas bolsas de la compra. Aun así, Elma siguió pensando en la ropa de la lavadora y en el desorden del piso, lo que probablemente explicaría por qué llevaba desde mayo abriendo el informe y echándole un vistazo de vez en cuando.

Cuando Davíð se fue, había hecho la cama, doblado la ropa con cuidado y guardado en el armario. Davíð no solía hacer la cama y normalmente dejaba un montón de ropa sucia en su lado. Eso llevó a Elma a sospechar de inmediato que algo iba mal.

Por otro lado, los problemas de salud mental, la nota para Hekla y el coche abandonado respaldaban la teoría de que no había nada sospechoso en la desaparición de Maríanna. Nadie que le guardase rencor; no había tenido ninguna relación turbulenta ni negocios extraños, nada que la relacionase con algo mínimamente sospechoso. Por lo tanto, no hubo ninguna razón para prolongar la investigación después de que transcurrieran unas semanas y no surgiera información nueva. La policía centró su atención en otros asuntos más urgentes.

Elma temía la cobertura mediática, imaginaba que publicarían titulares que tacharían de incompetente a la rama occidental de la División de Investigación Criminal. Exagerarían cualquier detalle insignificante que hubieran pasado por alto o interpretado de forma incorrecta. Volvió a hojear las copias de los registros del móvil y del portátil de Maríanna. Los examinaron de forma sistemática durante los días posteriores a la desaparición. El móvil nunca se encontró, y los registros de la compañía telefónica, que abarcaban los seis meses anteriores, no aportaron nada de interés. Maríanna había usado el portátil para comunicarse con sus amigas por Facebook. También había usado la red social para enviarle mensajes a Sölvi, su cita de la noche del 4 de mayo. Tenía pensado recogerla y llevarla a cenar. Al no contestar a sus llamadas, había seguido llamándola, como confirmaban los registros de su móvil.

Bergrún, la madre de acogida de Hekla, había llamado varias veces al número de Maríanna la semana previa a su desaparición: habían hablado casi cada día. Elma no recordaba exactamente lo que Bergrún dijo sobre esas llamadas, así que tomó nota para volverle a preguntar.

Los registros también mostraban que Maríanna había intentado contactar con Hekla muchas veces durante y después de la hora de comer del viernes 4 de mayo. Hekla no había respondido, seguramente porque estuvo en el colegio hasta las dos. La última llamada era de las 14.27, pero, puesto que la última clase de Hekla había sido de natación, era posible que siguiese en el vestuario y tuviese el móvil en silencio.

Elma suspiró y se recostó en la silla. No veía nada nuevo en los archivos ni ningún sospechoso principal. Si no fuera por los restos en avanzado estado de descomposición que había visto en la mesa de autopsias de Reikiavik, habría llegado a la misma conclusión que alcanzaron en primavera: Maríanna Þórsdóttir había desaparecido por voluntad propia.

El escritorio de Hörður estaba cubierto de las migas del panecillo que acababa de comerse. Las barrió para formar una fila. Su lista de tareas pendientes ya era lo bastante larga y ahora tenía que añadir este caso; un caso que criticarían por no haber resuelto antes. Hörður le estaba dando vueltas a la idea de retirarse el próximo año. Casi había alcanzado la edad de jubilación y ya no tenía energía. En realidad, esto no era del todo cierto: tenía energía, pero no ganas. Su interés disminuía cada mes que pasaba y ahora deseaba dedicarse a algo más. Quería aprovechar el tiempo para disfrutar y viajar, como Gígja y él siempre habían soñado. Se había dado cuenta de que el tiempo que le quedaba no era infinito, sobre todo desde que a Gígja le diagnosticaron cáncer de mama. Según los médicos, el tumor aún era pequeño; no se había extendido. Pero eso no lo hacía menos aterrador. Movió la fila de migas de un lado a otro antes de recogerlas en la palma de la mano y arrojarlas a la papelera bajo el escritorio.

Daba la impresión de que a todas las personas de su edad les diagnosticaban alguna enfermedad, y le aterraba que las cosas acabaran mal. El cáncer, pese a no haber resultado ser tan grave como habían temido en un principio, lo había puesto todo bajo una nueva perspectiva. El tiempo era valioso y tenía la intención de aprovechar los años que le quedaban. La muerte tenía la costumbre de acercarse sigilosamente a la gente cuando menos se lo esperaba. Incluso en la vejez existía la tendencia a creer que el día siguiente llegará. Que otro año llegará después de este. Lo asustaba pensar que podía no ser cierto.

Alguien llamó a la puerta y Hörður se limpió las últimas migas de las manos.

—Pasa.

Elma abrió la puerta.

—¿No se suponía que la reunión era a las cuatro?

Hörður le echó un vistazo al reloj.

—¿Qué? Sí. ¿Tan tarde es? Dame un par de minutos. Tengo que hacer una llamada.

Elma asintió y cerró la puerta. Había cambiado desde que se había unido a la DIC, hacía poco más de un año. Al principio le pareció bastante seria, pero tenía una buena razón para comportarse así. Hörður no se enteró de la muerte de la pareja de Elma hasta que Gígja, que lo sabía todo de todo el mundo, le preguntó al respecto mucho después. Apenas era capaz de imaginar el dolor que debió sentir al perder a alguien tan cercano. Él solo había perdido a sus padres, pero tuvo muchos años para prepararse mentalmente. Era muy distinto perder a una pareja o a algún familiar cercano a quien deberían quedarle muchos años de vida. Hörður se dio cuenta de que Elma no era ella misma cuando llegó a la DIC. Últimamente venía a trabajar con una alegre sonrisa en el rostro y, si acaso, hablaba algo más de la cuenta.

Hörður cogió el móvil y pulsó el número de Gígja. Había ido a Reikiavik para someterse a radioterapia. No había podido acompañarla, como había querido, pero su hija había ido en su lugar. Gígja estaba de buen humor esa mañana, de tan buen humor que se preguntó si se alegraba de que no pudiera ir con ella esta vez. Madre e hija planeaban combinar el viaje con algunas compras, un almuerzo fuera y puede que hasta una sesión de cine. Gígja dijo que probablemente volverían tarde. Solo esperaba que su hija no agotara a su madre con un maratón de compras.

Un año

No le canto en su cumpleaños, pero sí compro una tarta y la pongo encima de la mesa con una sola vela clavada. La miramos arder y el ruido del camión de la basura llena el silencio entre nosotras. Después soplo la vela y le doy un trozo de tarta.

No se suponía que sería así. Tenía un plan. Hice todo lo posible por cumplirlo, pero las cosas no salieron como había previsto. El mundo puede desmoronarse en un instante y una pequeña mentira puede cambiar la manera en que te ven los demás. Aunque no creo en Dios, me pregunto si me está castigando, si ha enviado a esta niña como venganza por lo que hice. Cuando la miro no veo nada, no siento nada; podría ser una extraña, la hija de otra persona. No se parece en nada a mí, con ese cabello grueso y negro, y es demasiado grande para su edad. Los pliegues de grasa en sus muslos hacen que sea difícil encontrar pantalones que le queden bien. Durante el embarazo, le compré un montón de ropa cara que en realidad no podía permitirme, pero no tendría que haberme molestado. No se parece en nada a las niñas de los anuncios y se ve ridícula con vestidos de Ralph Lauren y Calvin Klein. No es una de esas niñas bonitas para las que diseñaron la ropa.

Al principio pensé en darla en adopción. Me imaginé a la pareja que la acogería y la cuidaría como si fuera suya. Si lo hubiera hecho, quizá mis padres se hubieran quedado en Islandia. La última vez que supe de ellos fue a través de una carta en el buzón unos días antes del nacimiento de mi hija. Reconocí de inmediato la letra de mi madre en el sobre y lo abrí como un niño hambriento. El sobre solo contenía una tarjeta con un mensaje convencional bajo el que mi madre había escrito sus nombres. No mamá y papá, sino sus nombres de pila, como si fueran parientes lejanos y no mis padres.

Así que intento moderar mis expectativas cuando, un día después de su cumpleaños, veo un sobre con su nombre escrito con la letra de mi madre. Está arrugado y sucio, como si al cartero se le hubiera caído en un charco. Lo dejo en la mesa de la cocina al entrar en el piso, me hago un café e intento controlar mi respiración. No lo abro hasta que me siento con una taza.

El sobre es fino, pero hay algo suelto en el interior. Cuando lo abro, una delicada cadena de plata cae encima de la mesa. Está diseñada para el cuello de una niña y, sujeto a la cadena, hay un pequeño colgante de plata con la letra II: la primera letra del nombre de mi hija.

Bergrún oyó la risa en cuanto abrió la puerta. El tipo de risa que hace que te duela el estómago y dejes de respirar. ¿Cuándo se había reído así por última vez? Probablemente de adolescente. Fannar era un buen hombre, inteligente, prudente y de confianza, pero no era divertido. A veces se reían juntos, pero eso rara vez duraba mucho y no era el tipo de risa ahogada que provenía de la habitación de Hekla en ese momento.

Fue hasta la puerta y escuchó durante un par de segundos antes de llamar. Solo para experimentar de nuevo aquellos días que, al menos tal y como los recordaba, habían estado llenos de posibilidades tentadoras. Cuando era adolescente creía que las cosas siempre serían así. Pensaba que le quedaba mucho tiempo para alcanzar la edad adulta y que siempre sería una chica joven que no tendría que tomar decisiones sobre quién era o lo que quería hacer con su vida. El tiempo parecía haberse extendido hasta la eternidad, pero, al echar la vista atrás, era increíble lo poco que había durado en realidad esa etapa. La edad adulta la había agarrado por sorpresa y, antes de que se diera cuenta, todo había cambiado. Todavía tenía las mismas amigas, pero ya no quedaban para tumbarse en la cama y escuchar música en el radiocasete mientras se reían de los chicos. Ahora hablaban de hipotecas, política y aumentos salariales. Hablaban de sus maridos, hijos, compañeros y otra gente que conocían. Nunca se reían como las chicas en ese momento.

—¿Hekla? —Abrió la puerta con cuidado y las tres recuperaron el aliento. Estaban en la cama con los móviles, y sus calcetines estaban apilados en el suelo.

—¿Sí? —dijo Hekla, y se incorporó, aún sin aliento de tanto reír.

—¿Queréis quedaros a cenar, chicas? Estaba pensando en pedir *pizza*.

—¡Vale! —respondió Dísa, y al recobrar la compostura añadió—: Quiero decir, sí, por favor.

—Tengo que preguntarle a mi madre —explicó Tinna.

—Yo también —dijo Dísa.

—Yo las llamaré —afirmó Bergrún, y pensó en lo dulces que eran. Siempre tan educadas y elocuentes, pero tan diferentes la una de la otra. Tinna era alta, su melena rubia parecía teñida y era corpulenta sin tener sobrepeso. Era más callada que Dísa y no hablaba mucho, pero, cuando lo hacía, escogía sus palabras con cuidado. No era exactamente tímida, pero daba la impresión de ser reservada. Retraída. Muy diferente a Dísa, que no lo era para nada y hablaba con Bergrún casi como si fuera una adulta. A veces a Bergrún se le olvidada que solo tenía quince años; a menudo iba a la cocina y se sentaba a charlar con ella mientras Tinna y Hekla estaban absortas en sus móviles.

Bergrún conocía bastante bien a los padres de las chicas, sobre todo a las madres. Se habían hecho buenas amigas a través de sus hijas, o tan buenas amigas como las mujeres de esa edad pueden ser. Otra cosa que cambió cuando Bergrún se hizo mayor: no tenía amistades íntimas como antes. Ya no tenía amigas en las que confiar y que la conocieran a la perfección. Ahora charlaba con las que tenía mientras tomaban un café y compartían algún secreto extraño o algún cotilleo; lo suficiente para tener una relación cercana, pero no demasiado. No lo suficiente para arriesgarse a mostrar algo que no fuera su mejor versión.

Las risas regresaron poco tiempo después de que Bergrún cerrara la puerta. Se preguntó si Hekla había sido tan feliz en casa de Maríanna. Estaba bastante segura de que no. Había tenido un sinfín de problemas con sus amigos, o más bien con la falta de ellos, en el colegio de Borgarnes. Hekla se lo había confesado la noche del domingo anterior a la desaparición de Maríanna. Bergrún la había notado cada vez más ansiosa a medida que avanzaba el día. Hekla había permanecido en silencio, con la mirada perdida, hasta que Bergrún se la llevó a un lado para preguntarle cuál era el problema. No si había algún problema, sino cuál era.

Hekla se echó a llorar y le contó que siempre estaba sola en el colegio. Que estar sola cerca de un grupo de personas era mucho peor que estar sola cuando no había nadie cerca. «Por favor, por favor, no me obligues a volver», le suplicó Hekla. Bergrún llamó a Maríanna y le explicó la situación. ¿No podía dejar que Hekla se quedara un poco más en Akranes hasta que se sintiera un poco menos triste? Pero, por supuesto, no era posible: Hekla tenía que ir al colegio. Siempre la misma indiferencia por parte de la mujer que se llamaba a sí misma su madre. Pero eso ya no era un problema, pensó Bergrún mientras pulsaba el número de la madre de Tinna.

Gígja estaba sentada a la mesa de la cocina cuando Hörður llegó a casa. En la silla alta a su lado estaba la última incorporación a su horda de nietos; la quinta, un bebé adorable con una hermosa cabellera que acababa de cumplir su primer año.

—¿Tienes que estar haciendo de niñera? —preguntó Hörður, y abrió la nevera. Sabía que a menudo Gígja estaba cansada después de la radioterapia y, al entrar en casa, se había fijado en todas las bolsas de compras que había en el recibidor. Era evidente que su mujer y su hija no habían perdido el tiempo en la ciudad y ahora Gígja estaba cuidando de su nieta en lugar de descansar. Sin embargo, no mencionó las compras, no quería parecer crítico.

—Uf, no seas así —dijo Gígja sin despegar la mirada de la nieta a la que estaba alimentando—. Encuentro esto mucho más relajante que tumbarme en el sofá con los pies en alto.

—Vale, ¿pero los médicos no recomiendan…?

—Si muriera mañana, preferiría pasar mi último día con mi familia en lugar de sola en la cama —lo interrumpió Gígja.

Hörður refunfuñó, incapaz de entender cómo podía referirse tan despreocupadamente a su propia muerte. Lo incomodaba. Gígja le sonrió, lo que profundizó las arrugas alrededor de sus ojos. Se quejaba de ellas, pero Hörður las encontraba preciosas. Le daban un aspecto cálido y alegre que le recordaba la buena vida que habían compartido y lo mucho que se habían reído juntos. Cuando le sonreía de esa manera, no podía evitar devolverle la sonrisa. Le puso las manos en los hombros y la besó en la coronilla.

Gígja había reducido su horario laboral mientras durase el tratamiento, al menos de manera oficial. Creía que Hörður no sabía que se escabullía cada día y se traía a casa el trabajo, y que hacía de niñera de sus cinco nietos ignorando por completo las órdenes del médico de tomárselo con calma. Debería hablar con sus hijos y pedirles que dejaran descansar a su madre durante las semanas en las que se sometía al tratamiento. Tendría que asegurarse de que Gígja no se enterara o nunca lo dejaría en paz.

Hörður se sentó frente a ella y le hizo una mueca a la niña. Esta ladeó la cabeza y lo observó con sus enormes ojos. Nunca se le habían dado especialmente bien los niños pequeños. No sabía qué decirles o cómo comportarse, y se sentía ridículo si hablaba con voz de bebé, como mucha gente hacía.

—¿Pedimos comida para cenar? —sugirió Gígja—. No he tenido tiempo de ir al supermercado y no hay casi nada en la nevera.

—Ahora llamo —dijo Hörður, se levantó y se dirigió a la sala de estar.

Gígja le dio un trozo de pan con paté a la niña, solo para que lo escupiera y la saliva le cayera por la barbilla.

—¿Estás llena, cariño? —dijo Gígja, y le limpió la boca con el babero—. ¿Les preguntamos a Sibbi y los demás si quieren quedarse a cenar? —le preguntó a Hörður—. Se supone que llegarán en unos minutos.

—Venga, sí —contestó Hörður. Llamó a su hijo y resistió el impulso de desplomarse en el sofá y cerrar los ojos. Amaba a Gígja y a menudo pensaba que no podía haber escogido una mejor compañera de vida, pero no podía evitar desear que fueran un poco más parecidos. Gígja nunca era tan feliz como cuando la casa estaba llena de gente, de niños y de toda la conmoción que ocasionaban.

Él también lo disfrutaba, pero a veces era demasiado. En algunas ocasiones, habría dado lo que fuera para disfrutar de una noche tranquila a solas con ella.

El suelo de las duchas de la piscina de Jaðarsbakki estaba lleno de espuma de jabón. Unas chicas que acababan de terminar una clase de natación habían estado compitiendo para sacarlo de los dispensadores y hacer pompas. Elma avanzó con cuidado por el suelo resbaladizo hasta la única ducha libre para ducharse antes de meterse en la piscina. Después se apresuró a ponerse el bañador y salió, aliviada por dejar atrás las ensordecedoras carcajadas procedentes del vestuario.

La oscuridad y los focos bajo el agua, que ondearon cuando Elma se metió en la piscina, se combinaron y le dieron a la escena una atmósfera misteriosa. El aire gélido hacía que el agua pareciera gratamente cálida, y de inmediato se lanzó a nadar largos. Era bueno sentirla acariciándole el cuerpo. Siempre se sentía como si entrara en otro mundo en cuanto sumergía la cabeza y se bloqueaban casi todos los sonidos. Enseguida se dio por vencida con el gimnasio, que a esas horas solía estar abarrotado. La gente hacía cola para las pocas máquinas que había en la terraza, encima del pabellón deportivo.

Nadar le permitía reflexionar sobre el caso de forma relajada. Hörður, Sævar y ella se habían reunido esa tarde para repasar los detalles, pero no habían sacado nuevas conclusiones. El día en que desapareció, Maríanna había salido a las doce de su trabajo de recepcionista en una empresa de excavaciones. Habían captado la señal de su móvil en Akranes a las 15.07. ¿Estaba sola o acompañada? ¿Y qué la había llevado a Akranes? Según los datos de su ordenador y su móvil, nadie le había enviado mensajes ni la había llamado. ¿Puede que creyera que Hekla estaba aquí?

¿Y qué había de Sölvi? No tenía una coartada sólida. Vivía solo y, al ver que Maríanna no llegaba a la cita ni le contestaba las llamadas, se quedó en casa y más tarde salió a beber algo. Por otra parte, estaba el tema del padre de Hekla. No había ningún registro de su identidad. En primavera, Elma intentó sin éxito descubrir quién era. Nadie sabía nada de él, mucho menos la propia Hekla, quien había adoptado el apellido de su madre, Maríönnudóttir. Elma tendría que investigar el tema más a fondo.

Entonces, ¿cabía la posibilidad de que lo hubiera hecho un extraño? ¿Alguien sin vínculos con Maríanna? Ese tipo de casos eran los más complicados de resolver, aquellos en los que no había un motivo claro, solo una muerte al azar. La persona equivocada en el lugar equivocado. Pero en Islandia los asesinatos casi nunca eran producto del azar. Por lo general había un motivo, por insignificante que pudiera parecer. Una pelea en un bar o un roce entre vecinos. Hörður tenía la corazonada de que el asesino conocía muy bien a Maríanna.

Al final, Hörður les pidió que empezaran al día siguiente en Borgarnes, con los agentes de policía que originalmente se habían encargado del caso, y que luego hablaran con los amigos y compañeros de trabajo de Maríanna y, evidentemente, también con Sölvi.

Después de hacer cuarenta largos, Elma salió de la piscina y se metió en la bañera de hidromasaje. Le faltaba el aliento por el esfuerzo, pero el cansancio se disolvió enseguida en el agradable calor. El ambiente era tranquilo y había muy pocas personas en la bañera. Observó las gotas de lluvia, que brillaban con el resplandor de la iluminación exterior, cerró los ojos y dejó que aterrizaran en su rostro.

De repente, dos manos la agarraron de los hombros por detrás y ahogó un grito. Se dio la vuelta.

—¡Sævar! ¿Acaso intentas matarme?

Sævar se rio y se metió junto a ella.

—Sabía que estarías aquí.

—¿Y has decidido darme el susto de mi vida? —Elma se dio cuenta de repente de que probablemente tenía la cara roja y llena de manchas por haber nadado. A veces, después de un esfuerzo físico, su cutis parecía un mapa, con manchas irregulares rojas y blancas.

—Me declaro culpable. —Sævar sonrió.

—Deberías haber ido a nadar conmigo. Te vendría bien hacer ejercicio.

—¿Me estás llamando gordo?

—No, eso no es lo que quería decir.

—Pues a mí me parece que me estás llamando gordo. —Sævar la fulminó con la mirada.

Elma puso los ojos en blanco. No merecía la pena tomarse en serio a Sævar. Le gustaba chincharla y siempre estaba tomándole el pelo. Nunca dejaba de caer en sus bromas y solo se daba cuenta cuando veía un destello de burla en sus ojos.

—En fin —dijo Elma—. He repasado una vez más las horas del registro telefónico. Los intervalos entre las llamadas de Maríanna a su hija eran muy cortos. Parece como si hubiera sucedido algo. Siguió llamando a Hekla cada pocos minutos, así que tenía que ser algo urgente, fuera lo que fuera.

—Mmm —dijo Sævar, e inclinó la cabeza hacia atrás para mojarse el cabello—. ¿Por ejemplo?

—No tengo ni idea. Luego tenemos las que Bergrún le hizo a Maríanna los días previos a su desaparición. —El agua se estaba calentando demasiado: Elma se incorporó y dejó que el aire gélido le acariciara los hombros—. Tuvieron que ser sobre Hekla. Quizá Maríanna fue a Akranes porque pensaba que Hekla estaba ahí.

—Es posible —dijo Sævar—. Pero eso no explica por qué la encontraron muerta en el campo de lava de Grábrók. A menos que insinúes que Bergrún la asesinó.

Un hombre de unos sesenta años entró en la bañera y la puso en marcha, después se recostó en el sitio con los chorros más fuertes y cerró los ojos.

Elma tuvo que alzar un poco la voz para que Sævar pudiera oírla por encima del ruido del agua.

—No, en absoluto. Solo me preguntaba si tendría relación. Y también si Hekla ocultaba algo, si pudo haber ido a Akranes. Por otra parte, puede haber tenido algo que ver con la familia de Maríanna. O con el hombre con el que iba a quedar. Sölvi pudo haber llegado antes, y Maríanna puedo haberse encontrado en algún tipo de problema o incluso en peligro. Pero ¿por qué llamaría a Hekla en ese caso? ¿Por qué no a emergencias o…?

—Elma, solo he pillado la mitad de lo que has dicho —la interrumpió Sævar con los ojos aún cerrados.

Elma le dio un codazo y negó con la cabeza, resignada. Incluso a ella le parecía estar soltando una sarta de incoherencias, así que tal vez era bueno que Sævar no pudiera oírla. Tenía tendencia a obsesionarse tanto con el trabajo que no podía concentrarse en nada más. Sævar, desde luego, no sufría del mismo problema. Parecía totalmente relajado a su lado. Quizá debiera seguir su ejemplo y pensar en algo que no fuera el trabajo. Pero era difícil con casos de tal magnitud. Se recostó y cerró los ojos también. Poco después, los chorros se detuvieron y la bañera volvió a quedar en silencio.

—Bueno, ¿qué me estabas diciendo? —Sævar se incorporó.

Elma le echó un vistazo al hombre que estaba sentado cerca y murmuró:

—Decía que tenemos que interrogar a Hekla con más detenimiento. Es la persona con más probabilidades de que sepa algo.

—Estoy de acuerdo. Lo haremos mañana —contestó Sævar.

—Aunque también deberíamos comprobar… —comenzó Elma, pero sus palabras se ahogaron cuando el señor mayor volvió a encender los chorros. Sævar se inclinó hacia ella para escucharla, pero Elma negó con la cabeza. Se recostó, apoyó la cabeza en la bañera y contempló las volutas de vapor mientras danzaban en el aire sobre ellos.

Dieciocho meses

Las comadronas dijeron que sería más fácil con el tiempo, y supongo que tenían razón. Algunas cosas son más sencillas ahora que he empezado a trabajar. Nos despertamos, la visto y la llevo con la niñera. Después, durante ocho horas, no tengo que pensar en nada salvo en mí y en mi trabajo, y me encanta mi trabajo.

Trabajo en la recepción de un bufete de abogados en el centro de la ciudad. Me visto de forma elegante, contesto las llamadas y saludo a la gente que entra en la oficina. Anoto las reuniones, envío cartas y por fin me vuelvo a sentir yo misma. La mayoría de los abogados son hombres, pero hay una mujer. Es alta y majestuosa, siempre lleva un traje de chaqueta y pantalón; su cabello es impecable, al igual que sus bonitas uñas arregladas. Es unos años mayor que yo y a veces conversamos en la cafetería. Quiero ser su amiga, pero sobre todo quiero ser como ella. Cuando nadie mira, consulto información sobre el grado de derecho en la página web de la universidad y fantaseo con que un día esa podría ser yo. Me sumerjo en ese mundo que parece tan alejado de la vida que he estado viviendo los últimos años, pero, después del trabajo, la realidad toma el control. Vuelvo a ser una madre soltera que vive en un apartamento horrible y que no tiene ni el tiempo ni el dinero para hacer un grado.

Hay mucho tráfico, pero no tengo prisa, a pesar de que llego tarde. Cuando por fin llego, es evidente que la niñera no está contenta. La puerta se abre en cuanto llamo y me la encuentro de pie en el recibidor con la niña en brazos.

—Llegas tarde —dice secamente, y se aparta unos alborotados cabellos castaños de la cara. Tiene una marca de nacimiento que no puedo dejar de mirar. Es grande, morada y le cubre la mitad de la mejilla derecha. Parece un mapa.

—Lo siento, tenía cosas que hacer. No volverá a suceder. —Sonrío e intento no pensar en el hecho de que mi hija está a tan solo unos centímetros de esa mancha repugnante.

—Será mejor que te pongas las pilas —responde la niñera—. Hay muchos otros niños esperando una plaza y no puedo tratar con gente que no respeta los horarios. Acabo a las cinco.

—Lo entiendo. Por supuesto que lo entiendo —digo, y le quito a mi hija. Me abstengo de señalar que solo han pasado diez minutos desde las cinco. ¿Qué tenía intención de hacer en esos diez minutos que era tan importante?

—La próxima vez tendré que cobrártelo.

—No volverá a suceder. —Sigo sonriendo, a pesar de que siento un fuerte deseo de darle un puñetazo en esa cara sin maquillaje. La niñera literalmente me empuja fuera de su apartamento antes de que pueda vestir a mi hija con la ropa de calle. Empieza a llorar en cuanto la tomo en brazos y me apresuro hacia el coche con la niña apoyada en la cadera y sus cosas en la otra mano.

—Maldita sea —murmuro cuando se me cae una manopla en la nieve reciente. Consigo abrir con dificultad la puerta del coche y dejar a la niña en el asiento infantil. Grita, le salen mocos de la nariz que le manchan la mejilla. ¿Por qué los niños tienen que ser tan sucios? Me golpea en la cara y tira de mi cabello mientras le pongo el cinturón. Yo también quiero gritarle, pero me muerdo el labio y cuento hasta diez. Cuando me giro para recoger la manopla, me llevo un susto.

—¿Se te ha caído esto? —Hay un hombre detrás de mí sujetando el guante marrón.

—Sí, gracias —le digo, y me fijo en su nariz recta y sus cejas oscuras.

—¿Un día duro? —pregunta con una sonrisa.

—Pues… la verdad es que sí. —Me río. Me quito el cabello de la cara y espero tener aún buen aspecto. Siempre me esfuerzo cuando voy a trabajar: me aliso el pelo o me lo recojo, uso delineador negro y me retoco a menudo el brillo de labios a lo largo del día.

—Te ha dado bien —dice.

—¿Perdón?

—Te sangra la mejilla.

—Oh —respondo, al tiempo que me limpio la cara y noto que me arde—. Pobrecita, está cansada y… supongo que ambas hemos *tenido un día duro.* —Intento volver a reírme, pero me doy cuenta de lo ridícula que debo de parecer. El moño tan arreglado que llevaba hace unos minutos se está deshaciendo y probablemente tenga la cara roja por el forcejeo. También llevo medias de nailon y tacones, a pesar del viento y la nieve. No parezco precisamente la madre del año, pero eso ya lo sabía.

—*No te disculpes, me imagino cómo debe ser.*

Lo dudo, pero no se lo digo. Solo asiento y le dirijo una sonrisa avergonzada, luego me preparo para irme, ansiosa por escapar de la situación.

—*¿Ahora vas a recoger al papá?* —pregunta antes de que entre en el coche.

Me detengo y sonrío por dentro. Esa pregunta solo puede significar una cosa.

—*No hay ningún papá, solo nosotras.*

—*Ah, vale* —responde el hombre. Ahora es su turno de sentirse avergonzado.

Decido facilitarle la vida. Antes de que pueda decir algo más, le digo:

—*Te daré mi número.*

Llama al día siguiente y decidimos quedar. Como estoy bastante sola en el mundo y no me sobran las niñeras, la única opción que tengo es invitarlo a casa. Le oigo dudar. Probablemente hubiera preferido ir a un restaurante o a un bar, bien lejos del bebé y del piso, que dice a gritos que ahí vive una madre soltera. Pero acepta. Está dispuesto a venir. ¿Por qué no esta noche? Me parece bien. Mejor que bien, quiero decirle. No quiero pensar en todo el tiempo que ha pasado desde la última vez que pasé la noche con alguien que no fuera ella.

Esa noche parece darse cuenta de que algo pasa. Llora mientras la baño. Llora mientras la visto con su ropa de dormir y se niega a comer. Como siempre que está de este humor, no le basta con llorar, no. También me ataca. Intenta arañarme y morderme, después se lanza al suelo, a riesgo de hacerse una herida grave. Le sujeto la cabeza para protegerla, pero me agarra de la mejilla. La aprieta y grita, y antes de darme cuenta le golpeo la cara con la mano. Una reacción involuntaria. Oigo el eco de la bofetada por todo el piso y durante unos instantes hay un silencio absoluto. Pero solo son unos *segundos, porque entonces empieza a gritar de nuevo de una forma incluso más estridente que antes.*

Observo el reloj y veo que es demasiado tarde, y antes de darme cuenta también empiezo a llorar. Las lágrimas me caen por las mejillas y me arden cuando llegan a los rasguños que me ha hecho mi pequeña. Me miro en el espejo y retrocedo al verme con los ojos hinchados y las mejillas rojas, marcadas con arañazos. ¿Y ahora cómo se supone que voy a presentarme ante el chico? ¿Cómo se supone que voy a presentarme ante cualquier hombre? La niña sigue tirada en el suelo, me enderezo, la miro y siento un temblor en los dedos. Estoy furiosa. Todo es culpa suya. Quiero levantarla y arrojarla a su habitación. Cuanto más la miro, más violenta y furiosa me siento, hasta que al final no puedo soportarlo más.

—¡Cállate, mocosa! —grito, y sujetándola por uno de sus brazos, la arrastro hasta su habitación.

En cuanto la encierro, oigo que llaman a la puerta. Me quedo paralizada. Vuelven a llamar. Me apoyo en la pared y me deslizo hasta el suelo, escondiendo la cara entre las manos.

No vuelve a llamar, se da la vuelta y se va. Nunca más vuelvo a saber de él. Me lo imagino huyendo del edificio, entrando en el coche y secándose el sudor frío de la frente. Pensando que ha escapado por los pelos. Tuvo que haber oído los gritos, el llanto y todo lo demás. ¿Cuánto tiempo llevaba ahí fuera? ¿Qué pensaría de mí?

Dejo escapar un suspiro, me froto los ojos y miro hacia la puerta de la habitación. La niña sigue llorando, pero ahora el sonido es más bajo, más parecido a un murmullo monótono. En ese momento no siento ningún deseo de consolarla. Ningún deseo de verla u oírla. En ese momento pienso que ojalá fuera el problema de algún otro. Me avergüenzan mis pensamientos; nunca los pronunciaría en voz alta, pero así es cómo me siento. No puedo ir con ella. No tengo amor que darle. En lugar de eso, me tumbo en el sofá, me tapo con una manta y me quedo dormida.

Martes

Hekla dejó de intentar arrastrar el cepillo por los enredados mechones de su nuca. Intentó atusarlos con las manos para que nadie se diera cuenta del bulto que se había formado. Después se puso una sudadera y se colgó la mochila del hombro.

—Me voy —dijo al pasar por la cocina, donde estaban desayunando. Apenas podía creer que ahora esa fuera su familia. Hekla había sido parte de ella desde que tenía memoria, pero ya no debía marcharse los domingos por la noche.

—¿No quieres comer nada? —le preguntó Bergrún.

—No tengo hambre —respondió Hekla, y se puso la chaqueta grande y gruesa que le habían regalado por su cumpleaños.

—Te puedo llevar —dijo Fannar levantando la mirada del periódico—. Y sabes que no tienes por qué ir. Todos lo entenderán si prefieres tomártelo con calma y quedarte en casa después de la noticia que acabas de recibir.

—No, quiero ir. —Se había quedado en casa durante todo el día anterior y no podía esperar a salir a la calle—. Iré caminando. Me despejará.

Fannar la estudió durante unos instantes, como si quisiera asegurarse de que estaba bien, y bajó la mirada hasta el periódico para continuar leyendo.

Durante los últimos meses, Hekla se había acostumbrado a vivir en Akranes a tiempo completo. No echaba mucho de menos a su madre y disfrutaba de tener por fin una familia normal. Una familia en la que todos se iban de viaje y cenaban juntos. Incluso tenían toque de queda y se enfadaban si no lo respetaba. Le hacía gracia, pero en cierto modo agradecía que la regañaran, porque eso demostraba que les importaba.

Le echó un vistazo por encima del hombro a la casa cuando partió hacia el colegio. Ahora vivía ahí, en una casa unifamiliar con dos coches en el exterior y una bañera de hidromasaje en la terraza. Solía envidiar a Bergur cuando tenía que regresar a Borgarnes. Regresar con Maríanna. Solo su nombre era suficiente para avivar unos recuerdos que prefería mantener guardados en lo más recóndito de su mente.

La primera vez que Maríanna desapareció, se quedó sola tres días. En aquel entonces era tan pequeña que lo único que recordaba era el hambre y el terror durante las noches. Tal vez ni siquiera eran recuerdos reales, sino algo que había inventado su mente porque sabía que eso era lo que había sucedido. Pero no podía olvidar el miedo que la dominaba cada vez que se quedaba sola. Recordaba claramente la segunda vez. Había estado sola más de una semana sin que nadie se diera cuenta. Con diez años al menos pudo cuidar de sí misma; fue al colegio y comió lo que encontró en el congelador y en las latas del armario. Nadie lo descubrió hasta que Bergrún y Fannar fueron a recogerla para el fin de semana. Hekla deseó que Maríanna no volviera jamás y que pudiera quedarse con ellos para siempre.

Se detuvo un segundo para escoger la música en el teléfono. Después se puso los auriculares inalámbricos y continuó caminando con Radiohead a todo volumen. Había llegado a un camino que unía dos calles cuando alguien la agarró por detrás.

—Te has asustado —dijo Dísa riendo—. Madre mía, qué salto has pegado. En serio, tendrías que haberte visto la cara.

—Ay, cállate. —Hekla dio un codazo a Dísa y sonrió a Tinna.

Las amigas siguieron el camino de grava, que pasaba por un área residencial, hasta el colegio. Normalmente iban juntas, pero esa mañana Hekla no había abierto ningún mensaje porque quería estar sola. Evidentemente, ya no había ninguna posibilidad de lograrlo.

Dísa hablaba sin parar. Era extrovertida y descarada, completamente opuesta a Hekla, que era muy tímida y reservada. Dísa tenía el cabello rizado y lo describía como castaño, pero en realidad era pelirrojo. Tinna se burlaba de ella sin piedad, a pesar de que se había teñido el pelo de rubio, así que ella tampoco estaba contenta con su color original. La madre de Tinna veía las noticias en la televisión, y su padre a veces las invitaba a dar una vuelta en su descapotable. A Tinna le resultaba terriblemente embarazoso. ¿A qué clase de perdedor se le ocurriría comprar un descapotable en Islandia?

Tinna y Dísa ayudaban a Hekla a olvidar que estaba rodeada de cientos de niños a los que solía encontrar intimidantes. Eran amigas con las que podía reírse, y la ansiedad que la perseguía todo el rato en el colegio era cosa del pasado. Al menos durante el tiempo que estuvieran juntas.

Antes nadie le había prestado atención a Hekla, ya fueran los demás niños en el colegio de Borgarnes o Maríanna. Era como si fuera invisible. Maríanna casi siempre quería que Hekla se quedara en su habitación y no se dejara ver porque decía que ya tenía suficiente con sus problemas. Solía recibir visitas y salir por el pueblo, mientras que Hekla se sentía rechazada. Maríanna la hacía sentir como si su nacimiento hubiera destruido algo importante en su vida, aunque no sabía exactamente el qué. Podía verlo en sus ojos; nunca hubo un momento en el que no fuera consciente de ello. Sin embargo, últimamente, Hekla se había dado cuenta de que Maríanna no debía de ser mucho mayor que ella cuando se quedó embarazada, y eso la ayudó a entender varias cosas. Pero Hekla nunca había pedido nacer, así que ¿por qué tenía que sufrir por no encajar en la visión de futuro de Maríanna?

Era muy distinto con Bergrún. Quería que Hekla estuviera cerca de ella. Quería hacer todo tipo de cosas con ella, hablar con ella y le preguntaba varias veces al día cómo se sentía. No de una manera superficial para obtener un «estoy bien», sino que su interés era genuino, e incluso solía preguntarle si estaba segura.

Antes, Hekla siempre había envidiado a sus amigas, pero ahora ya no tenía que hacerlo. Tenía una madre y un padre, un hermano pequeño, un abrigo nuevo y un teléfono móvil. ¿Cómo no iba ser feliz? Solo había una parte muy pequeña de ella que echaba de menos a Maríanna, que recordaba sus abrazos o las insólitas palabras amables. Una parte diminuta, como un insecto que le roía las entrañas, que se negaba a marcharse.

Dagný le envió decenas de mensajes. Enlaces a páginas que ofrecían *catering;* sugerencias para la decoración y el alcohol, quién debería dar los discursos y qué música deberían poner. Elma sabía que a su hermana le encantaba organizar fiestas, pero no se le había ocurrido que sería ella la que tendría que encargarse de hasta el más mínimo detalle. ¿A quién le importaba si las servilletas eran blancas o azul marino? Tendría que haberlo imaginado después de haber ido a las fiestas de cumpleaños que Dagný les había organizado a sus hijos, Alexander y Jökull. A la vista de las elaboradas tartas, los enormes globos y todos los bizcochitos, cualquiera habría pensado que celebraban una ocasión trascendental, como la confirmación de los chicos. ¿Qué había de la idea de hornear un bizcocho y dejar que los niños lo decoraran con grageas de chocolate? Elma sospechaba que eso les habría hecho igual de felices, si no más, a juzgar por su brusca forma de retirar el precioso glaseado que decoraba sus tartas de cumpleaños. Y estaba bastante segura de que su padre no se daría cuenta, y mucho menos le importaría, si las servilletas eran azules o blancas.

Elma comenzó a escribir una respuesta preguntándole si realmente importaba, pero dudó y borró el mensaje. Recordó lo que le había dicho su madre el fin de semana y se preguntó si tal vez era muy brusca con Dagný. No lo bastante amable. Respiró profundamente, volvió a abrir las webs e intentó formarse una opinión. Servilletas azul oscuro en lugar de blancas, cordero en lugar de ternera, y tarta de merengue en lugar de tarta de chocolate.

Sævar llamó a la puerta cuando pulsaba el botón de enviar.

—¿Lista?

Empezó a llover cuando salieron en dirección a Borgarnes. Nubes de color gris plomizo se acumularon en lo alto, el cielo se oscureció y Elma sintió como si la hubieran envuelto en un capullo azul grisáceo. Grandes gotas de lluvia estallaron en el la luna y obligaron a los limpiaparabrisas a trabajar de firme.

—Son bastante soporíferas —comentó Elma—. Las gotas de lluvia.

—Sabes que no debes quedarte dormida, Elma —dijo Sævar—. No cuando eres la responsable de una mercancía valiosa.

—¿Cuál? ¿Tú?

—Por supuesto. Una mercancía de valor incalculable.

—Haré lo que pueda —prometió.

Sævar estaba acostumbrado a que se quedara dormida cuando era él quien conducía y ella ocupaba el asiento del copiloto. Había algo en el ruido del motor que hacía que durmiera mejor en el coche que en ningún otro sitio.

—Era muy joven cuando tuvo a Hekla —señaló Sævar después de un breve silencio—. Solo tenía dieciséis.

—Y no hemos averiguado quién era el padre.

No había mucha información del pasado de Maríanna en los archivos, solo una lista de los lugares en los que había vivido y trabajado, y los nombres de sus familiares cercanos.

—Supongo que no es tan extraño que su nombre no esté registrado —dijo Sævar—, teniendo en cuenta que Maríanna solo tenía quince años cuando se quedó embarazada. Tal vez el padre fuese un chico de su edad. —Encendió la calefacción y observó el fiordo de Borgarfjörður, o lo que se alcanzaba a ver a través de la lluvia gris y densa. Después de una pausa, añadió—: ¿Por qué alguien se mudaría precisamente a Borgarnes?

—¿Por qué te mudaste tú precisamente a Akranes? —replicó Elma.

Sævar era de Akureyri, la capital del norte de Islandia, pero se mudó a Akranes cuando era adolescente con sus padres y su hermano menor. Varios años después, sus padres murieron en un accidente de coche y dejaron a los dos hermanos solos en el mundo. Sævar nunca mencionaba el accidente, pero sí hablaba mucho de su hermano, que se llamaba Magnús y a quien apodaban Maggi, y que vivía en un centro para personas discapacitadas. Elma nunca lo había visto sin una sonrisa en la cara, y siempre que se veían le daba un cariñoso abrazo. El recuerdo la hizo sonreír.

—Papá consiguió un trabajo en Reikiavik, pero mamá no quería ni oír hablar de vivir ahí, así que Akranes fue un término medio. Con mucho gusto habría seguido viviendo en Akureyri.

—¿Por qué no regresaste? —Elma adivinó la respuesta en cuanto la pregunta salió de su boca.

—Por Maggi —respondió Sævar—. Era feliz en el centro y yo era demasiado joven para cuidar de él.

—Espero que no te hayas arrepentido.

—Jamás. —Sævar sonrió.

Elma aminoró la velocidad mientras cruzaban el puente hacia Borgarnes. El pueblo era pequeño y bonito, estaba posado en un istmo y rodeado casi por completo por las aguas del fiordo. Con buen tiempo, gozaba de una vista espectacular de las montañas, que se alzaban en fila a lo largo de la costa oeste hasta la península de Snæfellsnes. A Elma siempre le había gustado la iglesia blanca con el chapitel, el techo negro y las ventanas de arco alargadas y estrechas que dominaba el pueblo desde lo alto de un pequeño montículo. Las colinas rocosas y los abetos eran lo que hacía que Borgarnes fuese tan diferente del llano y desolado paisaje que rodeaba Akranes.

Ambos pueblos mantenían cierta rivalidad. Elma recordaba que había un grupo de niños de Borgarnes a los que llevaban en autobús a su colegio de Akranes cuando era joven, pero siempre los habían considerado forasteros y con frecuencia estallaban peleas entre ellos y los niños del pueblo. Como Akranes estaba más cerca de Reikiavik, a sus residentes les resultaba más fácil ir de compras a la capital o incluso desplazarse para trabajar en ella. Por lo general, calificaban despectivamente a Borgarnes de «pueblo», lo cual resultaba irónico, puesto que su actual popularidad entre los turistas hacía que pudiera presumir de tener muchas más tiendas y restaurantes que Akranes.

Cuando Elma era pequeña, su familia solía ir de excursión a la piscina de Borgarnes, sobre todo cuando ponían los tres toboganes. Después iban al parque de Skallagrímsgarður y comían grandes bizcochos glaseados llamados *snúðar*, o al área de servicio de Hyrnan a por perritos calientes. En sus recuerdos, el pueblo siempre estaba bañado por el sol, por muy improbable que pareciera, dado lo raro que era que el sol atravesase las nubes en Islandia. Pero el mundo era mucho más brillante entonces, a través de sus ojos de niña.

El antiguo compañero de trabajo de Maríanna, el hijo del dueño, no pudo decirles nada de interés y su conversación no duró mucho. El joven tenía veintipocos años, el cabello largo y un aro en una oreja. Les explicó que Maríanna se había ido a casa a mediodía, como siempre hacía los viernes. No había notado nada inusual en su comportamiento, pero tampoco es que hablaran mucho ni que fueran buenos amigos. Era lo mismo que había dicho en primavera.

Después, Elma y Sævar se pasaron por la comisaría de policía de Borgarnes y hablaron con el primer agente que había ido a la casa de Maríanna después de la llamada de Bergrún. Sucedió lo mismo que con el compañero de trabajo: el agente no pudo agregar nada a lo que había escrito en el informe. Había echado un vistazo al piso de Maríanna y no había advertido nada de interés. Como Hekla era menor, se había puesto en contacto con la Agencia de Protección de Menores, que decidió que la chica debería quedarse con Bergrún y Fannar hasta que Maríanna apareciera.

Ninguna visita les proporcionó información nueva ni los acercó a averiguar lo que había pasado. No obstante, Elma esperaba que la siguiente visita resultara más productiva, puesto que se iban a reunir con la mejor amiga de Maríanna, una mujer llamada Ingunn. Elma tamborileó los dedos con impaciencia en el volante mientras se inclinaba hacia delante para ver los números de las casas.

—¿Estás seguro de que la dirección es correcta? —Había recorrido la calle de arriba abajo varias veces sin encontrar el número que buscaban—. No lo entiendo. Esta parte de la calle termina en el veinte y la siguiente empieza en el veintiocho. ¿Dónde diablos están los números entremedias?

—No te desesperes —dijo Sævar con burlona formalidad—. Activaré el GPS en mi teléfono.

Unos minutos más tarde encontraron la dirección, que resultó tener una numeración que no correspondía al orden del resto de casas de la calle.

—No tiene ningún sentido —gruñó Elma cuando se detuvieron junto al bordillo, exasperada por la disposición absurda—. ¿A quién demonios se le habrá ocurrido…?

Sævar le puso una mano en el brazo.

—Shhh, inhala… y exhala —dijo con el tono tranquilizador de un profesor de yoga.

—¡Eh, estoy calmada! —protestó Elma, y sonrió a su pesar. Su mano era cálida y sorprendentemente suave. Sævar le guiñó un ojo, le soltó el brazo y se quitó el cinturón.

Seguía lloviendo. Elma se puso la capucha cuando se bajó del coche y se dirigió corriendo a la casa, que tenía un porche cubierto.

Ingunn resultó ser una mujer corpulenta con una melena rubia y suelta que le llegaba hasta la cintura. Fue hasta la puerta con un bebé en brazos y otro niño de unos dos años agarrado a su muslo.

—Pasen. —Se movió, lo que provocó que el niño se cayera y empezara a gritar—. Lo siento, Davíð, cariño —dijo intentando agacharse, pero era más fácil decirlo que hacerlo.

A Elma le dio un vuelco el corazón al oír el nombre. Ese pequeño Davíð podría haber sido fácilmente Davíð de niño. Había algo similar en sus rasgos y en sus ojos marrones.

Se agachó y acarició la cabeza del niño. Se sorprendió tanto que dejó de llorar de inmediato.

—¿Qué tienes ahí? —le preguntó, y señaló al osito de peluche que agarraba.

El niño la miró, titubeante.

—¿Es un oso pardo? —aventuró Elma.

—Un oso polar —dijo el niño alto y claro después de un momento de vacilación.

—Un oso polar, claro. Qué boba. —Elma sonrió y se enderezó.

Ingunn tomó al niño de la mano y lo llevó dentro.

—Podemos sentarnos en la cocina.

Elma y Sævar se sentaron ante una gran mesa. Elma pisó algo que crujió bajo su pie. Lo levantó y vio unos cereales en forma de anillos. Miró a su alrededor y vio que el suelo estaba cubierto de ellos. Ingunn puso al bebé en una trona y después dejó algunos cereales frente a él. El niño tiró al suelo la mayoría de inmediato, antes de llevarse con cuidado uno a la boca. En otro lugar de la casa se oían más voces infantiles.

—Veo que está bastante ocupada —señaló Elma mientras Ingunn buscaba tazas y un brik de leche.

—Cinco niños —dijo Ingunn.

—Guau, eso es casi un equipo de futbol —exclamó Sævar.

—Estoy en ello —dijo Ingunn, poco entusiasmada con la idea. Davíð siguió a su madre por la habitación y se aferró a su pierna sin intención aparente de soltarla.

—Aquí tienen —dijo Ingunn, y puso una cafetera y unas tazas en la mesa—. ¿Lo toman con leche? También tengo azúcar, en alguna parte. Y juraría que también tengo galletas. —Comenzó a abrir los armarios y los cajones.

—Así está bien, no hacen falta las galletas —se apresuró a asegurarle Elma.

—Aquí están —anunció Ingunn, y sujetó con gesto triunfal el paquete. Sacó una pequeña bandeja y colocó las galletas encima—. Tengo que esconderlas o las encuentran antes de que puedas pestañear. El problema es que siempre olvido dónde las pongo, así que me sigo encontrando paquetes antiguos en la parte de atrás del armario.

Elma sonrió mientras la observaba. Ingunn llevaba una camiseta ancha en cuya parte delantera ponía «Relájate», lo que parecía irónico dadas las circunstancias. Probablemente no se había dado cuenta de que el bebé le había vomitado encima y dejado una mancha blanca y costrosa en el hombro. La mirada de Elma se desvió a las uñas postizas de Ingunn, que eran demasiado largas y estaban pintadas de rosa oscuro, lo que desentonaba por completo con el resto de su aspecto. No podían ser prácticas si tenía que cuidar de todos esos niños. Aunque no es que Elma tuviera experiencia con las uñas largas. O con los bebés. Dagný no la había dejado cuidar de Alexander hasta que dejó los pañales y comenzó a hablar. Todavía no le permitían encargarse de Jökull, que solo tenía dos años.

Ingunn subió a Davíð a la silla junto a ella y le puso un arnés antes de entregarle una galleta. Solo entonces se sentó, se sirvió café y respiró profundamente.

—Bueno —dijo—, querían hacerme preguntas sobre Maríanna, ¿cierto?

—Sí. Es probable que haya oído que sus restos aparecieron el pasado fin de semana. —Sævar miró al niño mientras hablaba.

—No lo entiende —dijo Ingunn, y probablemente tenía razón. El pequeño Davíð estaba murmurándole algo al oso polar y le daba de comer mientras él también lo hacía.

—Parece que se trata de un asunto criminal —afirmó Elma, y se dio cuenta de lo formal que había sonado—. Lo que quiero decir es que… Maríanna fue asesinada, así que estamos investigando otra vez desde el principio para descubrir qué sucedió.

Ingunn asintió.

—Sabía que nunca se suicidaría.

Elma la miró con sorpresa, luego hojeó su cuaderno.

—Pero… tengo entendido que Maríanna a veces hablaba sobre desear la muerte. Usted lo dijo la primavera pasada cuando investigábamos su desaparición.

—Sí, claro, pero eso fue hace mucho tiempo. Tenía altibajos, días buenos y malos, ¿sabe? Pero la semana antes de su desaparición estaba de muy buen humor. Muy emocionada por quedar con Sölvi.

—¿Cómo se conocieron ustedes dos?

—De casualidad. Maríanna se mudó aquí hace cinco años y nos conocimos en la piscina. Estaba con mis niños, y cuando uno de los mayores se cayó, tuve que ir a que le echaran un vistazo. Maríanna se ofreció a vigilar a los demás niños y después nos hicimos amigas.

—¿Sabe por qué se mudó a Borgarnes? —Maríanna no tenía familia en el pueblo ni ningún otro vínculo con él que la policía hubiera descubierto.

—Pues… no, no exactamente. Antes vivía en Sandgerði y después se mudó a Reikiavik el año en que Hekla nació. Aunque creo que nunca le gustó vivir en la capital.

—Entiendo —dijo Elma—. Entonces, ¿por qué no regresó a Sandgerði?

Ingunn se encogió de hombros.

—Ni idea. Lo único que sé es que cuando murió su madre hace… ¿qué, cinco años?, se mudó aquí. No mantenía contacto con su padre, así que imagino que quería empezar de nuevo, pero no le pregunté al respecto. Tengo la impresión de que sucedió algo que hizo que su familia se fuera de Sandgerði. Quizá tuvo que ver con su embarazo. Tenía solo quince años. Solo es una suposición. En fin, parecía que llevaba mucho tiempo sin estar deprimida, así que no tenía ese tipo de problemas. Bueno… claro que tenía problemas, pero nada de lo que no pudiera hacerse cargo, ¿me entiende?

Elma asintió.

—¿Maríanna nunca le dijo nada del padre de Hekla?

—No… solo que el chico no había estado listo para ser padre. Me dio la impresión de que era un chico de su edad. Los chicos siempre se libran, pero las chicas tienen que cuidar del bebé, por lo que sus vidas cambian para siempre, mientras que los padres desaparecen. —Ingunn negó con la cabeza—. Miren, quizá no lo dejé lo bastante claro en primavera, pero cuanto más lo pensaba, más me convencía de que Maríanna no pudo haber desaparecido voluntariamente. —El bebé comenzó a llorar. Ya no le quedaban cereales en la mesa y estiraba las manos hacia las galletas.

—¿Por qué está tan segura? —Ingunn no le había mencionado sus sospechas a Elma cuando habían hablado por teléfono durante la primera investigación.

—Oh, por Hekla. Maríanna nunca la habría abandonado de esa manera.

Elma tomó un sorbo de café e intentó no arrugar la nariz. Sabía a agua sucia.

—¿Cómo era su relación?

Ingunn le lanzó una mirada al bebé, que seguía intentando alcanzar las galletas a pesar del arnés.

—Bueno, había tenido algunos problemas con ella, pero nada serio. Las típicas cosas de adolescentes. Quería salir por las noches e ir a fiestas en Akranes. Al parecer tenía amigas en el pueblo gracias a la familia con la que solía quedarse. Maríanna también sospechaba que tenía novio.

—Su familia de apoyo. —Elma tuvo que alzar la voz para que la oyera por encima de los gritos dele bebé.

Ingunn cedió y le dio una galleta. Los gritos se detuvieron de inmediato y sonrió de oreja a oreja.

—Sí, su familia de apoyo.

—¿Maríanna no se llevaba bien con ellos?

Ingunn le dio un sorbo al café y miró a Elma entrecerrando los ojos.

—¿Por qué lo pregunta? ¿No creerá que hayan tenido algo que ver?

—¿Le parece probable?

Ingunn se encogió de hombros.

—Se me ha pasado por la cabeza, pero me parecía muy… bueno, descabellado. Sé que a Maríanna no le caían demasiado bien, pero las pocas veces que los vi me parecieron muy simpáticos. Al menos la mujer, Bergrún.

—¿Por qué no le caían muy bien a Maríanna?

—Supongo que por Hekla. Sé que Bergrún no se molestaba en ocultar que quería que pasara más tiempo con ellos. Preferiblemente, todo el tiempo. Y creo que Hekla también habría preferido vivir con ellos, lo que no debía de hacerle mucha gracia a Maríanna.

Elma asintió. Eso encajaba con lo que había oído antes.

—Así que no cree que hubiera podido desaparecer voluntariamente debido a Hekla —recapituló Sævar—. ¿Tiene alguna teoría sobre lo que pudo suceder? ¿Alguien tenía algo en su contra, por ejemplo? ¿Estaba en problemas?

—Mmm, no lo sé… —Ingunn pareció dudar antes de continuar—: A mí… me parecía que estaba de muy buen humor la semana en la que desapareció y di por hecho que era por Sölvi.

—¿Conoce a Sölvi?

—Sí, bastante bien —respondió Ingunn—. Es el mejor amigo de mi marido. Nosotros los juntamos. O lo habríamos hecho si la relación no hubiera terminado antes de empezar…

Elma dejó la taza de café.

—Para ser sincera, no tenemos muchas pistas con las que seguir investigando lo que le pasó a Maríanna, por lo que le agradeceríamos cualquier tipo de información. Incluso el menor detalle podría ser importante, así que si sabe algo…

—No sé nada. No se me ocurre nadie que hubiera querido hacerle daño a Maríanna. No era de las que se metían en discusiones. Siempre evitaba cualquier tipo de conflicto.

Elma volvió a asentir.

—Entonces, ¿no se le ocurre nadie?

—No, pero… —Ingunn bajó la mirada a la taza y luego volvió a alzarla—. Bergrún llevaba toda la semana llamándola y Maríanna se estaba volviendo loca. Quería que Hekla se quedara con ella, a pesar de que ese fin de semana no le tocaba. No estoy diciendo que esté involucrada, pero es lo único que se me ocurre. Lo que quiero decir es que es la única persona con la que Maríanna discutía, aparte de Hekla.

Era evidente que Sölvi acababa de despertarse. Los recibió con una camiseta y pantalones de pijama a cuadros. Todas las cortinas estaban cerradas y el piso olía a aire rancio y sueño.

—Trabajo en Tangi —explicó, y Elma supo que se refería a Grundartangi, la gran planta de ferrosilicio en Hvalfjörður—. Tenía el turno de noche.

Entraron en una diminuta sala de estar a la que Sölvi había intentado añadirle algún que otro toque hogareño. Elma tomó asiento en un *chaise longue* gris oscuro y examinó los cuadros de las paredes. Eran todos abstractos, como si hubieran salpicado al azar los lienzos con pintura.

Le explicaron por qué estaban allí y Sölvi repitió lo que Elma ya había leído en los archivos. Había conocido a Maríanna a través de Ingunn y había chateado con ella por Internet durante un tiempo antes de que decidieran tener una cita. Solo la había visto una vez antes del fatídico día. Unos días antes, habían ido a Kaffi Kyrrð en Borgarnes y, después de charlar, acordaron volver a quedar una semana después.

—En realidad no la conocía —dijo Sölvi—. Es decir, no hablamos de nada muy personal, solo de trivialidades. Le conté historias sobre mis viajes porque he recorrido todo el mundo. Cuando estás soltero y no tienes hijos, es lo mejor que puedes hacer. —Sonrió y prosiguió—: Me dio la impresión de que Maríanna quería viajar, pero no podía por la niña. ¿Cómo se llamaba?

—Hekla —respondió Sævar.

—Eso es. Le pregunté sobre el padre de Hekla, pero lo único que dijo fue que no formaba parte de sus vidas. Tal vez ni siquiera sabía quién era.

A Elma la última afirmación le pareció un poco prejuiciosa. Si Maríanna se había quedado embarazada con quince años, era improbable que se hubiera acostado con mucha gente. Elma pensó que era más probable que el padre no hubiera querido reconocer a la niña. Quizá él también era un adolescente, como Ingunn sospechaba, o alguien mayor con una familia, con esposa e hijos. En tal caso, Maríanna habría sido víctima de abuso.

—¿Qué pasó el día en el que iban a verse? —preguntó Sævar—. ¿Cuándo fue la última vez que habló con ella?

Sölvi se rascó la cabeza.

—¿No he respondido ya a todas estas preguntas? —Examinó sus rostros, y, al no recibir respuesta, prosiguió—: Como dije, decidimos quedar ese viernes porque tenía que terminar un turno de trabajo. Acabé el turno nocturno y dormí hasta el mediodía. Habíamos planeado ir a cenar a un restaurante elegante, así que le envié un mensaje a la hora de comer. Me contestó diciendo que estaba deseando que llegara la noche y me preguntó a qué hora iba a recogerla. Le pregunté si le parecía bien a las seis, pero no me respondió. Después, la llamé a lo largo del día para confirmar a qué hora me esperaba. —Inhaló profundamente y exhaló—. Pero tenía el móvil apagado.

Elma bajó la mirada a su cuaderno.

—¿La llamó a las tres?

—¿Qué? Sí. Por ahí.

—¿Por qué tan temprano? —preguntó Sævar—. No iban a quedar hasta la noche.

—Me pareció extraño que no me hubiera respondido al mensaje, así que decidí intentar llamarla.

—También pasó por delante de su piso, ¿no?

—Eh, sí.

—¿Llamó a la puerta?

—No, pasé de largo. No vi ningún movimiento. Todas las luces estaban apagadas y no había nadie en casa. —Sonrió con amargura—. En fin, pensé: «A la mierda. Es obvio que ha salido». Aun así, esa noche volví a ir y las luces seguían apagadas.

—Pero eso fue en mayo, cuando no anochecía hasta tarde —repuso Elma—. Así que, ¿cómo pudo ver que las luces estaban apagadas?

—No lo sé, quizá era un poco más tarde. Quizá ya era de noche. No estoy seguro. —Se rio, solo para detenerse de forma abrupta cuando no lo acompañaron—. No iba a dejar que una tía me pusiera en ridículo otra vez. Para ser sincero, estaba cabreado. Había reservado una mesa. Me había comprado una camisa el día anterior que costaba un ojo de la cara. Fue un poco desconsiderado por su parte no decírmelo, ¿no cree? —Dirigió la pregunta a Elma, como si fuera su trabajo explicar por qué las mujeres eran tan desconsideradas.

Elma lo miró a los ojos.

—Bueno, hubo una buena razón para que no lo hiciera.

Elma no pudo contenerse cuando volvieron al coche.

—¡Qué imbécil! ¿Qué narices habrá visto en él? —Aparte de sus bíceps, Sölvi no parecía tener mucho que ofrecer.

—Es un poco insistente —coincidió Sævar—. Esta vez se había sentado en el asiento del conductor y encendió el coche.

—¿Un poco? —resopló Elma—. Cuando no le responde al mensaje, la llama, y cuando no le contesta al teléfono, se presenta en su casa. No sé a ti, pero a mí me parece que es algo más que un poco insistente.

Sævar se encogió de hombros.

—Quizá es de los apasionados. No sé rinde de inmediato, sino que está decidido a perseguir el amor.

—No, Sævar, no es de los apasionados; está rozando el acoso. —Sabía que estaba provocándola, pero no pudo evitar molestarse.

—Bueno, tal vez —reconoció Sævar—. Pero las pruebas sugieren que Maríanna estuvo en Akranes en algún momento entre las dos y las tres, y él la llamó varias veces después de eso. ¿Lo habría hecho si estaba con ella?

—Quizá —dijo Elma—. Quizá fue intencionado, para cubrir sus huellas.

—Podemos comprobar si alguna antena cerca de Akranes captó la señal del móvil de Sölvi en el momento en cuestión.

—No soporto a los hombres como él. Es como si creyeran que tienen algún derecho. Derecho a recibir la atención de las chicas. Si no les hacen caso, son unas zorras o algo peor. —A Elma le gustaría meter a Sölvi entre rejas solo por lo odioso que era.

—Pero ¿no es una norma básica de cortesía decirle a alguien que no estás interesado en él? —replicó Sævar—. Puedo entender por qué estaba cabreado. Pero tienes razón, tendría que haberla ignorado, no haberse presentado en su apartamento y seguir llamándola como un idiota.

—Mmm —dijo Elma. Había otro punto de la conversación que le preocupaba—. Sævar, Hekla estuvo en casa durante toda la noche el día en que Maríanna desapareció, ¿cierto?

—Sí.

—Entonces, ¿por qué las luces estaban apagadas?

—Buena pregunta… Pero, como has dicho, el sol se pone tarde en mayo, así que Sölvi no habría podido ver si había alguien en casa o no. Y si era tarde cuando fue por segunda vez, Hekla podría haberse ido a la cama.

—Supongo —dijo Elma, y después de una breve pausa añadió—: Pero no encaja con las descripciones que nos han dado de Hekla. ¿No se suponía que era una adolescente rebelde que se escapaba a Akranes siempre que tenía ocasión? No se habría quedado obedientemente en casa un viernes por la noche sin vigilancia. Habría sido la oportunidad perfecta para escabullirse. Sobre todo, si tenía un novio en Akranes.

Sævar se detuvo de forma abrupta y Elma lo miró con las cejas alzadas.

—Volveremos a hablar con Hekla cuando regresemos a Akranes —dijo Sævar—. Pero ¿no deberíamos visitar a los antiguos vecinos de Maríanna antes de irnos de Borgarnes? Tal vez se dieran cuenta de si Hekla estaba en casa o no esa noche.

Veinte meses

—*Debería decir algunas palabras a estas alturas.* —*La enfermera mantiene una expresión de sospecha y añade*—: *¿Está segura de que no ha dicho ni una palabra? ¿Ni siquiera «mami» o «papi»?*

Niego despacio con la cabeza y me pregunto si debería mentirle tan solo para librarme de esas preguntas y de esa mirada penetrante.

—*Quizá no la he entendido* —*digo, sonriendo*—. *Es decir, ha intentado imitar animales y ese tipo de cosas. O, al menos, eso es lo que dice la niñera.*

—*¿Pero no en casa?*

Niego con la cabeza y me muerdo el labio inferior. La última vez que intenté leer un libro con ella fue hace mucho. En cuanto me senté en el suelo y la tomé en brazos, empezó a agitarse, me agarró del cabello e intentó morderme. Era lo único que podía hacer para evitar que se golpeara la cabeza contra el suelo, y al final me rendí y encendí la televisión. Eso pareció satisfacerla.

La enfermera escribe algo, y estiro el cuello, pero no puedo leer su letra del revés.

—*¿Ha empezado a andar?*

—*No, pero gatea por todas partes.* —*En realidad, eso no es cierto. La mayor parte del tiempo está sentada, profundamente concentrada en la televisión o en los únicos juguetes que parecen interesarle, los soldados de plástico verdes que nos regaló la vecina de al lado. Una señora mayor que dijo que sus nietos ya eran demasiado mayores para jugar con ellos. No creo que estén destinados a niños tan pequeños, pero al menos se queda callada mientras los mastica, así que dejo que lo haga cuando estoy en casa.*

—*¿Se puede poner de pie con apoyo?*

—*No que yo sepa…* —*Esto empieza a sentirse como un interrogatorio.*

La enfermera mira a la niña.

—¿Vemos lo grande que estás y lo que pesas? —dice, sonriéndole. Por supuesto, no recibe ni un parpadeo como respuesta. Mi hija la observa con atención con sus enormes ojos grises, y espero que la enfermera no se acerque demasiado a ella porque, si lo hace, es probable que la niña le pegue. No le gusta que los extraños se le acerquen demasiado.

La enfermera me pide que la desvista y la deje en el cambiador. Suspiro en voz baja, anticipando un forcejeo. Empieza a gritar en cuanto le desabrocho el anorak.

—Ya está, ya está, cariño —digo con dulzura cuando me agarra del cabello y tira con fuerza.

—¿Alguien está de mal humor? —pregunta la enfermera como si ya lo hubiera visto todo. Pero estoy bastante segura de que no está acostumbrada a niños como mi hija.

Una vez terminan de pesarla y medirla, lo único que quiero hacer es llorar. No porque esté por encima del peso y la altura promedio, sino porque se ha comportado como una salvaje. Sus gritos se han convertido en sollozos y ahora está sentada en mi regazo con los ojos rojos e hinchados. No es buena idea intentar abrazarla porque seguro que me clava los dientes en la mejilla o vuelve a tirarme del pelo. Así que la siento en mis rodillas, con cuidado de mantener un poco de distancia entre nosotras. La enfermera no dice nada. Si encuentra nuestra relación anormal, no lo expresa.

De alguna manera consigo volver a vestir a mi hija, pero no lleva el jersey bajo el anorak y estoy bastante segura de que le he puesto los pantalones del revés. Quiero salir corriendo de la habitación antes de que la enfermera pueda decirme lo mala madre que soy. Quizá sugiera que deberían llevarse a la niña y llevarla a un hogar de acogida. La idea no está tan mal, y por un momento tengo una visión de mi vida antes de que ella llegara, cuando solo tenía que ser responsable de mí misma.

—Bueno —comienza la enfermera, forzando una sonrisa—. Me gustaría echarle otro vistazo. Puede que haya algún obstáculo que le impida alcanzar la curva normal de desarrollo, así que debemos descartar algunas cosas. Y hay ejercicios que puede usted hacer en casa para ayudarla.

—Entiendo —digo. La escucho hablar, sonrío y asiento, e intento actuar como una madre a la que de verdad le importa lo que está diciendo.

La niña sigue temblando cuando la dejo en la sillita del coche, pero está tan cansada que no se mueve mientras le pongo el arnés. Me siento al volante, recojo el jersey que está en el asiento del copiloto y me lo pongo en la boca antes de gritar tan alto como puedo. Quiero golpear algo, preferiblemente a la enfermera que me miró con esos ojos llenos de reproches. Pienso en mis padres y en mis supuestos amigos, en todas aquellas personas que no están aquí para sujetarme. Porque siento como si estuviera cayendo. Estoy en caída libre, a punto de golpearme con fuerza contra el suelo.

Lágrimas calientes me resbalan por las mejillas, y las dejo correr. La veo por el retrovisor interior. Me observa, ahora tiene los ojos secos y una mirada seria. Entonces le sucede algo a su cara. Le tiemblan las comisuras de la boca y se estiran hacia arriba lentamente. ¿Es eso una sonrisa? Me enjugo las lágrimas y miro boquiabierta a mi hija. Es una sonrisa. Pequeña, torcida y extraña, pero, aun así, una sonrisa. Nunca la había visto sonreír. Al menos no a mí. A veces lo hace cuando está jugando o mirando libros, pero nunca a mí. ¿Le parece divertido que pierda el control de esa manera? Me seco la cara y me giro para mirarla. No me quita los ojos de encima, y sigue con lo que creo que es una sonrisa en la cara, a pesar de los sollozos que emite de forma regular. Me doy la vuelta y arranco el motor. He sufrido muchas derrotas últimamente, pero no tengo intención de perder esta batalla.

Era terriblemente aburrido. No tenía ningún sentido. Nunca iba a buscar un trabajo que estuviese relacionado con las mates, estaba claro. Entonces, ¿por qué tenía que sentarse y aprenderse todas las ecuaciones que el profesor escribía en la pizarra? Sinceramente, no podría importarle menos lo que representaba la X. A su lado, Tinna estaba concentrada atentamente en el profesor, mientras que Dísa les lanzaba notitas con mensajes inapropiados desde el pupitre de atrás.

Hekla miró de reojo a Tinna. Tenía una mano bajo la barbilla y se mordía el labio inferior, como solía hacer cuando observaba al profesor. Hekla siempre había envidiado su piel. Era una de esas chicas con una tez increíble, suave y sin manchas. Tinna no se molestaba en ponerse base de maquillaje; no le hacía falta, pero sí usaba un lápiz de ojos negro para crear un delineado perfecto.

—Deja de mirarme, pervertida —susurró Tinna de repente, sin quitar los ojos del profesor.

Hekla apartó la mirada enseguida, pero le alivió comprobar que Tinna estaba sonriendo. Ese era el problema con sus amigas: nunca sabía cómo comportarse frente a ellas y le aterraba perderlas. Las cosas podían cambiar muy rápido. Un día, por ejemplo, sus amigas podían querer hacer un muñeco de nieve en el jardín o ver *Chicas malas* en la cama; al siguiente, preferían ir a dar una vuelta con chicos mucho mayores. A veces se enfadaban cuando Hekla quería volver a casa y empezaban a comportarse como si todo lo que decía fuera infantil y aburrido. Hekla se sentía entonces totalmente deprimida y estaba segura de que nunca querrían volver a hablar con ella, solo para despertarse al día siguiente con mensajes llenos de corazones y caras sonrientes, como si no hubiera pasado nada.

—Adivina qué: Alfreð lleva toda la clase mirándote —susurró Tinna en su oído. Hekla podía oler su bálsamo labial de fresa. Le rugió el estómago. No había desayunado y solo había mordisqueado un pedazo de bizcocho de centeno a la hora de comer.

—¿En serio? —preguntó, y miró a su alrededor de forma automática. Alfreð bajó la mirada al pupitre, avergonzado, y se apartó el cabello castaño detrás de las orejas. Hekla volvió a mirar al frente y sus pensamientos se dirigieron a Agnar con una punzada de culpa.

Tinna le pellizcó el brazo.

—No te gires, idiota.

Hekla se frotó el brazo e hizo una mueca.

Tinna sonrió.

—Eh… déjamelo a mí. Daremos una vuelta esta noche con él. Yo me encargo.

—¿Qué pasa con Agnar? —La idea de deshacerse de él la ponía nerviosa.

—Me encargaré de eso también —susurró Tinna.

—¡Chicas! —El profesor las estaba mirando. Su voz era aguda y sonaba un poco cansada—. ¿Estáis prestando atención?

—Sí, claro. —Tinna sonrió con inocencia.

—En ese caso, ¿qué estaba diciendo?

Tinna entrecerró los ojos y observó el ejercicio de la pizarra. El profesor suspiró y, cuando estaba a punto de continuar, Tina dijo:

—El mínimo común denominador de mil cincuenta es cuarenta y tres.

El profesor miró la pizarra y después a Tinna.

—Tengo razón —dijo Tinna—. Compruébelo.

El profesor se aclaró la garganta.

—Es correcto, Tinna. Quizá te gustaría salir a la pizarra a explicarles a tus compañeros cómo has llegado a esa solución.

Tinna le dirigió un guiño poco discreto a Hekla, empujó la silla con un chirrido y fue hasta el frente de la clase. Resolvió el problema con rapidez y confianza antes de volver a su silla. Detrás de ella, Hekla podía oír a Dísa aguantándose las ganas de reír.

Cuando salieron del coche, un gato se levantó frente a la casa y se acercó a ellos para frotarse contra sus piernas mientras maullaba de forma patética. Elma se agachó para rascarle detrás de las orejas, pero retiró la mano en cuanto se dio cuenta del estado de sus ojos. Apenas podía abrirlos por la sepsis y le salía pus amarillo de una herida profunda en una esquina.

—Es un gato callejero —dijo Sævar, con un silbido bajo. Como si sintiera sus sospechas, el gato salió corriendo de repente hacia un almacén en ruinas cercano. Lo vieron desaparecer en un lecho de ortigas marchitas.

Elma se estremeció. Levantó la mirada hacia la casa, que consistía en un semisótano, una planta baja, una buhardilla, un techo curvo de madera decorativa, contraventanas y un balcón con una barandilla de hierro forjado. Maríanna y Hekla habían ocupado el piso del semisótano, pero parecía que ahora vivían nuevos inquilinos. Elma advirtió movimiento detrás de las persianas venecianas y oyó música procedente de una ventana abierta. Al final del jardín había un acantilado, y podían oír el ruido de las olas en la parte de abajo. Mientras se dirigían a la casa, la lluvia amainó de manera abrupta, como si alguien hubiera cerrado los grifos escondidos en las nubes, y ahora se abrían paso unos cálidos rayos de sol. Dos cuervos se habían posado en una farola cercana y se llamaban el uno al otro; sus estridentes graznidos resonaban por la calle y perturbaban el silencio tras la lluvia.

—Nunca mandaría a mis hijos a jugar en ese jardín —dijo Elma, contemplando el acantilado.

Antes de que Sævar pudiera responder, la puerta delantera se abrió y apareció una mujer con un jersey a rayas.

Les estrechó las manos y se presentó como Elín.

—Unnar ya debería haber vuelto, no sé qué lo habrá retrasado. Vamos a la cocina. Mi madre está cuidando de mi hijo menor, lo que debería darnos un poco de paz.

La siguieron al interior. La casa era vieja para los estándares islandeses, el suelo estaba lleno de surcos profundos y las puertas eran estrechas. Elma echó un vistazo a la sala de estar al pasar junto a ella y vio a una señora mayor y a un niño en su regazo leyendo un libro juntos.

—Mi madre viene a cuidarlo durante el día mientras estamos en el trabajo —explicó Elín después de ofrecerles agua con gas—. Está jubilada, lo que nos resulta de gran ayuda hasta que sea lo bastante mayores para ir a la guardería.

—¿Hay nuevos inquilinos en el piso del sótano? —preguntó Sævar.

—Sí, por desgracia. Unas adolescentes prometieron tener buen comportamiento cuando se mudaron. Sin embargo, parece que tendremos que echarlas. No podemos dormir los fines de semana. —Elín suspiró al dejar las gafas en la mesa frente a ellos—. ¿Hay alguna noticia de Maríanna? ¿De verdad era ella a la que encontraron?

—Sí, era ella —confirmó Elma—. Por eso estamos volviendo a investigar y comprobando que no hayamos pasado algo por alto la primera vez.

—Ah, vale. Entiendo. Me cuesta creer que alguien quisiera hacerle daño. Era muy simpática.

—¿Se conocían bien?

—Sí y no. Maríanna llevaba viviendo en el semisótano desde antes de que compráramos la casa. Se lo había alquilado al anterior propietario y luego a nosotros durante los últimos dos años. Llamaba a la puerta si necesitaba huevos o leche, y nos turnábamos para cortar el césped en verano y ese tipo de cosas, pero, en lo personal, nuestra relación nunca pasó de ahí. No sé por qué; quizá por la diferencia de edad. Era diez años menor que yo. Unnar solía echarle una mano si necesitaba arreglar algo en su piso. Taladrar agujeros para los tornillos, colocar estanterías y ese tipo de cosas. Se llevaban bastante bien, aunque nosotras nunca fuimos cercanas. Claro que Unnar se lleva bien con todo el mundo.

—¿Qué me dice de Hekla? ¿Tuvo algún contacto con ella?

—¿Con la hija de Maríanna? No, no es que fuera muy extrovertida, o eso creo. Apenas saludaba cuando te la encontrabas. —Elín esbozó una sonrisa irónica—. Pero eran buenas inquilinas y nunca dieron ningún problema, a diferencia de las que viven ahí ahora.

—¿Recuerda a qué hora llegó usted a casa el viernes en que Maríanna desapareció? —preguntó Sævar.

—Sí, acababa de regresar del trabajo —dijo Elín—, así que debí de llegar alrededor de las cinco.

—Y después, ¿vio a alguien entrar o salir?

—No lo recuerdo exactamente. —Elín frunció el ceño—. Fue hace mucho tiempo. Pero sí… le conté a la policía cuando vino en primavera que antes de la cena oí cómo la puerta del semisótano se cerraba de un portazo. Se atasca un poco y hay que cerrarla de golpe para asegurarse de que se cierra bien. Es suficiente para que tiemble toda la casa. Imagínense cómo es ahora que esas chicas entran y salen a todas horas.

Elma se fijó en Sævar, que sin duda estaba pensando lo mismo que ella. El largo lapso de tiempo desde la desaparición de Maríanna lo complicaba todo más. La gente había empezado a olvidar, o a crear nuevos recuerdos sin darse cuenta. Los recuerdos podían ser confusos y poco fiables, tendían a cambiar con el tiempo. A menudo se generaba una mezcla entre verdad e imaginación.

—¿Por casualidad vio algún coche en el exterior?

Elín suspiró y negó con la cabeza.

—No, no lo creo.

—¿Y antes de eso? —Elma no estaba lista para rendirse todavía—. ¿Se fijó en si Maríanna y Hekla recibían visitas a menudo?

—Sí, claro. Maríanna a veces traía amigos, y de vez en cuando veía a los padres de acogida de Hekla cuando venían a recogerla. Charlé brevemente con ellos una vez; una pareja extremadamente agradable. También vi a Hekla subirse a un coche a altas horas de la noche en varias ocasiones. No entendía en qué pensaba su madre al dejarla salir con un chico tan mayor. Pero, dicho esto, no sé si Maríanna lo veía, porque aparcaba más arriba en la calle y Hekla siempre salía de casa apresuradamente. Para ser sincera, me pregunté si debía mencionárselo a Maríanna, pero no quería entrometerme.

—¿Pudo ver bien al chico?

—Por desgracia, no. Pero tenía carné de conducir, así que debía de ser bastante mayor que ella.

—¿Vio la marca del coche?

—Un Volvo S80 verde oscuro —respondió Elín sin vacilar—. Es probable que fuese un modelo de 1999 o del 2000. Estaba hecho un completo desastre.

Sævar frunció el ceño.

—¿Recuerda también la matrícula?

Elín se rio.

—No, me temo que no.

Elma sonrió y anotó la marca del coche.

—Elín, cariño, ¿tienes un plátano? —La abuela entró en la cocina—. Lo siento, no quería interrumpir. El pobrecito tiene mucha hambre. Está pidiendo un «tano».

—Debería haber uno en alguna parte. —Elín se levantó para buscarlo.

—Hola, me llamo Bryndís —dijo la señora mayor, y les tendió la mano—. La madre de Elín. La niñera. Y abuela. ¿Son de Reikiavik? ¿O de Akranes, tal vez? ¿Están aquí por Maríanna? Qué horror. No me digan que alguien le hizo algo.

Elma decidió responder solo a la última pregunta.

—Intentamos averiguarlo —respondió—. ¿Había empezado a hacer de canguro para el 4 de mayo, cuando Maríanna desapareció?

—Pues sí —dijo Bryndís, aceptando el plátano que Elín le tendió—. Gracias, cariño. Sí, empecé a hacer de canguro en marzo, ¿no?

Elín asintió.

—¿Estuvo aquí ese viernes? —preguntó Elma.

—Sí, eso creo —contestó Bryndís—. Aunque puede que saliera a dar un paseo con el cochecito. No lo recuerdo bien.

Una vez más, Elma maldijo el tiempo que había transcurrido.

—¿Vio a Maríanna o a Hekla ese día? ¿O a alguien más?

Bryndís sonrió a modo de disculpa.

—Oh, tendré que pensarlo. Veamos, era viernes, 4 de mayo… No, no puedo recordar algo de tanto tiempo atrás.

—Bueno, si recuerda alguna cosa…

—Pero Maríanna tenía los miércoles por la mañana libres, y siempre llamaba a su puerta para invitarla a tomar café. Era absurdo que estuviéramos cada una sola en una planta sin hablar con la otra. Y recuerdo claramente la última vez que vino, que debió de ser, ¿cuándo?, ¿el 2 de mayo?

—Mamá, eso no lo sabía.

—No tengo que contarte todo lo que hago, cariño. —Bryndís le apretó ligeramente el hombro a su hija.

—¿Le pareció que actuaba de forma extraña ese día? —preguntó Elma—. ¿Estaba preocupada por algo o…?

—No, para nada. —Bryndís parecía sorprendida—. Habría ido a verlos a ustedes si hubiera pensado que tenía razones para hacerlo. Maríanna y yo solíamos hablar un poco de todo. No creo que estuviera interesada en compartir historias sobre su vida amorosa con una señora mayor como yo, pero hablábamos mucho sobre el pasado. Le conté historias de mis años en Copenhague y mi estancia en el internado, y Maríanna me habló de su juventud. Aunque el tema siempre parecía despertarle… ¿cómo decirlo? Recuerdos tristes. Había perdido a su hermano y a su madre.

Elma asintió, un poco decepcionada.

—Entonces, ¿no hubo nada que le resultara raro?

—Bueno… hubo una llamada —dijo Bryndís—. Le sonó el móvil, miró la pantalla y lo apagó. No quiso responder.

—¿Le dijo por qué?

—No, solo miró el móvil y lo apagó. No tengo ni idea de por qué.

Sería sencillo averiguar quién la había llamado si volvían a revisar los registros de su móvil. Elma sospechaba que había sido Bergrún, puesto que habían comprobado todas las llamadas de los meses previos a su desaparición.

—Bueno, si recuerda algo más, este es mi número.

Bryndís cogió el trozo de papel con el número de Elma y lo estudió con expresión pensativa.

—Una vez le pregunté a Maríanna por qué se había mudado aquí. Siempre me dio la impresión de que se sentía sola. Aquí no tenía ningún familiar. No me respondió, pero me dio la sensación de que había sucedido algo malo. Al menos, era evidente que no quería hablar de ello. —Levantó la mirada—. Bueno, estoy hablando hasta por los codos. Será mejor que vaya a darle su plátano a ese jovencito.

Bergrún había intentado llamar a Maríanna la mañana del miércoles antes de su desaparición. Estaba claro que habían discutido, y al día siguiente Elma le preguntaría el motivo. Cuando regresó al despacho, repasó una vez más la actividad de las redes sociales de Maríanna, pero no pudo encontrar ningún mensaje de Bergrún. De hecho, Bergrún no tenía cuenta de Facebook y había muy poca información sobre ella en Internet. Parecía que era una de las pocas personas en Islandia que no lo usaba.

No obstante, hubo dos cosas que le llamaron la atención a Elma cuando examinó las interacciones de Maríanna. En primer lugar, los mensajes de Sölvi. Le había escrito a diario, por lo general preguntándole dónde estaba o qué hacía. Puede que su intención fuera inocente, pero a Elma le pareció innecesariamente invasivo. ¿Por qué no le preguntaba simplemente cómo estaba?

En segundo lugar, todas las interacciones con Hekla consistían en reprimendas o comentarios malhumorados. Por ejemplo, Maríanna le había enviado mensajes con frecuencia a Hekla diciéndole que volviera directamente a casa sin obtener respuesta. Algunos enumeraban las tareas que esperaban a Hekla en casa: pasar la aspiradora, llenar el lavavajillas, limpiar la bañera. Otros criticaban las cosas que había hecho: dejar la ropa en el suelo, acabarse la leche y olvidarse de apagar las luces. Elma incluso revisó los mensajes más antiguos y no encontró ni un solo comentario positivo de Maríanna, por trivial que fuera. Era como si los mensajes a Sölvi y a Hekla los hubieran escrito dos personas completamente distintas. Mientras Elma descansaba en el sofá de sus padres, intentó pensar en las razones por las que Maríanna habría querido contactar a Hekla el día en que desapareció. Hekla tenía clase de natación, y su madre debía saberlo. ¿Qué quería Maríanna y por qué había ido a Akranes?

La distrajo la sintonía de las noticias, que resonó de repente por toda la habitación, y después una mujer rubia apareció en la pantalla y le dio las buenas noches a la nación con la actitud firme y directa que caracterizaba a los presentadores.

—Vive en Akranes —señaló el padre de Elma sin despegar la mirada de su libro de sudokus.

Elma emitió un ruido evasivo a modo de respuesta En ese momento vibró su móvil, que estaba tirado a su lado en el sofá. Era otro mensaje de Dagný. Elma no tenía la energía para leerlo, así que bloqueó el teléfono con la esperanza de que Dagný no se enfadara con ella. El plan era ir juntas a Reikiavik el sábado para comprarle un regalo a su padre. Elma temía lo peor e imaginaba que sería un desastre. Había mucho sobre lo que quería desahogarse, pero sabía que no era una buena idea. Esa mañana, cuando había visitado el antiguo hogar de Maríanna, se había fijado en un parque junto a la casa que le había recordado un incidente de su infancia. Más bien, había sido un elemento concreto del parque: la estructura para trepar. Era una estructura con forma de cúpula de la que te podías colgar, idéntica a la que había en el parque cerca de casa de sus padres, antes de que la derribaran y la reemplazaran con equipo nuevo.

—¿Papá? —dijo Elma.

Su padre emitió un gruñido, lo que significaba que la estaba escuchando. Estaba sentado en un sillón y alternaba su atención entre los sudokus y la televisión. Podían oír el sonido del agua hirviendo en la cocina.

—¿Te acuerdas de cuando Dagný y sus amigas me abandonaron en el parque infantil y tuviste que ir a rescatarme?

Su padre volvió a gruñir sin alzar la vista del sudoku.

—¿Por qué…? —Elma dudó—. ¿Qué edad crees que tenía?

—Me parece que tenías unos seis o siete.

—Me dijeron que iban a ir corriendo a buscarme una piruleta —recordó Elma—. Las esperé durante horas mientras nevaba hasta que una mujer que me había estado observando desde su ventana se preocupó y se acercó a mí.

Su padre se quitó las gafas y la miró.

—No fueron horas… —De repente parecía mucho más joven, sin las gafas, en la habitación en penumbra, iluminada solo por el brillo de la pantalla del televisor. Elma siempre había sido un poco niña de mamá, quizá porque su padre solía ser distante. Trabajaba de carpintero y, por lo general, volvía a casa tarde, cansado, sucio y oliendo a serrín y barniz. De niña, Elma le había contado la mayoría de sus problemas a su madre, dado que nada le gustaba más a Aðalheiður que resolver problemas. Cuanta más gente la necesitaba, más feliz era. Elma le había contado a su madre casi todo, mientras que su padre era más reservado y mostraba poco interés en los problemas cotidianos—. Según recuerdo, y tengo buena memoria, Dagný estaba celosa por lo que había sucedido la noche anterior. —Una leve sonrisa apareció en sus labios.

Elma frunció el ceño.

—¿Qué sucedió la noche anterior?

—Claro que no te acuerdas. Después de todo, no fue algo que hicieras o de lo que fueras consciente.

Elma se incorporó y bajó un poco el volumen.

Su padre continuó:

—La noche anterior, Dagný estaba estudiando para un examen. Tenía que aprenderse las tablas de multiplicar, pero le costaba porque no se le daban bien los números. Estábamos repasándolas cuando llegaste; solo tenías seis años, acababas de empezar el colegio y ya te las sabías todas. Recitaste con facilidad las tablas que Dagný estaba aprendiendo. Teniendo en cuenta que era tres años mayor que tú, no creo que eso aumentara precisamente su confianza. —Se rio entre dientes.

—No me acuerdo de nada —admitió Elma. Aunque sí recordaba que los deberes siempre le habían parecido bastante fáciles, al menos en los cursos inferiores. Había aprendido rápido a leer, escribir y sumar, pero, básicamente, había sido porque siempre estaba compitiendo con Dagný o sentada a su lado como un perrito mientras ella hacía sus deberes.

—No, pero estoy seguro de que Dagný nunca lo olvidará. Tendrías que haberle visto la cara.

Elma se rio y se tumbó en el sofá.

—Aun así, fue un poco drástico abandonarme así solo… para castigarme porque se me daban mejor las mates que a ella.

—Oh, yo habría hecho lo mismo —dijo su padre, y volvió a subir el volumen.

Parecía musgo, solo que más marrón y denso, como si lo hubieran amasado hasta formar un bulto. Hekla observó al chico mientras colocaba con cuidado la hierba en una línea en el papel de liar para luego enrollarlo y retorcer con destreza uno de los extremos.

—¿Quién quiere hacer los honores? —preguntó el chico con formalidad mientras sujetaba el porro.

—Bueno, si nadie se ofrece voluntario... —intervino Dísa antes de que los demás tuvieran oportunidad de decir algo, y cogió el porro.

El chico le tendió el mechero y Dísa se inclinó hacia delante y aspiró el humo. Después, lo sopló hacia Hekla y se rio antes de pasarle el porro a Tinna, que hizo lo mismo.

Los cuatro estaban sentados en el asiento trasero, Hekla a la derecha, Tinna en el medio y Dísa a la izquierda, en el regazo de un chico llamado Binni. Era un año mayor que ellas y, según Dísa, sus padres eran muy ricos. Al parecer tenían un yate enorme en el Mediterráneo y una casa en España. Además, estaba muy bueno, tenía los dientes alineados y una mandíbula prominente. Siempre vestía ropa con logotipos famosos.

El coche recorrió las calles de Akranes, pasó por el muelle y atravesó un área en la que antes había una fábrica de cemento, pero que ahora estaba en ruinas.

—Se me hace raro pensar que pronto desaparecerá «la Colilla» —dijo Alfreð, que estaba sentado en el asiento del copiloto. Se inclinó hacia delante para echarle un vistazo a la chimenea de la fábrica, que, en efecto, parecía una colilla gigante, a pesar de que llevaba mucho tiempo sin soltar humo.

—En realidad, es muy triste —dijo Binni. Inhaló el porro que Tinna le había pasado y aguantó el humo en sus pulmones durante unos segundos antes de dejarlo escapar y llenar el coche de nubes grises.

—Joder, tío. No puedo ver nada con tanto porrero en el coche —se quejó Gísli, que iba al volante. Era un poco feo, pero lo aguantaban porque accedía a llevarlos por el pueblo siempre que quisieran. Intentaba compensar su apariencia siendo gracioso, pero no se daba cuenta de que sus chistes malos solo empeoraban las cosas.

Binni sonrió a las chicas, luego bajó su ventanilla y dijo:

—¿No es como... el símbolo de Akranes o algo así?

—¿Estás diciendo en serio que el símbolo de Akranes es una chimenea que parece un cigarrillo? —dijo Tinna con sorna—. ¿No es un poco triste?

Los chicos se rieron.

—Tal vez deberían pintarla de blanco. Así el símbolo de Akranes podría ser un porro gigante. ¿No sería genial? —Binni se rio de su propia broma y le pasó el porro a Alfreð.

—No, gracias —dijo, apartándolo con la mano.

Hekla le dirigió una sonrisa secreta. Alfreð era un verdadero deportista. Nunca vestía nada que no fuera una sudadera y un chándal, y siempre llevaba las botas de fútbol en la mochila. Hekla jugaba al fútbol y su entrenador le había dicho que tenía posibilidades de que la eligieran para la selección nacional femenina sub-16. A Hekla nunca se le había dado bien nada, y mucho menos los juegos, pero Maríanna tampoco la había animado nunca a que practicara deporte. De hecho, antes de que Bergrún la persuadiera de entrenar con la Asociación de Fútbol de Akranes, no había intentado jugar al fútbol, salvo en las clases de Educación Física de su antiguo colegio de Borgarnes, aunque era demasiado tímida para moverse. Los otros niños decían que parecía un mono cuando corría, así que intentaba pasar lo más desapercibida posible en el terreno de juego. De ahí que se sorprendiera más que nadie al descubrir que se le daba bien. El entrenador le dijo que tenía un talento innato y le guiñó el ojo, lo que hizo que le ardieran las mejillas.

Binni se encogió de hombros.

—¿Qué me dices, Hekla?

Dísa se acurrucó contra Binni y observó a Hekla.

—Tú decides —dijo, y añadió en inglés—: *Up to you.*

Hekla vaciló y Dísa se rio.

—Oh, qué monada. Venga, dámelo; no quiere.

—No, sí que quiero —se apresuró a decir Hekla. Ignoró la mirada de Alfreð y agarró el porro. La cara se le puso roja mientras todos la observaban inhalar. Consiguió de milagro aguantarse la tos y pasó el porro.

Dísa se echó a reír otra vez y se giró hacia Binni.

Hekla intentó no escuchar los gemidos y ruidos de succión que hacían. Tinna le dio un codazo con discreción y puso los ojos en blanco. A pesar de que a Dísa no le importaba besar a chicos delante de ellas, Hekla no se acababa de acostumbrar.

—¿Va todo bien? —Alfreð la observaba, pero Hekla era incapaz de interpretar su expresión.

—Sí, claro. —De repente se sintió avergonzada. ¿Qué narices estaba haciendo? No se sentía diferente. El mundo no le parecía especialmente divertido o extraño. Estaba muy cansada de golpe, tan agotada que podría haberse quedado dormida en el coche, a pesar del humo, la música estridente y los sonidos de succión provenientes de Dísa y Binni. Fue un alivio cuando sonó el teléfono y vio que era Bergrún, que le decía que volviera a casa.

Dos años

Nos despedimos como si fuéramos a vernos la próxima semana. «Adiós», y después me cerró la puerta en la cara. No dijo: «Ha sido un placer conocerte» o «Gracias por dejarme cuidar de tu hija durante ocho horas, cinco días a la semana». No, literalmente me cerró la puerta en la cara de un portazo mientras estaba en los escalones con mi pequeña. Aunque, para ser justa, la niñera le dio a mi hija un abrazo rápido antes de entregármela. Como de costumbre, tuve que apartarla mientras pateaba, lloraba y forcejeaba para quedarse con la mujer. Nunca entenderé por qué mi hija la prefería antes que a mí.

En cualquier caso, la guardería es mucho mejor. Ya han pasado unos minutos desde las cinco cuando cruzo la entrada. Todos los demás niños se han ido a casa, así como la mayoría del personal. Abro la puerta roja y amarilla con el pomo en la parte superior. Me encuentro con un ambiente cargado por los pañales y la ropa de calle húmeda.

—Siento llegar tarde —digo jadeando cuando veo al único miembro restante del personal. Está sentada en el suelo con mi hija en el regazo y un libro abierto frente a ellas. Siento una fuerte punzada en el pecho y no entiendo por qué. Quizá es porque nunca nos sentamos juntas así, tan a gusto. Cuando está en casa, suele ver la televisión o jugar con los soldaditos verdes de juguete. En mi opinión, los niños no deberían depender tanto de sus padres, así que he hecho todo lo posible para criar a una persona independiente. A veces veo a otros niños aferrándose a los suyos, y me pregunto si mi método es incorrecto. Pero nunca he tenido un tipo de relación con mis padres en la que nos abrazáramos o expresáramos nuestros sentimientos, y durante mucho tiempo me sentí resentida. Después, en algún momento, se me ocurrió que, mientras que los otros niños no podían tomar decisiones por sí

mismos y lloraban en las excursiones del colegio porque echaban de menos a sus padres, yo siempre fui autosuficiente. Era decidida, independiente y segura de mí misma, y así quiero que sea mi hija. Que no dependa de nadie.

—No pasa nada —responde la mujer, que tiene al menos el triple de mi edad, cabello canoso y una sonrisa amable.

—Me han retenido en el trabajo —miento, descolgando el anorak de mi hija del gancho—. Y el tráfico era un absoluto desastre. Un accidente en Miklabraut —añado, adornando aún más la verdad.

La mujer sonríe.

—Se está volviendo muy buena describiendo imágenes. ¿Tienes un libro como este en casa?

Es un libro grande de tapa dura que contiene dibujos de todo tipo de objetos y animales. No tenemos uno así en casa. De hecho, no tenemos ningún libro. Nunca he leído mucho, aparte de los libros que teníamos que leer en el colegio. Incluso entonces, los leía por encima y les pedía a mis amigas que me contaran de qué iban. Le he comprado juguetes bonitos, pero la mayoría están sin tocar en su habitación. Un juego de té de porcelana con rosas de color rosa y una mesa blanca con dos sillas. Una muñeca Madame Alexander, que cuesta una pasta. Pero lo único con lo que quiere jugar son los soldaditos verdes, que sujeta con sus torpes dedos y se niega obstinadamente a soltar. Los sujeta con tanta fuerza que los nudillos se le ponen blancos. Incluso cuando duerme, es como si tuviera miedo de que intentase robárselos. Ahora que es mayor, le gusta ordenarlos en fila. No es una tarea sencilla, y no entiendo cómo tiene la paciencia para hacerlo. Sus habilidades motoras no están preparadas para esa actividad todavía, y tarda una eternidad en poner de pie a cada soldado. Se empeña en hacerlo hasta que los ha alineado todos frente a ella, luego se queda quieta y los observa durante un rato antes de recogerlos y ponerse a alinearlos en otra parte. Mientras tanto, la cara muñeca Madame Alexander permanece ignorada en la cajonera.

—Pues no. No tenemos ese libro en concreto. —Me agacho con la mirada puesta en mi hija y le digo que venga hacia mí. No me mira ni se mueve hasta que la profesora se pone en pie y la guía. La mujer sigue con el libro en la otra mano y me lo tiende.

—Llévatelo —dice.

Me río.

—No, no podría…

—No hay nadie salvo nosotras. Llévatelo. Lo disfruta mucho.

—Pero…

—Necesita aprender las palabras. —Ha aparecido un tono serio en la actitud amable de la profesora.

—De acuerdo. —Tomo el libro y centro mi atención en mi hija. Me agacho y le pongo el anorak. No hace nada para ayudarme, solo me permite de forma pasiva que la vista. Esa mañana le había puesto una camiseta blanca, pero, por supuesto, la ha manchado de kétchup.

No puedo dejar de pensar en la preciosa niña rubia que vi esta mañana cuando dejé a mi hija en la guardería. Debería haber sido mi hija; casi podía verme reflejada en ella. Algo que nadie podría decir de la niña de cabello oscuro que está frente a mí. Tiene manchas de comida en la cara, se ha deshecho las trenzas que le hice esta mañana y está demasiado rellena. La mayoría de la gente diría que se trata de grasa de bebé que desaparecerá a su debido tiempo, pero la niña rubia que vi esta mañana no tenía grasa de bebé. He intentado tener cuidado con lo que come mi hija, pero siempre tiene hambre. Engulle la comida y mastica haciendo ruido con la boca abierta, por lo que apenas soporto mirarla.

—Ya está, cariño —digo, poniéndole el sombrero. Cuando intento abrocharle el anorak hasta el cuello, empieza a gritar—. ¿Qué pasa? ¿Te he hecho daño?

La profesora se dirige rápidamente a la niña y le desabrocha el anorak. Hay un corte en el cuello de mi pequeña, justo debajo de la cadena con su inicial.

—Ay —digo llena de remordimiento, e intento rodearla con los brazos, pero me empuja y se acerca a la profesora.

—Solo ha sido un accidente —dice la profesora, y le da a mi hija un abrazo rápido antes de guiarla directamente hasta mí.

El ambiente es incómodo porque ambas sabemos que eso no es normal. Se supone que los niños pequeños quieren que sean sus madres quienes los consuelen, no las profesoras de guardería a las que solo conocen desde hace un cuarto de hora. Siento que me ruborizo, así que me despido de manera apresurada y me dirijo a la salida. La mujer me llama:

—No te olvides de esto. —Me tiende el enorme libro brillante y colorido.

Lo acepto y siento la mirada de la mujer clavada en la espalda hasta que la puerta se cierra detrás de nosotras.

Miércoles

Elma estaba sirviéndose café recién hecho cuando sonó el móvil en el despacho. Regresó a toda prisa con la taza rebosante e hizo una mueca cuando se le derramaron algunas gotas en los dedos.

—Elma, ¿qué tal estás? ¿Te estoy molestando? —El tono cálido y reconfortante pertenecía al padre de Davíð, Sigurður.

—No, en absoluto. Había salido un momento de la habitación y estoy bien, gracias. Hay mucho que hacer por aquí. —Se sentó y bebió un sorbo de café.

Sigurður la había llamado de forma regular durante el último año. Cuando Elma no supo nada de los padres de Davíð durante las semanas posteriores al funeral, interpretó su silencio como que la culpaban del suicidio de su hijo. En su estado mental de aquel entonces, la reacción de los padres le había parecido totalmente justificada.

—Espero no estar interrumpiendo nada —añadió Sigurður.

—No, para nada.

—Ah, genial. Espero que todo vaya bien. —Hizo una pausa, después prosiguió—: El sábado es el cumpleaños de Davíð y nos encantaría que vinieras. Suponiendo que quieras venir. Lo entenderé si estás muy ocupada y…

—No, no —lo interrumpió Elma—. Quiero decir, sí. Claro que me gustaría ir. Estoy ocupada, pero puedo sacar tiempo.

—De acuerdo. Nos encantaría verte. Nos vemos en nuestra casa a las cinco o las seis, dependiendo de cuando puedas venir. Ya sabes cómo llegar.

—Claro. Allí estaré.

Elma cogió la taza de café y giró la silla para mirar por la ventana. Se le empezó a formar un nudo en la boca del estómago al pensar en ver otra vez a la familia de Davíð. Se había mantenido en contacto con su hermana, Lára, pero, durante el último año, apenas había hablado con su madre, Þuríður. La situación era extraña e incómoda, porque se habían llevado bien cuando Davíð estaba vivo. Þuríður no podía ser más distinta a la madre de Elma, que parecía sacada de un libro de texto de la antigua Escuela de Amas de Casa Profesionales de Islandia. Su madre era bajita, regordeta y animada, siempre llevaba un delantal y tenía algo burbujeando en los fogones o en el horno. Þuríður, por el contrario, tenía una figura esbelta, y ni muerta llevaría calzado cómodo o pantalones de chándal. De hecho, vestía más a la moda que Elma y se retocaba las raíces cada seis semanas para que nadie viera ni un solo cabello gris en su cabeza.

La puerta del despacho de Elma se abrió y esta se dio la vuelta. Como de costumbre, su compañera entró directamente, sin llamar, y se desplomó en la silla frente a ella. Begga era una agente uniformada un par de años mayor que Elma, y tan franca que a veces dejaba a la gente boquiabierta.

—Bañera de hidromasaje y una botella de vino tinto en mi casa esta noche. ¿Te apuntas?

La mirada de Elma se desvió a la ventana y luego volvió a Begga.

—¿En serio? ¿Has visto el tiempo? —Fuera soplaba un vendaval que arrojaba fuertes lluvias sobre el aparcamiento, y la carretera a Reikiavik estaba cortada en Kjalarnes hasta que lo peor hubiera pasado.

—Bah, eso no es nada. —Begga agitó la mano para restarle importancia.

—Pero tú no tienes una bañe… ¡Ajá! —Elma lo comprendió, aunque un poco tarde—. ¿Ya tienes las llaves?

Begga sonrió y los hoyuelos se le ahondaron.

—Tienes ante ti a la nueva y orgullosa propietaria de una casa, muchas gracias.

—Guau, felicidades.

Begga llevaba semanas sin apenas hablar de nada que no fuera la pequeña casa unifamiliar que se había comprado después de ahorrar a conciencia durante diez años mientras vivía en el sótano de sus padres. El dinero apenas había cubierto el depósito de la vivienda, que le había enseñado a Elma en innumerables fotografías. El precio de la vivienda en la zona se había disparado en los últimos años, quizá debido a los desorbitados precios de las propiedades en Reikiavik. Algunas personas decidían vivir en Akranes y desplazarse cada día a la capital simplemente para poder permitirse una casa de un tamaño razonable.

—Gracias. Ahora no puedes rechazar mi invitación para probar la bañera de hidromasaje, así que te espero a las nueve en punto. —Begga se puso en pie, se detuvo en el umbral de la puerta y se dio la vuelta—. Y trae vino tinto. No compres basura barata. Quiero una buena botella.

A Elma no le quedó alternativa, como era lo habitual con Begga. Una vez había tomado una decisión, no tenía mucho sentido intentar resistirse. El cristal de la ventana del despacho de Elma traqueteó por la fuerza del viento, como si intentara recordarle que era mala idea. Suspiró y se envolvió con el jersey. Eran casi las nueve de la mañana, el momento perfecto para rellenar la taza de café antes de la reunión matutina.

Nadie había visto a Maríanna desde las doce del mediodía del viernes 4 de mayo. La última constatación de que estaba viva fue una llamada que le hizo a su hija a las 14.27. Después de eso, su teléfono emitió una señal a las 15.07, lo que confirmaba que el móvil estaba vivo en ese momento, pero no necesariamente que Maríanna también lo estuviera.

Sölvi la había llamado por última vez poco después de las cinco. Luego había llamado a un amigo, se había pasado por el Ríki a comprar alcohol y se había ido a dar una vuelta antes de dirigirse a casa de su amigo para emborracharse. Las cámaras de seguridad de la licorería estatal mostraban a Sölvi poco antes de la hora de cierre con una botella de vodka de medio litro y un *pack* de diez cervezas. No obstante, nadie podía confirmar su paradero entre las dos y las cinco. Según su amigo, Sölvi había llegado a su casa a la hora de cenar, lo que significaba que también había un periodo, entre las seis y las siete, que no podía justificar. Pero apenas le habría dado tiempo a hacer la hora de ida y vuelta de Borgarnes a Grábrók, y mucho menos a deshacerse del cuerpo en el campo de lava.

El café estaba ardiendo, por lo que Elma lo sopló antes de darle un sorbo. Apenas habían sacado nada nuevo de la tanda de interrogatorios del día anterior, pero Elma seguía pensando en Bryndís, la señora mayor que había tomado café con Maríanna la mañana del miércoles anterior a su desaparición. ¿El asesinato de Maríanna podría estar relacionado con su pasado? ¿Por qué había decidido mudarse lejos de su padre, su único familiar vivo? No había ningún motivo aparente para que se hubiera asentado en Borgarnes. En el pueblo no había muchas ofertas de empleo y Maríanna no estaba estudiando en la Universidad de Bifröst, que se encontraba cerca.

Hasta ahora, Sævar se había encargado de comunicarse con el padre de Maríanna, pero tal vez deberían hacerle una visita juntos. Cuando Sævar habló con él en primavera, le explicó que tenía poco contacto con su hija. Estaba seguro de que Maríanna había recaído y se había ido de cogorza, y que volvería a aparecer en cuestión de días o semanas.

—¿En qué clase de problemas se metía Hekla? —preguntó Hörður después de escuchar el informe de la visita a Borgarnes.

—Imagino que en los típicos de los adolescentes —respondió Elma—. Al parecer siempre se escabullía a Akranes y quería pasar más tiempo con sus padres de acogida que en casa.

—O con su novio —añadió Sævar.

—¿Su novio? —Hörður frunció el ceño—. ¿Estaba en una relación?

—Sospechamos que sí —admitió Sævar—. La vecina de Maríanna nos contó que había visto a un chico en un coche frente a la casa en varias ocasiones.

—¿Y pensáis que era el novio?

—Tenía que serlo —dijo Sævar—. Seguramente sea mayor que Hekla si tiene carné de conducir.

—¿Creéis que el novio pudo haber recogido a Hekla el viernes en que desapareció Maríanna? ¿Y que quizá Maríanna estaba intentando contactar a Hekla porque no estaba en el colegio?

—Pero sí que estaba en el colegio —repuso Sævar—. Su profesor lo confirmó.

—El tutor solo daba clases hasta el mediodía. Hekla tenía clase de natación entre la una y las dos. —Elma se encogió de hombros—. ¿De verdad creéis que los profesores se dan cuenta si no aparece?

—Bueno, podemos preguntarles a los monitores de natación si recuerdan haber visto a Hekla en la clase —sugirió Sævar—. ¿No lo comprobamos en primavera?

—No —dijo Elma. Cada vez era más evidente lo descuidados que habían sido en la investigación original. Ahora se daba cuenta de que no habían indagado en varias cuestiones a las que habrían dado seguimiento si se hubiera tratado de la investigación de un homicidio. Pero todo el mundo estaba muy seguro de que Maríanna se había suicidado.

—Sin duda explicaría por qué Maríanna fue a Akranes —dijo Hörður—. Recordadme por qué Hekla tenía esos «padres de fin de semana».

Elma miró los archivos y suspiró. Todas esas páginas de texto no hacían más que entrometerse en sus pensamientos.

—Solo lo investigamos de manera superficial en primavera —admitió—. Lo descubrimos cuando nos pusimos en contacto con la Agencia de Protección de Menores para tener una idea más clara del estado mental de Maríanna. La primera vez que a Hekla la enviaron con Bergrún y Fannar tenía tres años. Un vecino había oído a una niña llorando durante tres noches seguidas. Al final llamó a la puerta y descubrió que Hekla estaba sola en el piso, famélica y en malas condiciones. Se informó a la policía y la niña acabó en un hogar de acogida. Resultó que Maríanna había salido por el pueblo y se había dejado llevar. Lo que se suponía que sería una noche había terminado siendo una semana de juerga.

—¿Qué? ¿Y pudo recuperar a la niña? —preguntó Hörður estupefacto.

—Sí, creo que Hekla no estuvo separada de ella durante mucho tiempo, quizá unos seis meses o así. Después Maríanna aceptó tener una familia de apoyo, una familia que cuidara de Hekla cada dos semanas, aunque, por lo que me ha contado Bergrún, deduzco que Hekla solía pasar más tiempo con ellos. Durante los meses de verano se quedaba más tiempo, y a veces se iba de vacaciones con ellos.

—De acuerdo —dijo Hörður—. Será mejor que interroguemos a Hekla y a su familia de apoyo otra vez.

—Sí, y una cosa más —dijo Elma—. Bergrún llamó a Maríanna casi todos los días durante la semana de la desaparición… quiero decir, asesinato.

—Excepto el día en que la mataron —puntualizó Sævar.

Elma se fijó con detenimiento en la lista de llamadas telefónicas y vio que tenía razón: Bergrún la había llamado todos los días menos el viernes.

—Preguntadle al respecto —ordenó Hörður—. Pero no os olvidéis de que a Maríanna la mataron a golpes. Fue una agresión brutal, por decirlo suavemente. No podemos olvidarlo. ¿Os imagináis a Bergrún haciendo algo así?

Elma evocó a Bergrún. Era alta, delicada y no parecía capaz de golpear a alguien hasta la muerte. Pero las apariencias podían engañar y Maríanna era pequeña. No habría requerido mucha fuerza someterla.

—El único hombre en la vida de Maríanna era Sölvi —dijo Sævar—. Vamos a observar de cerca sus movimientos; comprobar si su móvil salió de Borgarnes en algún momento.

—Hacedlo —dijo Hörður—. Pero ¿cabe la posibilidad de que haya otros hombres de los que no sabemos nada?

—Fannar —respondió Elma—. No hemos comprobado lo que hizo ese fin de semana.

—No. Será mejor que lo aclaremos todo esta vez —coincidió Hörður.

—¿Y qué pasa con Unnar? —sugirió Sævar—. Es el vecino que vivía en el piso de arriba de Maríanna y, al parecer, solía ayudarla con las tareas de bricolaje, como colocar estanterías y ese tipo de cosas. ¿Es posible que no estuviese en casa cuando llamamos porque intentaba evitarnos?

El último paciente del día había cancelado la cita, lo que le permitió a Bergrún salir inusualmente pronto del trabajo. Hizo una parada rápida de camino a casa en Kallabakarí y compró bollería danesa. Tenía antojo de algo dulce, y la inminente visita de la policía le dio una excusa para comprar unos pasteles con los que acompañar el café. Se había asegurado de que Bergur fuera a ver a un amigo después del colegio, y les había dicho a Fannar y a Hekla que estuvieran en casa a las cuatro. Hekla tenía entrenamiento de fútbol, pero tendría que saltárselo por esta vez.

Bergrún abrió la puerta del garaje y aparcó el coche. Cuando entró en el recibidor, la envolvió un aroma a lavanda y vainilla. Era agradable, pero tal vez un poco abrumador. Quitó el ambientador del radiador. Sus zapatos resonaron en el silencio al pisar las baldosas. No había nadie salvo ella. ¿Dónde estaban Hekla y Fannar? Ya eran más de las tres.

Dejó la bolsa de papel de la panadería en la mesa de la cocina y sacó el móvil, pero Hekla no respondió. Bergrún esperaba que no se hubiera olvidado de que tenía que volver a casa y se hubiera ido al entrenamiento. En ese caso, sería imposible contactar con ella durante la próxima hora. Quizá, pensó Bergrún, debería llamar a Fannar y pedirle que se pasara por el pabellón deportivo. Por otra parte, Hekla podía haber ido a casa de sus amigas.

Consideró llamar a Tinna. Las dos niñas se conocieron cuando Hekla empezó a entrenar un par de años atrás. A Bergrún le había parecido ridículo que Hekla no practicara ningún deporte, así que la apuntó a fútbol un verano en el que la niña se había quedado con ellos, a pesar de que solo podría ir a las sesiones de entrenamiento los fines de semana que estaba en Akranes. ¿Qué clase de madre no apuntaría a su hijo a alguna actividad lúdica? Los niños tenían que practicar algún deporte o tocar un instrumento; preferiblemente ambas cosas. Bergur tomaba clases de natación y estaba aprendiendo a tocar la trompeta. Bergrún se lo comentó en múltiples ocasiones a Maríanna, pero lo único que obtenía era una respuesta vaga.

Fue una suerte que Bergrún hubiera tenido la sensatez de apuntar a Hekla a fútbol, puesto que así es como había conocido a Tinna y más tarde a Dísa. A través de ellas, Bergrún había conocido a sus madres, sobre todo a la de Tinna, Margrét. Todo comenzó con una invitación para tomar café un día en que Margrét fue a recoger a Tinna, y después Margrét invitó a

Bergrún a pasar cuando esta fue a recoger a Hekla. Desde entonces empezaron a quedar más temprano y a charlar durante más tiempo, hasta que al final ya no necesitaron a las chicas como excusa.

Tinna no contestaba al móvil, así que Bergrún pulsó el número de Margrét.

—Han estado en la habitación de Tinna desde que volvieron del colegio —dijo Margrét—. Dicen que están estudiando, pero, a juzgar por la música a todo volumen, me resulta difícil de creer. ¿Quieres que mande a Hekla a casa? Puedo llevarla en coche, estoy a punto de salir.

Bergrún dejó escapar un suspiro de alivio.

—Sería estupendo. Eres una auténtica heroína.

—Llegaremos en diez minutos.

—Gracias, Margrét. Y tenemos que quedar pronto. ¿Por qué no venís Leifur y tú a comer este fin de semana?

Cuando terminaron de hablar, Bergrún le echó un vistazo al reloj y vio que eran las cuatro menos cuarto. Abrió el armario de la cocina, sacó algunos platos y colocó los pasteles daneses en una tabla que dejó encima de la mesa. Luego fue al baño, se puso más desodorante bajo los brazos y se perfumó. El cabello castaño claro y totalmente liso le llegaba hasta los hombros. Intentó darle forma por costumbre, pero solo le duró unos minutos. No importaba qué producto probara, su cabello insistía en permanecer liso y sin vida. Pestañeó un par de veces porque sentía que sus lentillas se habían secado y le resultaban incómodas. La habían irritado desde esa mañana. Incapaz de soportarlas ni un minuto más, se las quitó y se puso las gafas. Después miró a la mujer de cuarenta y cinco años del espejo, que le devolvió la mirada y sonrió.

Hekla tenía dos aros en la oreja izquierda de los que Elma no se había percatado antes. La niña volvía a llevar una sudadera, pero esta era blanca con una gran bandera estadounidense en la parte delantera. Cuando Elma y Sævar entraron, estaba sentada a la mesa de la cocina con los brazos cruzados. Tenía una expresión que Elma había visto a menudo en los niños de su edad, una combinación de indiferencia e inseguridad, como si lo que estuviera a punto de pasar no tuviera nada que ver con ellos, pero estuvieran listos para ponerse a la defensiva en cualquier momento.

—Ya les he dicho que me fui a casa después de natación —dijo Hekla como respuesta a su pregunta—. A las tres, creo, y no estaba allí.

—Tu madre intentó llamarte varias veces. ¿Sabes qué quería?

Hekla negó con la cabeza.

—¿No sabía que estabas en el colegio?

—Sí, pero… —Hekla dudó—. No lo sé. Tuvimos una pelea y luego… luego dejó una nota y no le di más importancia.

—¿Sobre qué fue la pelea?

Hekla abrió y cerró la boca, después le lanzó una mirada a Bergrún, que dijo:

—Fue por un torneo de fútbol en el que Hekla quería participar. Intenté persuadir a Maríanna para que la dejara ir, pero… —Bergrún negó con la cabeza—. Hablar con Maríanna podía llegar a ser muy complicado.

—¿Fue por eso por lo que la llamó a lo largo de la semana?

—Sí, intenté hacerla cambiar de opinión. Le dije que yo podía llevar a Hekla, pero… bueno, el desacuerdo empeoró. Tal vez no debí haberle insistido tanto, pero me resultaba imposible entender su actitud. No comprendía que ni siquiera pudiera… —Bergrún se interrumpió a media frase y respiró profundamente.

Elma se volvió hacia Hekla y le preguntó:

—¿Sabes si tenía pensado venir a Akranes?

—No, creo… creo que no.

Elma se dio cuenta de que Bergrún observaba a la niña con inquietud mientras respondía. Sintió un movimiento bajo la mesa y se preguntó si era la pierna de Bergrún moviéndose con nerviosismo.

—¿Qué hiciste cuando llegaste a casa? —preguntó Elma.

—Nada. —Hekla se rascó el esmalte negro de una uña.

—¿Nada? —Sævar sonrió—. ¿No viste alguna película, o usaste el ordenador o el móvil?

—Sí, quizá. Algo así.

—Vale —dijo Elma—. ¿Y después?

—Pues… —La joven volvió a mirar a Bergrún y luego a Elma—. Pedí una *pizza*.

—¿Y estuviste sola en casa toda la noche? —Elma intentó que la impaciencia no se le notara en la voz. Sentía como si tuviera que arrancarle a la cría cada palabra.

—Sí —respondió Hekla, sin mirarla a los ojos.

—¿A qué hora te fuiste a dormir?

—Creo que alrededor de las doce.

—De acuerdo —dijo Sævar con naturalidad—. ¿Y qué me dices del día siguiente? ¿No te pareció extraño que tu madre no hubiera regresado a casa?

—No lo sé —contestó Hekla—. No, la verdad es que no.

Elma ahogo un gemido. Iba a ser una ardua tarea obtener alguna cosa de ella.

—Vale, ¿y más tarde ese mismo día? —insistió—. ¿Cuándo empezaste a preocuparte por tu madre?

Hekla se mordió el labio superior antes de responder.

—Esa tarde. Cuando la llamé al móvil y estaba apagado.

—¿Habías intentado ponerte en contacto con tu madre antes de eso?

Hekla negó con la cabeza.

—Me parece que la primera vez que intenté llamarla fue después de comer.

—¿Por qué no le devolviste las llamadas el día anterior cuando viste que había intentado hablar contigo?

Hekla no respondió, se encogió de hombros y empezó rascarse otra vez el esmalte negro de la uña.

—De acuerdo —dijo Elma, mirando a Sævar. No parecía tan exasperado como ella por las breves respuestas de Hekla. Si acaso, parecía hacerle gracia. Pero no iba a rendirse—. ¿Recuerdas cuándo fue la última vez que hablaste con tu madre?

—Eh… por la mañana. Antes de irme al colegio.

El interrogatorio continuó en la misma línea, tuvieron que sonsacarle cada detalle y todas las respuestas que obtuvieron fueron lo más cortas posible. No conocía a Sölvi, el hombre con el que su madre tenía una cita; sabía poco de la familia de su madre y apenas había visto a su abuelo.

—Tenías diez años cuando os mudasteis a Borgarnes —afirmó Elma—. ¿Tienes idea de por qué tu madre quería vivir ahí?

—Tal vez sea mejor que yo responda a esa pregunta —intervino Bergrún. Se pasó una mano por el cabello castaño y se acomodó las gafas—. Cuando Hekla tenía diez años, Maríanna hizo otro de sus pequeños números de desaparición. Bueno, no tan pequeño, en realidad: estuvo ausente más de una semana. Por suerte, en aquel entonces Hekla era bastante capaz de cuidar de sí misma y pudo encargarse de las comidas y de todo lo demás. Nadie supo que Maríanna se había ido hasta que fuimos a buscar a Hekla para que viniera el fin de semana. Huelga decir que avisamos a la Agencia de Protección de Menores, y después de eso pasó el verano con nosotros mientras Maríanna ponía orden en su vida.

—Ya veo —dijo Elma, y pensó que, después de un incidente como ese, no era de extrañar que hubiera habido problemas entre Maríanna y Hekla. No obstante, los niños eran capaces de perdonarles a sus padres los comportamientos más inconcebibles.

—Sí —dijo Bergrún—. Tras eso, Maríanna quiso un cambio de aires. Se mudó a Borgarnes porque… bueno, podía empezar desde cero y estaba lo bastante alejado de todos los fantasmas de su pasado. Debería haberse mudado a Akranes, nos habría facilitado la vida a todos, pero imagino que eso no le interesaba. —A Elma y Sævar no se les escapó el desprecio en la voz de Bergrún.

—Hekla, solo una cosa más para terminar —dijo Elma observando a la niña—. ¿Tienes novio o algún amigo con carné de conducir?

Hekla pareció sorprendida por la pregunta y su mirada se desvió a Bergrún, que exclamó:

—Por supuesto que no tiene novio. Solo tiene quince años.

—Nos preguntábamos cómo se desplazaba Hekla a Akranes. —Elma le dirigió el comentario a la niña—. Sabemos que a veces te escabullías hasta aquí. Créeme, lo entiendo. Cuando tenía tu edad, no entendía por qué alguien querría vivir en Borgarnes. Pero queremos saber exactamente cómo llegabas aquí. Porque, evidentemente, no tienes carné de conducir.

Hekla se mordió el labio superior con tanta fuerza que se le puso blanco. Su frenética forma de rascarse la uña desperdigó escamas negras por la mesa de la cocina.

—Solía venir en autobús. Pero no lo hacía a menudo. Puede que solo, no sé, una vez.

—Entonces, ¿no hay ningún novio ni nada por el estilo?

Hekla negó con la cabeza. Al darse cuenta de que mentía, Elma le agradeció que hubiera hablado con ellos y luego pidió a Bergrún y Fannar hablar con ellos en privado.

—No es muy habladora —explicó Fannar después de que Hekla saliera de la habitación—. Como la mayoría de los adolescentes de quince años.

—Pero es feliz desde que vive con ustedes, ¿cierto? —preguntó Elma.

—Todo va extraordinariamente bien —le aseguró Bergrún. Sonrió y aferró el pequeño corazón dorado de su collar cuando prosiguió—: Siempre ha querido quedarse con nosotros. No quería vivir con su madre.

—La primera vez que trajeron a Hekla fue después de que se quedara sola en casa, ¿no? —inquirió Elma.

—Maríanna la dejó sola durante tres días. —Bergrún entrecerró los ojos—. Tenía tres años. Una noche, cuando Hekla estaba dormida, Maríanna se fue. No sé qué tramaba, pero abandonó a su hija.

—¿Y os asignaron a Hekla después de eso?

—Sí, poco después. Hubo otros incidentes; señales de advertencia de las que los servicios sociales se habían percatado desde que a Hekla la cuidaba una niñera y también después, en la guardería. Por ejemplo, tenía dermatitis del pañal, su ropa estaba sucia o era demasiado pequeña, o era habitual que Maríanna llegara tarde a recogerla. Comunicaron esos incidentes a la Agencia de Protección de Menores. La primera vez que vino, no sabíamos si volvería con su madre, pero Maríanna puso orden en su vida. Seis meses después, Hekla volvió con ella. —La sonrisa de Bergrún estaba llena de amargura.

—Pero ¿siguió viniendo?

Fannar, que seguía de pie, agarró el respaldo de la silla de Bergrún.

—Sí. No soportábamos la idea de que Hekla desapareciera por completo de nuestras vidas, así que cuando nos propusieron ser su familia de apoyo, aprovechamos la oportunidad. Se quedaba con nosotros cada dos fines de semana y a veces venía con más frecuencia.

—Tuvo que ser muy duro tener que devolvérsela a su madre —dijo Elma—. Debieron de haber creado un vínculo con Hekla.

—Desde luego que fue duro —admitió Bergrún—. No teníamos ni idea del estado en el que se encontraba Maríanna. Tenía mis dudas y temía lo que pudiera pasar cuando estuvieran a solas, cuando yo no estuviera ahí para cuidar de Hekla. El problema con estos casos es que las autoridades siempre les dan a los padres el beneficio de la duda, no a los niños.

—Pero era mejor que perderla por completo —añadió Fannar.

Elma se compadecía de ellos. No podía ni imaginarse lo duro que sería enviar a un niño de vuelta a un lugar a sabiendas de que podía ser inseguro. O incluso peligroso.

Sævar tenía un cuaderno en las manos y la mirada clavada en Bergrún.

—Como ya hemos mencionado, llamó a Maríanna en varias ocasiones los días previos a su desaparición. De hecho…

—Le ofreció un documento impreso con los registros del móvil de Maríanna en el que se había subrayado el número de Bergrún— … esa semana la llamó cada día excepto el viernes.

Bergrún ojeó el documento con rapidez y lo dejó en la mesa.

—Como ya expliqué, tuvimos un… desacuerdo sobre el torneo de fútbol de Hekla de ese fin de semana. ¿He mencionado ya que es una jugadora muy prometedora? En fin, Maríanna no quería dejarla ir. En sentido estricto, no era nuestro fin de semana, pero no podía entender que Maríanna la privara de esa oportunidad. No parecía importarle. No estaba dispuesta a hacer ni un solo sacrificio por Hekla.

—¿Por qué no la llamó el viernes?

Se hizo el silencio en la cocina salvo por el zumbido de la nevera, que parecía volverse más fuerte con cada segundo que pasaba.

—No… —Bergrún miró a Fannar—. No lo recuerdo. Es probable que me hubiera rendido. —Aferró el colgante del corazón dorado una vez más.

—¿Dónde estuvo el viernes en que desapareció Maríanna? —preguntó Sævar—. Me parece que no se lo hemos preguntado antes.

—Estuve aquí. En casa. De hecho, estuve en el trabajo hasta las tres de la tarde.

Elma dirigió la mirada a Fannar.

—¿Y usted? ¿También estuvo en casa?

—Fue el fin de semana que tuve que ir a Egilsstaðir, ¿verdad? —preguntó Fannar, y, antes de que Bergrún tuviera ocasión de contestarle, añadió—: Sí, claro, recuerdo que recibí la llamada sobre Maríanna y que me sentí fatal por no poder estar contigo y con Hekla.

Sævar volvió a centrarse en Bergrún.

—¿Así que usted fue la que condujo hasta Borgarnes para recoger a Hekla el sábado?

—Sí. Nos llamó y me fui directa al coche, pero… —Bergrún seguía jugueteando con el colgante—. Me da la impresión de que están… —Se interrumpió, soltó el colgante y alternó la mirada entre Sævar y Elma con expresión resuelta—. Maríanna y yo no siempre coincidíamos, pero no le deseaba ningún mal. Solo quería que… que se diera cuenta de lo que era mejor para Hekla. No era buena madre. Era desagradecida y egoísta, y nunca se paraba a pensar en los deseos o necesidades de su hija. Nosotros fuimos quienes le compramos ropa, quienes le dimos un móvil y un ordenador y todas las cosas que tienen los demás niños. ¿Saben lo que Maríanna le regaló por su cumpleaños?

Negaron con la cabeza.

Bergrún se reclinó en la silla y se cruzó de brazos. La presión del collar le había dejado una línea roja en el pecho. Sonrió con desdén.

—Una toalla. Le regaló una toalla por su decimoquinto cumpleaños.

—Una toalla no está tan mal —señaló Sævar mientras se alejaban de la casa de Bergrún y Fannar—. Es decir, es algo que todo el mundo usa. Algo que dura. Me haría muy feliz que me regalaran una toalla por mi cumpleaños.

—¿Incluso cuando tenías quince años?

—Sobre todo cuando tenía quince años. Me olvidaba continuamente la toalla en el vestuario, en la piscina o en el gimnasio. Siempre necesitaba una nueva.

—Bueno, desde luego no estaba en lo alto de mi lista de deseos cuando tenía esa edad.

—¿Crees que deberíamos no perderla de vista? Me refiero a Bergrún.

—Sí —respondió Elma—. Creo que sí.

Bergrún tenía una buena razón para querer asesinar a Maríanna, reflexionó. Habían discutido durante toda la semana, y sin duda llevaban años haciéndolo sobre cualquier cosa relacionada con Hekla. Elma no cuestionaba que Bergrún quisiera a Hekla. Tal vez había llegado a su límite. El asunto del torneo de fútbol pudo haber sido la gota que colmó el vaso. Quizá le recordó todas las formas en las que Maríanna le había fallado a Hekla a lo largo de los años y la llevó a la violencia. La propia Elma se enfadaba al pensar en la niña de tres años desorientada, sola en casa durante días.

—Podríamos hablar con la Agencia de Protección de Menores —sugirió Sævar—, indagar en la relación de Maríanna con Bergrún y Fannar y averiguar cómo se llevaban Hekla y Maríanna. Personalmente, me cuesta imaginarme a Bergrún atacando a Maríanna, pero Hekla es una incógnita. Oculta algo. ¿Qué piensas de ella?

Elma profirió un fuerte gemido.

—Me estaban entrando ganas de gritar. Hemos tenido que arrancarle todo, literalmente cada palabra.

Sævar se rio.

—Adolescentes… Nunca fui uno de ellos.

—¿No?

—O quizá nunca dejé de serlo. Desde luego, no han cambiado muchas cosas… En fin, no me creo que estuviera a solas en casa toda la noche.

—Hemos comprobado el registro de llamadas de Hekla y no hemos encontrado nada —le recordó Elma—. Pero la verdad es que hoy en día los niños casi no hacen llamadas. Usan sobre todo las redes sociales, y es mucho mas complicado acceder a ellas. En Snapchat, por ejemplo, los mensajes desaparecen después de un periodo de tiempo determinado, lo que nos complica la vida. Así que el hecho de que no haya ningún indicio de que Hekla llamara a alguien el viernes por la noche no implica nada.

—¿Revisamos si su teléfono se había movido?

—No —respondió Elma—. Creo que no. Nunca fue sospechosa, por lo que no teníamos motivos para comprobar sus movimientos.

—¿Ya tenía quince cuando Maríanna desapareció?

—Sí, los había cumplido poco antes.

—Lo que significa que…

—Que es, y que era, lo bastante mayor para exigirle responsabilidad penal —concluyó Elma.

—Exacto.

—Tienes razón —reconoció Elma—. Tenemos que investigar a Hekla. Parece que oculta algo. Podríamos visitar su antiguo colegio.

—¿Eso significa que tenemos que hacer otro viaje a Borgarnes?

—Me temo que sí —dijo Elma—. ¿Crees que Hekla decía la verdad sobre el novio?

Sævar resopló.

—En absoluto. Y no me convence la historia de que cogía el bus. Tenemos que averiguar quién es el novio y determinar si la llevó en coche ese día.

Sævar aparcó frente a la comisaría de policía.

—Vale, entonces tenemos una cosa más que investigar. —Elma se desabrochó el cinturón, pero en lugar de salir del coche de inmediato, inclinó la cabeza hacia atrás y dijo—: Pero no tenemos gran cosa. No hay ningún hilo del que tirar. Ha pasado demasiado tiempo desde el asesinato de Maríanna.

—Puede que sea algo bueno.

—¿A qué te refieres?

Sævar se encogió de hombros.

—Quizá tengamos más posibilidades de averiguar quién miente. Es difícil acordarse de lo sucedido hace siete meses, y aún más recordar las mentiras después de tanto tiempo.

—Supongo que sí. —Elma agarró la manilla de la puerta.

—Por cierto, ¿qué había en tu lista de deseos?

—¿Cómo? —Soltó la manilla y se volvió hacia Sævar, perpleja.

—Cuando tenías quince. ¿Qué querías por tu cumpleaños?

Elma se rio.

—Madre mía, ni siquiera me acuerdo. Probablemente un *walkman* o lo que fuera popular en esa época.

—Los *walkmans* eran populares cuando yo tenía quince.

—Oh, bueno, en ese caso, puede que un reproductor MP3. ¿No fueron populares en algún momento?

Ahora le tocaba a Sævar reírse.

—Imagino que sí. Uf, nos estamos haciendo mayores, Elma. Los niños de hoy en día no saben lo que es un MP3, mucho menos un *walkman*.

—Habla por ti —dijo Elma, saliendo del coche—. Yo todavía soy joven.

Tres años

Cuando salgo hacia el trabajo veo que hay una carta en el buzón. El sobre es rosa oscuro y tiene mi nombre escrito en el anverso con tinta negra. No mi nombre completo, sino el de pila. No es de mis padres; no tiene sello ni información del remitente en el reverso. En cuanto me meto en el coche, rasgo el sobre y saco una tarjeta rosa con la imagen de un anticuado cochecito de muñecas. Es una tarjeta de felicitación para un bautismo.

La contemplo con incredulidad. Tiene que ser un error. Mi hija tiene tres años y, a pesar de que la bauticé, no hice ninguna celebración. Solo garabateé su nombre en los formularios pertinentes. Abro la tarjeta y el corazón me da un vuelco cuando veo lo que hay escrito dentro:

«Felicidades por tu niña. Ahora que sé dónde vives, puede que te haga una visita».

Suena como una amenaza.

Dejo la tarjeta en el asiento del copiloto y arranco el coche. Escudriño mi entorno mientras avanzo, casi esperando que el remitente salte de los arbustos junto a nuestro bloque de apartamentos. Hay muchos candidatos posibles. Cuando me marché, dejé a bastante gente enfadada. A veces me imagino sus caras y me pregunto si se acordarán de mí, o si alguna vez piensan en mí. Apuesto a que sí. Los pueblerinos no hacen más que inmiscuirse en asuntos ajenos. Viven de eso. Se alimentan de cotilleos y mezquindad. No son mejores que los pollos que picotean la cabeza de la gallina más débil del gallinero hasta que cae muerta en la hierba, convertida en una masa de plumas ensangrentadas.

No me importa si me encuentran. De hecho, me encantaría tener la oportunidad de reírme en sus caras. Es mi hija la que me preocupa. A diferencia de mí, es sensible y frágil. A pesar de todo, mi pequeña me importa. No sé exactamente en qué momento sucedió, pero, ahora, cada vez que sonríe, siento algo en mi interior que no puedo explicar. La sensación me da ganas de sonreír y llorar al mismo tiempo. No la quiero compartir con nadie. No debo preocuparme por el padre, puesto que murió hace mucho, pero su familia sigue viva. No saben que existe, pero les bastaría con verla: es la viva imagen de él.

No puedo quitarme de la cabeza la tarjeta hasta después del trabajo, cuando estoy sentada con una copa de vino tinto y mordisqueo un trozo de pan con mantequilla. Es la primera vez que salgo desde que nació mi hija. Durante tres años me he conformado con beberme una botella de vino sola en casa viendo una película. Pero, hace unos días, la única mujer del despacho de abogados sugirió que fuéramos a cenar el próximo viernes para celebrar su cumpleaños. Como era habitual, imaginé que no podría acompañarlos, pero ese día me fijé en un anuncio de una adolescente en el tablero de corcho del supermercado. Arranqué una tira con su número de teléfono y la llamé, y ahora está sentada en mi piso, atiborrándose de tentempiés, engullendo Coca-Cola y, sin duda, rebuscando en mi armario también, pero no me importa. Por fin puedo salir de noche.

Más tarde vamos a un bar abarrotado con música ensordecedora. La ciudad no ha cambiado. Solo la música es diferente a la de hace cuatro años, la última vez que tuve vida social. Me he puesto un límite de dos copas de vino y me he esforzado al máximo por seguir la conversación, en cuanto pasamos a algo relacionado con el trabajo mi mente se distrae. Solo trabajo en la recepción, así que en realidad no tengo ni idea de lo que sucede dentro del despacho. No paran de intercambiar términos legales y citar cláusulas, como si fueran muy inteligentes e importantes.

Cuando el camarero se acerca, piden otra ronda y esta vez pido un gin-tonic. Estamos en un lugar frecuentado por un público mayor, de treintañeros. Sin embargo, hay algunas adolescentes entre ellos que no parecen lo bastante mayores para poder entrar. Se pegan a hombres que les doblan la edad y ellos las manosean y les compran bebidas. ¿Alguna vez fui una de esas chicas? De repente, me invade el recuerdo de una respiración entrecortada y una cara sudorosa. Lo alejo de inmediato y bebo un gran trago de mi gin-tonic.

Durante los últimos tres años he hecho lo posible por no pensar en el pasado. Ya no me siento como la chica que era en aquel entonces. Ahora es un recuerdo lejano. Mi vida es muy distinta de como solía ser. Aquí nadie me conoce, pero la carta es un recordatorio perturbador de que no soy invisible. Alguien me ha encontrado. Alguien sabe que vivo aquí. Le doy otro trago a mi bebida y hago una mueca. Está muy fuerte.

Me he reinventado desde cero. Si alguien pregunta, les digo que mis padres viven en el extranjero, pero no explico a dónde fueron. En su lugar, les digo que ambos son doctores y trabajan en zonas de guerra. Incluso he hecho una lista con los países que han visitado y los he apuntado en un archivo en mi ordenador para no olvidarme de nada. Las preguntas que me hacen con más frecuencia son sobre el padre de mi hija, y son bastante fáciles de responder. Les digo que murió en un accidente de moto cuando estaba embarazada de ocho meses. Visualizo claramente al padre imaginario de mi bebé. Se llamaba Snorri y era alto y moreno (igual que nuestra hija). Tenía los ojos marrón chocolate y la barbilla partida. Nos habíamos comprometido justo antes de que sucediera el accidente. La historia ha llegado a parecerme tan real que me pregunto si debería contársela a mi hija más adelante. Pero seguro que querría ver fotos, conocer a su familia y hacer otro tipo de cosas que no serían posibles, así que es mejor que permanezca en silencio. Que le diga la verdad: que no tiene padre. Que su padre nunca supo ni sabrá de su existencia.

Desde que nos mudamos, nadie me ha reconocido, así que, con el paso de los años, me he relajado y bajado un poco la guardia. Ya no escudriño los lugares en busca de caras familiares en cuanto entro. De todas formas, no creo que me reconociesen actualmente. Me he teñido el cabello de marrón oscuro y he cambiado; no solo el cabello y la ropa, también he ganado peso y mi piel no está tan bronceada como antes. Ya no voy de vacaciones a la playa dos veces al año, estoy atrapada en este espantoso clima todo el año. Pero en este momento la carta me atormenta como una pesadilla, y echo constantes vistazos a mi alrededor para fijarme en las caras de los otros clientes.

—¿Quieres otro?

—¿Disculpa? —Levanto la vista y veo al camarero junto a nosotros. Bajo la mirada a mi copa y me doy cuenta de que está

vacía. ¿En serio me lo he bebido tan rápido? ¿Cuánto ha pasado desde que me lo trajeron?

—¿Quieres otra bebida? —repite mi compañera.

—Sí, por favor —respondo—. Me parece que quiero lo mismo.

El camarero asiente, recoge los vasos vacíos y vuelve casi de inmediato con más bebidas. No tardo en terminarme la mía. Sin pretenderlo, siento que me estoy emborrachando y de repente me entran unas ganas incontrolables de ir al baño. Me levanto y hago un gesto hacia el lavabo, pero nadie se percata. Todos están demasiado ocupados hablando de algo que escapa a mi entendimiento.

Los baños están en el piso de arriba y hay cola delante del aseo de mujeres. El suelo sube y baja, y la música es tan ensordecedora que apenas puedo oír mis pensamientos. Mientras espero en la cola, se me acerca un hombre y empieza a hablarme, pero no oigo nada. Está incluso más borracho que yo, tiene el cabello alborotado y los botones superiores de su camisa negra están desabrochados. En un impulso, lo atraigo hacia mí y empiezo a besarlo. Cuando es mi turno de entrar al baño, lo arrastro dentro del cubículo conmigo ignorando las protestas de las otras chicas. Me inclino sobre el inodoro y me bajo los pantalones. Apoyo las manos en la pared mientras siento cómo entra en mí. El sexo es rápido y brusco. Me tira del cabello y embiste contra mis caderas, lo que provoca que casi pierda el equilibrio y me golpee la cabeza contra la pared. Gimo con fuerza, pero la música ahoga casi todo el ruido. Después lo empujo fuera del cubículo y me siento en el inodoro a orinar. Me tiemblan los dedos y el suelo parece moverse incluso más desagradablemente que antes.

Cuando salgo, hay chicas frente a los espejos pintándose los labios. Son esbeltas, con pechos pequeños, demasiado maquillaje y faldas tan cortas que casi se les ven las bragas. Una de ellas me dirige una mirada cargada de desprecio, como si la hubiera ofendido personalmente, pero eso es imposible porque nunca la he visto. Quizá nos oyó en el cubículo. Le sonrío, pero desvía la mirada y se va.

Me sorprendo al verme en el espejo y estallo en carcajadas porque es ridículo pensar que esa soy yo. No pude ir a casa a cambiarme porque vinimos directamente desde el trabajo. Visto una blusa negra trasparente. Llevo el cabello suelto, y hace tanto que no voy a la peluquería que me llega a la mitad de la espalda. Después de mi pequeña aventura en el baño, está despeinado en la parte de atrás, tengo los ojos irritados y llorosos y las mejillas cubiertas de manchas rojas. Dejo de reírme e intento peinarme con los dedos, pero en realidad no me importa una mierda. Es como si llevara un disfraz. Como si hubiera acabado en el cuerpo de otra persona y pudiera hacer lo que quisiera sin que nadie me reconociera.

Comienzo a bajar las escaleras y me topo con un grupo de personas que sube. Ninguna de ellas me mira dos veces. Antes la gente me miraba dos veces. Todavía recuerdo cómo era entrar en un lugar y ver que todo el mundo me observaba e incluso se giraba para hacerlo. Nunca tenía que pagarme las copas: mientras quisiera, tenía un suministro constante, y cuando estaba en la pista de baile, siempre había alguien ansioso por bailar conmigo. Siempre había alguien a quien podía acercar o alejar.

Mientras desciendo, perdida en mis pensamientos y ya imaginándome mi próxima copa, siento que me empujan con tanta fuerza que pierdo el equilibrio y salgo volando por la empinada escalera. Me golpeo la cabeza contra la pared y aterrizo sobre un hombro. Experimento un dolor atroz y noto el sabor de la sangre en la boca.

Hay gente a mi alrededor. Alguien me ayuda a sentarme y otra persona trae una toalla para presionarla contra la herida que tengo en la cabeza. El corazón me late con fuerza. No porque me haya caído o porque esté sangrando, sino porque me han empujado. Sentí perfectamente unas manos en la espalda que me dieron un empujón violento. De repente aparece mi compañera: la mujer cuyo cumpleaños estamos celebrando.

—¿Qué demonios ha pasado? —pregunta, inclinándose sobre mí.

—Alguien… alguien me ha empujado. —Me oigo arrastrando las palabras.

—¿Qué? ¿Alguien te ha empujado? —pregunta—. ¿Estás segura de que no te has tropezado?

—No. No, me han empujado.

Puedo ver en las expresiones de las caras que me rodean que nadie me cree. Probablemente porque apenas puedo pronunciar las palabras y me siento tan débil que tengo que apoyarme en la *pared. La gente empieza a alejarse y al final solo quedamos mi compañera y yo.*

—Me empujaron —repito, más alto de lo que pretendía—. Quiero poner una denuncia. Tendrán que revisar las cámaras de seguridad. Tengo que ir al hospital. Creo que me he roto algo.

—Me pongo a llorar y me doy cuenta de que a la mujer no podría importarle menos. Saca el móvil, hace una llamada y me acompaña al exterior.

—Ahora vienen a buscarte —dice, y vuelve dentro.

Me quedo sola en la esquina de la calle, agarrándome el hombro. Por todas partes hay grupos de gente que se ríe y grita. Chicas y chicos estúpidos con nada más que sexo en la cabeza. A alguien se le cae una botella y se estrella contra la acera. Luego los cielos se abren y empieza a llover. Siento como si todo el mundo estuviera mirándome y riéndose de mí. Sus miradas son frías y duras, y con cada segundo que pasa siento que me encojo y me vuelvo cada vez más insignificante.

Más tarde, cuando por fin llego a casa, me espera otra tarjeta en el buzón. Esta vez el sobre contiene una foto de la guardería de mi hija. En la parte de atrás han escrito:

«Qué niña tan mona tienes».

Al día siguiente abro el periódico y empiezo a buscar un piso nuevo.

A Hekla se le estaba repitiendo el *curry* de pollo indio que había comido esa noche. Se tapó la boca con la mano e intentó expulsar el olor.

—Puaj —gritó Tinna, arrugando la nariz—. ¿De qué vas, Hekla? Qué asco. —Le dio un empujón y Hekla se rio. El ambiente siempre era más relajado sin Dísa, aunque era innegable que las cosas eran más emocionantes cuando estaba cerca. Siempre era ella la que quería salir y hacer algo. Nunca estaba satisfecha cuando salían solas las tres.

—Lo siento —dijo Hekla—. El estómago me está matando después del *curry* que Fannar hizo para cenar. Seguro que tenía algo raro. —No era cierto, pero era mejor que admitir que sufría de reflujo, lo cual sonaba asqueroso.

Tinna no parecía estar escuchándola, tenía toda su atención puesta en el televisor. Hekla se recostó en la cama. No le interesaba el programa que le gustaba ver a Tinna, protagonizado por una rica familia estadounidense con la cabeza llena de serrín. A Tinna le encantaban los *realities* y, como estaban en su casa, podía decidir qué ver. La pantalla plana fijada a la pared era demasiado grande para el dormitorio. Tinna la había heredado de su hermano, que se había comprado un televisor nuevo aún más grande.

Junto a la cama había un escritorio blanco con una gran lámpara negra encima. En la estantería de arriba había una foto de Tinna con su madre, que la abrazaba por los hombros y se reía. Hekla siempre había sentido envidia al ver esa foto. Había memorizado hasta el último detalle: la forma en que la luz del sol brillaba en el cabello dorado de la madre, la arena clara detrás de ellas y la camiseta roja que llevaba Tinna. Sus brazos oliváceos y sus ojos brillantes. Se veían muy espontáneas, como si las hubieran avisado de que iban a hacerles una foto con solo una fracción de segundo de antelación y no hubieran tenido tiempo de posar. Al lado de la foto había un globo terráqueo plateado y una piedra; no una piedra común de las que te encuentras en el suelo al lado de casa, sino un enorme fragmento de roca negro azabache y brillante.

Hekla cerró los ojos y disfrutó de la sensación de hundirse en el colchón. La cama de Tinna siempre le recordaba a una gran nube suave, pese a que la ropa de cama era azul marino, no blanca. Sentía como si el enorme edredón, la suave manta y todos esos cojines que olían como la loción corporal de fresa de The Body Shop que usaba Tinna pudieran tragársela.

El móvil de Hekla se iluminó a su lado con un mensaje de Agnar. Le había enviado una foto tumbado en la cama que decía: «¿Quedamos esta noche?». Hekla le lanzó una mirada a Tinna y escribió: «Puede. ¿Qué habías pensado?». La respuesta llegó casi de inmediato: «¿Voy a recogerte?». Le contestó: «Vale».

Hekla no tenía muchas ganas de verlo, pero no podía postergarlo para siempre. Agnar había estado bombardeándola con mensajes los últimos días y, aunque la mayoría pretendían ser graciosos, Hekla había empezado a encontrarlos incómodos. La desesperación de Agnar era tan poderosa que podía tocarla.

—¿Con quién hablas? —El programa había terminado y Tinna se había puesto de lado con la mejilla apoyada en una mano y la mirada puesta en Hekla. Llevaba un pantalón de pijama y una camiseta sin mangas, y se había peinado el cabello hacia atrás.

—Oh, solo es Agnar —dijo Hekla—. Va a venir a recogerme.

—¿No ibas a dejarlo?

Hekla asintió.

—¿Crees que llorará?

—¡Tinna! —Hekla sintió un nudo en el estómago.

—Yo creo sí. —Tinna bostezó y agarró el mando a distancia. El móvil de Hekla volvió a iluminarse. Agnar le había escrito: «Estoy fuera». Hekla se bajó de la cama, se miró en el gran espejo de la habitación de Tinna, se arregló el cabello y se aplicó un poco de bálsamo labial.

—Que te diviertas —dijo Tinna tras ella.

Hekla suspiró. No estaba de humor para bromas. Cuando estaba a punto de salir, la madre de Tinna la detuvo.

—¿Ya te vas?

Hekla asintió.

—De acuerdo —dijo la madre de Tinna—. Ten cuidado, cielo.

Hekla sonrió y se despidió. Corrió hasta el coche de Agnar con el corazón a mil y un mal sabor de boca.

—Qué frío hace. —Elma se envolvió en la toalla con más fuerza y corrió de puntillas por el suelo de piedra de la terraza.

—No hay nada mejor que esto —dijo Begga, que ya se había puesto cómoda en la bañera de hidromasaje. Hacía un frío glacial en el exterior, a pesar de que el viento se había calmado. Las estrellas brillaban en el cielo despejado e iluminaban la noche invernal.

—Tienes razón, no hay nada mejor —coincidió Elma después de meterse hasta el cuello en el agua caliente. Bebió un sorbo del licor de tofe que Begga le había servido, apoyó la cabeza y cerró los ojos. Al principio el calor le puso la piel de gallina, pero, tras unos instantes, sintió que todo su cuerpo se relajaba.

Sin embargo, su mente no se distraía con tanta facilidad. Después de que Sævar y ella volvieran a la comisaría de policía, Elma revisó el perfil de Instagram de Hekla. Era increíble lo mucho que podías aprender de una persona a través de sus redes sociales, sobre todo de los adolescentes, que casi nunca tenían los perfiles en privado y siempre compartían demasiada información; cosas tan personales que nunca las dirían en voz alta. Hekla no era la excepción. Su perfil era público, pero, desafortunadamente, parecía que no era muy perseverante con las publicaciones. Muchas de sus fotos iban acompañadas de frases sentimentales escritos en inglés, lo cual le pareció a Elma un poco deprimente. Parecían estar pensados para dar la impresión de que Hekla era profunda, a la vez que misteriosa y melancólica. ¿Así era como quería que los demás la vieran?

Había algunas fotos en las que Hekla aparecía con un aspecto muy distinto, con atuendos mucho más ligeros que sus habituales sudaderas. Las fotos eran recientes, posteriores a su mudanza a Akranes, y parecían haberlas tomado para una ocasión especial. Hekla y una chica rubia posaban en uno de sus dormitorios, a juzgar por los montones de ropa en el suelo. Llevaban pantalones de tiro alto y tops apretados que dejaban sus vientres al descubierto. Elma no se había percatado de que los tops cortos habían vuelto a ponerse de moda, pero, al parecer, en la actualidad eran populares entre las adolescentes. Elma se imaginó lo boquiabierta que se quedaría su madre si se le presentara con un top corto.

Se desplazó por los comentarios de las fotos. La mayoría eran de chicas que habían dejado más corazones que palabras. Aunque también había varios comentarios de sexuales en inglés, algunos tan groseros que Elma se sorprendió. Otros eran de chicos islandeses. Después de buscarlos, descubrió que solo uno de ellos tenía más de diecisiete y vivía en Akranes. Le había escrito que era un chico con suerte, seguido de la inevitable sucesión de corazones. Agnar Freyr Steinarsson tenía diecinueve años y su perfil de Instagram era privado. Típico, pensó Elma. Aun así, supuso que probablemente era el novio: Agnar. Al día siguiente comprobaría su historial.

Elma se sumergió más en la bañera y se mojó el cabello y las orejas.

—Este es el único motivo por el que me compré la casa —confesó Begga—. Lo digo en serio, el único motivo. Ni siquiera tuve que entrar: le eché un vistazo a la terraza y a la bañera y ya. —Emitió una risa similar a un relincho y Elma no pudo evitar sonreír.

—¿No te inquieta vivir aquí sola? —preguntó Elma—. A mí me encanta vivir en un bloque de apartamentos, oír a los vecinos cuando me voy a la cama y ese tipo de cosas.

—No estoy sola. Tengo a…

—Sí, sí, lo sé. Tienes a tu gato —la interrumpió Elma—. Pero ya sabes a qué me refiero.

Begga sonrió y los hoyuelos se le ahondaron. Elma pensaba que la hacían parecer más joven, a pesar de que Begga ya era unos años menor que ella.

—No, no me molesta. Duermo como un corderito. O, bueno, como algún animal que duerma bien.

—Como un bebé.

—Sí, eso. —Begga vació la copa y se fijó en Elma con un inevitable brillo lleno de provocación en los ojos—. Y el motivo por el que te gusta vivir en un edificio no tiene nada que ver con los ruidos, querida Elma, sino con ya sabes quién, que llama a tu puerta por las noches y hace ya sabes qué.

La única respuesta de Elma fue una sonrisa. Últimamente, las visitas del tal «ya sabes quién» se habían vuelto más frecuentes. Sin embargo, no era nada serio y el asunto solía quedarse estrictamente entre ellos, aunque era habitual que no se diera cuenta de lo mucho que le había contado a Begga hasta que ya era demasiado tarde. Había algo en ella que invitaba a la confidencia y alentaba a Elma a hablar sin pararse a pensar. Por ejemplo, Begga era la única persona con la que había hablado de Davíð, y debía admitir que era bueno poder hacerlo por fin. La ira y la culpa que la habían atormentado los primeros meses después de mudarse a Akranes habían desaparecido casi por completo, y ahora aceptaba el hecho de que estuvo enfermo. De que la depresión era una enfermedad y de que no pudo haber previsto su decisión. O, al menos, ese era el mantra que se repetía a sí misma cada día.

Contempló la bóveda celeste, tan intensamente negra y tan prodigiosamente vasta. Miles de estrellas le devolvieron la mirada y, de repente, fue consciente de lo pequeña e insignificante que era. ¿Estaba él ahí arriba, en algún lugar, observándola? Le sobrevino una sensación de mareo y se incorporó. Mejor sería que no bebiera más.

—Hace un poco de calor —dijo levantándose un poco más para sacar los hombros del agua. Luego, después de un momento de reflexión añadió—: Pero me gusta.

—¿Qué te gusta? —Begga había sumergido la cabeza bajo el agua y el rímel se le había corrido por las mejillas.

—Tenerlo ahí, a ya sabes quién, en el piso de al lado.

Se sintió culpable al instante, pero apartó el sentimiento.

—Siempre pensé que Sævar y tú…

Elma se encogió de hombros. Ella también lo había pensado. Incluso lo había esperado. Pero como nada había sucedido entre ellos, la tensión se había disipado y ahora sentía casi como si se conocieran demasiado bien.

—Sería demasiado complicado —dijo tras un breve silencio—. Trabajamos juntos y somos amigos, no quiero arriesgarme a… Bueno, ya sabes.

—Ya sé —respondió Begga. Elma sonrió porque así era Begga: lo sabía todo.

Seis años

Es su primer día de colegio y estoy hecha un manojo de nervios, mientras que ella parece totalmente impávida. Todavía es una niña y no se da cuenta de lo que está sucediendo ni de que este es un momento decisivo. Aunque no estoy nerviosa por eso; estoy nerviosa porque sé lo que pasa en los colegios. Sé lo vulnerables que son algunos niños, mientras que otros son salvajes como hienas. Temo que la despedacen como a una criatura indefensa. Porque así son los colegios, y los niños son los depredadores más crueles del mundo.

La tomo de la mano cuando nos acercamos a la entrada.

—¿Estás emocionada?

No contesta. A veces parece que nada le afecta. Una vez estaba tan cansada que la sujeté por los hombros y casi le grité: «¡Contéstame!». Se limitó a mirarme con esos ojos grises tan fríos como el acero y el rostro vacío. Me arrepentí de inmediato y la solté, y siguió alineando los soldados verdes de juguete en la mesa del comedor como si no hubiera pasado nada, los mismos soldados con los que llevaba jugando desde que era un bebé. Ahora los distribuye en dos ejércitos enfrentados, como si fuera el comienzo de una batalla. A veces se nota que algo ha sucedido, que uno de los bandos ha ganado. La mitad de los soldados están tirados en el suelo, algunos con los brazos y las piernas destrozados.

Es una niña rara y salta a la vista, a pesar del tiempo que he pasado intentando prepararla. Recorro las tiendas buscando un vestido adecuado para su gran día y finalmente encuentro uno azul precioso con cuello de camisa y manga larga. Combina bien con su cabello oscuro, que ahora lleva peinado en dos trenzas que le cuelgan hasta el pecho. De vez en cuando veo algo de mí en ella cuando ladea la cabeza en cierto ángulo o se ríe, algo que no sucede casi nunca. Por lo demás, no se parece en nada a mí, ni en personalidad ni en apariencia. A menudo me siento mal cuando la miro porque sé que su carácter es culpa mía. Lo más seguro es que todos aquellos años en los que no pude darle el cuidado que necesitaba hayan tenido consecuencias.

A veces me pregunto cómo habría sido mi vida si no me hubiera quedado embarazada. Quizá habría conocido a un hombre y habría tenido hijos que no fueran tan raros. Me pierdo en ensoñaciones y pienso en la casa en la que viviríamos, el dinero que tendría para gastar y las comidas que prepararía. Imagino las noches en el sofá y cómo dormiríamos con los cuerpos entrelazados hasta que los niños se metieran en la cama con nosotros por la mañana. Dos niños. Siempre quise dos. Un niño que se pareciera a mi marido y una niña que se pareciera a mí. Debo tener cuidado y no pensar en ello o tiendo a culparla por cómo se ha desarrollado mi vida. Y por supuesto es injusto, porque ella no pidió nacer.

El timbre suena. Se detiene y observa a los demás niños yendo en manada hacia la puerta. Frunce sus oscuras cejas y se ensombrece su mirada atenta. Su boca casi forma un círculo y sus labios están apretados. Se aferra a mi mano con más fuerza.

—¿Entramos? —le pregunto, y, para mi alivio, asiente. Puede ser terca como una mula, y una vez que toma una decisión es imposible razonar con ella. A veces he tenido que sacarla del supermercado mientras gritaba, arañaba y pateaba cualquier cosa a su alcance. Sobre todo a mí.

Empezamos a andar otra vez, despacio, y percibo recelo en ella. Está mirando al suelo con los hombros encorvados, como si intentara hacerse más pequeña. Quiero decirle que se enderece y levante la cabeza, pero sé que sería en vano. Recuerdo que cuando yo iba al colegio algunas niñas siempre caminaban con la espalda encorvada y la mirada clavada en el suelo. Solían deslizarse a lo largo de las paredes como si quisieran mimetizarse con el fondo.

Nos detenemos fuera de la clase. El timbre suena y se supone que los niños tienen que formar una hilera ordenada delante de la puerta. Empiezan a colocarse, uno detrás de otro, en una fila inquieta. La profesora los examina y se da cuenta de que mi hija no se ha movido. Está aferrada a mi pierna, tira de mi pantalón, y de repente siento que toda la atención recae sobre nosotras. Les sonrío a modo de disculpa a la profesora y a los padres, que, por sus expresiones, parecen pensar que el comportamiento de mi hija es adorable, mientras que yo me siento profundamente avergonzada.

—Mami. —Su voz es casi demasiado baja para oírla, e inclino la cabeza hacia ella—. No quiero estar aquí —susurra. Me mira de manera suplicante—. ¿Podemos irnos a casa? Por favor, por favor.

En ese momento se acerca la profesora, una señora delgada con un peinado masculino que lleva un jersey de punto. Se acuclilla y pone una mano en el brazo de mi hija.

—Hola, ¿cómo te llamas? —pregunta con una voz muy amable y dulce—. ¿Te gustaría venir conmigo un rato? No tardaremos mucho, te lo prometo.

La niña duda, pero le tiende la mano a la profesora y se va con ella. Lo último que veo antes de que desaparezca entre la manada de lobos es su cabeza oscura mirando la moqueta verde. Respiro profundamente, sonrío y me marcho, fingiendo que todo es perfectamente normal; que ella es perfectamente normal.

Pero sé que ambas cosas son mentira.

Jueves

Se llamaba Jakob, aunque Begga se refería a él como «ya sabes quién». A Elma le recordaba a Voldermort, de los libros de Harry Potter, pero eso era lo único que Jakob tenía en común con el villano. Sus ojos eran azul marino, su cabello rubio oscuro y la piel bronceada le olía a cítricos. A veces, cuando pasaba mucho tiempo entre sus encuentros, Elma echaba de menos el aroma a limón que dejaba en las sábanas. Era una estupidez, por supuesto, pero después de nueve años con Davíð todavía no se había acostumbrado a dormir sola y disfrutaba de volver a tener a alguien a su lado.

Jakob y ella se habían conocido poco después de que ella se mudase al piso. Vivía enfrente, así que no tenía que ir muy lejos. De hecho, no estaba lo bastante lejos. Era dos años menor que ella, estaba en el último curso de Ingeniería Informática y nunca se cansaba de halagarla. A veces exageraba tanto que Elma quería rogarle que parara. No era cierto que su cabello se viera precioso por la mañana, o que su incisivo torcido tuviera su encanto. Y lo mismo pensaba de las pecas de su pálida piel. Independientemente de lo que Jakob dijera, no eran bonitas, y se negaba a creer que él pensara que lo fueran. Pero sobre todo se deshacía en elogios sobre sus ojos y decía que el gris de sus iris, salpicados de marrón y verde, le recordaba a un campo de lava. «¿Estás seguro de que eso es un cumplido?», le preguntó. «Por supuesto», le aseguró Jakob. «Hay muchos turistas que vienen a Islandia a ver la lava. Pero deberían venir a ver tus ojos. Tal vez deberíamos crear una página web para publicitarlos». Elma gimió para sus adentros y lo obligó a callarse con un beso.

Cuando se despertó el jueves por la mañana, tenía el brazo de Jakob encima del pecho. Lo apartó con cuidado al girarse para apagar la alarma del reloj. Ni se inmutó cuando salió de la cama. Recogió su ropa del suelo a toda prisa, se vistió y se quedó allí un momento, estudiándolo. Se preguntó si debía despertarlo o dejarlo dormir. Al final, salió de puntillas y cerró la puerta de la habitación tras ella.

La primera persona con la que Elma se encontró al llegar a la comisaría esa mañana fue Gígja, o más bien su mitad inferior, puesto que la superior estaba oculta en las profundidades de un todoterreno.

—¿Necesitas ayuda? —preguntó Elma por encima del ruido del viento.

Gígja se dio la vuelta.

—Hola, Elma —la saludó—. Sí, me vendría bien una mano. De camino me he pasado por la panadería, pero lo han guardado todo en cajas y no puedo llevarlas.

—Yo me encargo.

Entraron cargadas con bolsas y cajas de bollería.

—¿No crees que es demasiado, Gígja? —preguntó Elma, contemplando la pequeña mesa de la cocina. Gígja había comprado lo bastante para alimentar a un ejército.

Gígja miró la comida y estalló en carcajadas.

—La verdad es que puede que tengas razón —admitió—. En ese caso tendréis que llevaros las sobras a casa.

Elma negó con la cabeza. Estaba vertiendo el café del día anterior por el fregadero cuando Sævar entró.

—La carretera está… ¿De quién es el cumpleaños? —preguntó, distraído, mirándolas a ambas.

—En algún lugar debe ser el de alguien —contestó Elma.

—Sí, siempre es el cumpleaños de alguien —coincidió Gígja. Soltó el cuchillo que estaba usando para cortar en rodajas la bollería de masa danesa—. En fin, me voy.

—¿No vas a quedarte a tomar algo? —preguntó Elma.

—No, no me haría bien. —Gígja se echó el bolso al hombro—. Tengo que ir a trabajar.

—¿No estás…? —Elma vaciló. No había hablado con Gígja sobre el cáncer y no sabía si prefería mantenerlo en secreto. Hörður se mostraba reacio a comentarlo, y Elma se había enterado por su madre en lugar de por él—. ¿Cómo te sientes?

—No me pasa nada —dijo Gígja—. Hörður se comporta como si tuviera que estar descansando todo el día. —Le echó un vistazo a la puerta, como para asegurarse de que no podía escucharlas, antes de añadir—: No le cuentes lo del trabajo. El pobre necesita relajarse. —Les guiñó un ojo a ambos y se marchó.

—¿Qué estabas diciendo, Sævar? —preguntó Elma después de pegarle un bocado a un dónut cubierto de caramelo.

—La carretera está intransitable a la altura de Hafnarfjall —dijo Sævar refiriéndose al conocido punto negro donde la carretera rodeaba el pie de la montaña en la costa norte de Akranes y donde se habían llegado a registrar vientos superiores a los 250 kilómetros por hora—. Tendremos que posponer el viaje a Borgarnes hasta que amaine la tormenta.

Las gotas de lluvia repiqueteaban en el cristal y se oía un silbido a través del marco de la ventana, a pesar de que estaba cerrada. No parecía que fueran a ir a Borgarnes en las próximas horas. Estaba previsto que la tormenta no aminorase hasta, como mínimo, después del almuerzo. Los pensamientos de Elma se dirigieron a Jakob, y se preguntó si seguiría tumbado, acurrucado bajo el cálido edredón. Siempre dormía profundamente hasta muy tarde, mientras que ella, por lo general, se despertaba a las siete en punto, incluso los fines de semana.

Habían pasado cinco días desde el hallazgo del cuerpo de Maríanna y apenas habían hecho avances significativos. El caso salía constantemente en las noticias; un sinfín de reportajes repetían los detalles de la investigación original y mostraban imágenes de Maríanna. La policía había publicado un número telefónico para que se pusieran en contacto con ellos en caso de tener información sobre los movimientos de la víctima el viernes 4 de mayo. Pero, una vez más, el intervalo de siete meses supuso una gran desventaja; la gente no podía recordar algo tan lejano. Hasta ahora, ninguno de los mensajes que inundaban la DIC había superado el escrutinio.

Elma sacó los archivos del caso otra vez. En lo alto del montón estaba el sobre que Maríanna le había dejado a Hekla. La nota había sido la razón principal por la que habían pensado que se había suicidado. Elma se preguntó por qué Maríanna la había escrito ese día. ¿Qué había sucedido exactamente para que sintiera que le debía a Hekla una disculpa? ¿Pudo haber estado relacionado con el torneo de fútbol? Elma debía admitir que le parecía extraño que Maríanna no permitiese que Hekla participara. Al fin y al cabo, no era necesario que la niña se quedase con Bergrún: Maríanna podría haber acompañado a su hija si hubiera querido. Si la nota se refería al torneo, eso significaba que Maríanna esperaba que Hekla volviera a casa, en cuyo caso difícilmente habría ido tras ella hasta Akranes. A menos que hubiera dejado el mensaje por la mañana, antes de irse a trabajar, y algo hubiera sucedido mientras tanto.

El sobre, que permanecía cerrado, parecía una factura corriente. Elma lo observó durante un instante y después lo abrió. Resultó ser una carta de apercibimiento que decía que, si no pagaba la factura en los próximos días, le cobrarían intereses. No era una suma especialmente cuantiosa: treinta mil coronas por el uso de la televisión e Internet. Sin embargo, lo que le llamó la atención a Elma fue que la carta estaba fechada más de un año antes de la desaparición de Maríanna. ¿Por qué diablos habría sacado una carta tan vieja para escribirle una nota a Hekla? Elma cerró los ojos e intentó traer el piso a su memoria. No recordaba ninguna pila de facturas tiradas. ¿Cabía la posibilidad de que Hekla hubiera puesto una nota antigua de su madre en la mesa de la cocina? Se habían puesto en contacto con un experto para que confirmara que la letra era de Maríanna, pero, de todos modos, había algo raro. Elma se inclinó hacia adelante y encendió la pantalla de su ordenador. Había llegado el momento de investigar con detenimiento a Hekla.

Ocho años

Cuando entro en el piso después de trabajar, el ambiente está tan cargado y estancado que siento como si me topara con una pared. Anoche hubo una tormenta y me aseguré de cerrar bien todas las ventanas, pero me olvidé de volver a abrirlas antes de salir esta mañana. Recorro el piso descorriendo las cortinas y abriendo los postigos. Ya debería estar de camino a casa. Inspecciono la calle buscándola y entorno los ojos a causa del sol, que ha atravesado momentáneamente la opresiva capa de nubes. Por las aceras desfilan niños que vuelven a casa del colegio y reconozco a varias niñas de su clase. Caminan tan pegadas que sus brazos se tocan, todas se ríen y susurran entre ellas. Después la veo.

Es como si no existiera, a pesar de que va tan solo unos pasos por detrás de ellas. Mi hija no dice ni una palabra, solo las sigue como una sombra. Su desesperación por ser parte del grupo es casi tangible. Se filtra por cada una de sus sonrisas halagadoras, sonrisas de las que nadie se percata. La ignoran por completo. Ni siquiera son conscientes de su presencia. Aun así, sigue tras ellas, escuchando a escondidas su conversación, sonriendo cuando sonríen, mirando fascinada sus mochilas rosas. Me escondo tras las cortinas y miro, pese a que la escena me da ganas de llorar. ¿Por qué se comporta así?

Sin previo aviso, una de ellas se gira y veo la sonrisa de mi hija cuando por fin se dignan a fijarse en ella. Incluso desde donde estoy puedo ver la esperanza animando su rostro. Entonces la chica se inclina hacia las demás y susurra algo. Se ríen y siguen andando. Mi hija permanece quieta, contemplándolas. Por un momento parece considerar si seguirlas o no. Dios, espero que no lo haga. ¿Acaso no sería trágico? No parece tener ni la menor idea de las interacciones sociales. No se da cuenta de que la están rechazando; no entiende por qué le hablan mal y le hacen comentarios malintencionados.

No entiende los límites o cuándo resulta irritante o rara. Tal vez sea una bendición, porque así por lo menos no comprende lo que los otros niños piensan de ella. Pero temo el día en que lo haga y cómo le afectará.

Mientras pienso en ello, observo que las niñas se paran de repente y se dan la vuelta. Es un movimiento coordinado. Premeditado. Mi hija se detiene porque no puede hacer otra cosa. Están bloqueando la acera con los brazos unidos. A pesar de que no puedo oír lo que dicen, me entra una sensación de malestar. Dudo que la estén invitando a ir a casa con ellas o que la estén elogiando por su sombrero. Transcurren unos segundos y le pido a Dios que no le pase nada malo; que se den la vuelta y sigan andando. Pero una de ellas da un paso adelante y dice algo. Es imposible ver lo que sucede porque han formado un círculo a su alrededor. Hay una refriega e intento ver si está bien, pero una pared me bloquea la vista, hasta que poco después arrojan algo rojo a la calle. Su sombrero.

No malgasto tiempo en ponerme un abrigo. Ni siquiera espero al ascensor, sino que bajo corriendo las escaleras, las ocho plantas. Tengo el corazón en la garganta y el pitido de mi cabeza ahoga todos los demás sonidos. No sé qué haré cuando las alcance. Quiero gritarles y zarandearlas hasta que sus cabezas se muevan hacia delante y hacia atrás como si fueran muñecas de trapo.

Me ven mucho antes de que llegue a ellas. Probablemente oigan mi voz; los gritos que no parecen míos, sino de una loca. Giran la cabeza, intercambian miradas y huyen con las mochilas rebotándoles en la espalda. Siento la necesidad de perseguirlas, de atraparlas y de sujetarlas mientras les arranco las extremidades una a una, pero no lo hago. En su lugar, me pongo en cuclillas y la levanto. Algunos niños se entretienen de camino a casa y nos observan. Los ignoro. Después, un niño que no puede tener más de seis años me da un golpecito en el brazo y me tiende el sombrero rojo. Está mojado por haberse caído a la calle, pero lo tomo y examino al niño. Es bajito, rubio y tiene las mejillas grandes y regordetas. Podría darle un abrazo, pero, en cambio, le cuelgo a mi hija la mochila a la espalda y la cojo en brazos, algo que no he hecho desde que era un bebé. Entierra la cara en mi pelo y, de camino a casa, noto su cálido aliento en el cuello.

Su corazón late contra el mío.

Sævar y Hörður reconocieron que la fecha de la factura era un poco extraña, pero señalaron que podía tener una explicación natural. Era posible que Maríanna hubiera tenido el viejo sobre tirado en algún cajón o entre otros papeles. No obstante, tanto si el sobre era relevante como si no, estaban de acuerdo en que tenían que investigar a Hekla al detalle, lo que implicaba verificar si tenía novio o algún amigo con carné de conducir. Elma buscó información sobre Agnar, el chico que había comentado la foto de Hekla. Después de una breve búsqueda, descubrió que vivía en Akranes y trabajaba en un restaurante, así que había muchas posibilidades de que estuviera en casa por las mañanas. Esto a Elma le convenía, puesto que podía aprovechar el tiempo que durase la tormenta para interrogarlo.

Nunca se le había dado especialmente bien hablar con adolescentes. Le parecían alienígenas, igual que se lo habían parecido cuando ella misma era adolescente. Llamó a la puerta de Sævar. Estaba muy concentrado mirando la pantalla del ordenador, pero alzó la vista en cuanto Elma apareció.

—Malas noticias —dijo antes de que Elma pudiese decir nada.

—¿Qué?

—El móvil de Sölvi no abandonó Borgarnes el día en que Maríanna desapareció. Lo que significa que no pudo habérsela llevado a Akranes a no ser que se dejara el móvil, pero, hoy en día, no hay mucha gente que salga sin el teléfono, ¿verdad?

—No, a menos que fuera una astuta estratagema para ocultar sus movimientos —comentó Elma.

—Sí, desde luego es una posibilidad. Pero no tenemos nada más contra él.

Elma suspiró. Ya iba siendo hora de que la investigación empezara a arrojar verdaderas pistas.

—¿Has averiguado algo?

—Bueno, en realidad sí —dijo Elma, y luego le explicó que estaba casi segura de haber encontrado al novio de Hekla—. Pero hablar con chicos adolescentes no es mi fuerte, así que...

—¿Quieres que te acompañe como auténtico maestro del arte?

Elma sonrió.

—Bueno, yo no lo expresaría exactamente así, pero… sí.

Sævar se puso en pie y descolgó el abrigo del gancho. Al hacerlo, una violenta ráfaga de viento sacudió el cristal de la ventana y silbó a través de los resquicios.

—Hay que ver qué cosas hago por ti —dijo Sævar meneando la cabeza.

Vesturgata era la calle más larga de Akranes y bordeaba la costa norte. Al otro lado del tormentoso mar gris se vislumbraba la península de Snæfellsnes y la cúpula del glaciar en la cima. Muchas de las casas estaban visiblemente deterioradas. Algunas se asomaban a la calle, pero otras estaban situadas algo más atrás, y sus jardines quedaban a tan solo unos pasos de la playa de arena negra.

—¡Bingo! —exclamó Sævar en cuanto aparcaron frente a la dirección en la que estaba empadronado Agnar—. Un Volvo S80 verde —explicó cuando Elma lo miró de forma inquisitiva—. ¿Vive con sus padres?

—No lo sé —respondió Elma—. Pero dudo que viva solo en una casa de ese tamaño.

Era una construcción de dos plantas revestida de acero corrugado rojo. Subieron los escalones, llamaron al timbre y esperaron un rato sin percatarse de ningún sonido o movimiento.

—Es habitual que este tipo de casas tengan un piso en el sótano —observó Sævar, bajando los escalones.

Elma lo siguió al jardín y se dirigieron hasta una puerta en el lado izquierdo de la casa. Llamaron y, tras unos instantes, se abrió. Elma no sabía qué esperar, dado que no había encontrado ninguna foto de Agnar en Internet, aunque, sin duda, no eso. El chico que estaba en la puerta era tan alto que corría el riesgo de golpearse la cabeza con el dintel. Tenía los brazos extraordinariamente largos y delgados, y los huesos se le notaban de forma desagradable a través de la piel pálida. Su rostro era igual de pálido y delgado, y poseía una mandíbula prominente, unos pómulos pronunciados y unos ojos grandes y observadores.

—¿Agnar? —preguntó Sævar.

El chico respondió con un «hum» que supuestamente era un sí. Sævar los presentó, después le preguntó si podían pasar un momento y Agnar se apartó para que entraran. Elma ahogó un grito involuntario al entrar en el piso y ser golpeada por un olor acre. Sin duda provenía del arenero del gato en el recibidor, que necesitaba con urgencia que lo limpiaran.

—Podemos sentarnos aquí —dijo Agnar señalando la mesa de la cocina y unas sillas plegables. En la mesa había una caja de comida para llevar, algunos vasos vacíos y restos de la corteza de una *pizza*. Cuando Elma era más joven, ni a ella ni a su hermana les habían permitido dejar las cortezas: su madre insistía en que se las comieran antes de coger otro trozo.

—¿Vives solo? —preguntó Sævar después de que tomaran asiento.

—No, con mi hermano.

—Bueno, no te molestaremos mucho rato —dijo Sævar—. Nos gustaría saber si conoces a Hekla.

—¿A Hekla? Es… más bien, era mi novia. Rompimos ayer. —Agnar bostezó, y una bocanada de aliento fétido se extendió por la mesa hasta ellos. No parecía afligido por el fin de la relación.

—¿Llevabais mucho tiempo juntos?

—Sí, casi un año. Más o menos desde enero. —Agnar lo dijo como si un año fuera toda una vida, y Elma sonrió para sus adentros. De adolescente, una relación de un año le habría parecido una eternidad. Por lo general, a esa edad las relaciones duraban unas semanas y rara vez se alargaban varios meses.

—Entonces, ¿salías con ella cuando su madre desapareció en primavera?

—Sip.

—¿Sabes si Hekla vino a Akranes el día en que su madre desapareció?

—Eh… sí. —Pareció darse cuenta de que había hablado de más y añadió—: Bueno, no me acuerdo. Quizá fue al día siguiente.

—¿No la viste en ningún momento el viernes? Es muy importante que nos digas la verdad. Mentirle a la policía constituye un delito. La gente va a prisión por menos. —Sævar sonrió como si estuviera bromeando, pero Agnar pareció percatarse de que hablaba en serio.

No respondió durante un instante, pero luego suspiró y dijo:

—Bah, a la mierda, no le debo nada a esa perra después de ayer. Me dejó después de salir juntos un año como si fuera… como si fuera basura.

—¿Entonces sí la viste ese viernes?

—No, pero me pidió que fuera a recogerla a Borgarnes.

—¿Fuiste?

—Nop. Iba de camino al gimnasio y después tenía que ir a trabajar a las cuatro. Le dije que podía ir a buscarla por la noche, pero no podía esperar. Iba a encontrar otra manera.

—¿La encontró?

—¿Qué? —Agnar miró a Sævar como si no tuviera ni idea de lo que estaba hablando.

—¿Encontró otra manera?

—Ah, sí. Íbamos a quedar por la noche.

—¿Y quedaste con ella por la noche? —preguntó Sævar pacientemente.

—No, de buenas a primeras me dijo que no podía venir. Que había vuelto a casa.

—¿A casa? ¿De modo que sí vino a Akranes?

—Sí.

—¿Sabes cómo llegó hasta aquí?

—No, no lo sé. —Agnar se encogió de hombros—. Tomaría el bus o algo así.

—¿Y sabes dónde estuvo cuando vino a Akranes?

—Con su familia o con amigos. No lo sé, tío. No estaba seguro de lo que estaba pasando. Al día siguiente me llamó y me dijo que… su madre había desaparecido, o algo así.

Sævar asintió.

—¿Y cuándo volviste a verla?

—El domingo.

—¿Si llamamos al restaurante, tu jefe podrá confirmar que estuviste trabajando toda la tarde? —Sævar se inclinó hacia adelante, mirando fijamente a Agnar.

—Hombre, claro. —Lo miró como si le indignara la pregunta—. Trabajé hasta las once, aunque mi turno terminaba a las diez. Lo recuerdo porque quería salir antes para ver a Hekla, pero el cabrón de mi jefe no nos dejó. Pero no por eso nos pagó más. ¿Eso no es ilegal, o…?

—¿Lo has hecho?

—¿El qué? —preguntó Hekla, a pesar de que sabía perfectamente a qué se refería Dísa. Estaban en el aula, esperando a que empezase la próxima clase. El profesor no había llegado todavía y había un murmullo de fondo.

—¿Has cortado con él?

Hekla asintió. Tinna y ella compartían pupitre, pero habían girado las sillas para sentarse frente a Dísa, que tenía uno detrás para ella sola.

—¿Lloró? —Por su tono de voz, Dísa parecía estar regodeándose.

—Ay, Dísa —la reprendió Tinna, y le dirigió una mirada mordaz.

Pero Hekla no pudo evitar sonreír, y, cuando las chicas lo vieron, empezaron a reírse. Haber cortado con Agnar suponía un gran alivio para ella. Ahora podía hacer lo que quisiera. Bueno, no exactamente lo que le gustaría hacer, se recordó a sí misma.

—Genial —dijo Tinna. Se inclinó hacia ellas y bajó la voz—. Entonces, mañana podemos pasárnoslo muy bien. Sin nadie que nos moleste. Solo nosotras tres. Bueno, las tres y todas las chicas de la clase.

—Nos desharemos de ellas después —repuso Dísa. Tinna la acalló, echando un vistazo a su alrededor, pero no era necesario: nadie les prestaba atención.

—¿Por qué? —preguntó Hekla.

Dísa y Tinna intercambiaron una mirada enigmática.

—Ya lo verás.

Tinna le dio un codazo a Hekla antes de que pudiera hacer más preguntas. Alzó la vista y vio que Alfreð entraba y se sentaba. Se fijó en ella y le sonrió. En ese momento el profesor entró en el aula y Hekla puso la silla de frente. Sintió mariposas en el estómago al pensar en lo que le depararía el día siguiente.

Las tres asistirían al cumpleaños de una de las chicas de la clase. Hekla intentó no pensar en el hecho de que no la hubieran invitado: Dísa y Tinna habían insistido en que las acompañara. No conocía a la chica del cumpleaños, pero, de todas formas, las tres amigas no tenían planeado quedarse mucho en la fiesta. Era obvio que Dísa y Tinna tenían una sorpresa bajo la manga y se la estaban ocultando a Hekla. Estaba tan emocionada que no pudo concentrarse en nada durante la clase de islandés, salvo en la fragancia de fresa del bálsamo labial de Tinna y en las expectativas del sábado por la noche.

De creer en las palabras de Agnar, Hekla les había mentido. Había ido a Akranes, después de todo, y cabía la posibilidad de que Maríanna la hubiera seguido hasta allí. Aun así, a Elma le resultaba difícil creer que Hekla hubiera podido desempeñar algún papel en la desaparición de su madre. Por supuesto que había muchos ejemplos de adolescentes que habían matado a sus padres; cierto que no en Islandia, pero era algo que sucedía de vez en cuando en otras partes del mundo. Adolescentes enfadados porque sus padres no les dejaban hacer algo, o no aceptaban a su novio, o cometían algún otro crimen que la mente adolescente consideraba de suma importancia. En lugares como Estados Unidos, donde las armas eran más accesibles, a los niños les resultaba más fácil conseguirlas y ponerse a disparar en un ataque de ira. Si bien en Islandia la posesión de armas era bastante habitual, pocas personas las portaban en su día a día, y eran mucho menos accesibles, puesto que la ley exigía que se guardaran en armarios bajo llave. Además, a Maríanna no le habían disparado con un arma de fuego; la habían matado a golpes, lo que habría requerido de fuerza. Hekla no era muy grande, y Elma dudaba que hubiera sido capaz de dominar a su madre sin ayuda. Además, tampoco tenía carné de conducir. Por lo tanto, era improbable que hubiera podido asesinar a Maríanna ella sola, que la hubiera llevado en coche hasta Grábrók y que se hubiera deshecho del cuerpo en el campo de lava. Alguien tendría que haberla ayudado, y no había muchos candidatos. Tal vez solo Agnar. Otra posibilidad, aunque a Elma le parecía una idea descabellada, era que Bergrún también hubiera estado implicada.

Elma suspiró y pensó en lo absurdo que resultaba todo el escenario. Por muy mala que hubiera sido la infancia de Hekla, Elma no podía creer que fuera capaz de cometer semejante crimen.

Sus pensamientos se vieron interrumpidos por Sævar, que asomó la cabeza por la puerta de su despacho y señaló la ventana.

—¡Adivina qué!

—¿Qué?

—El viento está amainando. Nos vamos a Borgarnes.

La trabajadora social de la filial local de la Agencia de Protección de Menores era una mujer de unos cuarenta años con cabello corto y un pecho voluminoso cubierto por una blusa roja. Se presentó como Hildur, con un firme apretón de manos y expresión amable.

—Han venido por Maríanna Þórsdóttir, ¿verdad? —dijo después de que tomaran asiento en su despacho—. Lamento mucho lo que le pasó. Pobrecilla.

Se inclinó hacia adelante con las manos entrelazadas sobre el escritorio. Elma no pudo evitar fijarse en lo ordenado que estaba. No había ni hojas, ni bolígrafos ni una colección de tazas de café sucias. Quizá era porque, a diferencia de Elma, tenía que recibir visitas en el despacho. O, al menos, eso fue lo que se dijo.

—Sé que ya nos pusimos en contacto con los servicios sociales en primavera —dijo Sævar—, pero hemos reabierto el caso y sería de gran ayuda si pudiera darnos más detalles acerca del historial de Maríanna.

—Sí. —Hildur se enderezó, se giró hacia la pantalla del ordenador y clicó algo con el ratón—. Veo que tienen una orden judicial, por lo que no debería haber ningún problema. —Volvió a mirarlos y les sonrió—. Maríanna y Hekla se mudaron a Borgarnes hace cinco años. Antes vivían en Reikiavik, así que, evidentemente, yo no llevaba el caso por entonces. La agencia acaba de enviarnos sus archivos y lo único que puedo decirles es lo que hay en ellos. Al parecer, había varias razones para vigilar de cerca a madre e hija. Maríanna sufrió una profunda depresión posparto después de dar a luz a Hekla. Era muy joven cuando la tuvo, solo tenía dieciséis, y tuvo problemas para crear un vínculo con ella. Quedó conmocionada cuando su hermano se suicidó durante el embarazo, pero sus problemas iban más allá del duelo habitual.

»Después de eso vigilaron de cerca a Maríanna y Hekla, como he mencionado. Tanto el personal de la guardería como las enfermeras manifestaron su preocupación porque Hekla tardaba demasiado en aprender a hablar. Por aquel entonces pensaron que podría tener algún problema de desarrollo, pero más tarde quedó claro que no era el caso. El personal de la guardería de Hekla contactó con los servicios sociales en varias ocasiones, la mayoría porque Maríanna no parecía estar cambiándola con la frecuencia necesaria. Tenía dermatitis del pañal, con cuatro años todavía no sabía usar el inodoro y la ropa le quedaba demasiado pequeña. Además, Maríanna tampoco informaba a la guardería cuando Hekla no asistía. En otras palabras, desde el principio quedó claro que necesitaba apoyo, por lo que, desde que Hekla era pequeña, recibieron visitas frecuentes de trabajadores sociales que le proporcionaron a Maríanna toda la ayuda posible.

—Se ausentó durante varios días cuando Hekla tenía tres años, ¿no? —preguntó Elma.

—Sí, en efecto. Fue entonces cuando a Hekla la pusieron con una familia de acogida durante seis meses, Bergrún y Fannar. —Hildur sonrió y añadió—: Una pareja encantadora.

—¿Qué sucedió exactamente?

—Bueno… sospecho que Maríanna había empezado a consumir drogas y que se aisló en algún lugar. Es probable que perdiera la noción del tiempo y no se percatara de cuánto llevaba fuera.

—¿De verdad era seguro enviar a Hekla de vuelta con su madre? —A Elma le resultó difícil no parecer escandalizada. En gran medida, estaba de acuerdo con Bergrún: los intereses de los niños deberían anteponerse a los de los padres. A juzgar por lo que había oído, Maríanna no había estado capacitada para cuidar de una niña de tres años, sobre todo de una que no era capaz de comunicarse adecuadamente.

Hildur respiró profundamente.

—Nuestro objetivo es que los niños siempre se queden con sus padres —dijo—. Es la solución más deseable y es, con creces, lo mejor para las partes implicadas. Bueno, en la mayoría de los casos. Y, como he dicho, seguimos de cerca la situación. Hacíamos controles, como, por ejemplo, visitas sorpresa.

—Entonces, ¿estamos hablando de negligencia, y no de algo más serio?

Hildur frunció el ceño.

—¿Más serio? Si a lo que se refiere es si pensamos que Maríanna era violenta con Hekla, la respuesta es no, no creemos que fuera el caso. Maríanna estaba… bueno, en una situación difícil. Su hermano murió cuando estaba embarazada y sus padres no fueron capaces de darle la ayuda que tanto necesitaba a su edad. Después, su madre murió cuando Hekla tenía tan solo diez años. En resumidas cuentas, dada la falta de apoyo por parte de su familia, creo que salió adelante bastante bien.

—¿No volvió a desaparecer cuando Hekla tenía diez años?

—Sí, así es. —contestó Hildur—. Fue la época en la que murió su madre, y estuvo en un estado pésimo. Consumía muchas drogas y desaparecía durante días.

—Tengo entendido que Hekla pidió de forma reiterada vivir con su familia de apoyo —dijo Sævar.

—Sí —afirmó Hildur—. Lo que es comprensible, considerando todo lo que recibía de ellos y que su madre no le daba. A menudo los niños les dan una importancia exagerada a los bienes materiales. Bergrún y Fannar son adinerados y pudieron proporcionarle a Hekla todo tipo de cosas que Maríanna no podía permitirse.

—¿Está segura de que esa era la única razón?

—Por lo que a mí respecta, sí —confirmó Hildur—. Pero nuestro objetivo es que, si es posible, los niños se queden con los padres. Es la opción de preferencia.

—¿Bergrún y Fannar estuvieron descontentos con la resolución?

—No estoy segura. Tendrían que hablar con la filial de Reikiavik de la Agencia de Protección de Menores. Pero sí sé que Bergrún y Fannar habían solicitado acoger de forma permanente a un niño y, durante un tiempo, hubo muchas posibilidades de que pudieran quedarse con Hekla porque no sabíamos si Maríanna podría encauzar su vida. Sin embargo, se recuperó con el tiempo, así que supongo que es posible que estuvieran descontentos y, desde luego, decepcionados. Al final accedieron a ser la familia de apoyo de Hekla y varios años más tarde acogieron a un niño al que adoptaron, por lo que imagino que ahora están contentos.

—¿Las cosas les han estado yendo bien a Hekla y a Maríanna durante los últimos años? —preguntó Elma.

—Más o menos —respondió Hildur—. Este último año Hekla ha sido un poco problemática. Hacía cosas como intentar escabullirse por la noche o irse a Akranes sin permiso.

—¿Cuándo fue la última vez que habló con Maríanna?

—A decir verdad, poco antes de que desapareciera —dijo Hildur—. Habían descubierto a Hekla en la circunvalación, intentando hacer autostop hasta Akranes. La policía la recogió y nos avisó, así que les hicimos una visita.

—¿Por qué iba a Akranes? ¿Para visitar a su familia de apoyo?

—Pues no —negó Hildur—. Creo que quería ir a una fiesta, o tenía un novio ahí, algo así. Es el comportamiento típico en esa franja de edad; siempre están buscando problemas. Maríanna parecía estar perdida, no sabía cómo controlar a Hekla.

—Entiendo —dijo Elma—. ¿Maríanna parecía la misma de siempre la última vez que la vio?

—Parecía… —Hildur vaciló—. Ahora que lo menciona, en realidad se la notaba excepcionalmente decaída. Naturalmente, asumí que era por Hekla, puesto que lidiar con una adolescente puede ser estresante. Pero tal vez no fuera solo por eso, teniendo en cuenta lo que sucedió después.

Elma no estaba segura de cómo se sentía después de la conversación con la trabajadora social. La sensación de malestar en el estómago que sintió al alejarse del edificio gris que albergaba la filial de Borgarfjörður de la Agencia de Protección de Menores no solo se debía al hambre. En su profesión a menudo veía hogares rotos en los que a padres con adicciones o problemas mentales se les daban infinitas oportunidades que rara vez aprovechaban, mientras que sus hijos permanecían indefensos en situaciones que ningún niño tendría que soportar. Muchas veces no podían expresarse o comunicar sus deseos, e incluso cuando lo hacían, las autoridades hacían oídos sordos. Según Elma, los fundamentos del sistema eran defectuosos, no estaban diseñados para servir a los intereses de los niños, sino a otro propósito completamente distinto.

Entró en el coche y miró por la ventanilla en silencio.

—¿Estás bien? —preguntó Sævar.

—Sí —respondió Elma sin apartar la mirada. Estaba imaginándose a Hekla, con tres años, sola en el piso, esperando a una madre que nunca volvió. ¿Qué impacto podía tener una experiencia traumática como esa en una niña?

—El sistema es un asco —declaró Sævar tras unos instantes. Elma se giró hacia él sorprendida—. Lo he visto una y otra vez —prosiguió—, y sé que tú también.

Elma asintió.

—Creo que… debería ser posible hacer algo más. ¿Entiendes lo que quiero decir?

—Sí —dijo Sævar, y arrancó el coche—. Al menos, eso intentamos. —Le dirigió una sonrisa alentadora y después cambió de tema—. ¿Tienes hambre?

Eran más de las doce, y la energía proporcionada por la bollería de esa mañana se había agotado hacía tiempo. Aparcaron frente a Hyrnan. La gasolinera había cambiado desde que Elma era niña. Al igual que muchos otros, su familia solía parar ahí durante los trayectos en coche. En verano, la tienda y la cafetería estaban casi siempre llenas de lugareños y turistas extranjeros, pero, en esa época del año, el sitio se veía un poco vacío, con tan solo unas pocas almas sentadas en la sección de la cafetería, cuyo aspecto era similar al de un comedor escolar. Decidieron sentarse en una pequeña mesa redonda en una terraza interior adjunta a la tienda. Sævar pidió dos perritos calientes y una

Coca-Cola; Elma, un sándwich de rosbif y un brik de batido de chocolate.

—¿A ti qué te parece? —preguntó Elma, después de darle dos bocados al sándwich y engullirlos tan rápido que tuvo que darle un gran trago a su batido para que no se le atascaran en la garganta—. ¿Crees que Heckla sería capaz de asesinar a su madre?

Sævar se encogió de hombros. Tenía la boca llena. Se tragó el perrito caliente y bebió un poco de Coca-Cola antes de contestar.

—Tal vez, si recibió ayuda. Tenía un motivo de peso. Bueno, no es que exista una buena razón para asesinar a alguien, pero ya sabes a qué me refiero. A veces la gente tiene un motivo bastante comprensible.

—¿Y qué hay de Agnar? ¿Pudo haberla ayudado?

—Es probable —respondió Sævar—. Tenemos que revisar su coartada.

—Pero si Hekla no estuvo en casa ese día, no hay forma de saber a qué hora desapareció Maríanna.

—¿Y su móvil? ¿No nos estábamos guiando por la hora a la que lo apagaron?

—Sí, pero puede que haya una explicación natural. Maríanna pudo haber regresado a casa ese día, más tarde, y desaparecer después, lo que convertiría a Sölvi en sospechoso. Supongamos que se emborrachó y le hizo una visita a Maríanna. ¿Y si quiso castigarla por dejarlo plantado? ¿Por rechazarlo?

Sævar asintió.

—Es posible. Tenemos que averiguar cuándo volvió Hekla a casa. Ya es hora de que esa chica sea sincera con nosotros.

—¿Crees que vale la pena visitar su antiguo colegio?

—Ni idea. —Sævar le dio el último bocado al perrito caliente.

Elma arrugó el envoltorio de plástico del sándwich y sorbió lo que quedaba del batido de chocolate.

—Bueno, pronto lo descubriremos.

Nueve años

Las voces de su habitación suenan como si provinieran de una multitud, pero está sola ahí dentro. Sigue jugando con los soldados de juguete, esas figuritas verdes, pero ahora el juego es distinto y, en lugar de alinearlos, los hace hablar entre ellos. Ha inventado una voz para cada uno. Se pelean, se reconcilian y tienen largas conversaciones. Cierra la puerta, lo que significa que no puedo entender lo que dicen a menos que griten cosas como «idiota» o «vete». De lo contrario, las voces son tan bajas que, aunque apoye la oreja en la puerta, no puedo entender ni una palabra, solo oigo murmullos incomprensibles. La muñeca que le compré cuando era un bebé sigue en la cajonera, su vestido permanece tan sedoso e inmaculado como cuando la saqué de la caja.

Llamo a su puerta a las cinco y media. Hay una actividad en grupo en el colegio, lo que significa que tendré que estar de pie durante dos horas observando a cuarenta niños de nueve años correr por el pabellón. Se supone que los padres deben llevar refrigerios. Algunos hacen bizcochos y ensalada de gambas, otros hornean rollitos de canela sin azúcar o trocean zanahorias. No he tenido de tiempo de preparar nada, así que he comprado unos bollos glaseados carísimos en una panadería de camino a casa desde el trabajo. Si lo pongo en una cesta, quizá pueda fingir que son caseros.

Abre la puerta y me sonríe. Esta sonrisa es nueva. La muestra cuando menos te la esperas, como si fuera una veterana presentadora del telediario. Lleva el oscuro cabello recogido en una coleta alta con una goma naranja que debe de haber recogido en algún sitio, quizá en el colegio, y viste un vestido rojo de manga corta. No es la ropa que llevaba antes, así que es evidente que ha hecho el esfuerzo de cambiarse y peinarse. Hace unas semanas me pidió un espejo para su habitación, y le di uno de cuerpo entero para que lo apoyara junto a la cajonera. A veces la veo por el rabillo del ojo posando frente a él y admirando su reflejo, sonriendo y girándose para contemplar su perfil.

—Veo que ya estás lista. —El vestido es viejo y demasiado pequeño. Últimamente no le he comprado mucha ropa, pero, cuando lo hago, se le queda pequeña en tiempo récord. Abro su armario y recorro el interior con la mirada, antes de sacar un vestido holgado azul oscuro de manga larga.

—Pruébate este —le digo, y le quito el coletero naranja del cabello. Su melena oscura es tan gruesa y áspera que es inútil intentar recogérsela otra vez en una coleta. Los pelitos de su cabeza se obstinan en sobresalir por mucho que los cepille con fuerza. Después de ponerse el vestido, le hago una trenza gruesa y apretada como la que yo solía llevar en las fotos antiguas de casa. Siempre sonriente y adorable, como una princesita. Era lo que mamá y papá querían que fuese. De niña nunca llevaba el tipo de ropa que encuentras en las tiendas de descuentos. En vez de eso, cada vez que papá viajaba al extranjero por trabajo, me compraba un montón de cosas en tiendas caras, el tipo de cosas que ningún otro niño llevaba. «Ahí es donde compra la familia real», nos decía con orgullo. Cuando me hice mayor, me negué a llevar esa ropa, pero durante años fui como querían que fuese, igual que un joven miembro de la familia real británica.

Una vez terminada la trenza, la examino en el espejo.

—Ahora sí, mucho mejor —digo sonriéndole.

Cuando llegamos al colegio ya hay una multitud de gente y la diversión y los juegos han empezado. Pongo los bollos glaseados en la mesa y sonrío a un grupo de madres que hay a un lado. Todas son mayores que yo, llevan el cabello corto y es como si tuvieran un palo metido por el culo, pero me he esforzado por conocerlas. Converso con ellas durante los eventos escolares y me presento voluntaria para todo tipo de comités y asociaciones. Sin embargo, al igual que sucede con los niños, hay una jerarquía determinada entre los padres. Las madres más populares se reúnen y organizan las reuniones de clase. Sus hijos practican deporte juntos y quedan cada día, pero como la mía todavía no ha conocido a nadie, la estima que merezco a las madres no deja de disminuir. Esta vez me saludan con un convencional gesto de cabeza y una sonrisa antes de seguir hablando entre ellas y dejar de prestarme atención.

—¿Entramos al pabellón? —pregunto, intentando alejar a mi hija de mi muslo. Asiente. El movimiento es tan leve que solo yo puedo verlo. Es increíble lo poco que habla cuando está en compañía, dado el torrente de palabras que oigo salir de su habitación cada día. Conmigo suele utilizar monosílabos. Pero es obediente y me doy cuenta de que últimamente se está esforzando por complacerme.

Entramos y nos quedamos de pie como un par de idiotas observando a los otros niños correr. Se deslizan por el suelo y brincan como monos. De repente, uno de los padres detiene la música y todos los niños se quedan quietos.

—Vamos a jugar a un juego —dice en voz alta, después de mandar callar a algunos. Explica las reglas, aunque la mayoría lo ignora: parece que ya conocen el juego.

—Ve con ellos —digo, dándole un empujoncito en la espalda. Me mira y, durante un segundo, me parece ver miedo en sus ojos, como si le estuviera pidiendo que hiciera algo malo. Pero me obedece y se dirige a la pista. Al comenzar la música, se mueve siguiendo el ritmo, y cuando se detiene, corre hacia una esquina como los demás. Cuando su esquina permanece en el juego, me mira y sonríe. Me saluda como si fuera una actriz en un escenario y yo alguien del público que ha venido a verla. Siento un pinchazo y me ruborizo al percatarme de que algunas de las otras niñas están mirándola y riéndose.

—¿Cuál de esos mocosos es el tuyo? —pregunta una voz detrás de mí, y me doy la vuelta. Lo reconozco de inmediato, pese a que solo lo he visto desde la séptima planta. Se ha mudado hace poco al piso de la planta baja de nuestro edificio. Hace unos días lo vi llevando muebles. Es como yo pensaba: alto, fuerte y con el cabello castaño. Pero hasta ahora no había podido ver esos ojos amables.

—La niña del vestido azul —respondo—. La de la trenza.

—Se parece a ti.

—¿En serio?

—Sí, mucho. —Sonríe como si me hubiera hecho un cumplido. Para ser justa, ha cambiado desde que era un bebé con una nariz enorme y esos rasgos tan marcados. Al crecer, su nariz ha mantenido el mismo tamaño, se le han suavizado los rasgos y sus ojos se han vuelto bastante llamativos debido a sus contornos oscuros y a su mirada penetrante. Quizá cuando crezca sea preciosa, pero por ahora su aspecto es más llamativo que hermoso.

—El mío es el que baila como si nadie lo estuviera mirando. —Señala a un chico que está de rodillas y toca una guitarra imaginaria con gestos extravagantes.

Me río.

—Ojalá pudiera ser como él.

—Siempre puedes ir a la pista de baile —dice el hombre—. Como ciertas personas.

Nuestras miradas se dirigen al padre, que, no contento con controlar la música, se ha unido a los niños en la pista de baile y mueve las caderas de forma ridícula, sacudiéndolas de lado a lado y agitando los brazos de un modo peculiar.

—Oh, no. Aquí estoy bien —repongo.

Ambos sonreímos como si pudiéramos leernos la mente, y, sin previo aviso, siento que el estómago me da un vuelco. Huele bien y está tan cerca de mí que me doy cuenta de que acaba de beber café.

—Me suena haberte visto antes en algún sitio —confiesa, estudiándome.

—Sí. Creo que te acabas de mudar a mi edificio.

—Ah, sí —dice—. Entonces somos vecinos.

—Eso parece.

—Me llamo Haflidi —se presenta, y me tiende una mano. La tomo y soy consciente de que nuestro apretón de manos dura más de lo estrictamente necesario—. Deberíamos dejar que nuestros hijos jugaran juntos algún día.

—Sería divertido —digo, aunque soy incapaz de imaginármelo. Mi hija todavía no ha hecho amigos y no creo que eso vaya a cambiar. No parece que conozca a nadie. Nadie se acerca a ella para hablar ni le presta atención. Parece más sola entre todos esos niños que cuando se encierra en la habitación con sus soldados de juguete.

—Mi hijo y yo somos nuevos en el barrio. Stefán aún no conoce a nadie.

—Pues parece tener mucha confianza en sí mismo —digo, y vuelvo a mirar a la pista de baile, donde ahora el niño salta por todas partes como un canguro.

Hafliði suspira con pesar.

—Demasiada confianza.

—Bueno, tal vez pueda ayudar a mi hija a salir del cascarón.

—¿Es tímida?

Me encojo de hombros. «Tímida» no es la palabra que usaría para describirla.

—Es feliz con su propia compañía —contesto, después de un momento de reflexión.

—Es un buen atributo.

Apagan la música y una de las madres grita al otro lado del pabellón que ya pueden empezar a comer. Los niños se dirigen en manada hacia ella. Hafliði dice algo que no puedo oír por los chillidos a nuestro alrededor. Niega con la cabeza, derrotado, y al instante su hijo aparece a su lado. Tira de la manga de Hafliði y, de repente, siento una mano fría y pequeña que se desliza por la mía y bajo la mirada para ver a mi hija.

Lo observo durante el resto de la tarde. Habla con algunos de los otros padres, juega un poco con su hijo y se ríe por el comentario de uno. Es uno de esos hombres por los que la gente se siente atraída. Veo que las madres le sonríen y los padres asienten cada vez que abre la boca. Cuando mira en mi dirección de forma repentina y sonríe, desvío la mirada, avergonzada.

Es una tarde espantosa; la música está demasiado alta, los niños son insoportables y no paran de chocarse conmigo; piso un pegote de mayonesa en el suelo. Aun así, no puedo dejar de sonreír de camino a casa.

El colegio de Borgarnes no era especialmente grande o impresionante. La pintura de las paredes se estaba desconchando, pero los andamios del exterior sugerían que estaban en proceso de remediarlo, y el campo de fútbol era enorme y parecía nuevo. El recinto quedaba eclipsado por la pintoresca iglesia de la colina.

—Era su profesora cuando tenía diez años —explicó Lína, la joven que los estaba esperando para recibirlos. El cabello le llegaba a los hombros y tenía las piernas arqueadas. Los tejanos y la camiseta que llevaba exageraban su aspecto juvenil—. Empiezo a darles clase en quinto de primaria y, para su horror, me quedo con ellos hasta el amargo final. —Su voz era un poco ronca, y su sonrisa, torcida. Elma imaginó que se le daba bien comunicarse con los niños. Sin duda, no parecía tomarse a sí misma muy en serio.

—Debe de ser estupendo estar con ellos durante tanto tiempo —comentó Elma.

—Sí, lo es. Puedo verlos desarrollarse. Crecer. Aunque siguen siendo demasiado jóvenes cuando nos dejan. Es genial encontrarse con ellos después y ver cómo les va la vida. Esa es la mejor parte. Sobre todo cuando te sorprenden.

—¿Qué tipo de alumna era Hekla? —preguntó Sævar, inquieto en su silla. Estaban sentados en una de las clases, en asientos demasiado pequeños para su complexión robusta.

—Era… —Lína tamborileó los dedos en la mesa y apretó los labios. Respiró profundamente mientras le daba vueltas a la pregunta—. Mmm, ¿cómo era Hekla? En realidad, no es algo fácil de responder. Era bastante tímida y callada, ¿saben? Uno de esos niños que tiendes a ignorar porque los revoltosos siempre acaparan tu atención. Pero era trabajadora. Quizá no la mejor alumna, pero hacía los deberes y los entregaba. La mayor parte del tiempo obedecía sin problemas.

—¿La mayor parte del tiempo?

—Sí, bueno… Empezó a escaquearse un poco durante su último año aquí. En ocasiones faltaba a clase o se metía en líos, algo muy impropio de ella. Le pregunté si había algún problema, pero no me contestó, solo se hurgó la nariz. —Lína se rio, luego su expresión se tornó más seria—. Bromas aparte, me di cuenta de que había algo que preocupaba a la pobre niña.

—¿Cree que pudo haber tenido algo que ver con su situación en casa?

—La verdad es que no lo sé… Es decir, sin duda, quería estar en Akranes. Le gustaba mucho la familia que tenía ahí. Y también decía que en ese lugar tenía buenos amigos.

—¿No tenía aquí?

—No, ninguno. Es probable que tampoco se esforzara por hacerlos. De hecho, hacía cosas por las que los otros niños no querían juntarse con ella.

—¿Como qué?

—Bueno, podía… ¿cómo decirlo? Podía perder los papeles de forma inesperada. Arremeter contra los demás.

Elma frunció el ceño.

—¿A qué se refiere? ¿Sucedía a menudo?

—Pues… —Lína movió la mandíbula hacia un lado, reflexionando, luego añadió—: Hay una ocasión que me viene a la mente. Las chicas estaban jugando y una de ellas le dijo algo a Hekla que la hizo enloquecer. Mordió y arañó a la chica con tanta fuerza que las heridas se veían a la legua.

—¿Cuándo fue eso?

—Tenían once años, así que hace algún tiempo; unos cuatro años.

—¿Sabe cuál fue el motivo?

—No, pero se armó un verdadero lío… Todas estaban llorando y gritando cuando entré. Afirmaron que lo único que habían hecho fue preguntarle a Hekla si no le gustaba ducharse. Por supuesto, cualquiera podía darse cuenta del trasfondo y de que habían sido mucho más desagradables de lo que decían. —Lína suspiró—. Pero, como he dicho… En fin, después de ese incidente, siempre las acompañaba una profesora mientras se cambiaban. Hicimos un gran esfuerzo por ayudar a Hekla, pero, por desgracia, no puedes obligar a las personas a que se hagan amigas. Muchos problemas se resolverían si se pudiera, ¿verdad?

—¿El acoso se detuvo después de eso? —Elma se percató de que se habían desviado del propósito del interrogatorio. Los problemas de Hekla en el colegio no tenían por qué guardar relación con la desaparición de su madre.

—Bueno… puede que hubiera cosas difíciles de detectar. Comentarios maliciosos y demás. Yo no vi nada, pero intenté mantener los ojos abiertos. El personal del colegio es eficiente a la hora de tomar medidas. Los niños reciben educación sobre el acoso escolar desde los cinco años, y me alegra poder decir que el año pasado no tuvimos ningún incidente de ese tipo. —Lína sonrió—. En fin, era obvio que Hekla era mucho más feliz en Akranes, por lo que nunca pude entender por qué su madre no se mudaba ahí. No es que tuviera un trabajo importante aquí o que… ¿Pero qué estoy diciendo? Si quieren saber mi opinión, creo que hubiera sido lo mejor para Hekla.

—¿Habló con Maríanna en aquel entonces?

—Sí, claro… En reuniones de padres. Siempre tenemos algún tipo de contacto con ellos. Algunos dirían que mucho más de lo necesario. —Su risa se convirtió en un ataque de tos; una tos húmeda con flema que hizo sospechar a Elma que fumaba.

—Supongo que está al tanto de que hace unos días encontramos el cuerpo de Maríanna —dijo Sævar, y la joven se puso seria de inmediato y asintió—. Estamos estudiando todas las posibilidades para intentar averiguar lo que sucedió. ¿Se le ocurre alguna cosa?

—¿A mí? —Los observó, sorprendida—. No, es decir… —Se detuvo a pensar—. Cuando oí dónde la habían encontrado, se me ocurrió que tal vez se había quedado sin gasolina y que alguien la había llevado en coche y que… ¿Pero qué estoy diciendo? Quizá fue alguien que la conocía. ¿Es eso lo que creen? Yo no sé nada. Lo único que sé es que Maríanna era un poco como Hekla y mantenía un perfil bastante bajo en el pueblo. ¿Puede que hubiera empezado a salir con alguien?

Elma no sabía muy bien cómo responder a esa retahíla de preguntas, y pensó una vez más que Lína debía de llevarse bien con los niños, sobre todo porque no parecía muy distinta a ellos. No era infantil, pero seguía en contacto con su niña interior. Había adoptado su forma de hablar en lugar de ser estirada y formal.

—Todavía no tenemos mucha información —dijo Elma tras una pausa—. Estamos investigando… —Vaciló. ¿Cómo podía decirlo sin revelar que sospechaban que Hekla estaba implicada?

Sævar intervino.

—Estamos investigando si sucedió algo fuera de lo común antes de la desaparición de Maríanna. Sabemos que Hekla tenía un novio en Akranes y que quería mudarse allí, pero ¿se le ocurre algo más que pudiera haberla estado molestando, algo relacionado con el colegio? ¿Sabe si tuvo alguna otra pelea con sus compañeros o con su madre? ¿Recuerda alguna cosa que se nos haya olvidado preguntarle?

—Emmm… —Lína levantó las cejas y su rostro se contrajo en una mueca extraña—. Miren, no sé si me corresponde a mí decirlo, pero me dio la impresión de que Hekla era… —Se detuvo—. No, no tiene nada que ver con esto. No sé lo que ocurrió. Me cuesta creer que alguien le tuviera… rencor a Maríanna.

—¿Le dio la impresión de que Hekla era qué? —preguntó Sævar.

Lína dejó escapar un suspiro.

—No guarda relación con esto, pero digamos que me sorprende que tuviera novio.

—¿Ah, sí?

—Siempre me dio la impresión de que no le interesaban los chicos. Que le iban más las chicas.

Elma tenía mucho que asimilar tras los interrogatorios de ese día, aunque al menos, estaban haciendo progresos. Seguía pensando en la conversación con la profesora. Sentía pena por Hekla y empatizaba con su deseo de vivir cerca de sus amigos, con una familia con la que era feliz. Se compadecía de ella, pero, aun así, había varios indicios de que Hekla sabía más de lo que les había contado. Tal vez solo era una adolescente complicada que mentía y se escabullía sin permiso, no soportaba a su madre y quería salirse con la suya. No tenía por qué significar nada más. Pero si Hekla tuvo que soportar cosas terribles durante su infancia, quién sabe: puede que despertara en ella un odio profundo, que poco a poco fuera creciendo hasta explotar. Quizá hasta que algo la llevó al límite.

Elma sacó el teléfono cuando llegó a su edificio y escribió un recordatorio para preguntarle al jefe de Agnar si había acudido a trabajar aquella noche. Llevar a Maríanna hasta el campo de lava habría requerido mucha fuerza física; fuerza que una chica de quince años no podía tener. Al menos, en el caso de Hekla. Él tampoco parecía tan fuerte, pero era alto.

Cuando Elma finalmente entró en casa eran las siete menos cuarto. Estaba exhausta. Le envió un mensaje a su madre diciéndole que no iría a cenar, pero en cuanto abrió la nevera se arrepintió. Al final encontró un plato tailandés precocinado de pollo y fideos, congelado en un bloque de hielo al fondo del congelador. Mientras esperaba a que se descongelara en el microondas, se quitó los tejanos y se puso los pantalones de pijama. Se quitó la goma elástica del pelo y se masajeó el cuero cabelludo.

Su móvil empezó a sonar en el preciso instante en el que oyó el aviso del microondas. Exhaló un suspiro y lo cogió mientras le rugía el estómago. Dado que no reconocía el número, contestó formalmente:

—Elma.

—Buenas noches —dijo la voz de una señora mayor—. Siento llamarla tan tarde. Soy Bryndís. Hablamos el martes y me dijo que la llamara si se me ocurría algo más.

Elma se acordó enseguida. Era la madre de la vecina de Maríanna, que hacía de canguro de su hija cuando salía de casa. La que solía tomar café con Maríanna los miércoles.

—Ah, sí, claro, la recuerdo —dijo Elma.

—Bien. —La mujer guardó silencio, luego añadió—: Bueno, no sé si resultará útil, pero me he estado devanando los sesos tratando de recordar alguna cosa que Maríanna dijera y que pudiera ser importante. Para ser honesta, esto me estaba carcomiendo. Por eso he estado rememorando nuestras conversaciones. Tengo la sensación de que… de que dijo algo que… —Bryndís exhaló y prosiguió—: En fin, recuerdo una cosa relacionada con su hermano.

—¿Con su hermano? —repitió Elma.

—Sí, murió cuando Maríanna estaba embarazada de Hekla —explicó Bryndís—. Me dijo que lo habían acusado injustamente de algo. Se puso muy nerviosa y enfadada al hablar del tema. No sé por qué exactamente, pero acabo de recordarlo.

—De acuerdo, gracias por contármelo.

—De nada. Ojalá pudiera hacer más. Adiós…

—Un segundo —la interrumpió Elma antes de que pudiera colgar. Acababa de recordar la propuesta de Sævar sobre el marido de Elín—. Su yerno, Unnar…

—Sí, ¿qué pasa con él?

—Su hija mencionó que se llevaba bien con Maríanna… —Elma titubeó. No sabía cómo formular la pregunta sin sonar demasiado irrespetuosa—. ¿Sabe si desarrollaron una relación estrecha o…?

—¿Una relación estrecha? No lo sé. Pero… —Bryndís hizo una pausa—. No sería la primera vez que…

—¿Que qué?

—Que Unnar se… ¿Cómo decirlo? Que se comporta de forma inadecuada.

—Entiendo.

—No le cuente a nadie que se lo he dicho. Fue hace años y no quiero que mi hija… —Bryndís volvió a suspirar—. Maríanna nunca dijo nada que lo sugiriera y no creo que hubiera nada entre ellos. Me impactó mucho más toda la rabia que parecía albergar en su interior por lo que le había sucedido a su hermano. Era… como si estuviera en llamas.

Después de despedirse, Elma intentó recordar lo que sabía sobre el hermano de Maríanna. Muy poco: solo que era mucho mayor que ella y que se llamaba Anton. Se había suicidado hacía quince años, tras lo cual la familia de Maríanna se había mudado a Reikiavik. Una triste historia que demostraba lo mucho que podía llegar a afectar a una familia recibir un golpe como ese. Al parecer, según la mujer de la Agencia de Protección de Menores, los padres de Maríanna habían sido incapaces de ayudar a su hija embarazada y extremadamente joven a lidiar con su dolor. Pero Elma no recordaba haber oído antes que existieran acusaciones contra Anton que enfurecían a Maríanna. Ni sus amigos ni su hija lo habían mencionado, lo que significaba que la información que Bryndís le había proporcionado era inútil, a pesar de sus buenas intenciones.

Elma sacó la comida del microondas, la puso en un plato y contempló los cinco trocitos de pollo con decepción. Se sentó frente al televisor, pero no lo encendió. En vez de eso, pensó en Hekla, en su esmalte de uñas negro y en sus cejas marcadas. ¿Pudo haber sufrido más a manos de su madre de lo que estaba dispuesta a admitir?

Elma se comió el último trozo de pollo y dejó el plato en la mesa. Era imposible que algo así pudiera saciar a nadie: todavía sentía el estómago medio vacío. Entonces recordó que tenía una tableta de chocolate en el armario. En cuanto se sentó frente al televisor para comérsela, alguien llamó a la puerta. Fue un toque rápido, así que de inmediato supo de quién se trataba.

Una hora después, Jakob y ella estaban tumbados en el sofá. Él se apoyó en un codo y estudió el rostro de Elma.

—Deberíamos tener una cita.

—¿Una cita? —Elma soltó una risita—. Haces que suene muy formal.

Jakob torció la boca en una sonrisa, pero Elma se dio cuenta de que estaba azorado.

—Lo digo en serio. ¿Qué te parece si vamos a Reikiavik el fin de semana, cenamos en algún lugar elegante y después vamos a algún espectáculo? Los sábados hay un comediante increíble en el cine antiguo. Fui con un amigo y nos reímos hasta que nos dolió el estómago.

Lo dijo como si se le acabara de ocurrir, pero Elma no se lo tragaba. Aún llevaba los pantalones de pijama, pero ahora vestía una camiseta ancha que Jakob había dejado en su casa y de la que se había apropiado. Estaba tumbado detrás ella, con un brazo a su alrededor, y podía sentir su cálido aliento en la nuca.

Se mordió el labio inferior y se giró hacia él.

—No sé si puedo cogerme el día libre —dijo—. Tenemos mucho trabajo ahora mismo.

Sonaba como una excusa, pero era cierto: esa semana habían trabajado todos los días hasta tarde, e imaginaba que tendría que decirle a Dagný que no podría acompañarla a Reikiavik el fin de semana. Aunque quizá también era una excusa. Elma seguía sin estar segura del tipo de relación que tenía con Jakob. Hasta ahora, se había limitado a sus pisos, al sofá y a la cama, y, cuando empezó, ese era el único tipo de relación que le interesaba. Pero algo había cambiado.

Jakob le respondió con un beso en la coronilla. Elma se dio la vuelta e intento volver a concentrarse en la película, pero la atmósfera había cambiado. Había algo pendiente entre ellos que flotaba en el aire, y pronto tendría que tomar una decisión. El único problema era que no tenía ni idea de lo que decidiría.

Nueve años

Lo observo desde mi ventana en la séptima planta. Lleva una chaqueta tejana negra de corte militar con hombreras. No parece que use nada para peinarse el cabello castaño, y cuando camina rebota al ritmo de sus pisadas. A pesar de que no vivimos lejos del colegio y de que el tiempo no está tan mal —no hay viento, sino nubes grises que amenazan con liberar un aguacero en cualquier momento—, Hafliði y su hijo se meten en el coche. ¿Cómo se llamaba? Stefán, eso es. Stefán es como su padre: excepcionalmente alto para su edad y con una confianza innata en sí mismo que se ve a la legua. Hafliði sugirió en la actividad social que nuestros hijos jugaran; Stefán y mi hija. ¡Ja! La idea es casi irrisoria.

Llevo todo el fin de semana sentada junto a la ventana, y cada vez que advierto algún movimiento me inclino hacia el cristal con la esperanza de que sea él. Además, he permanecido más tiempo del necesario en el vestíbulo, tomándome mi tiempo para abrir el buzón y recoger el correo basura, aunque normalmente dejo que se amontone. No me ha servido para nada. No me he topado con él ni lo he visto en todo el fin de semana hasta ahora.

Se alejan en coche en cuanto mi hija sale del edificio con las manos en las correas de la mochila y la mirada en el suelo. Es como un animal que se acurruca para defenderse. En serio, es increíble que no se choque con nadie o que no acabe debajo de un coche. Su mirada no parece abandonar nunca la acera de hormigón gris, y se mueve rápido, adelantando a los otros niños.

Funciona. Hasta ahora ha hecho un buen trabajo haciéndose invisible. No tiene amigas. Una de las de su clase vive en la escalera contigua, y a menudo veo un grupo de niños fuera de su casa. Cada día suena el timbre y un grupo de ellos pasa en tropel por nuestra escalera sin prestarle mucha atención. ¿Saben siquiera que vive aquí? ¿Saben que existe?

Sin embargo, no estoy muy preocupada. En realidad, la gente no necesita amigos. Me las he arreglado bien sin ellos durante años. Lo único que hacen los amigos es recordarte lo que no eres. Lo sé porque antes tenía un montón. Solo suponían un gran esfuerzo. Compromisos. Gente que me exigía cosas, que necesitaba que la tuviera en cuenta. Me volvía loca su manera de ofenderse por un pequeño comentario inofensivo, me hacían sentir como si tuviera que ir a lugares que no me interesaban solo para ser una buena amiga. Los amigos hacen cosas por los demás. Dios, no los echo de menos en lo más mínimo.

Voy al supermercado después del trabajo. Luego me quedo revisando el buzón en el vestíbulo del edificio, aunque está vacío. El coche de Hafliði no está fuera y tengo la esperanza de que aparque en cualquier momento. Pero nada sucede y al final subo en el ascensor.

—Hola, cariño —saludo a mi hija, que está sentada en el sofá, viendo la tele. No le interesan los estúpidos dibujos animados. No, prefiere ver documentales sobre cualquier tema. Luego se le ocurren todo tipo de comentarios extraños y dice cosas como: «Mamá, ¿sabes que las gambas tienen el corazón en la cabeza?». Espero que no diga eso en el colegio, los demás niños ya deben encontrarla lo bastante rara. El programa que está viendo ahora con tanta fascinación es uno de esos documentales de historia natural. Empiezo a guardar la compra en la nevera, enciendo el horno y meto una lasaña precocinada. Entonces oigo que llaman a la puerta. Toc, toc. Dos golpes educados, y sé de inmediato que es él.

—¿Tenéis huevos? —Lleva una fea camiseta fina que no le oculta la tripa. En la parte de delante hay una foto de una banda que probablemente no escucha, pero que queda bien en una camiseta. Es una banda masculina de los sesenta, todos con el pelo largo y cigarrillos colgando de los labios.

—Da la casualidad de que acabo de comprar. —Le indico que pase, abro la nevera y le pregunto cuántos necesita—. Ten cuidado de no romperlos.

—Haré lo posible. —Sonríe, y está a punto de irse cuando mi hija le bloquea el paso—. Ah, hola. Me alegro de verte otra vez.

—Gracias —responde con esa sonrisa ensayada de presentadora de noticias. La que ilumina su rostro durante una fracción de segundo, pero luego desaparece—. Eh, esa es mi inicial. —Observa a Hafliði, que frunce el ceño durante un segundo, antes de entender a qué se refiere.

—Ah, te refieres a la cadena —dice—. Sí, parece que compartimos inicial. Mi madre me la regaló cuando cumplí los treinta y desde entonces no me la he quitado. Te la enseñaría, pero tengo las manos llenas. —Alza los huevos y sonríe.

En ese momento me doy cuenta de que lleva una cadena dorada al cuello con la letra H en un colgante redondo. Debía de estar escondida debajo de su camisa la última vez que lo vi, pero ahora está expuesta gracias al cuello de su fea camiseta, que se abre como si la hubieran estirado.

Mi hija no se ríe, solo lo contempla con consideración. Después lleva la mano hasta su propio collar con la misma letra.

—Tú también tienes uno —observa Hafliði—. Vamos a juego.

Ella sigue mirándolo y veo que Hafliði empieza a sentirse incómodo. Permanece en el recibidor y mueve los pies como si no supiera si irse o quedarse.

—¿Por qué no vas a ver la tele, cariño? —le pregunto, y le pongo una mano en el hombro. Se da la vuelta y vuelve a sentarse en el sofá. Le sonrió a Hafliði a modo de disculpa—. Es un poco… —comienzo, pero me interrumpe.

—Escucha —dice, y de repente parece un poco inseguro, como si no supiera qué decir. No obstante, lo sabe exactamente. Es un juego, la sonrisa tímida y la manera en la que baja la mirada a la moqueta del recibidor antes de levantarla hasta la mía—. Siento molestarte, pero he intentado usar sin éxito la lavadora del sótano desde que nos mudamos. ¿Sabes algún truco para encenderla? Stefán se está quedando sin ropa para el colegio. No le hará mucha gracia tener que recurrir al jersey a rayas, pero no tendremos alternativa si no logro hacer la colada pronto: no le queda nada más.

Sonrío.

—No hay problema. Bajaré en cuanto hayamos cenado. ¿Qué te parece a las ocho?

La lavadora del sótano es enorme y está disponible para todos los vecinos del edificio, pero solo unos pocos la usan. Al igual que yo, la mayoría de los residentes han instalado sus propias lavadoras en el baño o en la cocina. Después de todo, es un fastidio tener que cargar con la colada hasta abajo, y la lavadora está bastante maltrecha y deja la ropa con mal olor. Aunque eso no se lo digo a Hafliði. Lo que hago, en cambio, es bajar y esperarlo en el sótano, que tiene una ventana diminuta en lo alto de la pared.

El reloj marca las ocho. Nadie viene y no puedo oír nada, salvo el zumbido constante de las tuberías de la calefacción que recorren la pared, como si alguien se estuviera dando una ducha o preparándose un baño. No suelo bajar aquí, y tengo mis motivos. La habitación es vieja, está sucia y la pintura verde de las paredes se está desconchando. Se nos permite guardar bicicletas o carritos de bebé, pero a mí ni muerta me verán en bicicleta. Y mucho menos con un carrito de bebé. Por favor, Dios, no dejes que tenga más hijos.

Me vi obligada a usar la lavadora cuando nos mudamos, pero solo durante un par de semanas. Es fácil de usar, así que no entiendo por qué necesita ayuda. Tal vez solo sea una excusa para verme. La idea me provoca una corriente eléctrica que se me extiende hasta la boca del estómago. Presto atención para ver si oigo pasos, pero los minutos transcurren y empiezo a sentirme una estúpida ahí de pie. Pasan cinco minutos, luego diez y estoy a punto de marcharme cuando escucho pasos que se aproximan por el pasillo, y lo veo aparecer.

—Perdón, perdón —se disculpa, y se pasa una mano por el cabello—. Recibí una llamada del trabajo, algo sobre unas mediciones no registradas y… En fin, no tiene importancia. Me alegro de que sigas aquí—. Lleva una cesta llena de ropa sucia y sonríe de una forma que hace que sea difícil no devolverle la sonrisa.

—No te preocupes. Acabo de llegar —miento.

—Ah, vale. Me alegro de no haberte hecho esperar.

—Era yo la que creía que te estaba haciendo esperar.

—Todo bien, entonces.

—Todo bien —repito.

—Vale. La lavadora. ¿Cómo diablos hago que funcione?

Deja en el suelo la cesta de la colada y mete la ropa en la lavadora. Elijo un programa y poco después el tambor empieza a girar y se llena de agua. Le enseño el mejor programa y cómo ajustar la temperatura y la velocidad de centrifugado. Se inclina hacia mí y lo huelo; siento la calidez que irradia.

—De modo que era así de fácil. —Se ríe, avergonzado, y se endereza—. Ahora parezco un completo idiota.

—Para nada. La lavadora es antigua, no es de extrañar que no supieras cómo usarla —digo, a la vez que pienso para mis adentros que, si realmente no fue capaz de usarla, debe de ser más estúpido de lo que pensaba.

—Supongo que antes no se me daba muy bien encargarme de este tipo de cosas. —Se rasca la cabeza.

—¿Antes?

—Antes de que estuviéramos solos los dos. Dagbjört era la que se ocupaba de la colada. Lo sé, un acuerdo muy anticuado. Pero estoy aprendiendo. Hasta he empezado a plancharme las camisas. —Sonríe, triunfante.

—Vas en la dirección correcta.

—¿Y qué hay de ti?

—¿De mí?

—Sí, ¿solo sois vosotras dos? ¿Tu hija y tú?

—Sí —afirmo—. Siempre hemos sido solo nosotras.

—Ya veo. —Hay un breve silencio durante el cual nos miramos fijamente a los ojos. No aparto la mirada. Siento el corazón en la garganta, el calor en el cuerpo.

Sin previo aviso, se inclina hacia mí. Es un movimiento muy atrevido, pero típico de un hombre como él. Apuesto a que nunca lo han rechazado. Nunca lo han apartado ni le han pedido que se detenga. Y no seré yo la primera mujer que lo haga. Me pone una mano detrás de la cabeza y nuestros labios se unen. La habitación empieza a bailar a mi alrededor y el sonido de la lavadora se transforma en un murmullo agradable. El calor se ha convertido en un infierno abrasador y de pronto me siento diez años más joven.

Ha pasado mucho tiempo desde la última vez que estuve con un hombre. Tanto que pensé que cuando llegara el momento no sabría cómo comportarme o qué hacer. Ahora que está sucediendo finalmente, es fácil, y todos mis movimientos son instintivos. No he olvidado nada.

*No hay nada desagradable en sus caricias, y ni siquiera me de-
tengo a pensar que alguien podría entrar en cualquier momento.
O que mi pequeña está arriba en pijama, esperándome. Lo único
que ocupa mi mente es el peso encima mí, la respiración agitada y
el rítmico chapoteo de la lavadora.*

Viernes

Lo primero que hizo Elma por la mañana fue llamar al dueño del restaurante en el que trabajaba Agnar. El hombre reaccionó con brusquedad, le dijo que hablara con la señora que se encargaba de organizar los turnos y le dejó claro que lo había despertado. La mujer, por el contrario, fue mucho más cívica y estuvo dispuesta a ayudar a pesar de estar muy ocupada, como Elma pudo oír por las voces de fondo de los niños.

—Estoy llevando a mi hijo a la guardería y tengo que comprobar los turnos en el ordenador. —Parecía estar sin aliento—. ¿Puedo llamarla en un rato?

—Por supuesto. —Elma colgó y se agachó para rascar a Birta detrás de las orejas—. ¿Por qué no estás con tu papá? —susurró.

Birta se sacudió y volvió a tumbarse con la cabeza entre las patas. Elma se recostó tanto en la silla que crujió. La reunión matutina empezaría en media hora. Se dirigió a la cocina, se sirvió una taza de café y volvió a sentarse frente al ordenador.

Era viernes, y mientras que muchos de sus compañeros estaban ansiosos de que llegara el fin de semana, Elma se alegraba de que tuviera que estar de servicio. Esa mañana le había enviado un mensaje a Dagný preguntándole si podían posponer el viaje a Reikiavik. Esperaba tener que trabajar ambos días y, aunque tuviera algo de tiempo libre, estaba demasiado preocupada por el caso como para desconectar y disfrutar del masaje. Dagný había aceptado, pero le había preguntado si podía pasarse por casa después del trabajo para que pidieran algunas cosas, dado que solo quedaba una semana para el cumpleaños de su padre. Ahora lo único que le quedaba a Elma era decidir qué hacer con Jakob y su propuesta de tener una cita. Suspiró y se sintió agradecida cuando el móvil interrumpió sus pensamientos.

—Tengo delante el documento. —Era la mujer de la pizzería—. Me preguntó por el viernes 4 de mayo. Veo que esa noche el turno de Agnar fue de cuatro a diez.

—¿Siempre se van a casa a las diez en punto?

—Normalmente sí —respondió la mujer—. Si el local está lleno a veces tardan un poco más porque tienen que limpiar; pero Agnar no trabaja en la cocina: es repartidor.

—¿Repartidor?

—Sí, ya sabe. Entrega las *pizzas* a domicilio.

—Ah, claro. ¿Los repartidores ayudan a limpiar la cocina después de acabar el turno?

—A veces. Cuando hay mucho trabajo, todos ayudan.

Elma le dio las gracias y colgó. Sabía perfectamente lo que hacían los repartidores de *pizza*, pero se preguntaba si sabían con certeza si Agnar había vuelto directamente después de cada entrega. ¿Es posible que se hubiera escabullido entre repartos? Pero, aunque lo hubiera hecho, pensó, era improbable que hubiera tenido tiempo suficiente para ir hasta Grábrók y volver; un viaje de ida y vuelta de casi ciento cuarenta kilómetros desde Akranes. Pudo haber ido después de trabajar, bajo el manto de la noche; pero en mayo no oscurecía hasta tarde. ¿Y antes del trabajo? Lo más probable era que Maríanna hubiera muerto poco después de las tres de la tarde, a juzgar por la hora en la que se había apagado su móvil. Y la coartada de Agnar para ese periodo de tiempo, reflexionó Elma, distaba mucho de ser satisfactoria.

La sala de reuniones estaba vacía cuando entró y tomó asiento. Minutos después entró Sævar con un aspecto excepcionalmente elegante. En lugar de su habitual camiseta, llevaba una camisa blanca, se había peinado el cabello hacia un lado y apestaba a loción para después del afeitado.

—¿Y esto, a qué se debe?

—¿El qué? —Sævar se sentó.

—El atuendo. ¿Tienes una cita después del trabajo? —bromeó, y se sorprendió por la actitud esquiva de Sævar. Evitó su mirada, esbozó una media sonrisa triste y murmuró algo sobre que era lo único que tenía limpio.

Elma se abstuvo de seguir preguntándole, pero le dirigió una mirada interrogante. ¿Sus ojos la engañaban o estaba viendo un ligero rubor? Quizá sí que tenía una cita después del después del trabajo, pero ¿con quién? Tal vez con la nueva agente que se había incorporado en primavera. Se llamaba Birna, tenía veintitantos y se acababa de graduar de la academia de policía. A veces Elma los oía charlar en la cocina. Birna era tan extrovertida y espontánea como Sævar. Cada día acudía a trabajar con entusiasmo y siempre estaba sonriendo. Los pensamientos de Elma se dirigieron a Jakob. Sævar y él no podían ser más distintos: Sævar tenía el cabello oscuro y las facciones marcadas; Jakob era rubio y de aspecto juvenil Tenía unos rasgos tan finos y delicados que probablemente nunca dejaría de verse joven. En lo referente a la personalidad, también eran polos opuestos. Elma nunca estaba segura de cuando Sævar hablaba en serio, y a veces sus bromas la sacaban de sus casillas. Jakob, por el contrario, era tan sincero que nunca se le ocurriría tomarle el pelo. Pero eso no implicaba que no tuviera sentido del humor. Era un gran fan de *South Park* y a veces le enseñaba viñetas en el periódico que la hacían reír.

Elma no podía imaginárselo llevándose bien con Sævar. En su mente pertenecían a dos mundos diferentes, pero tenía que afrontarlo: si tenía una cita con Jakob y su relación se convertía en algo más serio, los dos mundos chocarían tarde o temprano. Por algún motivo, la idea la hizo sentir incómoda.

Volvió al presente cuando Hörður entró y se sentó.

—¿Cuáles son las últimas novedades? —preguntó, removiendo el té.

Elma le hizo un resumen de los interrogatorios del día anterior.

—Dicho de otro modo, estamos centrados en Hekla. Hablé con una compañera de Agnar y me confirmó que fue a trabajar. Pero resulta que Agnar es repartidor, lo que significa que es posible que se escabullera sin que nadie se diera cuenta; entre las cuatro y las seis, por ejemplo, antes de que hubiera mucho trabajo.

—¿De veras? —preguntó Hörður, enarcando las cejas con escepticismo—. ¿Tanto tiempo como para asesinar a alguien?

—No habría tardado mucho, lo que requeriría más tiempo sería ocultar el cuerpo. Agnar y Hekla pudieron haberse encargado de eso más tarde, por la noche. Tampoco sabemos qué hizo entre las tres y las cuatro de la tarde.

Sævar asintió con aire pensativo.

—Eso explicaría la fecha de la nota de Maríanna. Hekla pudo haber dejado un mensaje antiguo de su madre para confundirnos.

Elma apoyó los codos en la mesa y repasó la secuencia de los acontecimientos, tal y como ella lo veía.

—Veamos, Maríanna va a Akranes en busca de Hekla, la encuentra con Agnar y algo sucede… Hay una pelea que termina con la muerte de Maríanna. Agnar se va a trabajar; Hekla espera en el piso o se va a ver a sus amigas, y después de que él termine de trabajar se van juntos a Grábrók. Esconden el cuerpo en el campo de lava y vuelven a casa.

Hörður bebió un sorbo de té.

—Mientras no tengamos evidencia, son meras especulaciones. Tenemos que encontrar auténticas pruebas; algo que la relacione directamente con el asesinato.

—Pero Hekla es la única con un verdadero motivo —apuntó Sævar—. Y nos ha mentido. ¿Por qué mentir si tiene la conciencia limpia?

—Ayer recibí una llamada —dijo Elma—. De una mujer llamada Bryndís. ¿La recuerdas, Sævar? La vecina de Maríanna en Borgarnes. —Sævar asintió y Elma prosiguió—: Le pregunté sobre su yerno, Unnar, que vivía encima de Maríanna, y si es posible que fueran… más que amigos.

—¿Y?

Elma se encogió de hombros.

—No lo sabía. Aunque dijo que le ha sido infiel a su mujer antes. No con Maríanna, sino con otra.

—Así que podría haberlo hecho otra vez. ¿Deberíamos investigarlo?

—Podríamos hablar con él —sugirió Elma—. Pero Bryndís no me llamó por eso.

—¿No? —Hörður dejó la cucharita en la mesa.

—No. Mencionó a Anton, el hermano de Maríanna. Dijo algo sobre unas acusaciones en su contra que Maríanna había calificado de basura. Bryndís no sabía nada más al respecto, así que no tenemos mucha información.

—Se suicidó, ¿cierto? —preguntó Sævar.

—Sí —respondió Elma—. Si la entendí correctamente, las acusaciones pudieron ser el motivo de su suicidio.

—No siempre se requiere un motivo —señaló Sævar.

Elma lo sabía mejor que nadie, pero alejó el pensamiento con determinación.

—En fin, el tema ponía furiosa a Maríanna. No sé, quizá Bryndís solo intentaba ayudar y el incidente no tuvo nada que ver, pero no nos vendría mal hablar con el padre de Maríanna otra vez. No hemos hablado con él en persona desde la primavera.

Ni Sævar ni Hörður hicieron ningún comentario sobre su sugerencia, y Elma se percató de que su idea les parecía descabellada.

—No es mala idea volver a hablar con el padre de Maríanna —dijo finalmente Hörður—. No han tenido contacto en los últimos años, pero de todas formas podría decirnos alguna cosa. Y, por lo que sabemos, Hekla podría estar en contacto con su abuelo.

—Entonces, ¿qué hacemos ahora? —preguntó Sævar.

Hörður respiró hondo.

—Lo único relevante que tenemos es que Hekla mintió y que, como habéis señalado, la coartada de Agnar dista de ser perfecta. Pudo haber actuado como cómplice. El siguiente paso es traer a Hekla para que preste declaración.

—Genial. Hagámoslo. Pero hay que llamar a la Agencia de Protección de Menores y pedirles que envíen a un acompañante. —Sævar empezó a recoger sus cosas.

Hörður le echó un vistazo al reloj.

—A ver si puede venir hoy después de comer. Llamad a los padres de acogida.

Nueve años

Es curioso lo rápido que puede cambiar todo. Todos estos años hemos estado las dos solas. Hemos estado viviendo en nuestra pequeña burbuja, en un vecindario en el que nadie sabe quién soy ni lo que hice. Fue hace tanto tiempo que, cuando miro atrás, apenas reconozco a la persona que era antes de que mi hija naciera. Esa chica que estaba llena de ira, pero también de vergüenza. Casi nunca pienso en el pasado o en el hecho de que llevo años sin ver a mis padres. Me llaman de vez en cuando y se han ofrecido a pagarnos los vuelos para ir a verlos, pero lo he rechazado de inmediato. Por lo que a mí respecta, es como si estuvieran muertos.

Ha habido varias ocasiones en las que me he topado de forma inesperada con alguien de mi antigua vida. Siempre me deja aturdida, como al recibir una patada en el estómago. Hay una parte de mí que desea gritarles a esas personas; decirles que he cambiado y que se equivocan. Por suerte, la mayoría del tiempo me son indiferentes. Incluso me he divertido mirándolas directamente cuando he sentido que me observaban y me reconocían.

Durante los últimos nueve años, el mundo ha girado en torno a nosotras dos, pero ahora, de repente, se nos ha unido una tercera persona. Y una cuarta. La familia que siempre he imaginado se ha hecho realidad, formada por un niño, una niña y una pareja cariñosa. Los fines de semana nos levantamos con los cuerpos entrelazados bajo el edredón y hacemos el amor antes de que se despierten. Nuestros días consisten en viajes a la piscina, paseos, visitas al camión de los helados y risas. Hacemos la cena juntos, vemos películas que escogen los niños y todo resulta… fácil. Increíblemente fácil.

A medida que avanza el verano, hablamos sobre poner mi piso a la venta porque casi nunca lo usamos. El único problema es que el de Hafliði es muy pequeño, y no me imagino a mi hija dispuesta a compartir habitación con Stefán. Así que navegamos por webs inmobiliarias y nos permitimos soñar.

Hafliði ha capturado tanto el corazón de mi pequeña como el mío. Sus ojos se iluminan cuando le sonríe y siempre quiere estar cerca de él. A veces enciende la música en la sala de estar y baila de la misma forma desenfadada que su hijo la tarde que nos conocimos. Eso la hace reír. No tenía ni idea de que podía bailar como una loca o reírse hasta quedarse sin aliento. Sin duda es rara, eso no ha cambiado, pero Hafliði la trata como si fuera genial. Se interesa por todo lo que hace y se pasa tardes enteras viendo documentales con ella. Ella habla sin parar cada vez que Hafliði le pregunta por alguno de sus intereses y prefiere sentarse con nosotros antes que irse a su habitación. A veces siento como si Hafliði y ella pertenecieran a un club secreto del que estoy excluida. Sujetan sus cadenas con los colgantes de la letra H como si fueran un vínculo inquebrantable entre ellos e intercambian sonrisas cómplices en la mesa. Aunque es muy tierno y le agradezco a Hafliði todo lo que ha hecho, siento que debería ser yo la que intercambiara miradas secretas con mi amante, no ella.

Me alegra que se lleven muy bien, pero a veces se pasa de la raya. Le pide que le lea cada noche, quiere sentarse a su lado cuando vemos la televisión y habla sobre él todo el tiempo cuando no está. Parece que esté enamorada de él de manera inocente e infantil, y Hafliði se lo permite. Incluso la anima.

Tiene talento para hacer que la gente se sienta especial. Nunca se cansa de decirme lo hermosa que soy, sale disparado a la tienda si menciono que tengo antojo de algo dulce y me hace un sinfín de preguntas sobre mí. Le hablo sobre mis padres, cómo fue crecer en un pueblo pequeño y lo duro que fue tener a una hija sola siendo tan joven. Incluso derramo algunas lágrimas al contarlo, como una mujer patética cuyo mayor deseo es que la rescaten. Él parece dispuesto a asumir ese papel. Es como si quisiera conocer cada centímetro de mi cuerpo y de mi alma. Por un momento pienso que podría revelarle todos mis secretos, pero es peligroso, y tengo que recordarme a mí misma que debo tener cuidado. Es demasiado pronto para contárselo todo y puede que el momento adecuado nunca llegue. Pero, hasta entonces, estoy encantada de dejarlo entrar en nuestra pequeña burbuja y espero que no ocurra nada que la reviente.

—Pasa. —Elma le sujetó la puerta a Hekla. Le sonrió a Bergrún, que había tomado asiento fuera, en el pasillo, y luego cerró la puerta. Bergrún parecía inquieta allí sentada con el bolso en el regazo mientras observaba a Hekla desaparecer en la sala de interrogatorios. Elma comprendía cómo se sentía y se lo había explicado todo con lujo de detalles, le había presentado a la representante de la Agencia de Protección de Menores, que estaría junto a Hekla durante el interrogatorio, y le había asegurado que todo iría bien. Los jóvenes de quince años no necesitaban que hubiera un progenitor presente cuando prestaban declaración, pero la ley exigía informar a los padres o tutores. Le habían pedido a un abogado que estuviera presente porque, a pesar de que Hekla no era oficialmente sospechosa, la situación podía cambiar durante el curso del interrogatorio.

Sævar recitó las formalidades ante la grabadora de la mesa frente a ellos antes de decir:

—La razón por la que queríamos que vinieras hoy es que necesitamos que nos aclares algunas cuestiones. ¿Puedes repetir todo lo que sucedió el viernes en que desapareció tu madre?

La mirada de Hekla se dirigió a la puerta como si temiera que Bergrún pudiera oírla.

—Me fui a casa después de natación —musitó. Habló tan bajo que tuvieron que inclinarse hacia ella para escucharla.

—¿Y qué hiciste en casa?

—Nada en especial.

—¿No pediste *pizza* por la noche? —Elma sonrió.

Hekla asintió.

—¿Con el dinero que te dejó tu madre en el sobre? —Elma puso el sobre con el mensaje de Maríanna encima de la mesa.

—Mmm —confirmó Hekla.

—De acuerdo —dijo Elma—. ¿Y qué hiciste al día siguiente?

—Me… —Hekla se aclaró la garganta—. Me desperté y… no recuerdo exactamente qué hice. Maríanna no había regresado, así que intenté llamarla. Tenía el móvil… apagado, así que llamé a Bergrún.

—¿A qué hora fue eso?

—Tal vez a las cinco.

—Muy bien. —Elma le echó un vistazo a su cuaderno—. Entonces llamaste a Bergrún y fue a recogerte. ¿Tardó mucho en llegar?

—No, más o menos una media hora. —Cuando nadie dijo nada, Hekla continuó—: Ella quería llamar a la policía porque…

—Porque no era la primera vez que Maríanna desaparecía —concluyó Elma.

Hekla asintió.

Elma respiró profundamente y dijo:

—La cuestión, Hekla, es que ayer tuvimos una charla con un chico llamado Agnar. ¿Lo conoces?

Hekla bajó la mirada.

—Sí.

—¿Podrías hablar un poco más alto? —Elma hizo un esfuerzo por mantener un tono amable.

—Sí —repitió Hekla—. Sí, lo conozco.

—Dijo que eras su novia. Que llevabais juntos un año. ¿Es eso cierto?

—Quizá.

—¿No estás segura?

—Sí, pero no fue un año entero. Y ya no estamos juntos.

—No, nos dijo que habíais roto —repuso Elma—. Pero un año es bastante tiempo cuando tienes quince años. A mí me habría parecido una eternidad a tu edad. —Su sonrisa no obtuvo respuesta por parte de Hekla—. El caso es que nos dijo algo más. Nos explicó que le habías pedido que te recogiera en Borgarnes el viernes en que desapareció tu madre. Pero cuando te dijo que no podía ir de inmediato, decidiste arreglártelas por tu cuenta y tomaste un bus a Akranes. Eso no es lo que nos dijiste.

El esmalte de uñas negro parecía nuevo, pero Hekla empezó a rascarlo de inmediato. Elma se preguntó si la única razón por la que se lo ponía era para poder quitárselo de nuevo.

—Iba…eh, iba… —Hekla alzó la vista hasta la representante de los servicios sociales, que había estado observando en silencio. La mujer le dirigió una sonrisa alentadora y Hekla prosiguió con la respiración un poco entrecortada—: Iba a contárselo, pero… pero no lo hice. De todas formas, no tenía importancia y había pasado mucho tiempo y… —Se mordió el labio—. No quería que pensaran que me lo estaba inventando porque… ya saben, porque….

—Está bien, cariño, no pasa nada. —La mujer de los servicios sociales le puso una mano tranquilizadora en el hombro.

—Hekla, es muy importante que nos digas la verdad. Necesitamos conocer los hechos para poder descubrir lo que le pasó a tu madre —dijo Elma—. Eso es lo que quieres, ¿no?

—Sí —respondió Hekla en voz baja.

—Vale, vamos a intentarlo una vez más. ¿A qué hora fuiste a Akranes el viernes 4 de mayo?

—Me subí al bus a las dos.

—Entonces, ¿no fuiste a la clase de natación?

—Sí, pero… fui al baño y me marché. Nunca se da cuenta. —Probablemente se refería al monitor.

—Así que no volviste a casa —afirmó Elma—. ¿Crees que tu madre pudo haberte visto esperando en la parada de autobús?

—No lo sé. —Hekla se sorbió la nariz—. Me llamó una y otra vez, pero estaba muy enfadada. No quería hablar con ella porque estaba siendo injusta al no dejarme ir al torneo. No la soportaba. —En ese momento, le tembló la voz y rompió en llanto. Tardó un par de segundos en recobrar la compostura.

—Todos tenemos peleas con nuestros padres, Hekla —le aseguró Elma—. Es perfectamente normal. Vale, fuiste a Akranes. ¿Qué hiciste ahí?

—Fui a ver a una amiga —contestó Hekla en voz baja—. Estuve en su casa un rato. Quería ir a ver a Bergrún y a Fannar, pero sabía que ese sería el primer lugar en el que Maríanna buscaría. No sabía qué hacer. No quería estar en casa.

—¿Hay alguien que pueda confirmar que estuviste en casa de tu amiga?

—Sí, Tinna —dijo Hekla—. Y la madre de Tinna; ella también estaba allí.

—¿A qué hora llegaste a casa?

—No me quedé mucho rato. Les prometo que estoy diciendo la verdad. Me sentía mal y decidí volver a casa porque no había nada que pudiera hacer y sabía que… sabía que Maríanna llamaría a Bergrún y vendría a buscarme.

—¿Volviste a casa en autobús?

—Sí, alrededor de las seis. Llegué a casa antes de las siete y es cierto que pedí una *pizza*.

—¿Y no viste a tu madre en ningún momento?

Hekla negó con la cabeza.

—De acuerdo. —Elma miró a Sævar y advirtió que, a juzgar por su expresión, no estaba del todo convencido.

—No pensé que tuviera importancia —continuó Hekla—. Maríanna iba a salir con ese hombre y pensé que no se daría cuenta de que me había ido. Luego volví a casa, pero ella nunca regresó, así que llamé a Bergrún. Me daba miedo que, si decía que había ido a Akranes, Maríanna se enfadara y puede que Bergrún también. No quería mentir. Bueno, no era mi intención. Simplemente… simplemente se me ocurrió decir eso, y luego ya no podía retractarme. Porque, si lo hacía, todos pensarían que estaba mintiendo.

—Está bien, Hekla —dijo Elma, y cerró el cuaderno. Examinó a la chica durante un rato. Sus reacciones parecían genuinas, y Elma entendía que hubiera perseverado en su mentira, sobre todo si Hekla pensaba que su madre se enfadaría—. Creo que por ahora hemos terminado —añadió—. Una última cosa. —Señaló el sobre encima de la mesa con el mensaje de Maríanna—. La factura del sobre es del año pasado. ¿De verdad tu madre te dejó esa nota?

—Sí —afirmó Hekla—. Estaba en la mesa, lo prometo.

—¿Por qué crees que se estaba disculpando?

Hekla se recostó en la silla.

—Creo que se sentía culpable por lo del torneo de fútbol. Tuvimos una pelea la noche anterior y, para cuando me desperté, ya se había ido al trabajo. No vi el sobre hasta que volví a casa, así que no sé si lo dejó ahí esa mañana o más tarde. Si lo hubiera visto esa mañana, puede que no hubiera estado tan enfadada y no hubiera ido a Akranes, y entonces… seguiría viva. —Hekla dejó caer la cabeza.

Se veía tan pequeña ahí sentada que Elma sintió el impulso de darle un abrazo. Quería decirle a Hekla que no era culpa suya y que no habría supuesto ninguna diferencia que no se hubiera escapado a Akranes. Pero lo cierto era que probablemente hubiera supuesto una gran diferencia.

—¿Por qué crees que siempre se refiere a su madre como Maríanna? —preguntó Sævar después de que Hekla y Bergrún se marcharan—. Nunca dice «mamá», solo «Maríanna».

—Supongo que pensaba que no era una buena madre —contestó Elma—. No lo sé. He escuchado distintos motivos por los que los hijos deciden llamar a sus padres por su nombre de pila.

—¿Crees que llama a Bergrún «mamá»?

—Bueno… no lo sé. Quizá.

Sævar se encogió de hombros.

—No me sorprendería que la viera más como a una madre que a Maríanna. Teniendo en cuenta todo lo ocurrido.

—Sí, sería perfectamente comprensible.

—¿Te parece que dice la verdad?

—Sí —admitió Elma, después de un momento de reflexión—. Creo que sí. —Se puso en pie y se estiró, luego se dirigió hasta la ventana y se asomó. La calle estaba concurrida; delante de los bloques de apartamentos había un grupo de chicas que había salido del colegio. Parecían discutir sobre algo importante. Al final, tres de ellas entraron en el mismo bloque, mientras que otras dos se marcharon en direcciones diferentes. Se volvió hacia Sævar.

—¿Te importaría llamar al vecino de Maríanna? Se llamaba Unnar, ¿no? Teniendo en cuenta lo que nos ha contado Bryndís, no sería mala idea comprobar si conocía a Maríanna mejor de lo que debía.

Sævar asintió.

—De acuerdo. Pero dudo mucho que admita algo así por teléfono.

—No, supongo que no.

—Y no hemos encontrado mensajes entre ellos.

—No, pero vivían en la misma casa. Es probable que no necesitaran enviarse mensajes o correos.

—Qué práctico —comentó Sævar.

Elma se ruborizó de inmediato, aunque no tenía ni idea de si estaba insinuando algo. Pero debía admitir que eso describía perfectamente el arreglo que tenía con Jakob: práctico.

Dagný recibió a Elma con una sonrisa radiante. La casa adosada en la que Viðar y ella vivían era compacta, pero acogedora, con parqué y molduras de roble. Las estatuas de Buda que coleccionaba estaban dispuestas con mucho gusto en las estanterías que había por toda la casa, y una pared de la sala de estar estaba pintada de azul marino, a juego con los cojines de terciopelo del sofá de color claro.

—¿Dónde están todos? —preguntó Elma cuando se sentó en el sofá.

—Viðar ha llevado a los niños al parque infantil —dijo Dagný—. ¿Puedo ofrecerte alguna cosa?

—Agua con gas, si tienes.

Dagný desapareció en la cocina y volvió con dos vasos de agua con gas y un bol de Nóa Kropp, lo que hizo sonreír a Elma. El maíz inflado recubierto de chocolate era su golosina favorita; una de las pocas cosas que su hermana y ella tenían en común. Le vino a la mente un viejo recuerdo en el que Dagný y ella estaban sentadas en el sofá, viendo dibujos animados, y estallaron en carcajadas tan violentas que volcaron el bol de Nóa Kropp encima de los cojines. Se miraron la una a la otra y no pudieron evitar tener otro ataque de risa. Después se apresuraron a recogerlo todo antes de que su madre descubriera lo que había pasado. Varios días después, Dagný le dio un codazo a Elma cuando su madre se levantó del sofá, y señaló con gesto exagerado la gran mancha marrón que había debajo de ella. Eso hizo que volvieran a estallar en carcajadas, para desconcierto de su madre.

—Me he puesto en contacto con la mayoría de los amigos de papá y con todos los familiares que se me han ocurrido —dijo Dagný, y le entregó a Elma un cuaderno en el que había apuntado la lista de invitados.

Ojalá pudiera ser tan organizada como Dangý, pensó Elma.

—¿Puedes comprobar si me he olvidado de alguien?

Elma repasó los nombres. Por supuesto, su hermana no se había olvidado de nadie.

—También he encargado la comida y la bebida y he creado una lista de canciones. Algunas personas quieren dar un breve discurso: viejos amigos del colegio de papá. Y he pensado que después de la cena podríamos poner música y sacar a bailar a mamá y papá. ¿Te acuerdas de las clases de salsa que tomaron el año que fueron a Sudamérica?

Elma se rio. Era una gran idea. Después de que sus padres regresaran de ese viaje, su padre se había dedicado a agarrar a su madre en momentos inesperados y ejecutar algunos pasos de salsa en la sala de estar, hasta que su madre se puso en huelga. Aðalheiður se sorprendió más que nadie por la forma en la que su marido se había aficionado a la salsa, puesto que las clases habían sido idea suya.

—Le encantarán —dijo Elma, leyendo la lista de canciones. Era evidente que su hermana le había dedicado mucho tiempo y esfuerzo a la fiesta. De repente, Elma se sintió culpable por haberse quejado de las ideas de Dagný y haberse comportado como si el septuagésimo cumpleaños de su padre no fuera gran cosa. Se dio cuenta de que, en realidad, no había movido ni un dedo aparte de aceptar a regañadientes las sugerencias de Dagný.

—Ahora me siento mal. No he hecho nada.

—No importa —declaró Dagný—. Sabes cuánto lo disfruto. —Se metió un chocolate Nóa en la boca y sonrió a Elma—. No puedo esperar a ver su cara. No tiene ni idea de lo que le hemos preparado.

Elma le devolvió la sonrisa.

—Va a ser genial. Gracias. Gracias por encargarte de todo. Sé que he estado…

—No digas eso —la interrumpió Dagný—. Ya tienes suficientes problemas.

—Tú también. Es decir, tienes un trabajo, un marido y dos hijos. No entiendo cómo puedes hacer todo esto, ser una gran madre y hacerlo todo a la perfección.

Dagný no respondió. Le tembló el labio. Elma se detuvo cuando iba a darle un sorbo al agua con gas y miró a su hermana con el ceño fruncido.

—¿Va… va todo bien?

Al oír la pregunta, Dagný se llevó la mano a la boca y los ojos se le llenaron de lágrimas.

—Jesús, no pretendía ponerme a llorar.

—¿Qué sucede?

Dagný se puso en pie y trajo una servilleta de la cocina, luego se sorbió la nariz y dejó escapar un suspiro.

—Es… es Alexander. Está claro que no soy tan buena madre. Ha tenido problemas en el colegio; unos niños lo están acosando. Niños que antes eran sus amigos. Han empezado a esconderle la ropa, y le tiraron a un charco lo que llevaba en la mochila, y… Oh, sé que no es un problema grave, pero tengo ni idea de qué hacer. Sinceramente, me gustaría…

—¿Ir al colegio y zarandear bien a esos niños? —concluyó Elma.

Dagný la miró y se rio.

—Sí, en serio. Quiero zarandearlos con tanta fuerza que les castañeteen los dientes. Sé que solo son niños, pero estamos hablando de Alexander, el niño más dulce del mundo, que no le haría daño ni a una mosca. ¿Qué problema tienen? ¿Qué problema tienen sus padres? —Dagný se sonó la nariz—. Es por eso por lo que Viðar ha estado llevándolos de paseo y haciendo todo tipo de actividades con ellos. Para distraer a Alexander y ayudarlo a que se olvide del tema durante un rato. No hay nada que pueda hacer. Cada vez que pienso en ello me pongo a llorar, y eso es lo último que necesita Alexander: una madre llorona.

—Todavía son muy jóvenes —dijo Elma—. Solo tienen seis años. Seguro que las cosas mejorarán pronto. Como has dicho, antes eran amigos, así que tal vez ha ocurrido algo, algo que pronto olvidarán. No tienes que empezar a preocuparte hasta la adolescencia, y faltan años para eso.

Dangý volvió a alzar la vista hasta Elma.

—Oh, Dios, Elma… Lo siento, sé que no estuve… ya sabes. Debería haber…

Elma sonrió e ignoró el nudo que se le estaba formando en el estómago.

—No importa. Fue hace mucho tiempo y, de todas formas, no estaba hablando de mí. Lo superé hace años. —No era del todo verdad. Recientemente se había dado cuenta de que el acoso y los rumores que había sufrido de adolescente le habían dejado cicatrices que no sanarían con facilidad—. Lo que quería decir era que Alexander estará bien. Es un niño estupendo, y los demás pronto lo verán. Yo no me preocuparía por él.

Dagný guardó silencio y mantuvo la mirada en sus manos.

—Aun así, quería disculparme desde hace tiempo. Y también por lo de Davíð. Pero nunca supe qué decir y parecía que no necesitabas a nadie. Siempre tan independiente. —Dagný alzó la vista brevemente y sonrió.

Elma le devolvió la sonrisa, demasiado emocionada para hablar. Temía que si lo intentaba su voz la traicionara.

—Bueno, ¿seguimos? —preguntó Dagný después de una pausa, y Elma asintió.

Dagný encendió el portátil y poco después llenó la cesta de la compra de toda clase de adornos, probablemente un poco exagerados, pero que, sin duda, conseguirían que la ocasión fuera un éxito.

A Hekla le dieron permiso para salir a condición de que llegara a casa a medianoche. El interrogatorio no había sido tan malo como esperaba. Se había imaginado una habitación inhóspita y gris, como en las películas o series policíacas, con el típico poli bueno y poli malo, y que le gritarían y regañarían por mentir. En realidad, los dos agentes habían sido amables y ninguno había alzado la voz ni la había sermoneado.

Bergrún no había dejado de hacerle preguntas después del interrogatorio, por lo que Hekla cedió y le habló de Agnar. Sin embargo, no admitió que hubieran salido, solo le dijo que eran amigos. Colegas. Sonaba mejor, pero no estaba segura de que la hubiera creído.

Bergrún y Fannar eran como unos padres para ella, lo habían sido desde que tenía memoria. Cuando era pequeña, todo era más fácil, y ni siquiera tenía que pensar en cómo comportarse. Era solo una niñita y le habían dado su amor incondicional. Ahora temía que ya no fuera suficiente.

Maríanna y ella habían discutido a menudo como si fueran hermanas en lugar de madre e hija. Su relación nunca había sido convencional. Hekla había pensado que sería capaz de olvidar, pero parecía que cada palabra que había dicho o pensado creciera en su interior como una mala hierba que no podía arrancar de raíz. Todas las mentiras, los pensamientos desagradables, las palabras y los actos, todo enredado en un nudo grande y doloroso en su estómago.

No podía permitir que Bergrún viera esa faceta suya. A veces Hekla le contaba cosas que no eran del todo ciertas. Como cuando Maríanna la mandó a su habitación después de descubrir que Hekla se había escapado a Akranes. No era verdad que Maríanna la hubiera encerrado, ni tampoco que le hubiera pegado. Pero eso era lo que le había dicho a Bergrún, y Bergrún la había creído y se había sentido mal por ella, así que a Hekla le había dado la agradable sensación de que Bergrún y ella estaban en el mismo bando.

Hekla sonrió a Bergrún, que estaba detrás de ella y la examinaba tan de cerca en el espejo grande del baño que podía oler el aroma a coco de su champú.

—Qué pelo tan bonito tienes —dijo Bergrún mientras pasaba las manos por los mechones gruesos y oscuros de Hekla—. ¿Quieres que le pongamos algún producto para esta noche?

Hekla asintió.

—Podemos recogértelo en un moño, así. —Bergrún le recogió el cabello y lo enrolló en un moño grueso—. Hay que arreglarlo con algunas horquillas y tirarlo un poco hacia atrás para mostrar esa bonita cara —añadió, soltando el cabello de Hekla y pellizcándole las mejillas.

Hekla hizo una mueca.

—No es bonita. Tengo manchas y una nariz grande.

—Tonterías —dijo Bergrún—. No le pasa nada malo a tu nariz. —Le rodeó los hombros a Hekla con los brazos y estudió su reflejo—. Eres perfecta tal y como eres.

A Hekla se le formó un nudo en la garganta y vio que los ojos de Bergrún estaban húmedos. Probablemente sería capaz de entender por qué Bergrún la quería tanto. No tenía nada que ofrecerle, ningún talento especial; no era guapa ni extrovertida ni… De hecho, no veía nada positivo en sí misma. Pero ella la quería a pesar de todos sus defectos, y Hekla estaba desesperada por no perder eso.

Los padres de la cumpleañera les habían comprado golosinas a las chicas y les habían dado permiso para divertirse en la sala de estar. El padre había horneado una ambiciosa tarta rellena de crema de mantequilla, y en la parte superior había dos grandes números de cartón cubiertos de purpurina que decían «15». Las chicas pusieron música en un móvil y lo conectaron a los altavoces. Después se sentaron y se atiborraron de dulces mientras charlaban y se reían.

Hekla se sentía como si la hubieran transportado a otro mundo. Nadie le dirigía una mirada hostil como si no fuese bienvenida. Nadie hacía muecas cuando hablaba ni ponía mala cara cuando se sentaba a su lado. Su mirada se encontró con la de Tinna y le costó reprimir una sonrisa.

—¿Qué os parece? —preguntó Freyja, la cumpleañera, después de charlar durante un rato. Se puso en pie y abrió el armario para revelar una colección de botellas—. ¿Hacemos un brindis?

Las chicas se rieron mientras sacaba una sucesión de botellas muy decorativas.

—¿No se enterarán tus padres? —preguntó una chica.

Dísa la miró y resopló.

—No, las rellenaremos con agua. Lo he hecho muchas veces y nunca se dan cuenta —respondió Freyja mientras llenaba generosamente las copas.

Las chicas le dieron sorbos al vino e hicieron muecas por el sabor; algunas con indecisión, otras como si fueran expertas. A pesar de que Hekla estaba acostumbrada a la sensación de ardor en la garganta, solo bebió un pequeño sorbo. Bergrún la había abrazado antes de irse, le había dado un beso en la coronilla y le había dicho: «Te esperaré despierta».

Maríanna nunca la había esperado despierta. En su lugar, le hacía comentarios maliciosos si le decía que las otras chicas habían salido juntas. «¿Por qué no has ido con ellas, Hekla?», le preguntaba. «Siempre estás sola en casa. ¿Por qué no las llamas?». Maríanna sabía perfectamente que ella no podía coger el teléfono y llamar a esas chicas. Sabía lo que tenía que soportar y aun así insistía en restarle importancia. «Solo son bromas. Intenta hacerte amiga suya». Como si no pudiera entender que eso no era una opción para Hekla. No la querían, y Maríanna debía saberlo. No obstante, en su expresión nunca había simpatía, solo decepción, parecía incapaz de comprender cómo había dado a luz a una niña tan rara.

Al recordarlo, Hekla bebió un sorbo más grande de lo que pretendía e hizo una mueca. Tinna se levantó y le hizo señas para que fuera con ella al baño. Hekla aún no se había acostumbrado a ir acompañada al baño, pero en ese grupo de amigas parecía perfectamente aceptable sentarse a hacer pis mientras las otras charlaban o se retocaban el maquillaje.

—¿Te lo estás pasando bien? —preguntó Tinna después de tirar de la cadena. Observó a Hekla en el espejo mientras se lavaba las manos. El baño era pequeño, tenía azulejos de color marrón claro y una ducha abierta llena de botellas de champú y juguetes.

—Mmm. —Hekla asintió. Le sonó el móvil en el bolsillo. El nombre de Agnar apareció en la pantalla—. No deja de llamarme. ¿Te he dicho que le contó mentiras de mí a la policía?

—¿Qué les dijo?

—Que fui a Akranes el día en que… —Bajó la mirada y respiró profundamente, temerosa de repente de que todo estuviera saliendo mal.

Tinna se acercó a ella.

—¿Y qué les dijiste?

—La verdad —contestó Hekla—. Que fui a tu casa.

Tinna sonrió.

—Cierra los ojos.

Hekla obedeció. El corazón le empezó a latir más rápido y se puso nerviosa.

—¿Qué estás haciendo?

—Shh —dijo Tinna—. Saca la lengua.

Hekla volvió a obedecer y sintió un toque suave en la lengua. Luego un sabor extraño le invadió la boca, pero la cerró de todas formas.

—¿Qué es esto? —preguntó, y abrió los ojos.

Tinna sacó la lengua. Tenía una pequeña pastilla blanca en la punta roja y temblorosa; el mismo tipo de pastilla que se había disuelto en la boca de Hekla. Hizo una mueca. Tenía un sabor repugnante.

Tinna se rio.

—Bebe agua si no te gusta.

Hekla abrió el grifo y bebió un gran trago.

—Tinna, en serio. ¿Qué es esto?

—Algo que me dio un colega. —Tinna sonrió y tomó la mano de Hekla—. No tengas miedo, no es nada serio. Solo algo para que la noche sea más divertida. Te prometo que no vas a enloquecer. Confía en mí.

Hekla asintió, y Tinna y ella regresaron de la mano a la sala de estar, donde las demás chicas seguían dándoles sorbos a sus bebidas. Confiaba en Tinna. Por supuesto que confiaba en ella.

La tarde transcurrió de forma confusa. Llegaron más chicos; algunos muchachos a los que Hekla había visto antes y otros que no. Agnar siguió llamándola, pero no le contestó. Dísa debía de haberse tomado la misma pastilla que Tinna y ella, porque tenía las pupilas enormes.

Cuando los padres de Freyja volvieron y vieron lo que ocurría, los echaron a todos. Tinna llamó a unos chicos para que vinieran a recogerlas, y, por suerte para Hekla, accedieron a llevarla a casa. Tinna y Dísa intentaron convencerla para que se quedara más tiempo, pero Hekla se negó. No podía dejar de pensar en Bergrún esperándola.

Una vez en la cama, la noche comenzó a desdibujarse. Contempló el techo de su habitación, incapaz de quitarse la sonrisa de la cara y sin pizca de sueño. Afortunadamente, había oscurecido, así que Bergrún no se había dado cuenta del estado en el que se encontraba. Hekla sonrió, se tapó con el edredón por debajo de la barbilla y cerró los ojos. Tenía una sensación cálida en el estómago. Tal vez debería haberse quedado con las chicas después de todo. Se incorporó, se giró hacia la ventana y observó la nieve blanca iluminada por las farolas, mientras pensaba en todo lo que la noche tenía que ofrecer. De repente, oyó que la nieve crujía y se echó hacia atrás de forma instintiva en un intento por ocultarse en las sombras.

Había alguien al otro lado de la ventana.

Diez años

Mis ojos parpadean durante un rato, a medio camino entre el sueño y la vigilia, antes de acabar por abrirse. El teléfono está sonando. Puedo oír el móvil en algún lugar del piso. Todavía debe de ser de noche y la habitación está a oscuras. Hafliði duerme profundamente a mi lado y emite suaves ronquidos. Para mi alivio, el teléfono deja de sonar. Cierro los ojos e intento volver a dormirme. Pero tan solo transcurren unos segundos antes de que el teléfono empiece a sonar otra vez. Decido levantarme, corro hacia el recibidor y sigo el sonido hasta la sala de estar, donde encuentro el teléfono encima de la mesa de centro. La luz de la pantalla es lo único que ilumina la habitación.

—¿Diga? —respondo sin aliento.

Espero, pero no hay respuesta.

—¿Quién es? —Mi voz no suena tan calmada como me gustaría. Porque hay alguien al otro lado. Oigo cómo respira y un sonido que puede ser de lluvia o el zumbido de una radio. Espero un poco más, luego cuelgo y miro la pantalla. Apago el móvil por si acaso antes de volver a la cama.

Son las tres de la mañana y estoy completamente despierta. Es la tercera llamada en dos semanas. Siempre la recibo el fin de semana, siempre de noche y siempre me encuentro con el mismo silencio. Parece que alguien me estuviera acosando a propósito. Después de la primera vez que pasó, empecé a sentirme observada. Lo más probable es que se trate de mi imaginación, pero no puedo quitármelo de la cabeza. El otro día me dio la impresión de que un coche me había estado siguiendo durante un rato, así que conduje alrededor de unas casas hasta que logré despistarlo. No pude distinguir la figura detrás del volante por la oscuridad, pero estoy segura de que el coche me estaba seguía allá donde fuese, por más rápido que condujese. ¿Sería la misma persona que me envió aquella carta hace tantos años? Seguro que no: me mudé y me aseguré de no dejar constancia de mi dirección ni de mi número de teléfono en ningún lugar. Pero no sería difícil encontrarme si alguien tuviera muchos deseos de hacerlo.

Me doy la vuelta en mi lado de la cama y miro las persianas venecianas, que se mueven suavemente contra la ventana abierta.

De repente siento un calor insoportable y saco una pierna de debajo del edredón. Los ronquidos de Hafliði son cada vez más fuertes. Me retuerzo hasta el borde de la cama, lo más lejos que puedo de él. Después de tantos años sola, es difícil dormir con otra persona. Oír una respiración desconocida y sentir otro cuerpo agitándose mientras duerme. A veces, cuando no puedo dormir, me quedo tumbada, observándolo. Veo cómo deja de respirar durante varios segundos hasta que vuelve a hacerlo. Una noche soñé que lo asfixiaba; que presionaba una almohada contra su cara y que veía cómo sus manos arañaban el aire hasta que se rendían y caían sin fuerzas sobre la cama. Lo extraño es que no fue una pesadilla. No fue un sueño especialmente bueno, pero tampoco uno malo.

Cuando finalmente me quedo dormida son más de las cinco, y dos horas después me despierto y me encuentro a Hafliði mordisqueándome el lóbulo de la oreja. Me quedo quieta, dejo que me baje las bragas y me siento aliviada cuando termina. No se da cuenta de nada, se limita a besarme en la mejilla antes de desperezarse y salir de la cama. Cuando me miro al espejo, veo que tengo ojeras verdosas. El agua helada con la que me enjuago la cara no logra eliminarlas.

Vamos de camino a un almuerzo en casa de la madre de Hafliði, con sus hermanos, sus cónyuges y sus hijos. Dos hermanas mayores y un hermano menor. Hafliði tiene una relación estrecha con su madre. Habla con ella por teléfono a diario, siempre fuera del piso, como si no quisiera que escuchara lo que dice. La he visto venir a visitarlo. La he visto desde la ventana, a una distancia segura. Desde mi punto de observación, parece totalmente inofensiva: una figura rellenita, con el cabello rizado y canoso, vestida siempre con una chaqueta de color crema y un chal.

Aparcamos frente a un pequeño bloque de apartamentos en Hafnarfjörður, no muy lejos del centro del pueblo y el puerto. Tomo a mi hija de la mano. Apenas se atreve a respirar. Aunque no dice nada, sé que está nerviosa. La vi de pie frente al espejo esta mañana, peinándose el cabello una y otra vez, pese a que ya estaba liso. Stefán, en cambio, se adelanta corriendo para llamar al timbre.

—Llegas tarde —dice la hermana de Hafliði cuando abre la puerta. Le da un abrazo a Stefán y otro a Hafliði, luego nos dedica a mi hija y a mí una breve sonrisa. Abro la boca para presentarme, pero se da la vuelta y vuelve adentro para que la sigamos.

La sala de estar está llena de gente. Hafliði se ofrece de inmediato para ayudar a poner la mesa y me deja ahí de pie. Mi hija se pega a mí y esperamos incómodas, ignoradas por el resto de los invitados. Están demasiado metidos en su charla para saludarnos. Me pongo de cuclillas y le digo que vaya con los otros niños, pero no me responde, solo niega con la cabeza y juguetea con su collar, como suele hacer cuando está nerviosa. Solo se dignan a fijarse en nosotras cuando Hafliði nos lleva a conocerlos a todos.

Son un puñado de arrogantes. Tienen la misma confianza en sí mismos que Hafliði, pero les falta su calidez y su encanto. La última persona a la que nos presenta es su madre. Se llama Guðrún y es una mujer pequeña y regordeta que se ha hecho la permanente y que va vestida con una blusa con un estampado de rosas. Tiene una sonrisa amable y una voz aterciopelada, pero los ojos la delatan. Son de un azul grisáceo glacial y miran fijamente al suelo. Cuando su mirada se encuentra de manera fugaz con la mía, me ignora. Se fija brevemente en mi hija, luego vuelve a mirar a Hafliði y el rostro se le suaviza por completo.

Tomamos asiento frente a la larga mesa, que ya está repleta de comida. Pan, guarniciones, bollos glaseados y pastas danesas recubiertas de chocolate.

—¿Y a qué te dedicas? —pregunta la hermana mayor, cuyo nombre ya he olvidado.

—Trabajo en un bufete —respondo mientras unto el pan con ensalada de atún.

—Oh, ¿así que eres abogada? —Veo cómo se agrandan los ojos alrededor de la mesa y me estudian con un poco más de interés. Quiero decir que sí. Si Hafliði no estuviera presente, mentiría.

—No, trabajo en la recepción —digo—. Pero tengo la intención de ir a la universidad algún día y estudiar derecho.

Murmuran algo cortés, pero queda claro que ya no resulto de interés. La conversación avanza, y mi hija y yo permanecemos en silencio.

—No sabía que eras de Sandgerði —dice alguien al poco rato, alzo la vista y me los encuentro a todos mirándome. Sandgerði es lo último de lo que quiero hablar.

—Sí, me crie ahí.

—¿Cómo fue? —pregunta el hermano de Hafliði—. Debe de ser bastante acogedor criarse en una comunidad pequeña en la que todos se conocen.

—Bueno… —titubeo—. Estuvo bien.

—Da la casualidad de que tengo un amigo que es de allí —continúa el hermano. Se gira hacia Hafliði—. Ya sabes, Ívar, mi compañero de trabajo.

—Ah, sí, es cierto. Es de Sandgerði —dice Hafliði.

—Debe de tener tu edad —insiste el hermano—. ¿Te suena de algo? Ívar Páll.

Siento que la sangre abandona mi rostro. Lo conozco. Bueno, quizá decir «lo conozco» es una exageración, pero sé quien es. O era. Éramos compañeros de clase. Era uno de esos chicos muy frikis que vivían más en juegos de ordenador y novelas de fantasía que en el mundo real. Todo piel y huesos, con gafas y dientes de conejo. Lo llamábamos «la ardilla» porque, cuando comía, mordisqueaba el pan con sus enormes incisivos y esparcía migas por toda la mesa. Una vez le llenamos la mochila de nueces. Cuando fue a sacar los libros, las nueces cayeron y rebotaron en el suelo.

—No, no reconozco el nombre —contesto, y pincho con el tenedor la poco apetitosa pasta de mi plato.

—Ah, vale —dice—. Pero puede que él sí te recuerde.

Sonrío, a pesar de que sus palabras suenan como una amenaza. Siento un tirón en el jersey y miro a mi hija. No ha tocado la comida y está bastante pálida.

—¿Qué sucede? —pregunto.

Me atrae hacia ella para poder susurrarme al oído.

—Quiero irme a casa.

Me gustaría decirle: «Yo también». Yo también quiero irme a casa.

—Todavía no —digo—. Cómete la comida.

Me mira, pero no dice nada. Unos minutos después noto otro tirón en el jersey.

—¿Qué? —espeté.

—Me siento mal, mami.

Solo entonces me doy cuenta de que se ha puesto blanca como la leche. Cierra los ojos despacio, luego los abre de par en par y se lleva las manos a la boca. No es suficiente. El vómito sale a borbotones con tanta fuerza que se desparrama por toda la mesa. La agarro y la aparto, pero es demasiado tarde: la comida se ha arruinado. Todos se levantan a toda prisa y se alejan de la mesa. Hafliði se levanta y nos lleva al baño, donde le lavamos la cara y le damos un poco de agua. Poco después vuelve a la sala de estar para limpiarla mientras nosotras nos quedamos en el baño. Mi hija apoya la cabeza en mi pecho y le tiembla todo el cuerpo.

—¿Podemos volver a casa? —susurra.

Le acaricio la frente sudada con suavidad.

—Sí. Podemos volver a casa —musito. En este momento no hay ningún lugar en el que prefiera estar más que en casa con mi hija.

Sábado

Elma fingió estar enferma la noche anterior cuando Jakob llamó a la puerta. Llegó al extremo de taparse los hombros con una manta y toser de forma poco convincente. Al recordar y avergonzarse de su mala actuación, dudaba de que le hubiera creído. Sabía que Jakob lo relacionaría con la cita y se lo tomaría como un rechazo, pero no era cierto. No tenía nada que ver con la cita.

No le habría parecido correcto despertarse con Jakob ese sábado por la mañana porque era el cumpleaños de Davíð. En los viejos tiempos, habrían ido a cenar a un restaurante indio en el puerto y habrían pedido una buena botella de vino tinto y un *mousse* de chocolate de postre. Se habrían sentado junto a una ventana, observado los botes meciéndose con suavidad en la penumbra y regresado a casa andando, un poco mareados por el vino.

Elma cerró los ojos y se concentró en su respiración. No debería ser un día triste, se dijo a sí misma. No iba a mortificarse por lo que podría haber sido. Aun así, sospechaba que sería difícil evitarlo esa noche. ¿Era demasiado tarde para llamar a la familia de Davíð y cancelar el encuentro?

Contempló la nieve que había caído durante la noche. Los diminutos copos danzaban al otro lado de la ventana antes de posarse con suavidad en el suelo. A Davíð le encantaba la nieve. Probablemente se trataba de una coincidencia que hubiera decidido nevar en su cumpleaños, pero lo dudaba. Algunas cosas no podían ser una coincidencia.

Suspiró y se desplomó sobre el escritorio. Después de un largo día de trabajo, no estaba precisamente de humor para estar de vuelta en el despacho el sábado por la mañana. Pero

Sævar y ella habían aceptado el turno del fin de semana. Elma se dirigió a la cocina. Kári, uno de los agentes uniformados, estaba sentado a la mesa, inmerso en un periódico.

—¿Qué novedades hay, Kári? —preguntó Elma, y se sentó frente a él con su taza.

—No muchas. —Estaba escrutando el periódico y el cabello negro le caía por delante de los pequeños ojos oscuros.

Elma hizo una mueca cuando probó el café. Estaba tan fuerte y amargo que era casi imbebible. Por lo general, la gente hacía todo lo posible por evitar que Kári se acercara a la cafetera, dado que garantizaba un gran aumento de los viajes del personal al baño.

—¿Ha sido una noche tranquila?

—Bueno… hubo una chica que no regresó a casa.

—¿Oh?

—Mmm. Una chica de quince años. La hija de la presentadora esa del telediario.

—Ah… —Elma dejó la taza, incapaz de soportar la amarga bebida. Mientras comprobaba varios aspectos de la declaración de Hekla, Elma recordó que tenía que averiguar si Tinna y su madre podían confirmar que Hekla las había visitado el viernes 4 de mayo. La madre de Tinna se llamaba Margrét y, después de una breve búsqueda, Elma descubrió un rostro familiar: Margrét era presentadora del informativo nocturno—. ¿Te refieres a Margrét? —preguntó Elma.

—Sí, esa.

—¿Qué sucedió?

—Oh, creo que estaba en una fiesta. —Kári no parecía muy preocupado, era común que los niños no llegaran a casa a la hora establecida los fines de semana—. Su madre nos llamó. Más tarde iré a dar una vuelta a ver si la veo.

—Yo hablaré con ella. De todas formas, tenía que comentarle otro asunto.

Jörundarholt, que estaba lleno de chalés y casas adosadas, formaba una U irregular alrededor de un gran club de golf. Elma había vivido en la zona hasta los siete y había seguido jugando ahí durante mucho más tiempo porque sus padres no se habían mudado muy lejos. Las casas mostraban una variedad de colores y diseños, a diferencia de los inmuebles más modernos de Akranes, que eran más uniformes. Elma aparcó frente a la casa de Margrét. Había una mujer en la ventana del piso superior, observando. Desapareció en cuanto Elma salió del coche y, antes de que llegara a la puerta, se abrió.

—Margrét. —La mujer que abrió la puerta era alta y sorprendentemente glamurosa, a pesar de mostrar signos de cansancio y estrés bajo los ojos. Su rostro estaba desprovisto de maquillaje, vestía un albornoz ajustado a la cintura y llevaba el cabello rubio recogido con una pinza dorada. Aun así, la frialdad con la que miró a Elma de arriba abajo antes de invitarla a pasar hizo que Elma se sintiera desaliñada e incómoda al pensar en su cabello despeinado, sus tejanos raídos y sus zapatos desgastados.

Era evidente que Margrét había cuidado cada detalle de la casa. Todo era tan acogedor y de tan buen gusto que Elma deseó poder contratarla para que le decorara el piso. Las paredes eran de un marrón grisáceo, los muebles de madera de nogal, y las ventanas de la sala de estar colgaban cortinas de gasa blanca. Tomó asiento en uno de los grandes sofás *beige* y hundió los pies en una alfombra suave y mullida. La habitación tenía un delicioso olor a vainilla y a ropa limpia.

—Solo tiene quince años —dijo Margrét después de que ambas se sentaran—. Siempre vuelve a casa. Siempre.

—¿Sabe dónde estuvo ayer por la noche?

—Una chica de su clase celebró su fiesta de cumpleaños —respondió Margrét—. He llamado a sus padres, pero resulta que los niños se fueron antes de medianoche. Incluso sus amigas, Dísa y Hekla, llegaron a casa, y siempre están las tres juntas.

—¿Tenían alguna idea de dónde pudo haber ido Tinna?

—No, dijeron… dijeron que iba a ir a otra fiesta. No tengo ni idea de cuál. —Margrét frunció los labios y bajó la mirada hasta las baldosas de color claro.

—Puedo mandar a alguien a dar una vuelta por la ciudad y buscarla —dijo Elma—. Pero le recomiendo que siga llamándola al móvil. No es muy tarde. Tal vez se quedó dormida en algún sitio y regrese pronto.

Margrét siguió mirando al suelo y no respondió.

—En realidad, hoy tenía pensado hablar con usted por otro motivo —continuó Elma.

—¿Ah, sí? —Margrét alzó la vista.

—Se trata de la amiga de Tinna, Hekla —explicó Elma—. Estamos investigando la muerte de Maríanna Þórsdóttir.

—¿Maríanna? —Margrét frunció el ceño—. Lo siento, creo que no la entiendo. ¿Se refiere a la madre biológica de Hekla?

Elma asintió.

—El día en que desapareció Maríanna, Hekla fue a Akranes. Dijo que vino a visitar a Tinna y que usted también estuvo en casa, por lo que me preguntaba si podría confirmarlo.

—No lo… —Margrét hizo una pausa—. ¿Cuándo fue eso?

—Maríanna desapareció el pasado 4 de mayo.

—Sí. Sí, claro. —Margrét se recostó en el sofá—. Sí, claro. Me acuerdo, pero es que… no recuerdo si Hekla estuvo aquí. ¿El cuatro, dice? Viene tan a menudo que me resulta imposible recordar las fechas concretas. Imagino que lo comprenderá. Tendrá que preguntarle a Tinna cuando… cuando vuelva a casa.

—¿A qué hora se va a trabajar?

—Tengo que salir entre las tres y las cuatro para llegar a Reikiavik a tiempo.

—En ese caso, si Hekla vino, tuvo que haberla visto —dijo Elma—. Debió llegar sobre las dos y media.

Margrét suspiró.

—No lo recuerdo. A veces entro más temprano, así que es posible que ese día lo hiciera. Y a veces ni siquiera me doy cuenta de que está aquí: se van a la habitación de Tinna a hacer Dios sabe qué.

—Hekla dijo que la vio —señaló Elma.

Era obvio que Margrét se estaba cansando de sus preguntas.

—Entonces será verdad —dijo con impaciencia—. Pero no puedo confirmar algo que no recuerdo. Escuche, no he dormido en toda la noche, por lo que, en estos momentos, no estoy en condiciones de responder a sus preguntas. —Dirigió a Elma una breve sonrisa destinada a dejar claro que el asunto estaba zanjado.

—Entiendo. Si logra recordarlo, aquí tiene mi número.

Margrét tomó la tarjeta y se puso en pie. Cuando llegaron al recibidor, agarró a Elma del brazo con tanta fuerza que le hizo daño.

—Esto… Preferiría que esto no saliera a la luz. No quiero que haya ningún comunicado sobre Tinna en los periódicos ni nada por el estilo. La gente habla y lo más seguro es que empiece a imaginarse todo tipo de cosas. Y que saque falsas conclusiones.

—No, por supuesto que no pondremos ningún comunicado en esta etapa. Con suerte, volverá a casa antes de que sea necesario.

—Será lo mejor —declaró Margrét.

Después de despedirse de ella, Elma pensó que Margrét parecía mucho más agradable en la televisión. Pero quizá estaba siendo injusta, dadas las circunstancias. La mujer no había dormido y estaba asustada por su hija. Pero a ella seguía sin caerle bien.

El cerebro de Elma era como un disco rayado que reproducía el mismo estribillo una y otra vez hasta que dejaba de tener sentido. Sævar, que estaba frente a ella al otro lado de la mesa de la sala de reuniones, parecía igual de desconcertado.

—Unnar lo negó rotundamente —explicó Sævar.

—Claro que lo negó.

Sævar se encogió de hombros.

—Unnar es veterinario. Al parecer, hubo un caso de urgencia el día en que íbamos a hablar con él: un caballo con un cólico.

—Vaya —dijo Elma—. Pero ¿tenía coartada para cuando Maríanna desapareció?

—Sí, estuvo en casa con su mujer —respondió Sævar—. Ambos lo confirmaron. No creo que tengamos pruebas que sugieran que había algo entre Maríanna y él. En lugar de eso, deberíamos centrarnos en Sölvi. Después de todo, se supone que iban a tener una cita, y no tiene una coartada sólida porque no tenemos ni idea de la hora a la que desapreció Maríanna.

—Pero tampoco tenemos pruebas de que Sölvi sea culpable —arguyó Elma—. Puede que no debamos descartarlo por completo, pero hay otros candidatos más probables. Hekla y Agnar, por ejemplo. O Bergrún. Aunque, para ser justa, las amigas de Bergrún han confirmado que estuvo en el trabajo hasta casi las cinco. —Cada vez parecía menos probable que alguno de los potenciales sospechosos fuera el autor. Daba la impresión de que, cuanto más urgente se volvía la búsqueda, más lejos de su alcance parecía estar la solución. No estaban obteniendo resultados—. ¿Y qué hay de Fannar? ¿Hemos corroborado su coartada?

—Sí, tomó un vuelo a Egilsstaðir el viernes por la mañana y volvió a casa el domingo. —Sævar dejó el bolígrafo en la mesa y estiró los brazos por encima de la cabeza—. ¿Cómo estaba Margrét?

—Estaba… —Elma hizo una pausa, pensativa—. No creo que fuese la de siempre. Estaba preocupada por su hija.

—Es comprensible —dijo Sævar—. Pero seguro que aparece.

—Eso espero. Margrét no recordaba nada de lo sucedido el 4 de mayo. Ni si Hekla había ido, ni si la había visto. —Elma apoyó la mejilla en una mano y miró a Sævar—. ¿No te parece un poco raro? Normalmente, cuando pasa algo importante, lo que haces antes y después se te queda grabado con claridad en la mente.

—Cierto. Pero, en aquel momento, puede que la desaparición de Maríanna no le pareciera gran cosa a Margrét. Después de todo, no la conocía, y creímos que Maríanna había desaparecido por voluntad propia, como había hecho otras veces.

—¿Y ahora qué hacemos? —preguntó Elma.

—Todavía no hemos agotado todas las posibilidades…

—Hemos hablado con los conductores de autobús y les hemos enseñado fotos de todo aquel que pudo haber conducido el coche de Maríanna hasta Grábrók y tomado el autobús de vuelta. Hemos revisado todo el material de aquel día de las cámaras de seguridad de Akranes y Borgarnes y no hemos encontrado nada de interés. No tenemos pruebas ni pistas.

—Hekla mintió sobre su visita a Akranes —remarcó Sævar una vez más.

—Sí, pero nos dio una explicación. —Elma se frotó los ojos y bostezó—. Y creo que es válida. Hekla creía que su madre volvería y no quería admitir que se había escapado a Akranes. Luego, cuando el caso empezó a ponerse serio, pensó que era demasiado tarde para decir la verdad, lo cual entiendo perfectamente.

—Deberíamos hablar con su amiga Tinna cuando aparezca.

—Sí —aceptó Elma—. Supongo que sí. —Golpeó la mesa con los nudillos varias veces, luego dijo—: Voy a ir más tarde a Reikiavik.

Sævar había empezado a recoger los vasos y las tazas que abarrotaban la mesa.

—¿Oh?

—Los padres de Davíð me han invitado a su casa. Hoy es su cumpleaños. Bueno, hoy habría sido su cumpleaños.

Sævar se detuvo y la miró.

—Ah.

Elma sonrió. Estaba acostumbrada a que la gente no supiera cómo reaccionar cuando mencionaba a Davíð.

—En fin, he pensado en visitar al padre de Maríanna porque me pilla de camino. Sé que no tenían mucho contacto, pero dado que no parece que estemos avanzando…

—Podría acompañarte —la interrumpió Sævar.

—No, no hace falta. Es decir, no tengo ni idea de lo larga que será mi visita a los padres de Davíð y no creo que quieras pasar tanto tiempo en la ciudad.

Sævar suspiró.

—Elma… Tengo treinta y seis años. La única familia que tengo es mi hermano, y todos mis amigos pasan los sábados por la noche con sus mujeres e hijos. Créeme, no tengo nada mejor que hacer.

Elma se rio.

—Dicho así, parece muy trágico.

—Iré de compras navideñas mientras estás en la cena. Puedes dejarme en Kringlan, terminaré de comprar los regalos y puede que vaya al cine. En realidad, suena mejor que la noche de sábado que tenía planeada.

—¿Y qué pasa con Birta? ¿Estará bien ella sola? —preguntó Elma.

—Mi vecino se ha ofrecido a cuidarla los días en los que no puedo traérmela al trabajo —contestó Sævar—. Se ha jubilado hace poco y cree que cuidar de un perro es una buena forma de salir de casa cada día para hacer algo de ejercicio.

—Vale, si estás seguro… —Elma se puso en pie.

—Estoy seguro.

Diez años

Una semana después Hafliði viene a cenar. Es viernes por la noche y Stéfan está en casa de su madre, así que solo estamos los tres. El ambiente en la mesa se siente distinto. Hafliði está distraído y yo no puedo dejar de hablar. Al final, mis intentos por entablar conversación flaquean y cenamos espaguetis en silencio frente al televisor. Ayer por la noche no nos vimos porque tenía que trabajar. A menudo trabaja hasta tarde cuando Stefán se queda con su madre, pero hasta ahora siempre había dormido conmigo, sin importar lo tarde que volviera. Me quedé tumbada durante mucho tiempo, esperando a que llamara a la puerta. No vino, pero el teléfono sonó a las tres de las mañana, y en lugar de oír la voz de Hafliði, me recibió el silencio. Lo apagué, pero me resultó imposible volver a dormirme.

Más tarde, esa noche, después de habernos bebido media botella de vino tinto, me vuelvo hacia él y le pregunto cuál es el problema. Se rasca la cabeza y abre y cierra la boca antes de decir:

—Nada. Nada en particular.

—Cuéntamelo —insisto—. Sucede algo.

—Es que… ayer hablé con mi hermano. Ese tío, Ívar, se acordaba de ti y… —Su voz se va apagando, pero no necesita decir más.

Dejo la copa de vino.

—Imagino que no tenía nada bueno que decir sobre mí, ¿no?

Acabamos teniendo una discusión. Debo de haber bebido demasiado porque saco el tema de su familia. Desde que nos marchamos sigo repitiéndome la escena; veo sus caras, su manera desdeñosa de mirar a mi hija y de arrugar la nariz cuando vomitó. En lugar de ayudarla o preguntarle si estaba bien, se apartaron y se quedaron ahí, intercambiando miradas despectivas. Era evidente que mi hija y yo no éramos lo suficientemente buenas para ellos. Lo que era bastante irónico, teniendo en cuenta que la comida se había celebrado en un bloque de apartamentos de Hafnarfjörður común y corriente. Le digo todo eso y más, y la pelea termina con Hafliði marchándose hecho una furia.

Dos días después nos reconciliamos, pero, aun así, parece como si algo indefinible hubiera cambiado entre nosotros. No sé exactamente qué. Lo único que sé es que daría cualquier cosa por retroceder en el tiempo. Quiero que volvamos a ser la misma familia feliz que hemos sido durante los últimos meses. Pero Hafliði se ha vuelto distante. Está abstraído. Ya no viene cada noche, sino que trabaja hasta tarde y se inventa excusas que antes no existían. Me comporto como si no me importara, pero por dentro estoy aterrorizada.

Y entonces, un sábado, no me contesta al teléfono. Espero todo el día a que me devuelva la llamada, y cuando pasa la hora de la cena y sigo sin recibir ningún mensaje de él, empiezo a preocuparme. Me invade una sensación de recelo y soy incapaz de deshacerme de ella. Intento llamarlo una vez más. Y otra. Y una tercera vez. Camino por el piso, incapaz de quedarme quieta, sintiendo que con cada minuto que pasa me vuelvo más loca. Esta noche tenía un evento de trabajo; iba a llevar a cenar a unos clientes importantes. Quizá lleva todo el día ocupado con las preparaciones y hay una explicación perfectamente normal para su silencio. Me quedo dormida frente a la tele, con una botella de vino vacía en la mesa y el móvil en la mano.

A la mañana siguiente me despierto temprano, con dolor de cabeza y mal sabor de boca, y me la encuentro a mi lado. Ha puesto la televisión con el volumen tan bajo que apenas se oye. Me ha preguntado durante toda la semana dónde estaba Hafliði. Si se había ido. Ha estado deambulando sin cesar por el piso, incapaz de concentrarse en nada. Ahora ocurre lo mismo: la televisión se oye de fondo, pero no deja de mirarme. Me pregunto qué sucede en esa cabecita suya. ¿En qué piensa? ¿Qué quiere de mí?

La dejo sentada y me voy a la cocina. Me hago un café y me siento en mi lugar junto a la ventana, desde la que contemplo un segmento limitado del mundo exterior. Esta ventana ha enmarcado mi visión del mundo en los últimos años. Desde aquí observo a toda la gente que vive a mi alrededor, pero que no sabe que existo.

Observo a mis vecinos, sé cuándo se despiertan y cuándo vuelven a casa. Veo cómo se encienden sus luces por la mañana, qué ven en la televisión y cuándo se van a la cama. Son como pequeñas hormigas que nunca varían su rutina. Me imagino aplastándolos con un dedo. ¿Qué cambiaría? ¿Le importaría a alguien? Tal vez a algunos amigos y familiares. Quizá algún extraño lloraría unos minutos, solo para olvidar al día siguiente. La gente siempre piensa que es muy importante cuando en realidad no importa. Nada importa.

Entra en la cocina y me sonríe. Su sonrisa es vacilante. Cautelosa. Cuando le devuelvo la sonrisa, se acerca a mí. No dice nada, solo pone una mano encima de la mía. Se queda a mi lado un rato, luego se va. No es mucho, pero se me hace un nudo en la garganta porque sé que es su manera de mostrar afecto. No le gustan los abrazos ni el contacto físico. Incluso la mano que siempre solía deslizar en la mía cuando era más pequeña me resulta extraña ahora.

Después de pensarlo durante un rato, decido bajar al piso de Hafliði. Uso las escaleras en lugar del ascensor porque no sé exactamente lo que voy a decir y necesito tiempo para pensar. Tengo las manos frías y sudadas cuando llamo a la puerta. Después de un par de segundos oigo voces en el interior. Pasos. Alguien manipula la cerradura, luego la puerta se abre.

La persona que tengo enfrente no es ni Hafliði ni Stefán. Es una mujer de cabello oscuro que no lleva nada salvo una de las camisetas de Hafliði. En realidad, ni siquiera es una mujer, es una chica. Más joven que yo. Tiene las piernas delgadas y pálidas, con prominentes venas azules. Lleva el cabello recogido en una coleta que se está deshaciendo, al igual que la máscara de pestañas que tiene bajo los ojos.

—Hola —dice, y hay algo maligno en su sonrisa. Tengo la sensación de que la he visto antes en alguna parte. El corazón me late tan rápido que creo que me voy a desmayar. Hay un zumbido en mis oídos y el suelo se tambalea.

Doy un paso atrás.

—¿Quién eres? ¿Dónde está Hafliði?

—Soy Maríanna —contesta, y cierra la puerta.

La ropa de Elma solo ocupaba la mitad del armario. Había sido bastante despiadada al revisarla cuando se había mudado y ahora se arrepentía de haber donado varias prendas. Era probable que estuvieran dando vueltas en la Cruz Roja o dondequiera que hubieran acabado. Con suerte resultarían de mayor utilidad ahí que en su armario.

Elma se miró en el espejo e intentó en vano desenredarse el cabello, que estaba demasiado largo. Casi nunca se molestaba en ir a la peluquería, y ahora le llegaba por debajo de los omóplatos. Con la llegada de la oscuridad invernal que sucedía al lúgubre verano, su complexión se había vuelto pálida y apenas se le veían las pecas. Cuando era más joven, solían salirle al primer asomo de sol, y lo odiaba. Succionaba sus mejillas como le había enseñado su hermana y se aplicaba polvos bronceadores para intentar añadir un poco de color saludable.

Le vibró el móvil en el bolsillo y el nombre de Sævar apareció en pantalla. Miró por la ventana de la sala de estar, vio su coche y lo saludó con la mano en lugar de contestarle. Cogió el bolso y, cuando estaba cerrando la puerta, se abrió la de enfrente.

—¿Te sientes mejor? —preguntó Jakob. Llevaba una mochila grande y un gorro de lana con un pompón enorme.

Elma sonrió, avergonzada. Vestía su abrigo elegante, llevaba pintalabios y no parecía enferma en absoluto.

—Sí. Supongo que dormir me ayudó a recuperarme.

Jakob le devolvió la sonrisa. Aunque solo tardó unos segundos en responder, Elma casi pudo oír el tictac del reloj.

—Me alegro.

—¿Adónde vas? —preguntó Elma—. No irás a salir con este frío, ¿no?

—En realidad, sí. Voy a hacer *snowboard* con un amigo, ahora que por fin hemos tenido una nevada decente.

—Sí, por fin —dijo Elma. Al parecer su expresión era tan poco convincente que Jakob se echó a reír. Sabía que no le gustaba la nieve. La tensión entre ellos se disipó un poco—. Voy a Reikiavik a trabajar, puede que compre algunos regalos de Navidad mientras esté ahí.

—¿Para mí?

—Tal vez.

Jakob estaba bromeando, pero el hecho es que a Elma no se le había ocurrido comprarle un regalo. ¿Esperaba uno? A Elma no le hizo falta pensarlo mucho: por supuesto que Jakob le compraría algo. Era exactamente de esa clase de chicos: los que nunca se olvidan de los cumpleaños y se presentan con regalos sin necesidad de que sea una ocasión especial.

Jakob se echó la mochila al hombro.

—En fin, será mejor que me dé prisa.

—Sí, claro. —Le empezó a sonar el móvil otra vez. Sævar debía de estar preguntándose por qué tardaba tanto—. También yo.

—Vale. —Jakob hizo una pausa—. Tal vez nos veamos luego.

—Sí —dijo Elma—. Llegaré tarde, pero… sí. Tal vez.

Lo miró marcharse, sin saber muy bien por qué se había quedado ahí de pie como una idiota en lugar de salir del edificio con él.

Eran más de las doce del mediodía y todavía no había ni rastro de Hekla. Bergrún había decidido dejarla dormir después de la fiesta, pero se estaba pasando un poco. La regla general era que toda la familia tenía que estar despierta como muy tarde a las diez. No es que esta regla fuera disputada a menudo porque solía despertarlos antes de las ocho y Hekla no era de esas adolescentes que se quedaban durmiendo por la mañana. Pero la chica había tenido una semana difícil y la noche anterior había vuelto a casa a la hora acordada. Bergrún había decidido no molestarla.

—¡Qué buen tiempo! —dijo Fannar, plantando los pies en el recibidor. Tenía las mejillas rojas por el esfuerzo de quitar la nieve de la entrada con una pala, y algunos mechones de cabello se le pegaban a la frente sudada—. Deberíamos sacar los esquís.

Habían aprendido a hacer esquí de fondo cuando estudiaban en Noruega, pero, por desgracia, las condiciones en Islandia casi nunca eran aptas. A veces soñaban con volver a Noruega. Se imaginaban los bosques y las altas montañas, el mejor clima y el estilo de vida más relajado. Si no fuera por Hekla, puede que lo hubieran hecho.

—Buena idea. —Bergrún se apoyó en el marco de la puerta con una taza de café en las manos. La nieve de las botas de Fannar se derritió enseguida y formó un charco en las baldosas.

—Puede que Hekla quiera acompañarnos —dijo Fannar—. Ha pasado mucho tiempo desde la última vez que fue a esquiar.

Bergrún sonrió con nostalgia al recordar la primera vez que Hekla se puso unos esquís con cinco años. La niña se había aferrado a la mano de Bergrún con toda su fuerza y había gritado de placer mientras se deslizaban a paso de caracol.

—Sí, deberíamos preguntárselo. —Bergrún volvió a echar una mirada a la puerta de Hekla.

—¿Está despierta?

—No, profundamente dormida. Debió de ser una fiesta increíble.

Fannar frunció el ceño.

—He visto huellas en la nieve —declaró—. ¿Estás segura de que está ahí dentro?

—Eh… sí. Ayer volvió a casa. La oí. Hablé con ella. —De repente, a Bergrún la asaltaron las dudas. Los últimos días le habían enseñado que Hekla no siempre decía la verdad, ni siquiera a la policía. Había mentido sobre su novio y el viaje a Akranes. A Bergrún la había herido que Hekla no hubiera sido honesta con ella. Creía que su relación era lo bastante estrecha como para que no sintiera la necesidad de ocultarle nada.

Tal vez Hekla se había mezclado con la gente equivocada. A Bergrún le caían bien Dísa y Tinna, pero empezaban a dar señales de convertirse en adolescentes problemáticas. De las rebeldes. Sintió mucha pena por Margrét, que la había llamado esa mañana preguntando por Tinna. Bergrún esperaba no tener que encontrarse nunca en esa situación.

—¿Has ido a ver cómo estaba? —Fannar le dirigió una mirada inquisitiva.

En lugar de responder, Bergún dejó la taza de café en la isla de la cocina y se dirigió a la habitación de Hekla.

—Hekla —dijo en voz alta, y llamó a la puerta. No hubo respuesta. Llamó con más fuerza—. Hekla.

Cuando quedó claro que nadie iba a abrir la puerta, probó a girar el pomo. El pestillo no estaba echado. Bergrún le dedicó una mirada insegura a Fannar. Cuando asintió, abrió la puerta.

Lo primero que percibió Bergrún fue el hedor a alcohol. La habitación estaba a oscuras, las cortinas, echadas, y el suelo, cubierto de ropa. Había un par de botines en un gran charco de agua en el parqué.

—¿Quién…? ¿Qué? —Bergrún tartamudeó, pero antes de que pudiera decir otra palabra, se dio cuenta de que Hekla no estaba sola en la cama.

De un tiempo a esa parte, ir a Reikiavik era una experiencia desorientadora para Elma. A pesar de estar familiarizada con la ciudad, su intenso tráfico, los interminables barrios periféricos y los altos edificios, apreció que ya no le tenía el mismo cariño que antes. Las tornas habían cambiado, y ahora siempre resultaba un alivio regresar a Akranes y sentir que su tensión se aliviaba a medida que la vida retomaba un ritmo más lento y natural.

Sin embargo, esa tarde estaba demasiado distraída discutiendo con Sævar para reparar en que habían entrado en la capital. No importaba lo que Elma dijera, Sævar nunca estaba de acuerdo con ella. Sospechaba que estaba haciendo de abogado del diablo a propósito para sacarla de quicio. Cuando aparcaron frente al bloque de apartamentos en el barrio de Árbær, Elma tenía la cara roja del enfado. Sævar, en cambio, estaba en el asiento del copiloto con un amago de sonrisa que Elma habría tenido mucho gusto en borrarle con un paño húmedo. Estaba tan absorta que tardó un instante en recordar por qué estaban ahí.

Tenían la esperanza de que el padre de Maríanna pudiera despejarles algunas dudas sobre el pasado de su hija. Elma estaba muy interesada en preguntarle por el hermano de Maríanna, Anton, y la acusaciones que supuestamente lo habían llevado a suicidarse. También tenía curiosidad por averiguar si sabía algo más del padre de Hekla.

En el trayecto, habían recibido la noticia de que Tinna había aparecido sana y salva en casa de Hekla. Así que, con suerte, mañana podría confirmarles los movimientos de Hekla el viernes 4 de mayo.

—Es el 502 —dijo Sævar después de echarle un vistazo al panel de la pared.

Þór era un hombre grande, alto y de hombros anchos. Maríanna debió de heredar la figura menuda de su madre, mientras que su hermano había salido al padre. Elma había visto una foto de Anton cuando leyó su obituario en Internet, y la semejanza era asombrosa. Padre e hijo tenían rostros amplios, narices grandes y el hábito de entrecerrar los ojos como si los estuvieran protegiendo del sol. Pero Anton tenía el pelo oscuro, en contraste con la barba de Þór, que era gris, al igual que los pocos cabellos que le quedaban en la cabeza.

Þór los condujo hasta la cocina y les hizo un gesto para que se sentaran en un estrecho rincón. Luego fue a coger dos tazas del armario, una de ellas se cayó y provocó un estruendo.

—He perdido la vista casi por completo —explicó, y dejó las tazas en la mesa junto con un termo marrón claro. No les ofreció leche—. Según los médicos, es degeneración macular relacionada con el envejecimiento. Mi padre también lo tuvo: con sesenta años estaba totalmente ciego. Cumpliré setenta en tres años, así que supongo que puedo considerarme afortunado. Todavía tengo algo de visión periférica y puedo ver los contornos y distinguir la luz de la oscuridad.

Elma se preguntó si ese era el motivo por el que el piso estaba tan iluminado. Todas las luces del techo estaban encendidas y había lámparas en cada rincón. Una incluso les iluminaba la cara desde la mesa de la cocina.

—Según recuerdo, había una buena vista desde estas ventanas.

Elma echó un vistazo fuera. Se veía Reikiavik, iluminado en la oscuridad que había empezado a caer sobre la ciudad.

—La vista es preciosa —reconoció.

—Sigo sintiéndome como un visitante —prosiguió Þór—. Nunca tuve la intención de vivir en Reikiavik. —Bebió un sorbo de café, luego añadió—: Eso sí, cuando me marché de Sandgerði, ya no sentía que aquel fuera mi hogar.

—Em, en realidad esa es una de las cuestiones de las que queríamos hablar con usted —dijo Elma.

Þór soltó un gruñido, después extendió un brazo y abrió la ventana. Se sacó un cigarrillo del bolsillo y lo encendió.

—Espero que no les importe.

Elma asintió: no tenía elección. Era su casa y no podía quejarse, a pesar de que supondría presentarse en casa de los padres de Davíð apestando a chimenea.

—¿No ha habido suerte en su búsqueda del que le hizo eso? —preguntó Þór, dejando escapar una nube de humo.

—Por suerte, empezamos a tener una imagen más clara —afirmó Sævar.

Þór profirió una risa baja y estrepitosa que enseguida se convirtió en una tos.

—No se veían mucho, ¿verdad? —preguntó Elma.

—No. Fue elección de Maríanna. Estaba muy enfadada. Nunca pude entender cómo podía caber tanta rabia en una chica tan pequeña. —Se le crispó una comisura de la boca.

—¿Por qué estaba tan enfadada?

—Sí, ¿por qué? —Þór suspiró y apagó el cigarrillo—. Imagino que estaba enfadada conmigo porque pensaba que no había hecho lo suficiente. Supongo que todo empezó cuando tenía quince años, y con el paso del tiempo lo único que hizo fue empeorar.

Esperaron en silencio a que continuara. Elma probó el café. Estaba bueno.

—Se quedó embarazada de Hekla cuando tenía quince —apuntó Sævar cuando Þór no dio señales de ir a seguir.

Þór hizo una mueca.

—Llevo años sin pensar en esa etapa de mi vida. Intento no obsesionarme con ella.

Balanceó la cabeza de un lado a otro, luego suspiró y prosiguió:

—Somos de un pueblo pequeño. Sabrán lo que es eso, siendo de Akranes. Tiene su ventajas e inconvenientes. Fuimos felices durante mucho tiempo. Era un buen lugar para criar a nuestros hijos; no estaba muy lejos de la ciudad si necesitábamos alguna cosa. Teníamos a nuestros dos hijos, nuestros trabajos y demás. Las cosas nos iban bien.

Bajó la vista a la mesa y volvió a quedarse callado. Elma estaba a punto de romper el silencio cuando continuó:

—Fue como si Maríanna cambiara de la noche a la mañana. Se volvió malhumorada e irritable, y empezó a contestar de forma irrespetuosa. Pasaron cinco meses antes de que nos revelase lo que sucedía. Sin duda, se podrán imaginar nuestra sorpresa.

—¿Era Hekla? —Elma se mordió el labio. Qué pregunta tan estúpida; claro que era Hekla. Þór no pareció ofenderse.

—Sí, Hekla. Mi nieta —respondió—. Se negó a contarnos quién era el padre y decidimos no presionarla. Pensamos que la verdad saldría a la luz en algún momento.

—¿Y lo hizo?

—Más tarde nos dijo que había sido un chico de su edad. No quería involucrarlo y la entiendo, más o menos.

—Entonces, ¿nunca descubrió su nombre?

—Bueno… Tenía mis sospechas. Había alguien de quien era muy amiga desde que era pequeña. Se llamaba Hjálmar. Desapareció después de que Maríanna se quedara embarazada. Siempre supuse que era el padre, sobre todo después de que Hekla naciera. Se dan un aire.

—¿Sabe dónde se encuentra ahora?

—No, ni idea. Se llamaba Hjálmar, y su padre, Brjánn. Si quieren pueden buscarlo. Hagan una de esas pruebas. —Þór agitó una mano en un gesto de desdén—. De todos modos, el asunto quedó eclipsado por lo que pasó después.

—Cuando Anton…

—Sí, cuando Anton murió —terminó Þór por ella—. Fue espantoso. Tan innecesario. Todo por… por una mentira.

—¿Una mentira?

—Sí, por culpa de una zorra.

A Elma le sorprendió el odio en su voz.

—¿De quién habla?

Þór prosiguió como si Elma no hubiera dicho nada.

—Anton no era como Maríanna. Era callado y un poco solitario, como su madre. Aunque se parecía físicamente a mí, éramos muy distintos. No era extrovertido así que pasaba mucho tiempo solo y era muy tímido. No estaba deprimido ni era infeliz, sin embargo. Parece que hoy en día la sociedad quiere que todo el mundo siga el mismo patrón. Todos tienen que ser sociables, tener muchos amigos, disfrutar al aire libre y comer saludable —se quejó Þór—. Si alguien prefiere su propia compañía, se le considera anormal; una señal de que algo va mal. Pero ese no era el caso de Anton. Era feliz. Intenté decírselo a la gente.

—¿Qué le pasó?

Þór miró a Elma con sorpresa, y su mirada perdida quedó posada en ella durante un momento, como si estuviera absorto en sus pensamientos y necesitara tiempo para reflexionar sobre su pregunta. Como si hubiera estado hablando consigo mismo en lugar de con ellos.

—Anton fue a una fiesta.

—¿A una fiesta?

—Sí. Le gustaba una chica. Una chica que estaba fuera de su alcance, aunque oí rumores de que no era tan selectiva a la hora de la verdad. La típica rubia tonta que pensaba que siempre podía salirse con la suya. En fin…, esa chica estaba en la fiesta y de alguna manera acabaron juntos y…

Elma asintió.

—Imagino que probablemente se arrepintió y pensó que Anton no era lo bastante bueno para ella. Aunque, si quieren saber mi opinión, era al revés. —Encendió otro cigarrillo sin molestarse en preguntarles si les importaba—. Dijo que la había forzado. Que era un… un violador.

Sævar y Elma guardaron silencio.

—Anton no era capaz de algo así. Era un buen chico. Tímido y amable. Era todo mentira. Mintió porque quería… quería salvar su pellejo.

—¿Fue acusado?

—No, porque su acusación no tenía ni pizca de verdad. La chica solo lo dijo porque estaba avergonzada. Nunca fue al hospital y la policía nunca presentó cargos. No había pruebas, solo la palabra de una persona contra la de otra. Pero no importó. No importó una mierda porque el tribunal de la opinión pública ya había juzgado y condenado a Anton.

Þór se limpió la frente sudada con la manga del jersey. Era evidente que desenterrar aquella historia le resultaba doloroso. Elma había visto fotos de la familia al entrar. No recientes, sino de los buenos tiempos. Un retrato familiar en el que Maríanna no podía tener más de cinco años. Una imagen de una pareja joven de viaje. Podía hacerse una idea de todo el tiempo que había pasado por el cabello oscuro y grueso de Þór. En la cocina había una fotografía de Hekla pegada a la nevera con un imán. Por lo visto, Þór la había imprimido de Facebook.

—Todo el pueblo se volvió en nuestra contra —explicó—. No podía creérmelo. Llevábamos muchos años viviendo ahí, teníamos amigos de toda la vida, pero, de la noche a la mañana, todo se esfumó. Se… se desvaneció en el aire.

—¿Por eso se mudaron?

Una vez más, Þór siguió relatando la historia sin responder a la pregunta de Elma.

—Anton era muy sensible. Pese a su gran tamaño, tenía buen corazón. No soportaba ver sufrir a nadie. Creo que por eso hizo lo que hizo. No soportaba ver por lo que estábamos pasando. No soportaba vernos sufrir. —Þór tenía la mirada perdida—. Me lo encontré cuando volví a casa del trabajo. Había usado una cuerda que encontró en el garaje para colgarse allí mismo.

Nadie habló. Elma se imaginó el cuerpo del joven colgando en el oscuro garaje. Y a Þór abriendo la puerta, sin sospechar nada. Sería imposible superar un choque así. No habría modo de borrar esa imagen de tu mente.

Þór apagó el cigarrillo en el cenicero y respiró profundamente.

—En fin, hoy en día no pienso mucho en ello. Es demasiado doloroso. Nos mudamos y empezamos de nuevo en Reikiavik, pero nunca tuvimos nada que pudiera llamarse vida. Estábamos de duelo y tocamos fondo en la época en la que Maríanna tuvo a su hija. No pudimos estar ahí para ella, no pudimos darle ningún apoyo porque escogimos el peor método para lidiar con todo: intentamos ahogar nuestras penas. Maríanna estaba furiosa con nosotros y se alejó de nuestro lado. Creo que nos culpaba de todo. En cualquier caso, tuvimos muy poco contacto desde entonces, y casi nada desde la muerte de su madre.

—¿Cuándo fue la última vez que habló con Maríanna?

—Hace meses. Cuando era más joven solía llamarnos si se emborrachaba para hablar de lo que había sucedido. Intenté decirle que vivir con rabia no era bueno para nadie, pero es más fácil decirlo que hacerlo cuando se ha convertido en una parte tan grande de ti. Pero hacía años que no recibía una llamada así, y estaba contento. Agradecido de que hubiera conseguido dejar atrás el pasado, aunque eso significara no formar parte de su vida.

—Entonces, ¿no supo nada de ella en las semanas previas a su desaparición?

—No, nada. Me… tal vez no debería decirlo, pero me alegra que no desapareciera por voluntad propia. Porque significa que quizá se encontraba bien y feliz hasta que… hasta que algún desgraciado le hizo eso. —Le tembló el labio y agarró el paquete de cigarrillos, pero se puso a juguetear con él en lugar de sacar uno.

—¿Recuerda el nombre de la chica? —preguntó Elma.

Þór tenía la voz ronca cuando preguntó:

—¿Qué chica?

—La que acusó a Anton.

—Viktoría. El nombre de esa zorra era Viktoría —dijo Þór—. A veces pienso en ella y me pregunto si se acuerda de nosotros y de lo que nos hizo. ¿Es consciente de la cantidad de vidas que destruyó? Espero que el karma le haya dado su merecido. Pero la vida no es justa, y esa chica no conoce la culpa. La vi una vez, años después de que Anton muriera, y sé que me reconoció, pero no mostró arrepentimiento. Ni una pizca. Me miró como si no existiera. Ella es la que debería haberse podrido en el campo de lava durante meses. Las chicas que mienten no se merecen nada mejor.

—Tuvo que ser terrible vivir con tanta rabia todo ese tiempo.

—Elma aceleró en la autopista de Miklabraut—. Sobre todo para Maríanna. Ya es bastante malo quedarse embarazada a los quince años como para tener que pasar también por algo así.

Ninguno dijo nada durante un rato. Había mucho tráfico el fin de semana. No quedaba mucho para Navidad y todo el mundo parecía desesperado por ultimar los preparativos.

—¿Y si Anton se ahorcó porque era culpable? —preguntó Sævar—. A las familias les cuesta creer que sus seres queridos sean capaces de hacer algo así, lo que es comprensible. Pero eso no implica necesariamente que no lo hiciera.

—Claro que no. Que no presentaran cargos no significa que no hubiera una violación.

Aunque de vez en cuando surgía algún caso, Elma no quería creer que alguien pudiera mentir sobre una violación. Nadie en su sano juicio elegiría pasar por un proceso penal como ese a menos que fuera necesario, así que había adoptado la regla de darle a la víctima el beneficio de la duda. Pero el sistema judicial no funcionaba de esa manera. Los casos no eran blanco o negro. Se podía discutir sobre la premeditación del autor de cometer un crimen, las circunstancias y muchos otros factores. Se basaba en pruebas concretas, y lo habitual era que escasearan en los casos de violación.

—No, se ven bastantes casos así —dijo Sævar—. Es una pena que no se acuerde del nombre completo de la chica.

Elma indicó que iba a tomar el desvío hacia el centro comercial Kringlan y se encontró con una larga fila de coches que apenas se movía.

—Viktoría no es un nombre tan común, y Sandgerði es un pueblo pequeño. Deberíamos poder averiguar quién era —declaró Elma, mirando por el retrovisor. Varios coches se habían unido a la fila detrás ella.

—Podríamos llamar a nuestros colegas de Sandgerði y ver qué dicen —sugirió Sævar—. Aunque no se presentaran cargos, seguro que en una comunidad tan pequeña se habló de un incidente como ese.

—Sí, quizá sea lo mejor. —Habían pasado más de quince años desde la muerte de Anton, pero alguien tenía que acordarse del suceso. El tráfico empezó a moverse otra vez poco a poco y unos minutos después llegaron a Kringlan.

—Me bajo aquí —dijo Sævar.

Elma detuvo el coche. Sævar abrió la puerta y se despidió con la mano. Elma lo observó cruzar corriendo la carretera y desaparecer en el aparcamiento cubierto antes de arrancar.

Los padres de Davíð vivían en una atractiva casa antigua en Kópavogur, una localidad justo al sur de Reikiavik. El jardín delantero estaba cubierto por árboles altos que proporcionaban protección contra el viento. Cuando Elma era joven, soñaba con tener un jardín como ese, lleno de árboles grandes y lugares en los que esconderse. Había sido una niña un poco rara, siempre escondiéndose en los rincones oscuros de la casa. Construía tiendas con mantas y lo que más feliz la hacía era acurrucarse en una de sus guaridas con un libro, una linterna y un buen suministro de tentempiés. También le gustaba la lluvia; le encantaba ver cómo se oscurecía el cielo y el olor a tierra mojada. De niña, a Elma le hubiera gustado tener un jardín como el de sus antiguos suegros, pero ahora, al ver los arbustos podados cuidadosamente y los ordenados parterres de flores, lo único en lo que podía pensar era en el enorme trabajo que requeriría. No le interesaba la jardinería, por desgracia.

Los árboles formaban una especie de túnel que recorrió hasta llegar a la puerta delantera. Recordaba haberlo atravesado hacía muchos años, cuando conoció a los padres de Davíð. Ella estaba nerviosa, pero Davíð aún más. Le había sujetado la mano hasta que llegaron a la puerta, pero se la soltó en cuanto entraron, como si le diera vergüenza que sus padres lo pillaran así.

Elma llamó a la puerta. El padre de Davíð la abrió y, en lugar de estrecharle la mano, extendió los brazos y la abrazó con tanto afecto que a Elma le costó reprimir las lágrimas. Se obligó a sonreír. El olor de la casa le recordó a los días en los que Davíð y ella empezaban a conocerse. Su ropa siempre olía igual.

—Me alegro de verte, cariño. Entra —dijo Sigurður, y cerró la puerta tras ella.

—No has comprado muchas cosas —comentó Elma cuando se detuvo frente a la entrada del centro comercial Kringlan. Sævar la estaba esperando fuera, con la cremallera del cárdigan cerrada hasta el cuello, y sujetaba una pequeña bolsa y una lata de refresco.

Eructó en cuanto entró en el coche.

—Disculpa —dijo con formalidad—. No, me rendí enseguida. Había mucha gente y mucho ruido. —Fingió un estremecimiento.

—¿Y qué has hecho?

—He ido al cine.

—Pero una película solo dura dos horas. —Elma se había quedado mucho más de lo que pretendía, cinco horas por lo menos. La cena en casa de los padres de Davíð había sido mucho más agradable de lo que había esperado, llena de felicidad y risa en lugar de dolor, como había temido. Aunque tenía que reconocer que en algunos momentos hubo una mezcla de ambos, sobre todo cuando su madre trajo los álbumes de fotos. Davíð en pañales, dando sus primeros pasos. Davíð en el zoológico, acariciando a un cordero. Davíð en la playa con un helado. Elma se detuvo a examinar los ojos del niñito sonriente en busca de alguna pista de lo que estaba por venir. Algún indicio de que muchos años después se sentiría abrumado por tanta desesperación que sería incapaz de ver una salida. Pero no había ninguna señal. Ni siquiera en las fotos en las que era mayor, un adolescente rebelde que se negaba a sonreírle a la cámara. Con todo, a pesar de esos momentos de aflicción, la noche la había dejado rebosante de calidez y gratitud.

—He ido a ver dos películas —dijo Sævar.

—¿Dos? —Elma se quedó boquiabierta

—Sip. Una noche perfecta, en mi opinión.

Lunes

Las miradas que los demás niños del colegio dirigían a Hekla no eran imaginación suya. Podía oír los cuchicheos y sentía como si todas las risas fueran a su costa. A Tinna no parecía importarle, aunque seguramente había visto los rumores en la cuenta de Instagram del colegio. Una foto de las dos con un comentario grosero sobre lo que se suponía que habían hecho después de la fiesta. Por supuesto, no era verdad. No había pasado nada. Tinna había ido a casa de Hekla esa noche y le había preguntado si podía quedarse a dormir porque no se atrevía a volver a casa y arriesgarse a encontrarse con su madre. No con las pupilas tan dilatadas y tan fuera de sí que apenas podía terminar una frase sin perder el hilo. Tinna se había desvestido, metido en la cama y quedado frita en segundos. Pero Hekla no había podido dormir.

Se había quedado tumbada, observando a Tinna. Observando cómo respiraba, sintiendo el calor de su cuerpo y tocándola con mucha delicadeza. Era preciosa. Increíblemente preciosa, aunque no se daba cuenta. Hekla quería decírselo, pero no podía. Había muchas cosas que no podía decir.

Cuando vio a Tinna esa mañana, ella ni siquiera se molestó en alzar la vista, sino que siguió hablando con Dísa. Las miradas de sus compañeros no parecían afectarla. Pero así era Tinna: nunca malgastaba tiempo preguntándose lo que los otros niños pensaban, y eso era exactamente lo que a Hekla le gustaba de ella. Tal vez por eso los otros niños la dejaban en paz, a pesar de que no encajaba con ellos. Tinna era alta y no precisamente delgada, lo que le daba un aspecto adulto. Su mirada era decidida e implacable, como si no conociera el significado del miedo, y era tan inteligente que Hekla se sentía como una idiota a su lado.

La única persona a la que Tinna le importaba hacer feliz era su madre. Cuando estaba cerca de Margrét, Tinna parecía distinta. La adoraba, eso era evidente. Una vez, Hekla le había preguntado a Tinna por qué se había teñido el pelo de rubio y su respuesta había sido: «Porque mi mamá quiere que sea rubia». Como si fuera algo completamente normal. Cuando Hekla se tiñó el cabello con un tinte barato, Maríanna se puso como loca. A Hekla no le importó que Maríanna se enfadase, pero Tinna nunca haría nada que disgustara a su madre. La obedecía en todo, al menos cuando Margrét estaba presente. Hekla había envidiado a menudo su relación, aunque en ocasiones le parecía un poco extraña. A veces era como si Margrét solo tuviera que mirar a Tinna para esta que asintiera y dijera o hiciera lo que su madre quería, como si pudieran leerse la mente.

Tinna le susurró algo a Dísa, que se tapó la mano con la boca para ahogar sus risitas. Hekla fingió estar ocupada con el móvil mientras su mundo se derrumbaba a su alrededor.

El agente de policía de Sandgerði con el que Elma había hablado el día anterior no había oído hablar de Anton, Viktoría o Maríanna, pero le había prometido que preguntaría por ahí y la llamaría. Elma consideró sus próximos pasos si no obtenía resultados de esa línea de investigación. Hasta ahora, cada posibilidad que habían explorado terminaba en un callejón sin salida, y parecía que la trágica historia familiar de Maríanna acabaría siendo igual de inútil y no les proporcionaría ninguna pista. Por lo menos la historia parecía haber acabado bien para Hekla, quien tenía una vida feliz con su familia de acogida. Bergrún y Fannar daban la impresión de ser buenos padres que cuidaban de ella mejor de lo que Maríanna nunca habría podido.

Elma cerró los ojos y recordó a la Hekla que había conocido siete meses atrás. Había cambiado. No demasiado, pero algo sí. Se comportaba mejor, parecía tener un poco más de confianza. Elma deseaba de corazón que se equivocaran y que fuera inocente. Después de todo, no habían encontrado ninguna prueba comprometedora, salvo la mentira del viaje a Akranes.

Un fuerte sonido hizo pedazos la calma. Elma se apresuró a contestar el teléfono.

—Hola Elma. Me llamo Gestur, soy de la policía de Sandgerði —dijo el hombre al otro lado de la línea—. Ayer llamaste para preguntar por un antiguo caso.

—Sí, era sobre un joven llamado Anton Þórsson. —Elma giró la silla para poder mirar por la ventana mientras hablaba—. Se quitó la vida hace quince años, y queremos averiguar el nombre completo de la chica que lo acusó de violación. Se llamaba Viktoría.

—Sí, Palli me lo preguntó esta mañana, pero no me acordaba de ese incidente, así que llamé a mi esposa porque ella siempre se acuerda de este tipo de cosas. En fin, en cuanto empezó a hablar, lo recordé. Fue un asunto horrible. El joven, Anton, se ahorcó en el garaje de su casa después de convertirse en víctima de los cotilleos del pueblo. No sé cuánta verdad había en esas historias, pero la comunidad estaba dividida, según a quién creyeran.

—¿Sobre si fue una violación?

—Sí, exacto. En fin —continuó el hombre—, independientemente de si la chica decía la verdad o no, la vida de esa familia quedó arruinada y el joven murió. Fue devastador.

Elma no pudo contenerse.

—¿Por qué había tanta gente que no la creía?

—Bueno, a la hora de la verdad, no quiso presentar cargos. Y, además, esa chica tenía… ¿cómo decirlo? Cierta reputación.

—¿Reputación?

—Sí, le gustaba mucho salir de fiesta. No lo recuerdo bien, pero, al parecer, era conocida por ser un poco flexible con la verdad.

—Entiendo —dijo Elma, aunque no lo entendía en absoluto.

—Su familia se mudó lejos. No creo que sus padres pudieran mirar a la gente a la cara después de… de lo que su hija había hecho. Eso sí, parece que ha salido bien parada.

—¿Oh? —Elma volvió a girar la silla hacia el escritorio—. ¿Volvió a Sandgerði?

—No, y no creo que lo haga nunca —respondió el hombre con seguridad—. Hoy podemos verla a menudo en nuestros televisores. Se llama Viktoría Margrét Hansen, aunque la conocían como Vigga. Ahora se hace llamar Margrét, no Viktoría, así que tal vez prefiera olvidar todo lo relacionado con ese nombre.

Diez años

Cuando la puerta se cierra, permanezco completamente quieta durante un momento. Me tiemblan las manos. La rabia hierve en mi interior, deseosa de explotar. Pero lo extraño es que lo primero que siento no es tristeza por lo que Hafliði ha hecho, sino por la persona con la que lo ha hecho: una sucia y simple zorra como esa. Con un rostro blanco y manchado de rojo, y un cabello fino y desaliñado que parece a punto de caérsele. Si las circunstancias hubieran sido distintas, me habría sentido celosa, pero solo estoy llena de asco y humillación. A mí nadie me trata así.

Cuando me doy la vuelta para regresar a mi piso, Hafliði me sigue. Está avergonzado y enseguida empieza a inventarse excusas. Utiliza su voz melosa y enarcaba las cejas, como cuando intenta ser encantador. Al mirarlo, me doy cuenta de que no siento nada por él. No me importa si nuestra relación ha terminado. No me importa si no vuelvo a verlo. Tiene mal aliento y barba de varios días, y las arrugas que le han empezado a salir alrededor de los ojos no le sientan bien. Tal vez se ha rascado el eczema del cuello y las manos, está rojo e inflamado. Pero, aunque no me importa, sigo rebosante de rabia por la traición y la humillación. Cuando termina su discurso, lo dejo de pie en la escalera y subo en ascensor hasta mi planta. Si hubiera ido por las escaleras, puede que mi temperamento hubiera tenido tiempo de calmarse un poco antes de abrir la puerta del piso. Quizá me habría bastado con ese tiempo para recobrar la compostura. Pero no, subo en ascensor. Las puertas se abren y sigo tan enfada como cuando entré.

—¡Apaga la televisión! —La voz me sale mucho más aguda de lo que pretendía.

Parece asustada. Salta del sofá y se dirige derecha a su habitación sin preguntar o discutir. Me tumbo en el sofá, cierro los ojos y recuerdo a la chica con la camiseta de Hafliði. No puedo dejar de pensar en su expresión exultante y provocativa. Había algo en ella que me resultaba vagamente familiar. La explicación más obvia es que la conocía de Sandgerði, pero no puedo ubicarla por más que lo intento.

Me tapo con la manta. Estoy muy dispersa, imágenes del pasado y del futuro parpadean a mi alrededor. Alargo el brazo hasta la foto enmarcada que hay en el alféizar, detrás del televisor. Aparezco como una niña bonita con coletas, vestida con un vestido blanco y zapatos negros de charol, y sonrío para mostrar mis dientes blancos y alineados, tan pequeños como granos de arroz. Mis padres están detrás de mí con las manos en mis hombros. Para ellos era tan importante que fuera su preciosa princesita que incluso me bautizaron con el nombre dos: Viktoría Margrét. Nunca me ha gustado mi nombre. Me parecía tan presuntuoso que les pedí a mis amigas que me llamaran Vigga. Mis padres no lo soportaban. Ahora que lo pienso, no me soportaban desde que dejé de ser su niña bonita y perfecta.

Supongo que éramos una familia bastante acomodada. Algunos incluso habrían dicho que éramos ricos. Mi padre era capitán de barco, y mi madre, médica. Vivíamos en una casa grande a las afueras del pueblo. Era hija única y estaba acostumbrada a recibir mucha atención, y no me refiero al tipo de atención que reciben los niños. No, era el centro de atención allá donde iba. Elogiaban mi cabello, mis ojos, mi ropa e incluso mi figura. «Es tan alta y esbelta —solía decir la gente—. Algún día será modelo».

Tenía seis años.

Ni siquiera sabía lo que era una modelo, pero entendí que la gente creía que era algo deseable. Cuando empecé el colegio y vi a todos esos niños regordetes con esas caras mugrientas y la ropa vieja de sus hermanos, supe que era mejor que ellos.

Sin embargo, no recuerdo que mis padres me dieran mucho cariño cuando era joven. Siempre estaba en algún centro o con algún familiar; me pasaba la mayor parte del día en la guardería, y por la noche me atendía una sucesión de niñeras. Chicas que rebuscaban entre las cosas de mamá y me dejaban quedarme despierta hasta tarde siempre y cuando no las molestara. Solo hubo una persona en mi niñez a la que realmente quise, y esa fue la madre de mi padre. La abuela vivía cerca, y solía estar con ella durante la mitad del día, mientras que la otra mitad la pasaba en la guardería. No se parecía en nada a mis padres, que no tenían ningún interés en mí. No obstante, tampoco era la típica abuela, o al menos no era como las de los cuentos. Era delgada, fuerte y se negaba a dejar que el cabello se le volviera gris, por lo que se lo teñía de negro el tercer viernes de cada mes. Cuando pienso en ella la recuerdo con el cabello negro mojado hacia atrás, una toalla en los hombros y un cigarrillo entre los dedos, expulsando el humo por la ventana.

Afirmaba tener el don de la clarividencia y poseía una gran colección de piedras. Según ella, le daban distintos tipos de energía. Una disminuía la ansiedad, otra la inflamación y una tercera calmaba las emociones. Había una que me parecía más bonita que el resto. Era grande, negra y brillante, con los bordes puntiagudos. Los laterales eran irregulares y, a la vez, lisos como un espejo. El nombre científico de la piedra era obsidiana, pero en Islandia la conocían por el poético nombre de hrafntinna o «pedernal de cuervo».

La abuela dijo que emanaba una energía que nos protegía y purificaba. A veces tan fuerte que tenía que sacarla al balcón. Poco antes de que muriera, dejó que me llevara la piedra. «Para que te proteja», me dijo, pellizcándome la mejilla. Esa era otra característica de la abuela; solo mostraba afecto pellizcándote o arreglándote el cabello. No era muy mimosa. Pero no me importaba: quería que me trataran como a una igual, no como a una niña. Y mi abuela siempre lo había hecho. Me contaba historias que algunas personas habrían considerado demasiado oscuras para una niña pequeña, pero decía que yo era fuerte. Más tarde, cuando mi hija nació con el cabello negro y los ojos grises, solo se me ocurrió un nombre: Hrafntinna, por la piedra más hermosa de la abuela.

Ella creía que yo era como la obsidiana, un poco afilada en los bordes, pero suave y bonita en el centro. Mi energía era tan fuerte que a veces costaba contenerla. Tiempo después, me pregunté cuál fue la verdadera razón por la que me comparó con una piedra negra. ¿Fue porque vio quién era? ¿Vio el color de mi alma? Sabía perfectamente que tenía problemas en el colegio y que no siempre era un angelito. Era cruel y maliciosa, y todo el mundo lo sabía. Pero la abuela vio algo bueno en mí que nadie más pudo ver. No hubo ninguna posibilidad de que la bondad creciera y floreciera, sin embargo; no entre todas las mentiras que salían de mi boca.

Me subo la manta hasta la barbilla, consciente de que estoy a punto de caer en un mal lugar, un lugar que he hecho bien en evitar todos estos años. Pero ahora vuelvo a sentirla, la vergüenza. Esa infame sensación de vergüenza que absorbe toda la sangre de mi cuerpo. Me figuro sus caras: la ira y el desprecio, la decepción en los ojos de mis padres. Y me lo figuro a él. Su rostro carnoso y sus ojos rojos. Escucho sus jadeos en mi oído. Huelo el hedor amargo del alcohol.

Después de colgar, Elma permaneció quieta en su silla. No encajaba. O quizá todas la piezas encajaban ahora. Margrét había mentido: conocía perfectamente a Maríanna. Habían vivido en el mismo pueblecito, y Margrét había acusado al hermano de Maríanna de violación. Tuvo que reconocerla quince años después. Por otra parte, había bastante diferencia de edad entre ellas. Elma buscó información sobre Margrét y descubrió que ese año cumpliría treinta y siete. Maríanna, que era seis años menor, ahora tendría treinta y uno si siguiera viva. Era dos años más joven que Elma, y sin embargo tenía una hija de quince años. Era un pensamiento extraño. Cuando Elma tenía quince, ser madre era lo último que tenía en mente, igual que ahora.

Se desperezó y se bebió la última gota de la taza. Tendría que comunicarles la noticia a Sævar y Hörður. Se levantó, pero se detuvo en seco al percatarse de una cosa: la conexión entre las dos mujeres era aún más fuerte de lo que había creído.

—… Lo que convierte a Tinna en la sobrina de Maríanna —concluyó Elma—. Están emparentadas: Tinna y Hekla, Tinna y Maríanna. El policía de Sandgerði con el que hablé dijo que Margrét y su familia se mudaron del pueblo. ¿Y si no fue porque estuvieran avergonzados, como creía el agente, sino porque querían ocultar que Margrét estaba embarazada de Anton?

—Es una buena pregunta —dijo Hörður.

Eran más de las doce del mediodía. Hörður estaba almorzando en su escritorio cuando Sævar y ella entraron, y había dejado su tortita a medio comer.

—Lo cierto es que existe la posibilidad de que Margrét no se diera cuenta de que Maríanna era la hermana de Anton —añadió Elma—. No tenía contacto con la madre de Hekla, solo con Bergrún, así que tal vez nunca se le ocurrió preguntarse de dónde venía Hekla.

—¿Y Margrét afirmó no haber visto a Hekla el día de la desaparición de Maríanna?

—No lo recordaba —dijo Elma—. Pero Hekla aseguró que Margrét estaba en casa cuando fue a ver a Tinna.

Guardaron silencio mientras reflexionaban sobre ese último giro. Una secuencia de acontecimientos estaba cobrando forma en la mente de Elma, pero de momento no eran más que conjeturas. Maríanna pudo haber descubierto de repente quién era la madre de Tinna y pudo haber ido a Akranes para enfrentarse a ella. También pudo haberse percatado de que Tinna era su sobrina y haberse enfadado con Margrét por ocultar a la niña. Pudo haberla culpado por todo lo malo que le había pasado a su familia. ¿Es posible que hubiera un enfrentamiento, durante el cual una de las dos reaccionase de forma violenta y con consecuencias desastrosas?

—Dudo que la familia de Maríanna supiera de la existencia de la niña —dijo Sævar—. En caso contrario, creo que Þór nos lo habría mencionado cuando hablamos con él. —Frunció el ceño y añadió—: Dicho esto, ¿cómo no se dio cuenta de quién era Margrét? Tuvo que haberla visto en la televisión.

—Está casi ciego —le recordó Elma. Se había preguntado lo mismo cuando descubrió la identidad de Viktoría. Respiró hondo y continuó—: Margrét se mudó de Sandgerði y dio a luz al bebé de Anton. Nunca se lo contó a nadie excepto a sus padres, que también guardaron el secreto, así que nunca se supo. La noticia nunca llegó a Sandgerði. Pero ¿y si todo salió a la luz el día en que Maríanna murió? ¿Y si Maríanna fue a casa de Margrét y se reconocieron la una a la otra? Según Þór y Bryndís, la vecina que bebía café con ella, Maríanna estaba muy furiosa por lo que había sucedido. ¿Y si hubiera querido vengarse?

Sævar se rascó la cabeza.

—Pero no tiene sentido. ¿Por qué Margrét querría mantener a la niña en secreto si ya le había dicho a la gente que Anton la había violado? ¿Y por qué no se sometió a un aborto?

—Quizá se dio cuenta muy tarde de que estaba embarazada —sugirió Elma.

—Bueno, entonces, ¿por qué no darla en adopción?

—No todo el mundo es capaz de tomar la decisión de dar a su bebé —dijo Elma—. Pero es una buena pregunta la de por qué estaba tan determinada a mantener a la niña en secreto. Tal vez fue para evitar el riesgo de intromisión de la familia de Anton. Imagino que no quería tener ningún contacto con los padres si la violó.

—¿Crees que hay alguna posibilidad de que Maríanna supiera quién era la madre de Tinna antes de ir a Akranes aquel día? —preguntó Sævar.

—Es posible que se hubiera enterado recientemente —respondió Elma—. Quizá estaba en Facebook y vio el perfil de Tinna. Le habría bastado con eso para darse cuenta de quién era la madre de la chica. —Pensó en la foto de perfil de Tinna en la que salía junto a su madre. La había buscado después de la llamada.

—Sin duda la habría reconocido al verla por televisión, ¿no? —dijo Hörður.

—Sí, claro —coincidió Elma—. Pero no tenía por qué saber quién era su hija. Puede que a Maríanna la hubiera consumido la rabia del pasado, pero, en los últimos años, había puesto orden en su vida, así que tal vez no perdiera los papeles solo por verla en la pantalla.

Hörður bebió un sorbo de agua.

—Esta claro que lo que debemos hacer en las presentes circunstancias es hablar con Margrét.

Nadie respondió cuando llamaron al timbre de la casa de Margrét, y su teléfono se limitaba a dar señal sin que respondiera. Cuando por fin consiguieron hablar con el marido, les dijo que se había marchado a Reikiavik temprano, de modo que no podían hacer nada salvo esperar a que regresara.

Elma aprovechó el tiempo para reunir más información sobre ella. Margrét se había mudado a Akranes hacía cuatro años, cuando había empezado a vivir con un hombre llamado Leifur. Él tenía un hijo de unos veinte años que vivía con ellos cuando le convenía. Se habían casado ese mismo año. Una gran boda de lujo: con un vestido blanco, rosas rojas y todo lo imaginable. Margrét y Leifur posaron en los escalones de la iglesia y Tinna permaneció junto a su madre, con los brazos a ambos lados y una expresión un poco solemne para la ocasión, como si tuviera sus dudas. Once años y su vida con su madre estaba a punto de transformarse.

Antes de eso, hasta donde Elma pudo descubrir, Margrét y su hija habían vivido solas en Reikiavik desde el nacimiento de Tinna. Margrét había conseguido el trabajo en la televisión un año antes de mudarse a Akranes. Tenía buena presencia, hablaba siempre con claridad y miraba a la cámara con la típica intensidad de los presentadores de televisión. Su actitud profesional y su voz relajante no tardaron en llamar la atención.

Elma recordaba haber leído una entrevista de página completa en el periódico hacía algún tiempo y la localizó en los archivos digitales. La entrevista tenía dos años. Margrét no mencionó Sandgerði ni una sola vez. Por el contrario, dijo que había vivido la mayor parte de su vida en Reikiavik. Habló mucho de su hija y de lo enriquecedor que había sido ser madre soltera. El artículo iba acompañado de dos fotos de Tinna: una antigua en la que soplaba las diez velas de su tarta de cumpleaños y otra más reciente en la que madre e hija se abrazaban y sonreían a la cámara, con un destello de césped verde detrás y la luz del sol brillándoles en el cabello.

«Tuve una charla con Margrét al mediodía en una cafetería en el centro de la ciudad. Su rostro se ha vuelto muy conocido después de haber aparecido en nuestras pantallas y presentado el telediario nocturno durante los últimos dos años. Cuando entra, hay cabezas que se giran para mirarla y ojos que se abren de par y par, como era de esperar, porque Margrét posee una figura glamurosa, con su imponente estatura y su característica melena rubia. Pero esa no es la única razón por la que llama la atención: literalmente irradia carisma mientras pide un café con leche y dedica una amable sonrisa a la mujer tras el mostrador…»

Elma resopló. Su experiencia con Margrét había sido bastante distinta. Desde luego era preciosa y no le faltaba confianza, pero la sonrisa amable se le había perdido en alguna parte. Quizá la guardaba para las cámaras de televisión en lugar de malgastarla con agentes de policía que le hacían preguntas incómodas. Elma hizo clic para pasar la página del periódico digital y siguió leyendo. Ojeó las partes que trataban del trabajo de Margrét, pero se detuvo cuando vio el nombre de Tinna.

«Hay dos personas en mi vida que han sido más importantes que ninguna otra: mi hija Tinna y mi abuela paterna Svanhvít». Cuando la conversación se centra en la abuela de Margrét, su rostro adquiere una expresión soñadora. «Mi abuela fue probablemente la influencia más importante en mi vida. No era como las demás, con sus pasteles y arrumacos. No, a mi abuela no le tiraba lo dulce. En cambio, me enseñó a beber té y a leer auras. Cuando tenía cinco años, me aterrorizaba con historias sobre los elfos negros. Me dijo que vivían en rocas oscuras, por lo que no me atreví a acercarme al campo de lava durante años». Margrét se ríe, luego prosigue: «Tenía una gran colección de piedras y afirmaba que emitían distintos tipos de energía. La más bonita de todas era un trozo negro de obsidiana o "hrafntinna". Desprendía una energía que se suponía que tenía poderes protectores, y el día antes de su muerte me regaló la piedra». Margrét guarda silencio durante un segundo y mira con aire pensativo por la ventana. «Por eso bauticé a mi hija como Hrafntinna. Por mi abuela —dice, sonriendo nuevamente—. Así que fue una afortunada coincidencia que naciera con el cabello negro».

Elma cerró la página. No había mucho de interés, pero se detuvo al leer la parte de los elfos negros y la lava. Los niños que encontraron el cuerpo creían que habían visto a un elfo negro. No obstante, no recordaba haber oído que estos y los campos de lava estuvieran relacionados. Elma bostezó y giró la silla hacia la ventana. Quizá no había sido muy justa con Margrét. Aunque la mujer le pareció un poco arrogante cuando la conoció, podía haber una explicación perfectamente normal para todo. No iba a juzgar a alguien con quien había hablado solo una vez. Después de todo, cualquiera puede tener un mal día.

Apagó el ordenador y se levantó. Era casi inconcebible que Margrét hubiera matado a Maríanna y escondido el cuerpo en el campo de lava, y que luego hubiera presentado las noticias frente a las cámaras cada noche, fresca como una lechuga, con una sonrisa en el rostro. A menos que el asesinato no la hubiera afectado en absoluto. Desde luego, había personas así, individuos que carecían de cualquier tipo de empatía. Los psicólogos se referían a ellos como psicópatas, y el trastorno se asociaba a menudo con los asesinos en serie. No obstante, según la experiencia de Elma, los que cometían asesinatos rara vez eran psicópatas. Por lo general, eran gente que estaba bajo los efectos del alcohol o las drogas, mentalmente enferma o cegada por la pasión. Sin embargo, al pensar en el rostro sonriente de Margrét, Elma no pudo evitar preguntarse si podía ser una excepción.

Cuando Elma llegó a casa de sus padres esa noche, la mesa del comedor estaba llena de ceras de colorear. Alexander estaba de rodillas en una silla con una hoja de papel frente a él, y sacaba la lengua por la comisura de los labios mientras dibujaba un gran abeto decorado con bolas de colores y una estrella en lo alto.

—Es un dibujo excelente —dijo Elma, tomando asiento a su lado—. ¿Es un árbol de Navidad?

—Es para Stekkjastaur. —Alexander se enderezó y observó su dibujo con aire crítico. Stekkjastaur era uno de los trece Jólasveinarnir de Islandia, que tradicionalmente dejaban regalos en los zapatos de los niños durante los trece días previos a la Navidad.

—¿Va a venir esta noche?

—No, mañana.

—Seguro que te deja algo increíble en los zapatos como agradecimiento por este dibujo. —Elma le acarició la cabellera rubia—. El mejor juguete que tenga en el saco.

Alexander la miró boquiabierto.

—¿De verdad lo crees?

—Claro —respondió Elma—. Es un dibujo fantástico.

Alexander no parecía estar muy seguro. Contempló el dibujo sin convicción.

—Quizá si escribo mi nombre y… también el suyo.

Elma asintió.

—Sí. Creo que eso podría funcionar incluso mejor.

—¿Puedes ayudarme?

Elma sonrió y escribió el nombre de Stekkjastaur en otra hoja para que Alexander lo copiara. Su anhelo por un regalo en los zapatos era casi palpable, y Elma de repente sintió envidia de la inocencia de los niños. La creencia en los Jólasveinarnir y en toda la magia asociada a la Navidad le confería a la época festiva un aura de emoción y maravilla. Ojalá pudiera retroceder en el tiempo y transportarse hasta su infancia durante unos días.

—¿Alguna novedad en el caso? —Su madre estaba sentada frente a ellos con dos tazas y le pasó una a Elma.

Elma colocó las manos alrededor de la porcelana caliente y sacó la bolsa de té.

—Con un poco de suerte, lo resolveremos pronto.

—Esperemos que así sea. Me da pena la hija de esa mujer.

—Sí, aunque Hekla parece feliz donde está.

—Eso me lo creo. Bergrún es una persona encantadora —dijo Aðalheiður—. Me atiende desde que Sveinn se jubiló.

—¿Te atiende? —Elma levantó la mirada.

—Es dentista. Trabaja en la clínica que hay al final de la calle, con Kalli. Empecé a ir con ella antes de que tuviera a su hijo menor —prosiguió Aðalheiður—. Sé que intentaron tener hijos durante años, pero nada funcionó, y al final se les agotó el tiempo.

—Menos mal que aún no me estoy haciendo mayor —bromeó Elma.

Aðalheiður le dedicó una sonrisa burlona.

—Elma, cariño, hay un momento para todo. A tu edad ya os había tenido a ti y a tu hermana.

—Las cosas han cambiado mucho. —A pesar de que Elma quería ser madre, siempre había creído que le quedaba mucho tiempo para serlo. Pero tenía treinta y tres, y probablemente tendría que tomar una decisión pronto. Su teléfono sonó, lo que le ahorró seguir hablando de bebés.

—Hola Sævar —lo saludó, y se levantó.

—¿Te recojo a las ocho?

Elma le echó un vistazo al reloj. Eran casi las siete.

—Sí, me va bien —respondió—. Espera un segundo. ¿Qué pasa, mamá? —Se volvió hacia su madre, que le estaba hablando.

—Pregunto que si ya ha comido.

Elma vaciló, luego se rindió ante las cejas arqueadas de su madre.

—Mamá quiere saber si ya has comido.

—Hemos pedido muchas *pizzas* —explicó Aðalheiður. Se había acercado para estar junto a Elma.

—Hemos pedido muchas… —comenzó a repetir Elma, pero Sævar la interrumpió.

—Sí, la he oído —dijo, riéndose—. No rechazaría una *pizza*. Llego en cinco minutos.

Elma colgó y miró a su madre, que ya había empezado a sacar platos del armario. Le daba la impresión de que Aðalheiður sonreía para sus adentros mientras ponía la mesa.

Por lo general, las comidas en casa de los padres de Elma tenían un ritmo acelerado, pero esa noche nadie tenía prisa por levantarse. Todos los platos llevaban mucho tiempo vacíos para cuando por fin se levantaron de la mesa. Sævar y su madre habían estado absortos en una conversación sobre el fútbol inglés. Su madre era una fanática acérrima del Liverpool, al igual que Sævar. Le sorprendió que Aðalheiður recitase los nombres de varios jugadores, supiese exactamente de qué clubs los habían trasladado y tuviese una opinión firme sobre lo que había que hacer con el equipo.

Al final, acabaron hablando de pesca, y en ese momento Elma desconectó por completo. Sabía que a su padre le encantaba la pesca con caña. Había intentado en vano que sus hijas se interesaran cuando eran más jóvenes, les había comprado cañas de pescar y las había arrastrado a sus viajes de pesca. Al principio, a Elma le había parecido emocionante sentarse en la orilla y concentrarse en el flotador naranja que se mecía en el agua. Pero cuando empezó a llover y las horas transcurrieron sin incidentes, se aburría y perdía la concentración. Cuando por fin un pez se tragó su anzuelo, el sedal se movió con tanta violencia que se le cayó la caña al lago. Su padre intentó ir tras él con sus botas de pesca, pero era demasiado tarde. La caña se había hundido hasta el fondo y Elma nunca volvió a ir de pesca. Su padre, en cambio, siempre aprovechaba cualquier oportunidad para lanzar el sedal y le gustaba ir a los lagos cercanos los fines de semana. A Elma la tomó por sorpresa que Sævar compartiera la pasión de su padre.

Ya eran más de las ocho cuando llegaron a casa de Margrét y vieron un coche en la entrada. Cuando llamaron al timbre, un chico de unos veinte años les abrió la puerta. Llevaba una gorra de béisbol y unos tejanos demasiado ceñidos en los muslos.

—¿Está tu madre en casa?

—¿Mi madre? —El chico pareció confundido por un momento, y Elma se dio cuenta de que probablemente no estaba acostumbrado a referirse a Margrét como su madre. Pero finalmente se le encendió la bombilla—. Si buscáis a Margrét, está dentro. ¡Magga! —gritó su nombre sin dejar de mirarlos, lo que hizo que Elma se sobresaltara.

Oyeron que una voz respondía desde el interior de la casa. El chico los dejó en la puerta sin despedirse y esperaron unos segundos, soportando una gélida ráfaga de viento en la espalda. Luego Margrét apareció en el recibidor.

—Buenas noches. —Tenía un aspecto mucho mejor que la última vez que Elma la había visto, claro que seguía con el maquillaje profesional de las noticias. Sin embargo, se había puesto ropa de casa y llevaba pantalones de chándal y un par de gafas de lectura en la cabeza.

—¿Podemos pasar un momento? —preguntó Sævar, y entró antes de que Margrét pudiera decir nada—. Vamos a cerrar la puerta antes de que nos congelemos —añadió, y la cerró con firmeza. A Elma le castañeaban los dientes, por lo que le agradeció en silencio su audacia.

—Sí, claro —dijo Margrét. Titubeó, luego sonrió—. Pasen. ¿Les apetece un café? Acabo de hacer.

Elma rechazó el ofrecimiento, pero Sævar dijo que sí. «Acepta siempre el café —le había dicho una vez—. Ayuda a que la gente se relaje. Dos colegas tomándose una taza juntos. Nunca falla».

—Siempre bebo café muy tarde —explicó Margrét, y le dio una taza a Sævar—. Pero imagino que mi horario es bastante distinto al de la mayoría de la gente. —Tomó asiento—. Mi marido me ha dicho que intentaron contactar conmigo antes. ¿Qué puedo hacer por ustedes?

—La última vez que hablamos nos dijo que nunca había visto a Maríanna, la madre de Hekla —dijo Elma.

—No, creo que no.

—Aquí tiene una foto suya. —Elma dejó el móvil en la mesa con una foto de Maríanna en la pantalla—. Esta es la imagen que circuló en los medios de comunicación cuando llevamos a cabo su búsqueda en primavera. ¿Está segura de no haberla visto antes?

Margrét bajó la mirada hasta la foto, luego volvió a alzarla.

—Como he dicho: no, nunca la he visto.

—Pero tuvo que haber visto esa foto —replicó Sævar—. Estuvo en todos los medios de comunicación durante semanas.

—Claro que la vi, pero nunca la conocí en persona.

—Hekla y Tinna son buenas amigas, ¿cierto?

—Sí, muy buenas amigas. Pero su amistad se limitaba a los fines de semana en los que Hekla se quedaba con Bergrún y Fannar. Los conozco muy bien por nuestras hijas, pero la madre biológica de Hekla… bueno, estaba al margen. Para ser sincera, no le di mucha importancia a que tuviera otra madre aparte de Bergrún.

—¿Está segura? —insistió Elma.

Margrét suspiró y volvió a mirar la imagen. Esta vez la estudió un poco más antes de contestar:

—Sí. Sí, estoy segura.

—Sabemos que ambas eran del mismo pueblo. De Sandgerði —repuso Elma—. No es un lugar grande, así que seguro que se cruzaron.

—No tenía ni idea —contestó Margrét—. De verdad. No recuerdo haber visto nunca a esa mujer. Pero si las dos somos de Sandgerði, supongo que debo haberlo hecho, aunque no la recuerdo. ¿Qué edad tenía?

—Iba a cumplir treinta y uno este año.

—Ah, bueno, eso lo explica. Es varios años menor que yo, por lo que lo más probable es que no me fijara en ella. Nos mudamos cuando tenía veintiuno, así que ella tendría… ¿Cuántos? ¿Quince, dieciséis?

Elma no podía deducir a partir de la expresión de Margrét si decía la verdad. Maríanna solo tenía quince la última vez que Margrét pudo haberla visto, y, sin duda, había cambiado considerablemente en los años siguientes. El hecho de que vivieran en una comunidad pequeña no garantizaba que se conocieran. A veces Elma no reconocía a las personas con las que había ido al colegio, sobre todo a las que eran más jóvenes. Y no solo se olvidaba de los rostros; muchas veces, ni le sonaban los nombres.

—Da la casualidad de que Maríanna y sus padres también se mudaron hace quince años —intervino Sævar cuando Elma se quedó callada—. El mismo año en que nacieron las hijas de ambas. El mismo año en que murió su hermano. Se llamaba Anton.

—Anton… —Margret alternó la mirada entre ambos, luego se tapó la boca con la mano—. Maríanna… ¿era su hermana?

O Margrét era muy buena actriz o realmente no tenía ni idea de quién era Maríanna.

—¿Entonces lo conocía? —preguntó Elma.

—¿Conocerlo? No, no diría que lo conocía. —Margrét se levantó y cerró con cuidado la puerta de la cocina, luego se sentó y se aclaró la garganta—. Hace años fue a una fiesta en casa de una de mis amigas. Bebí demasiado y me desmayé en una de las habitaciones. No sé cuánto tiempo estuve ahí, pero me desperté y me lo encontré encima de mí. Fue… horrible. Intento no pensar en ello. Si hubiera sabido que era su hermana…

—¿Habría cambiado algo? Respecto a Hekla.

Margrét reflexionó un instante.

—No, supongo que no.

—La familia de Anton nunca creyó que la acusación fuera cierta —dijo Elma con precaución—. Se pusieron furiosos cuando la historia salió a la luz y creen que la culpa de que Anton se suicidara la tuvo el escándalo.

Margrét sonrió con desprecio.

—Sí, ese es el tipo de sociedad en la que vivimos, ¿no? Me tildaron de mentirosa solo porque no pude enfrentarme al agotador proceso de presentar cargos. Dijeron que yo lo había matado. A nadie se le ocurrió que se había ahorcado porque era culpable y no soportaba la vergüenza. Entiendo a su familia. Resulta difícil creer que tu propio hijo sea capaz de algo así, pero lo hizo. —Apretó los labios y apartó el rostro para mirar por la ventana—. Supongo que fue ella quien me envió las cartas.

—¿Qué cartas?

—Hace años empecé a recibir cartas con amenazas. Di por hecho que eran de alguien relacionado con Anton.

—¿Puso una denuncia?

—Sí, y también cuando me empujaron por unas escaleras en un club nocturno de Reikiavik. No le dieron mucha importancia porque estaba borracha. Me parece increíble que el hecho de que bebas invalide lo que digas. No eres nada salvo… una chica que miente. —Sonrió con amargura—. Lo siento, es que… hace mucho tiempo que no pienso en eso. ¿Hay algo más que quieran saber?

Elma miró Sævar y luego a Margrét.

—No. Por ahora no.

Diez años

A la mañana siguiente me despierto en el sofá, todavía vestida, con la foto en los brazos. Las pestañas se me han pegado por el rímel, lo que me dificulta abrir los ojos. Recuerdo vagamente haber berreado con la boca abierta, hecha un ovillo como una niña. No fue por Hafliði. No, lloré por todo lo que he perdido y por cómo pudo haber sido mi vida. Lloré por la abuela, por la niña de la foto y por aquello en lo que se ha convertido.

Cuando levanto la cabeza del cojín veo que tiene una raya negra. Sin duda estoy hecha un desastre, con los ojos rojos y la cara hinchada. La expresión de mi hija cuando aparece lo dice todo. Pero no me pregunta qué sucede, solo me mira con un poco de recelo antes de ir a por sus cereales. Me siento en la mesa con ella y me pregunto cómo puedo explicarle lo que ha pasado. Porque seguro que me pregunta. Siempre que Hafliði no viene, me pregunta dónde está. Al final decido contarle la verdad. Las niñas deben prepararse para el futuro, para que las traicionen. Porque eso es lo que sucederá.

Me observa en todo momento mientras se lo explico. Se come los cereales y mastica con la boca cerrada. Cuando termino, guarda silencio.

—¿Entiendes lo que te he dicho? —pregunto al ver que no obtengo respuesta.

Asiente con lentitud.

—Bien. Porque no va a volver. Jamás. —Abro la ventana y enciendo un cigarrillo. Hace años que no fumo, pero ayer me compré un paquete.

—¿Lo odias?

—¿A qué te refieres? —Soplo el humo por la ventana y la observo.

—¿Odias a Hafliði?

—Sí —respondo, después pararme a pensar—. Supongo que sí.

Casi puedo ver mi respuesta rebotando en su cabeza antes de levantarse, poner el plato en el lavavajillas e irse a su habitación. Una vez más, pienso en lo rara que es. En su mundo todo es blanco o negro. No hay un punto intermedio, o es bueno o es malo. O bonito o feo.

A la mañana siguiente, oigo que se despierta antes que yo. Cuando salgo de mi habitación me la encuentro sentada en la cocina, desayunando cereales. Completamente vestida, con el cabello en una coleta. Está bastante bien hecha, y veo que mis interminables críticas por fin han surtido efecto. Ha conseguido alisárselo para que no sobresalga ningún cabello. Además, se ha puesto una camiseta que sabe que me gusta.

—Qué guapa estás —digo.

—Gracias. —Veo un atisbo de sonrisa en sus labios.

La observo desde la ventana cuando se va, su coleta se balancea mientras camina. Se ve muy pequeña entre los bloques de apartamentos: un punto diminuto que se mueve por las calles. En su corta vida, no ha permitido que se le acercara mucha gente, pero se había encariñado bastante con Hafliði, así que es mejor que todo haya acabado ahora y no más tarde. Ayer, antes de marcharme y dejarlo ahí plantado, me dijo que mi hija podía ir a visitarlo. Como si tuviera algún interés en enviarla a verlo después de lo que hizo.

No quiero volver a hablar con él, por lo que, esa tarde, cuando Hafliði llama a la puerta, la abro con reticencia. Las excusas manan a borbotones. Dice que no se acuerda de esa noche, que estaba en la ciudad, pero que no bebió mucho. Que alguien debió de haberle echado algo en la cerveza. Al verlo en la puerta, casi siento lástima por él. Pero, a decir verdad, no me importa perderlo. Cuando lo miro, me siento vacía. Lo único que me entristece es el futuro que nos prometió. Niego con la cabeza todo lo que dice y lo empujo cuando intenta acercarse a mí. Le veo irse sin ningún pesar.

Hay muchos hombres que pueden ocupar su lugar, ahora que sé lo que quiero. También sé que quiero un trabajo distinto al de recepcionista de un bufete. Al día siguiente le echo un vistazo a los anuncios del periódico. A la hora de la comida, me dedico a crear solicitudes impecables para las empresas que me gustan.

Cuando regreso a casa, hay una ambulancia frente al edificio. Han cerrado el acceso al aparcamiento y un agente de policía me indica que aparque en otro lugar. No es raro que haya una ambulancia. El bloque de apartamentos está lleno de jubilados, y alguna vez he visto a los paramédicos sacarlos en camillas. Pero nunca había visto a la policía. Tengo un mal presentimiento. Cuando encuentro un sitio en el que aparcar, camino hacia los hombres que están en el exterior.

—¿Qué sucede? —pregunto.

—Un accidente —responde uno con el semblante serio.

—¿Quién…? Vivo en el edificio y mi hija está sola en casa. Tengo que ir con ella. Por favor, no me digan que es ella la que…

El hombre niega con la cabeza.

—No hay niños implicados —asegura para tranquilizarme—. Un hombre que vive en la planta baja ha resultado herido.

—¿Hafliði? —Miro a los hombres, confundida, e intercambian miradas—. ¿Ha sido Hafliði? —repito.

—¿Lo conoce?

—Bueno… —Toso—. No. Solo somos vecinos.

Cuando llego a mi piso, me encuentro a mi hija frente a la televisión con los cascos puestos. Sonríe al verme. Me siento a su lado y la cojo en brazos. El programa trata sobre suricatas, y hay algo relajante en sentarse junto a ella y ver a esas criaturitas en la pantalla. Siento la calidez de su cuerpo cuando apoya la cabeza en mi hombro. Por primera vez en mucho tiempo, estoy segura de que todo saldrá bien.

Hafliði estaba en el pequeño jardín que pertenecía a su piso. Hacía buen tiempo, así que probablemente estaba tumbado con los ojos cerrados, sintiendo el calor del sol en la cara. Quizá estaba dormido cuando ocurrió. Quizá no vio caer la maceta ni sintió dolor. Eso espero.

Lo extraño es que nadie reconoció la maceta. Era un pesado recipiente de terracota. Los detectives que investigan el accidente dicen que tuvo que haber caído desde una altura considerable, lo que significa que podría proceder de varios pisos. Incluido el mío. Pero el accidente ocurrió antes de que llegara a casa, por lo que tengo coartada. Un vecino le dice a la policía que nos oyó discutir el fin de semana, y la policía llama a mis jefes para confirmar que estaba en el trabajo. Una semana después, veo a la familia de Hafliði llevarse los muebles del piso en un gran camión de mudanzas. Como no tengo interés en hablar con ellos, las únicas noticias que recibo son a través de los vecinos. Hafliði permanece varias semanas en coma inducido y, cuando despierta, parece distinto. Hay daño cerebral, pero los médicos no saben si es temporal o permanente. Los vecinos de nuestra escalera susurran con los ojos desorbitados que necesita atención las veinticuatro horas del día. Pobre hombre.

Dos semanas después del accidente, recibo una llamada. La mayoría de las empresas a las que les envié el currículum me han respondido con cartas de rechazo, agradeciéndome mi interés, pero, por desgracia, blablablá. Destruí las cartas de inmediato y sentí que no valía nada. Solo había ido a dos entrevistas, una para ser auxiliar dental y la otra para un puesto en una gran empresa de medios de comunicación. Ninguna había vuelto a llamarme, pero ahora tengo al teléfono a un hombre de la segunda.

—Nos gustaría saber si estaría interesada en hacer una entrevista —dice, y suelto el jersey que estaba doblando.

—¿Una entrevista?

—Sí. Usted solicitó el puesto de periodista, pero ya lo hemos cubierto. Ahora estamos buscando a alguien para un puesto distinto y me he encontrado con su solicitud.

—¿Qué tipo de puesto? —Espero que me diga limpiar o responder al teléfono, por lo que apenas puedo hablar cuando me explica que está buscando a alguien que presente las noticias.

—¿Presentar las noticias? —repito, aturdida.

—Para presentadora de informativos. En la televisión —explica—. Como he dicho, vi su solicitud y me llamó la atención su foto, así que me gustaría hacerle una entrevista. ¿Podría venir al estudio mañana?

—Allí estaré.

—Genial, entonces la apunto para las dos en punto, Viktoría Margrét.

—Margrét —digo—. Solo Margrét.

Martes

Elma se ajustó el grueso cárdigan y acercó la silla al radiador de la sala de reuniones. El cárdigan era como una gran manta que le llegaba por debajo de las rodillas. Con ese frío no le habría importado aparecer con calcetines de lana y pantalones de chándal, pero eso no era una opción. Aunque, ahora que lo pensaba, no había reglas sobre cómo debían vestirse los detectives, así que quizá podría intentar averiguar hasta qué punto se podía salir con la suya. Principalmente para ver la expresión de Sævar. Aunque no es que él se esforzase precisamente en arreglarse por las mañanas. Por lo general, llevaba una camiseta y tejanos. Y, a veces, una sudadera, como concesión a la temperatura.

—¿Tienes frío? —preguntó Sævar cuando entró.

—Me estoy congelando —contestó Elma—. Y me entra más frío al verte con esa camiseta.

—Puede que tengas déficit de alguna vitamina. —Sævar se sentó, estiró las piernas y las cruzó.

—¿Qué?

—Es posible que tengas frío porque te falta alguna vitamina. —Adoptó una expresión culta—. ¿Cómo describirías tu dieta? ¿Comes suficiente coliflor?

Elma negó con la cabeza.

—Puede que llevara camisetas más a menudo si tuviera tanto pelo en los brazos como tú.

—Por eso los dejo crecer —dijo Sævar, y acarició con orgullo sus antebrazos peludos.

—Los jerséis también van bien —dijo Elma, y cambió de tema a toda prisa antes de que Sævar tuviera ocasión de seguir presumiendo de pelaje—. Me parece increíble que Margrét no se diera cuenta antes de quién era Maríanna. Lo más probable es que Tinna sea la hija de Anton, así que seguro que ha estado pendiente de su familia.

El día anterior no habían llegado a preguntarle si Tinna era hija de Anton. La pregunta les pareció inapropiada cuando vieron cómo sufría Margrét al remover el pasado. Pero las fechas encajaban, y Tinna no tenía un patronímico, como era costumbre en Islandia, sino que había adoptado el apellido de su madre, Hansen.

—No necesariamente —objetó Sævar—. Puede que el padre de Tinna fuera otro tipo con el que se acostó.

Elma dejó la foto de Anton.

—Tinna se da un aire a su madre, pero está claro que se parece mucho más a su padre.

Sævar se inclinó hacia adelante.

—¿Tú crees? Ya sabes que no me fijo mucho en las caras.

Elma buscó el artículo en el móvil, amplió la foto de Tinna con diez años y se lo entregó a Sævar.

Lanzó un silbido suave.

—Vale, lo retiro. Se parecen mucho.

—Tal vez ahora es más difícil de ver porque Tinna se tiñe de rubio, pero en esa foto es muy llamativo.

—Ha cambiado al hacerse mayor. —Sævar le devolvió el teléfono a Elma—. Pero si lo que dijo Margrét es cierto, es comprensible que no haya querido tener nada que ver con su familia.

—Desde luego. No me imagino cómo debe de ser experimentar ese suplicio y que no te crean.

—No es inaudito.

—¿El qué?

—Que las chicas mientan.

—Lo sé —reconoció Elma a regañadientes. No podía negarlo—. Pero ocurre muy pocas veces. Pasar por un proceso judicial es un infierno, y no creo que nadie en su sano juicio… —Se detuvo cuando Sævar alzó la mano.

—En su sano juicio. Exacto. Pero ¿y si Margrét no está en sus cabales? No pondría la mano en el fuego, pero hay algo en ella que…

—¿A qué te refieres?

—Hay algo en ella que no me acaba de encajar…

—¿Quizá su aura?

—¿Su aura? —Sævar frunció el ceño.

Elma se rio.

—Al parecer, la abuela de Margrét leía las auras de la gente. Lo vi en una entrevista del periódico.

—No, definitivamente no es su aura. Más bien es como una especie de sensor incorporado que tengo. —Sævar sonrió—. Pero apuesto a que Maríanna sabía quién era Margrét. No es que se oculte. Cada noche nos meten su imagen en nuestros salones. ¿Cómo habrá reaccionado Maríanna al darse cuenta de que Hekla y Tinna eran amigas?

—Y primas. Lo habrá sospechado si vio alguna foto de Tinna —dijo Elma—. Vale, entonces, si Margrét asesinó a Maríanna, habría tenido que usar el coche de Maríanna para ir hasta Grábrók, y volver en autobús a Akranes. ¿Crees que los conductores podrían reconocerla? ¿Siete meses después?

—En condiciones normales, sería improbable. —respondió Sævar—. Pero como el rostro de Margrét es muy conocido, quizá alguien pueda recordarlo.

—Pero era viernes. ¿No debía estar Margrét en el trabajo en ese momento?

—Podemos llamar a sus jefes y comprobarlo. —Sævar se puso en pie.

El sol de diciembre, que iluminó de repente el despacho, solo era una cruel ilusión. Fuera seguía nevando y hacía mucho frío. Elma cerró los ojos, se calentó brevemente la cara bajos sus rayos y, durante unos segundos, olvidó el largo y oscuro invierno que tenían por delante.

Cuando Sævar llamó a la empresa de televisión en la que Margrét trabajaba, le dijeron que necesitaban ver una orden antes de divulgar información sobre sus ausencias. Mientras tanto, Elma había enviado fotografías de Margrét a la empresa responsable del transporte entre Borgarnes, Bifröst y Akranes, y les había pedido a los gerentes que se pusieran en contacto con los conductores que habían estado trabajando el día de la desaparición de Maríanna.

Ya era la hora del almuerzo, por lo que se comió una tortita con cordero ahumado mientras ignoraba las miradas suplicantes de Birta, que le mantenía los pies calientes bajo el escritorio. Mientras comía, se dedicó a navegar con calma por páginas web que anunciaban hoteles en climas más cálidos. Se imaginaba tomando el sol en una tumbona junto a una piscina con un cóctel de colores en la mano. No, mejor una cerveza. Una cerveza bien fría. Con la cabeza repleta de imágenes como esa, su humor era inusualmente bueno cuando llamaron a la puerta.

—Adelante —dijo en voz alta, y sonrió cuando Sævar asomó la cabeza por la puerta. Por un instante se lo imaginó en las aguas turquesas de la piscina que mostraba la pantalla de su ordenador, agarrándola de la cintura y atrayéndola hacia él…

—¿Alguna novedad?

Volvió al presente.

—Me llamarán si alguien recuerda haber visto a Margrét. Pero estaba pensando que tal vez deberíamos buscarla en el sistema. Si Margrét realmente acudió a la policía por esas carta amenazantes, debería aparecer ahí.

—Le pediré a Hörður que mire en el LÖKE —dijo Sævar, refiriéndose a la base de datos policial. Permaneció en la puerta—. ¿Estás buscando unas vacaciones en el extranjero?

—Sí, yo… —Elma volvió a mirar la piscina y las palmeras—. Soñar es gratis.

—Claro. —Sævar sonrió—. Deberías hacerlo. Avísame y te acompaño.

Elma se ruborizó y cerró la página.

—Puede que lo haga.

Se sentaron juntos en la mesa de reuniones. Hörður había impreso los resultados del LÖKE.

—El nombre de Margrét apareció en dos casos distintos —explicó—. Las primeras fechas son de hace doce años. Se cayó por unas escaleras en un club nocturno de Reikiavik y declaró que la habían empujado. Como sufrió una conmoción cerebral y se fracturó el hombro, hubo una breve investigación. Pero como no pudo identificar a la persona que la empujó y no había cámaras de seguridad vigilando la zona en la que cayó, no se pudo hacer nada.

—¿No es más probable que tropezara? —sugirió Sævar—. Por beber demasiado.

—Por supuesto —contestó Hörður—. Pero también presentó a la policía unas cartas que había recibido los días previos al incidente. Adjuntaron copias al informe. Son esas.

Señaló las copias impresas de las cartas. Todas parecían completamente inocentes. Una era una tarjeta de bautismo, lo que sin duda resultaba un poco extraño, porque Tinna tenía ya tres años por aquel entonces. Tenía una imagen de un cochecito rosa en el anverso y un mensaje en el interior que habría parecido inofensivo si Margrét hubiera conocido al remitente: «Felicidades por tu niña. Ahora sé dónde vives, puede que te haga una visita». Pero Elma veía por qué podía parecer amenazante si el remitente era desconocido. Sobre todo, después de lo que había sufrido Margrét.

—El segundo incidente en el que apareció su nombre fue hace cinco años y mucho más serio. —Hörður dejó un informe policial en la mesa—. Un hombre llamado Hafliði Björnsson resultó gravemente herido al caerle una maceta en la cabeza. Vivía en la planta baja de un edificio de ocho plantas, y se cree que la maceta cayó desde uno de los balcones más altos. Como Margrét vivía en la séptima planta, estuvo entre los sospechosos. Además, un vecino declaró que Margrét y Hafliði habían discutido el fin de semana anterior, y que habían tenido una relación. Sin embargo, el jefe de Margrét confirmó que estaba trabajando cuando ocurrió el accidente. Nunca consiguieron determinar exactamente de dónde había caído la maceta. En la sexta planta vivía una mujer de noventa años, y una de las hipótesis era que pudo tirarla accidentalmente, pero juró que era inocente.

—¿Sigue vivo?

—¿Hafliði? Sí, imagino que sí —respondió Hörður—. Pero a saber en qué estado se encuentra.

El incidente no sonaba como algo que pudiera tener relación con el caso de Maríanna. Parecía ser solo un terrible accidente. Margrét había quedado libre de sospecha, pero, aun así, la coincidencia era extraña. Discutieron y, unos días después, él tuvo un accidente.

—En ese caso, probablemente no haya necesidad de investigarlo a fondo —dijo Sævar, decepcionado.

—Hay algo en las fechas de ambos incidentes que me llama la atención.

—¿De qué se trata? —preguntó Sævar.

—El primer incidente sucedió cuando Hekla tenía tres años, ¿verdad? —Elma agarró el expediente e hizo un cálculo mental—. Y el segundo ocurrió cuando tenía diez.

Sævar parecía desconcertado.

—¡Ya lo tengo! —exclamó Elma—. Ambos coinciden con las ausencias de Maríanna. La primera vez que le quitaron a Hekla, la niña tenía tres años, y la segunda, diez. Difícilmente puede ser una coincidencia, ¿no?

—Pero el nombre de Maríanna no aparece en ninguno de los casos —protestó Sævar—. Ya hemos comprobado su número de identificación en el LÖKE y no hemos obtenido resultados.

—Sí, pero… Maríanna era un desastre en aquella época, probablemente consumía drogas. Puede que buscara a Margrét y la amenazara para vengar a su hermano.

—Es posible —reconoció Sævar.

—Eso sin duda le daría a Margrét una razón para tenerle miedo a Maríanna. Incluso para matarla. —Elma hizo una pausa para beber agua.

—Debió de ser una auténtica conmoción para ellas encontrarse después de todo lo sucedido —dijo Hörður, pensativo.

—Apuesto que sí. Sin duda, Maríanna habría reconocido a Margrét —dijo Elma—. Si fue Maríanna quien envió las cartas amenazantes, tenía que saber dónde vivía Margrét. Debió tenerla controlada. Pero puede que a Margrét le llevara un tiempo percatarse de quién era Maríanna.

Sævar se acercó un poco a ella para examinar minuciosamente la copia de la carta. Elma estaba tan acostumbrada a su olor que ya casi no lo percibía, pero ahora su cuerpo estaba tan cerca que se apoderó de sus sentidos. Tenía a la vista un primerísimo primer plano de su barba incipiente, su cabello oscuro y sus cejas gruesas. Cuando Hörður se aclaró la garganta, Sævar se alejó y Elma permaneció inmóvil, luchando contra un rubor traicionero que manchaba sus mejillas. Se concentró en mirar fijamente la mesa.

¿En qué estaba pensando? Elma abrió uno tras otro los cajones del escritorio y los revisó sin prestar mucha atención, incapaz de recordar qué estaba buscando. Meses atrás había decidido ver a Sævar como un amigo y nada más. ¿Y si no funcionaba y se veían obligados a seguir trabajando juntos? Cerró de golpe el último cajón sin querer y Brita se sobresaltó. Al ver la mirada ansiosa de la perra, le rascó las orejas para disculparse.

En la cena de la noche anterior en casa de sus padres, se le había ocurrido que Sævar no tenía a nadie con quien pasar las Navidades. Solo estaban él y su hermano, y Maggi prefería pasar el tiempo en el centro comunitario. Al parecer, tenía una novia ahí. Sævar tenía muchos amigos, pero, por lo que decía, parecían ser como los de Elma, ocupados con sus familias la mayor parte del tiempo. A diferencia de ella, él no tenía padres que lo invitaran a cenar por la noche o que se aseguraran de que tuviera qué hacer el fin de semana. Sabía que estaba solo, pero no era asunto suyo asegurarse de que tuviera compañía en Navidad; o cualquier otro día del año. Por otro lado, lo más probable era que no quisiese que interfiriera en su vida.

Elma giró la silla hacia la ventana y cogió el móvil. «¿Quieres venir esta noche?», le escribió a Jakob. Recibió la respuesta de inmediato: «Si quieres». Elma creyó detectar un atisbo de dolor en sus palabras, si es que era posible inferir algo de un mensaje tan corto. No habían hablado mucho en los últimos días. De hecho, no lo había llamado desde que había sugerido tener una cita. Se frotó las sienes y se sintió agradecida cuando el móvil empezó a vibrar en el escritorio y a mostrar la señal de una llamada entrante. Lo cogió rápidamente.

Era un hombre que trabajaba para la compañía de autobuses.

—He hablado con un conductor que trabajó ese día —le explicó—. Está conmigo ahora. ¿Preferiría hablar con él directamente?

Escuchó un murmullo, luego habló otra voz:

—Claro que la recuerdo —dijo el conductor—. No todos los días se sube una cara famosa a mi autobús. No se puede negar que es una mujer atractiva.

Elma sintió cómo la adrenalina le recorría las venas y todos sus pensamientos volvieron a centrarse en el caso.

—¿Está completamente seguro de que era ella y de que fue el viernes 4 de mayo?

—Del todo. Fue mi último turno antes de las vacaciones de verano, y la recuerdo claramente subiendo al autobús.

—¿A qué hora fue?

Respondió enseguida.

—Salgo exactamente a las 20:56. Como un clavo.

—Gracias —dijo Elma—. ¿Puedo llamarle si necesitamos más información?

—No hay problema —contestó el conductor—. Creo que estaba con su hija, aunque no se parecían mucho.

—¿Margrét no estaba sola?

—No, subió con una adolescente. Supuse que eran madre e hija.

Hekla pasó a la acción en cuanto el balón aterrizó ante ella. Dejó atrás a sus oponentes antes de que tuvieran oportunidad de reaccionar. Oyó gritos y alaridos a su alrededor y vio por el rabillo del ojo que las defensas se dirigían hacia ella, pero era demasiado rápida. Frente a ella solo estaba la portera, que se había adelantado extendiendo los brazos y las piernas y estaba lista para defender la portería. Cuando solo quedaban unos metros entre ellas, levantó el balón con la punta del pie y observó cómo entraba en la portería mientras oía vítores a su espalda.

Cuando terminó la sesión de entrenamiento, Hekla seguía sin aliento y no podía dejar de sonreír de oreja a oreja. Al contemplar su reflejo en el espejo del vestuario, apenas pudo reconocerse. Tenía las mejillas rojas, el cabello alborotado y los ojos brillantes. La camiseta amarilla le sentaba bien, y deseó que las sesiones de entrenamiento fueran más largas y con mayor frecuencia. No quería parar. Solo quería jugar hasta caer y no poder levantarse de nuevo.

—Hekla, ¿no te vas a duchar? —Tinna ya se había quitado el uniforme y estaba frente a ella en ropa interior.

—Sí —respondió Hekla. Se sentó en el banco, se quitó rápidamente el uniforme amarillo y negro, se envolvió en la toalla y fue a darse una ducha. Ducharse era la peor parte del entrenamiento.

Cuando estuvo lista, esperó a Tinna mientras su amiga se ponía máscara de pestañas y se peinaba el cabello. Tinna se había vuelto muy distante de repente y quería pasar más tiempo con Dísa que con ella. ¿Podía leerle la mente a Hekla? Hekla había sufrido en silencio, consciente de que sus sentimientos probablemente no eran correspondidos. Ahora sabía lo que era. Sabía por qué siempre había sentido que lo que hacía con Agnar estaba mal. Había intentado convencer a su cuerpo, obligarlo a responder cuando él la besaba, pero había sido inútil. Sin embargo, puede que Tinna no fuera lo mismo. Hekla no podía saber en qué pensaba solo por su expresión.

—¿Nos vamos? —dijo Tinna de repente, y Hekla alzó la mirada. Había estado tan absorta en sus pensamientos que ni siquiera se había dado cuenta de que Tinna estaba completamente vestida delante de ella, esperándola. Hekla se levantó y la siguió. Fue un alivio respirar el aire frío y limpio del exterior. El móvil de Tinna sonó.

—¿Quién era? —preguntó Hekla después de que Tinna colgara.

—Mi madre —respondió Tinna, y se puso la capucha. La miró a los ojos durante un segundo y le sonrió—. Va a venir a recogernos.

—¿Por qué? —preguntó Hekla. Normalmente regresaban andando a casa porque no estaba lejos, y ese día el tiempo era seco y no había viento.

Tinna se encogió de hombros y no respondió. Unos minutos más tarde, un Volvo blanco entró en el aparcamiento frente al pabellón deportivo. Tinna se subió delante y Hekla detrás. Margrét se volvió y la saludó, su rostro perfecto lucía una sonrisa. Tinna había heredado la sonrisa de su madre y adoptaba muchos de sus gestos, pero, aparte de eso, no se parecían mucho. No obstante, a veces daba la impresión de que Tinna intentaba ser exactamente como Margrét. Llevaba el mismo peinado y le robaba la ropa. Margrét incluso la maquillaba algunas mañanas antes de ir al colegio, y una vez lo había hecho con las tres amigas antes de un baile escolar.

Hekla se recostó en el asiento. Podía oírlas hablar en voz baja en la parte delantera, pero ni siquiera intentó prestar atención. El coche aceleró y Hekla desbloqueó el móvil. Cuando levantó la mirada, el entorno había cambiado. A través de la ventanilla vio campos nevados y un grupo de caballos apiñados.

—¿Adónde vamos?

Tinna se dio la vuelta.

—Solo es una pequeña excursión.

—Pero… ¿qué pasa con Bergrún y Fannar?

—He hablado con Bergrún —dijo Margrét. Sus miradas se encontraron en el espejo retrovisor—. Ha dicho que puedes acompañarnos.

Hekla volvió a mirar por la ventanilla. Estaban pasando por las faldas del monte Hafnarfjall. Al otro lado podía distinguir los abedules, que se veían negros en comparación con la nieve blanca azulada, y, más allá, el mar y las luces distantes de Borgarnes, su antiguo hogar. De repente, los pensamientos de Hekla se dirigieron a Maríanna, y la tomó por sorpresa un sentimiento de pérdida. Cuanto más tiempo pasaba, más se acordaba de los buenos momentos y se olvidaba de los malos. Era extraño porque, justo después de la desaparición de Maríanna, lo único en lo que había podido pensar era en los malos momentos. Cuando le mintió a la policía y le dijo que no había ido a Akranes, fue porque creía que Maríanna aparecería y no quería meterse en problemas. La última vez que se había escabullido a Akranes sin permiso, Maríanna no la dejó pasar el fin de semana con Bergrún y Fannar, lo que significaba que estuvo tres semanas sin verlos.

Miró la nuca de Tinna. Su amiga se estaba trenzando el cabello rubio. Sus dedos se movían con agilidad mientras se hacía la trenza. Tinna pareció percibir su mirada, porque se giró rápidamente hacia ella y le sonrió. Hekla desvió la mirada enseguida, sintiendo que las mejillas le ardían.

—Yo diría que tenemos motivos suficientes para justificar un registro domiciliario. —Elma se apartó el cabello de la cara y se lo ató en una coleta. Tenía calor y estaba sin aliento, como si hubiera estado corriendo, y sentía que le sudaban las axilas.

—Sí. Conseguiré una orden —dijo Hörður.

—Podríamos ir directamente —sugirió Sævar.

Elma le echó un vistazo al reloj. Eran casi las cinco.

—Ya se habrá ido a trabajar.

—¿No será mejor esperar a que vuelva a casa? —preguntó Hörður—. No queremos arriesgarnos a que intente huir.

—Por suerte, vivimos en una isla —comentó Sævar—. La gente no puede huir lejos, a menos que cojan un avión, y entonces todo quedaría grabado.

—Hay mucha gente que lo ha evitado —señaló Elma.

—Es increíble la frecuencia con la que desaparece gente en nuestra pequeña isla —dijo Hörður, recostándose—. Solo tienes que fijarte en este caso. ¿Cuánta gente habrá pasado por el campo de lava de Grábrók sin ver a Maríanna? Había lugareños alojados en residencias de verano por toda la zona y turistas por todas partes. No, me parece que hay bastantes sitios en los que esconderse en este país.

—Desde luego, tienes razón —admitió Sævar.

—Sí, de hecho, hay innumerables ejemplos —aseguró Hörður, ahogando un bostezo.

Elma lo estudió intentando descifrarlo. Había estado excepcionalmente distante los últimos días, les había dejado manejar la investigación casi por completo y solo se había encargado de las formalidades. Era obvio que la enfermedad de Gígja le estaba pasando factura.

—En fin —dijo Hörður—. Voy a conseguir esa orden y llamar a los de la científica. —Se levantó, salió y cerró la puerta.

—¿De veras involucró a su hija? —preguntó Elma después de que Hörður se fuera—. ¿O sería Hekla?

—No, seguro que no. ¿No es más probable que Hekla haya dicho la verdad y que se hubiera marchado a casa antes de que su madre fuera a casa de Margrét?

—Sí, tal vez.

—La verdad es que me cuesta imaginármelo —añadió Sævar después de una pausa.

—¿Por qué?

—Margrét es tan…

—Lo sé. —Cuando Elma pensaba en el porte con el que aparecía en televisión, le parecía ridículo que pudiera asesinar a alguien. Miró a Sævar y añadió en tono de burla—: ¿Se te ha averiado el sensor?

—¿Qué? —Sævar alzó las cejas.

—Tu sensor. Ya sabes, el que dijiste que tenías.

—Ah, eso. Tiende a fallar con las chicas atractivas. —Le asomó una sonrisa guasona—. Por eso nunca puedo leerte.

Elma se ruborizó, aunque sabía que Sævar no hablaba en serio. Ignoró su comentario y dijo:

—Puede que fuera en defensa propia. Quizá fue Maríanna la que empezó.

—En ese caso, ¿por qué deshacerse del cuerpo en lugar de llamar a la policía?

Antes de que Elma pudiera contestar, le sonó el móvil. Lo sacó y vio número de Jakob. Lo puso en silencio y volvió a guardárselo en el bolsillo. Una vez más, tendría que decepcionarlo y cancelar sus planes para esa noche. Y por mal que estuviera no decírselo, no se atrevía a hacerlo.

El coche se detuvo por fin. Eran casi las seis y ya era noche cerrada. Cuando Hekla miró por la ventanilla, apenas pudo ver nada.

—¿Dónde estamos? —preguntó, frotándose los ojos.

—Ya lo verás —contestó Tinna, y abrió la puerta.

Hekla siguió su ejemplo. La nieve crujió bajo sus pies cuando salió del coche, pero, salvo por eso, el silencio era absoluto. El cielo estaba repleto de brillantes estrellas y la mitad de la luna estaba iluminada. Echó un vistazo a su alrededor. Sus ojos se habían acostumbrado a la oscuridad y pudo ver la lava al otro lado de la carretera. Las rocas irregulares tenían un aspecto ominoso bajo la luz de la luna, y le daba la sensación de que la estaban observando, como si hubiera advertido un movimiento en las tinieblas.

—Seguidme —dijo Margrét, y comenzó a recorrer un camino que subía por una pendiente. La nieve crepitó bajo sus pies. Tinna iba delante, junto a su madre, y tarareaba una melodía. Caminaron durante un rato arrojando vaho al respirar. Hekla vio una casa de verano con el techo inclinado y una terraza enorme, y se preguntó si el plan era pasar la noche ahí. No había traído equipaje, solo la mochila con su uniforme deportivo sudado. Le pareció extraño que Bergrún le hubiera permitido acompañarlas, dado que al día siguiente tenía que ir a la escuela. No era propio de ella.

A Margrét le costó un poco abrir la puerta, pero, una vez dentro, Hekla se olvidó de Bergrún. Nunca había visto una casa de verano tan lujosa. Se había hospedado en casas alquiladas con Bergrún y Fannar, pero no se parecían en nada a esta. El suelo era de baldosas de piedra gris y había grandes vigas de madera en el techo. En la sala de estar, frente a la chimenea de hormigón, había un sofá rinconera marrón oscuro y un sillón con una manta blanca. Además, había una cabeza de reno en la pared. La mesa del comedor era lo bastante grande como para acoger cómodamente a diez personas, y sobre ella colgaba una magnífica lámpara de araña que podría encajar perfectamente en un castillo escocés.

—¡Guau! —exclamó Hekla.

—¿A que es bonita?

Hekla se había quedado sin palabras, así que se limitó a asentir con la cabeza.

—Qué frío hace aquí —dijo Margrét. Encendió las luces y revisó el contenido de los armarios de la cocina—. Voy a encender la chimenea. ¿Queréis subir a preparar las camas?

Hekla alzó la mirada y vio que había un altillo con una barandilla que daba a la sala de estar.

Margrét las detuvo cuando estaban a punto de subir por la escalera.

—Chicas, los móviles. —Esbozó una media sonrisa y extendió la mano—. Aquí tenemos reglas distintas. Por una vez vamos a descansar de las distracciones electrónicas.

Hekla miró a Tinna, que puso los ojos en blanco, pero le entregó el móvil.

—Tú también, Hekla.

—Vale. —Hekla se sacó el móvil del bolsillo.

Margrét sonrió.

—No pongas esa cara de horror; lo recuperarás.

Hekla la miró desaparecer en la cocina, luego subió por la escalera detrás de Tinna.

—No la encontramos por ninguna parte —dijo Bergrún a toda prisa cuando Elma contestó al teléfono—. Fue al entrenamiento de fútbol, pero no volvió después. No es propio de ella. Por lo general nos informa de adónde va y siempre, siempre vuelve a casa para la cena. Sabe que para mí es importante. La he llamado una y otra vez, pero siempre salta el contestador.

Elma dejó a un lado la *pizza* que alguien había pedido y se limpió las manos en el paño de cocina. Luego salió de la cocina, se dirigió a su despacho y tiró de la puerta.

—¿Cuándo fue la última vez que supo algo de ella?

—Alrededor de las tres. Antes de que se marchara a entrenar.

—Entiendo. ¿Y les ha preguntado a sus amigas?

—Sí, las he llamado a todas —respondió Bergrún—. Tinna tampoco contesta, también tiene el teléfono apagado. ¿Y si ha pasado algo? He hablado con el padrastro de Tinna, pero no sabía dónde estaba, y tampoco puedo contactar con Margrét, pero está trabajando, así que…

—De acuerdo, veré que podemos hacer —dijo Elma, y le echó un vistazo al reloj. Eran casi las nueve y todos estaban a la espera en la comisaría. El equipo forense estaba de camino desde Reikiavik y había un coche camuflado frente a la casa de Margrét. El plan era arrestarla en cuanto regresara del trabajo.

—Tengo la sensación de que… —Elma oyó cómo Bergrún respiraba hondo— … ha ocurrido algo.

—No hay motivos para pensar eso —le aseguró Elma—. La encontraremos.

Se despidió de Bergrún, después tomó asiento y reflexionó durante un instante antes de coger el teléfono y llamar a Kári, que estaba de guardia en el exterior de la casa de Margrét.

—¿Algún rastro de ella?

—No, nada.

—¿Has visto a su hija?

—Aparte del marido, nadie ha entrado o salido —contestó Kári.

Elma finalizó la llamada. Margrét ya debería haber regresado. ¿Podría haberle surgido algo en el trabajo o haberse ido a otro sitio?

Tras unos minutos de meditación, tecleó el número de la empresa de televisión. Mientras esperaba, la obligaron a escuchar una versión enlatada de una canción que había sido popular hacía treinta años. Finalmente, una mujer respondió y dijo que la mayoría de la gente ya se había ido a casa y que debería intentar llamar al día siguiente. Elma le explicó el motivo de su llamada y, después de insistir un poco, consiguió el número de teléfono del jefe de Margrét. Contestó después del primer tono y, a diferencia de la mujer con la que había hablado primero, no perdió el tiempo pidiéndole una orden o acogiéndose a la ley de privacidad.

—Margrét no ha venido a trabajar hoy —dijo—. Hemos intentado llamarla, pero no ha contestado.

Elma le dio las gracias y colgó. Luego cogió la chaqueta y prácticamente corrió por el pasillo hasta el despacho de Hörður.

La última vez que habían visto a Tinna y Hekla había sido a las cinco de la tarde en el entrenamiento de fútbol. Elma y Sævar aparcaron frente a la casa de Margrét y le echaron un vistazo a la ventanas. Había una luz encendida y el coche del marido de Margrét estaba en la entrada. ¿Era posible que se hubiera llevado a las chicas a algún lugar, o las dos se habían ido en una dirección y Margrét en otra? Si las tres estaban juntas, ¿había motivos para preocuparse?

Elma intentó convencerse de que Margrét no les haría
daño. Aunque hubiera asesinado a Maríanna, eso era distinto;
Maríanna la había provocado, la había acusado de mentir. No,
las chicas probablemente no se encontraban en peligro. O, por
lo menos, Tinna. Elma no estaba tan segura de Hekla. ¿Y si
tanto Margrét y como Tinna eran responsables de la muerte de
Maríanna? El conductor del autobús las había visto subir juntas. Pero Hekla no había nacido cuando ocurrió la violación,
así que Margrét no podía echarle la culpa.

Elma y Sævar salieron del coche y fueron hasta la casa. Sævar
llamó a la puerta con tres fuertes golpes. Cuando Leifur abrió la
puerta, primero los miró a ellos y luego al coche de policía que
tenían detrás. Elma vio cómo una sombra le cruzaba el rostro.

—¿Ha ocurrido algo? —preguntó, alarmado.

—No —respondió Elma rápidamente al darse cuenta de
lo que de lo que parecía. Un coche de policía y dos agentes
llamando a la puerta: solo faltaba un sacerdote—. No ha ocurrido ningún accidente. Estamos buscando a Margrét. Hemos
intentado hablar con ella, pero no contesta al teléfono y hoy
no ha acudido al trabajo.

—¿Qué? No lo sabía. Se suponía que estaba en el estudio.
¿Están seguros de que no está ahí?

—No se ha presentado —dijo Sævar.

Elma suspiró en voz baja. Le hubiera gustado presionarlo
más, pero sospechaba que no conseguiría nada. Le parecía bastante obvio que Leifur no tenía ni idea de dónde estaba su mujer.

—¿Y Tinna? —preguntó Elma.

—¿Tinna? Estaba en el entrenamiento de fútbol.

—Terminó hace bastante.

—Bueno… —Leifur se pasó una mano por el fino cabello—. Tinna sale a menudo. Es responsabilidad de Margrét,
principalmente. Yo solo… ¿Por qué quieren hablar con ellas?
¿Qué está ocurriendo?

—Se lo explicaremos más tarde —dijo Sævar—. Ahora
mismo necesitamos que nos acompañe.

Leifur abrió la boca, pero la volvió a cerrar en cuanto vio
a unos hombres saliendo de un coche. Varios de ellos iban ya
vestidos con monos blancos.

—¿Qué…? ¿Por qué…? —Leifur se quedó paralizado un instante. Luego alzó la voz—. ¿Qué sucede? ¿Quiénes son? —Señaló a los hombres con la mano.

Uno de ellos llegó a la puerta antes de que tuvieran tiempo de contestar.

—Queremos que todos salgan lo antes posible para poder examinar la casa —dijo.

—Por supuesto —respondió Sævar. Se volvió hacia Leifur—. Tenemos una orden de registro. Puede acompañarnos a la comisaría para explicarle lo que ocurre. ¿Hay alguien más dentro? ¿Dónde está su hijo?

—No, no hay nadie. No está en casa. Pero ¿qué quieren decir con… una orden de registro? ¿De qué va todo esto?

Sævar suspiró y le indicó a Leifur que lo siguiera.

Elma observó a los técnicos forenses llevar el equipo a la casa. Maríanna había perdido mucha sangre, lo que significaba que, si había muerto ahí, encontrarían rastros. Miró por encima del hombro hacia el coche donde Sævar esperaba junto a Leifur, que parecía abatido, con una expresión de impotencia absoluta. A pesar del frío, el sudor le brillaba en la frente y tenía manchas oscuras y húmedas bajo las axilas. Probablemente ignoraba por completo de qué era culpable Margrét. Ahora la prioridad era encontrar a las niñas lo antes posible.

—¿Se le ocurre dónde puede estar Margrét? —preguntó Elma acercándose a ellos—. ¿Hay algún sitio que le venga a la mente?

Leifur la miró durante un momento antes de responder, como si tuviera dificultades para entender la pregunta.

—Eh… no. —Giró la cabeza cuando un coche entró en la calle, luego volvió a mirarlos—. A menos que… Tenemos una casa de verano. Pero no ha dicho nada de visitarla, así que dudo que se encuentre ahí. ¿Están seguros de que no ha sufrido un accidente de camino al trabajo? Tiene que ser eso. Ella nunca…

—¿Dónde está la casa de verano? —lo interrumpió Sævar.

—No muy lejos de Bifröst. Justo al lado de Grábrók.

A Hekla le despertó el crujido del suelo cuando Tinna se incorporó. Sentía mucho calor, así que apartó la manta de lana con la que se había tapado. Ocupaban sendos colchones en el altillo. La única luz provenía de una pequeña lámpara bajo el techo abuhardillado. Cuando miró por la ventana, solo pudo ver fue su reflejo. En la planta de abajo, la pared estaba iluminada por un resplandor naranja y se oía el crepitar del fuego.

Tinna bostezó y se giró hacia Hekla.

—¿Has dormido bien?

—Mmm —contestó ella. No pretendía quedarse dormida, pero los párpados se le empezaron a cerrar en cuanto se tumbó en el colchón. ¿Qué hora sería?, se preguntó. Seguro que ya había pasado la hora de cenar, porque su estómago emitió un rugido tan fuerte que a Tinna se le pusieron los ojos como platos.

—Estoy de acuerdo. —Se rio y gritó—: ¡Mamá!

Se oyó un crujido de cuero en el piso de abajo.

—¿Sí, Tinna?

—Estamos muertas de hambre.

—Pues bajad.

Tinna empezó a bajar la escalera, y Hekla la siguió de cerca. No quería quedarse sola ahí arriba, aunque si no hubiera sido por los retortijones de sus tripas, podría haber dormido con facilidad hasta el amanecer. Tenía las piernas agarrotadas por el entrenamiento de fútbol y se le había dormido el brazo por apoyar la cabeza encima.

Margrét estaba sentada en el sofá con una manta sobre los pies. Se puso las gafas en la frente cuando bajaron y dejó a un lado el libro que estaba leyendo.

—¿Habéis descansado? —preguntó con una sonrisa. Su rostro y su cabello brillaron con el resplandor del fuego. Hekla pensó que parecía una actriz. Siempre se había sentido un poco intimidada por Margrét cuando iba a visitar a Tinna. Había algo en ella que la hacía sentirse cohibida. Le preocupaba tener el cabello lo bastante arreglado o la ropa sin arrugas. No sabía si era porque quería impresionar a Margrét o si había alguna otra razón.

—¿Hay algo de comer? —preguntó Tinna.

—He traído pan y ensalada. —Margrét se levantó y se puso las zapatillas que estaban en el suelo junto al sofá—. Lo siento, no hay nada más emocionante. Este viaje ha sido una decisión un poco espontánea. Sentaos, prepararé la cena.

Abrió los armarios de la cocina escasamente iluminada y sacó unos platos de color gris oscuro que parecían hechos de piedra. Abrió el grifo y llenó una jarra de agua, y luego se sirvió vino en una copa de tallo largo. Hekla se percató de que no quedaba mucho vino en la botella de la mesa. Cuando todo estuvo listo, Margrét se unió a ellas en la mesa y les dijo que se sirvieran.

—Hekla —dijo Margrét tras unos minutos. Hekla alzó la cabeza y le dirigió una mirada inquisitiva. Había un brillo extraño en la mirada de Margrét, como si la estuviera viendo por primera vez. Normalmente, Hekla sentía que Margrét la miraba como si no existiera. Pero ahora sus ojos parecían verla por dentro.

«¿Sí?», quiso responder, pero se había dejado la voz en alguna parte. Tosió y bebió un sorbo de agua.

—¿Alguna vez te he dicho que Tinna y tú estáis emparentadas?

Hekla casi se ahoga con el agua. Miró a Tinna, que se limitó a sonreír como si no fuera algo nuevo para ella.

—Es cierto. —Margrét sonrió levemente—. Sois primas. El padre de Tinna era el hermano de tu madre, así que sois parientes muy cercanas. Sois primas hermanas.

—Pero… —Hekla no supo cómo reaccionar ante esa información. Tenía que tratarse de un error—. Está muerto. El hermano de mi madre murió hace años.

—Sí. —Margrét asintió—. Murió antes de que Tinna naciera. Nunca supo de su existencia, y creo que tu madre tampoco.

Lo único que Hekla sabía de su tío Anton era que se había suicidado cuando Maríanna estaba embarazada. Maríanna casi nunca hablaba de él, pero en un par de ocasiones había rememorado momentos de su juventud, como cuando Anton la convenció de abrir el calendario de Adviento en noviembre y le ayudó a comerse todos los bombones. Pero siempre que

Hekla le preguntaba algo sobre su familia, su madre se negaba a responder. Hekla jamás le contó que había localizado a su abuelo en Facebook y que le había enviado un mensaje. Desde entonces había hablado con él de vez en cuando, y nunca había mencionado que Anton tuviera una hija. No era posible, y mucho menos que esa hija fuera Tinna. No, tenía que tratarse de un de error.

—Tinna ya sabe la historia completa —dijo Margrét—. Pero quería traerte aquí para contártela. Lo justo es que tú también lo sepas.

—¿Que sepa el qué?

—Bueno… —Margrét bajó la mirada a la copa y la hizo girar, removiendo el vino hasta el borde—. Lo que sucedió en realidad. Y por qué tenemos que mantenernos unidas; guardar nuestro secreto. —Alzó la vista y miró fijamente a Hekla—. ¿Crees que serás capaz?

El viaje a Bifröst parecía interminable. Circulaban a toda velocidad por las carreteras heladas, muy por encima del límite, con las luces azules parpadeando. Aun así, Elma sentía que iban a paso de tortuga por las laderas del monte Hafnarfjall.

—¿Y si Hekla vio algo? —preguntó Sævar cuando llegaron al puente sobre el fiordo de Borgarnes. Hasta ese momento, el silencio había reinado en el coche.

—¿Ver algo?

—Sí, es decir, ¿y si presenció el asesinato de su madre y por eso Margrét la ha secuestrado?

—Es posible —dijo Elma—. Puede ser que estuviera en la casa cuando apareció su madre. Pero, en ese caso, ¿por qué guardar silencio todo este tiempo? ¿Por qué proteger a Margrét? Seguro que a Hekla le importaba más su madre.

—¿Eso crees? Tal vez no le tenía mucho apego a Maríanna. Por otro lado, ¿y si no era a Margrét a la que protegía?

—¿Quién…? —Elma vaciló—. ¿Te refieres a que podría haber estado protegiendo a Tinna?

Sævar se encogió de hombros.

—O a ambas. Por lo que sabemos, a Hekla le cuesta encajar socialmente. No me extrañaría que hiciera algo drástico para no perder a su amiga.

—A su prima.

—¿Qué?

—Si es cierto que Anton era el padre de Tinna, son primas hermanas —explicó Elma—. Sus padres eran hermanos.

—Sí, por supuesto. —Sævar aminoró su desenfrenada velocidad cuando entraron en Borgarnes—. Entonces, con más razón Hekla no querría perderla. Pero seguimos sin estar seguros de si sabe que lo son.

Sævar volvió a pisar a fondo cuando entraron en la circunvalación, y pronto no hubo nada que disipara la oscuridad salvo las luces lejanas de un granja en el paisaje vacío.

A Sævar le sonó el móvil en su bolsillo y se lo entregó a Elma.

—Hemos encontrado sangre —la informó un técnico forense—. Todo el suelo de la cocina se ha iluminado.

La casa de verano parecía nueva. Estaba pintada de negro, tenía el tejado inclinado y ventanales que daban a una gran terraza con una bañera de hidromasaje. Toda ella destilaba opulencia. Pero las luces estaban apagadas, y, si no hubiera sido por el coche aparcado cerca, habrían pensado que la casa estaba vacía. Elma aguzó la vista para ver el interior, pero no pudo distinguir ningún movimiento. Las cortinas estaban echadas en las ventanas del piso de abajo.

—¿Crees que están aquí? —susurró Sævar pese a no ser necesario.

—Antes vimos movimiento —dijo uno de los agentes de policía de Borgarnes. Habían sido los primeros en llegar al lugar. Su coche estaba aparcado más abajo, desde donde habían podido ver la casa.

—¿Entonces están dentro?

—Sí, eso creo —respondió el agente—. Por lo menos, hay huellas que se dirigen a la puerta principal y hay alguien en el interior. Puede que estén en la parte posterior de la vivienda, que tiene las ventanas en dirección opuesta a la carretera.

—¿Hay alguna razón para esperar? —le preguntó Elma a Hörður, que los había seguido en su todoterreno y ahora se encontraba a su lado—. ¿No deberíamos entrar?

—Sí —contestó Hörður—. Tú y Sævar id a llamar a la puerta. Los demás nos situaremos alrededor de la casa para asegurarnos de que nadie salga por otro sitio. No creo que sea necesario, pero será mejor no correr riesgos.

Elma y Sævar caminaron hasta la casa y llamaron a la puerta. Cuando Elma aguzó el oído, le pareció oír un murmullo que podría provenir de un televisor. Se protegió los ojos con las manos y presionó la cara contra el panel de vidrio de la puerta principal. En el interior vio un armario para abrigos y algunos zapatos. Había dos pares de zapatillas en el suelo. Le dirigió una mirada a Sævar.

—¡Margrét! —dijo Sævar en voz alta, y volvió a llamar con más fuerza.

Al hacerlo, oyeron pasos y la puerta se abrió.

Margrét estaba en la puerta, y no parecía sorprendida de verlos.

—Buenas noches —los saludó.

—¿Dónde están las niñas, Margrét? —preguntó Sævar.

Margrét no dijo nada. Sonrió y los miró de arriba abajo. A Elma le resultó difícil interpretar su actitud. Tenía el mismo aspecto que en televisión: amable y sincero.

—¿Dónde están? —dijo Elma, entrando en la casa.

—Están ahí dentro. —Margrét señaló una puerta cerrada.

Elma pasó junto a ella con Sævar siguiéndole los talones. Fue directo a la habitación del fondo, de donde provenía el ruido del televisor. No sabía qué esperar, pero ahogó un grito cuando vio a las chicas tumbadas en el sofá. Tenían los brazos colgando y la oscuridad no le permitía ver si respiraban. El mundo se detuvo durante una fracción de segundo, pero, cuando Sævar encendió las luces, se movieron. Tinna levantó una mano para protegerse los ojos y Hekla rodó sobre el costado opuesto. Tinna no parecía alarmada o sorprendida en lo más mínimo de verlos. Se incorporó y apartó la manta que la cubría.

—¿Qué sucede? —preguntó Hekla en voz baja.

—Tenéis que venir conmigo, chicas —dijo Elma—. Os lo explicaremos todo de camino.

—¿Dónde está mamá? —preguntó Tinna.

—Ella… —Elma titubeó—. Ella irá con mi compañero.

—¿Por qué? —preguntó Tinna—. ¿No puede ir en el mismo coche que nosotras?

—Me temo que eso no es posible —respondió Elma con calma—. Os lo explicaremos…

—No. —La determinación en la voz de la niña hizo que Elma se callara. Tinna se levantó. Era mucho más alta que Elma, y, de repente, se sintió incómoda en pie frente a ella. Algo en la expresión de Tinna la hizo retroceder de forma involuntaria.

—Tinna, os…

—Lo hice yo —dijo Tinna—. Mamá no hizo nada. Yo fui quien mató a Maríanna.

Miércoles

El equipo forense estuvo ocupado hasta tarde. Cuando Elma fue a trabajar a la mañana siguiente, revisó las fotografías que habían tomado. Había señales claras de dónde la sangre había salpicado las paredes y formado un gran charco en el suelo. El analista de patrones de manchas de sangre que había examinado el escenario había concluido que Maríanna estaba en suelo cuando la golpearon. De hecho, todavía tenían que confirmar que la sangre fuera de ella, pero seguían basándose en la suposición de que sí lo era. Todo apuntaba a que la habían asesinado en la casa. La única cuestión pendiente era averiguar la identidad del responsable.

Elma entró en la cocina y se llenó la taza, luego se sentó a la mesa en lugar de regresar a su despacho. No creía que Tinna fuera culpable del asesinato de Maríanna, como la chica había afirmado la noche anterior. Lo más probable era que su confesión hubiera sido un intento de proteger a su madre, pero la policía no estaba segura. El conductor del autobús había visto a Margrét con una niña cuya descripción encajaba con la de Tinna: más alta y con una constitución más fuerte que la de Margrét. Elma suponía que ingresarían a Tinna en una unidad de salud mental infantil durante unos días mientras terminaban los informes. Como solo tenía catorce años cuando se cometió el asesinato, era demasiado joven para ser imputada. Tampoco valoraron la detención preventiva: había pasado demasiado tiempo desde el asesinato, así que la policía no tenía motivos para mantener separadas a madre e hija. Si Margrét y Tinna querían sincronizar sus historias sobre la muerte de Maríanna, habían tenido tiempo de sobra para hacerlo.

Pero ¿qué papel tenia Hekla en todo esto? ¿Había presenciado el asesinato de su madre? Elma había ido con ella en el coche la noche anterior. La chic no había hablado mucho, se había limitado a mirar por la ventana en el asiento trasero. Cuando vio a Bergrún y Fannar esperándola en la comisaría, corrió a sus brazos.

Elma dejó a un lado la taza de café, ya no le apetecía el negro brebaje. El interrogatorio de Margrét iba a comenzar pronto. Había preguntado si su abogado podía estar presente, y estaba de camino desde Reikiavik. Eran más de las doce, y Elma se sentía como si no hubiera dormido nada, a pesar de que había descansado un par de horas. Antes de apoyar la cabeza en la almohada y cerrar los ojos, le había estado dando vueltas a los acontecimientos de esa noche. Para su sorpresa, ya había amanecido cuando volvió a abrirlos. Estaba en mitad de un bostezo cuando Sævar entró en la cocina.

—Ha llegado el abogado —dijo—. ¿Empezamos?

Elma examinó a Margrét y fue incapaz de imaginarse la secuencia de acontecimientos que habían conducido a la muerte de Maríanna. ¿De verdad Margrét la había pisoteado, golpeado y pateado mucho después de que perdiera la consciencia?

Sævar encendió la grabadora y explicó el procedimiento. Margrét lo observó con expresión seria, aunque sus ojos estaban llenos de curiosidad. El único signo de nerviosismo era la manera en la que seguía bebiendo sorbos de agua. Elma notó que tenía los nudillos blancos cada vez que sujetaba el vaso.

—Vale —dijo Elma—. Repasemos los acontecimientos del viernes 4 de mayo. ¿Puede contarnos lo que ocurrió?

—Sí. —Margrét se aclaró la garganta—. Estaba a punto de irme a trabajar cuando alguien llamó a la puerta.

—¿Había alguien más en casa?

—Tinna y Hekla estaban en la habitación.

—De acuerdo —dijo Elma—. Continúe.

—Como he dicho, alguien llamó a la puerta y fui a abrir. Enseguida me di cuenta de que me conocía por la manera en la que me miraba. Supuse de la televisión. Pero no dijo ni una palabra, solo… me miró. —Margrét desvió la mirada al vaso—. Luego me preguntó si sabía quién era y, cuando le dije que no, me dijo que quería hablar conmigo. Fuimos a la cocina y me contó quién era su hermano. Me quedé sorprendida. De hecho, eso es quedarse corto; me quedé de piedra.

—¿Podría explicarnos quién era su hermano? —preguntó Sævar—. Para la grabación.

—Anton vivía en Sandgerði, como yo. Coincidimos en una fiesta, aunque no me acuerdo mucho. Lo único que recuerdo es que me quedé dormida sola en una habitación, pero, cuando me desperté, él estaba encima de mí. Me había quitado toda la ropa—. Cerró los ojos un instante—. Lo siento, yo… Llevo toda la vida intentando escapar de lo que ocurrió. Me he escondido de la gente que no me creyó y me juzgó por algo sobre lo que no tuve control, así que ver a su hermana en mi cocina fue… No puedo describirlo. —Margrét hizo una pausa, con la mirada perdida en la mesa—. Supongo que no reaccioné debidamente. Le dije que se fuera y que se llevara… que se llevara a Hekla con ella. Por supuesto que no fue justo, pero lo que me pasó a mí tampoco lo fue. Nada fue justo.

—¿Cómo reaccionó? —preguntó Sævar cuando Margrét no mostró intención de continuar.

—Me llamó mentirosa. Me dijo que había estado observándome y había visto qué tipo de persona era. De repente me di cuenta de que tuvo que ser ella la que me envió las cartas.

—Háblenos de las cartas.

—Comencé a recibir cartas amenazantes tres años después de que Hrafntinna naciera. Eran cartas anónimas que me felicitaban por mi niña. Una mencionaba el nombre de la guardería de Tinna, lo que me hizo temer por su seguridad. Además, una noche me empujaron por las escaleras en un club nocturno de Reikiavik. No vi quién lo hizo, pero supuse que fue la misma persona que me enviaba las cartas. Después de eso, mi hija y yo nos mudamos.

Elma asintió. Había leído las cartas y sabía que Margrét decía la verdad.

—¿Maríanna admitió haberlas enviado?

Margrét alzo la mirada y sonrió con ironía.

—Sí, lo hizo. Se rio y me preguntó si me había asustado. Fue entonces cuando… cuando perdí el control por completo. Le grité y la empujé porque quería que se marchara.

—¿Así que hubo una pelea?

Margrét miró a su abogado, luego a Elma y asintió.

—Ella solo intentaba salvarme.

Elma se inclinó hacia ella.

—¿Quién? ¿Quién intentó salvarte?

—Tinna —dijo Margrét con la voz entrecortada—. No pretendía matarla. Salió de su habitación y nos vio. Debió de pensar que necesitaba ayuda o… No sé qué pensó. Lo único que sé es que al minuto siguiente estaba en el suelo y había sangre por todas partes y… Oh, Dios. —Margrét se tapó la boca con la mano y las lágrimas le empezaron a rodar por las mejillas—. ¿Qué sucederá ahora? ¿Qué le pasará a Tinna?

El abogado intervino.

—Hrafntinna tenía catorce años en el momento del incidente, lo que significa que no había alcanzado la edad de responsabilidad penal.

Elma y Sævar intercambiaron una mirada. No habían esperado todo esto.

—¿Podemos hacer una pausa corta? —rogó Margrét entre sollozos.

Sævar asintió y apagó la grabadora. Elma se levantó, cogió algunos pañuelos y se los entregó a Margrét. Poco después, esta recobró la compostura y estuvo lista para continuar.

—Como pueden ver, mi cliente no es culpable de asesinato —dijo el abogado—. Su hija ha confirmado la historia. Pensó que su madre se encontraba en peligro y actuó en consecuencia.

—Por favor, no interrumpa el interrogatorio —le pidió Elma. Su papel era observar y proteger los intereses de su cliente. Tendría la oportunidad de exponer su caso en el juicio.

—¿Qué sucedió después? —Sævar formuló la pregunta a Margrét.

—No sabía qué hacer. La pobre Hekla estaba ahí y lo vio todo. Le dije que volviera a casa y le rogué que no le contara a nadie lo ocurrido.

—¿Por qué ocultó el cuerpo? —preguntó Elma—. Si fue un accidente y en defensa propia, ¿por qué no llamó a la policía?

—Como he dicho, estaba asustada y no sabía qué hacer. No pensaba con claridad. Llamé al trabajo y dije que estaba enferma. Lo único en lo que pensaba en aquel momento era en hacer desaparecer a Maríanna. Actuar como si no hubiera sucedido nada. Sabía cómo trataba a Hekla. He hablado muchas veces con Bergrún, y me explicó que esa mujer se marchó y la dejó sola cuando tenía tres años. Tres años. ¿Pueden creérselo? No pensé que nadie fuese a echarla de menos. Ni siquiera Hekla parecía muy disgustada. Le dije que ahora podría mudarse con Bergrún y Fannar, como siempre había querido. Pero mi máxima prioridad era no arruinarle la vida a Tinna. A pesar de que no la habrían condenado, siempre la habrían tachado de asesina. Sé por experiencia que la gente no necesita jueces: son perfectamente capaces de condenar a la gente por sí mismos. Y el tribunal de la opinión pública es mucho más despiadado que el sistema judicial.

Margrét se terminó el vaso de agua. Vestía un grueso jersey marrón claro con cuello de pico. El cabello le caía por los hombros y llevaba el rostro sin maquillaje, pero era como si la estuvieran filmando en un rodaje. Había algo extraño en su postura, estaba muy erguida y miraba al frente mientras hablaba. Por otro lado, estaba su voz. Ese familiar tono meloso. Como si estuviera leyendo un guion. Si Elma hubiera conocido a Margrét en diferentes circunstancias, probablemente no se habría percatado de nada. Pero había visto otra de sus facetas, así que se preguntó si decía la verdad.

—Tenemos a un conductor de autobús que recuerda haberlas visto a Tinna y a usted tomando el bus de Bifröst a Akranes el 4 de mayo —dijo Sævar.

—No podía ir sola —dijo Margrét—. Tienen que entenderlo. Intenté levantar el cuerpo, pero no pude hacerlo. No era lo bastante fuerte. —Se desplomó en la silla y dejó escapar un sonoro suspiro, como si estuviera exasperada por su incapacidad para comprenderla. Por un momento, se le cayó la máscara y Elma captó un destello de ira en sus ojos. Después Margrét se enderezó y dijo:

—Hekla y Tinna pueden confirmar todo lo que he dicho.

No esperaba abrazos. Reproches sí, pero no abrazos. Respiró el aroma a coco del cabello de Bergrún. Fannar la abrazó de una forma más torpe y breve, aunque igual de cálida y agradable. Era como estar envuelta en una manta suave. Después de su declaración como testigo, habían vuelto directamente a casa, donde Bergrún le preparó un baño sin mencionar lo ocurrido. Se sentía agradecida por ello. No obstante, una vez en la cama, no podía dejar de pensar en si podría haber hecho algo de forma distinta. En si habría querido cambiar algo.

El 4 de mayo, Hekla se había escapado en mitad de su clase de natación sin que nadie se diera cuenta. Ignoró los intentos de Maríanna por contactarla y llamó a Agnar, pero no tuvo tiempo de ir a recogerla. De modo que tomó el bus a Akranes sin tener una idea clara de lo que haría cuando llegase. Estaba tan enfadada que lo único en lo que podía pensar era en alejarse de Maríanna. Su madre no entendía nada y no podía importarle menos que se perdiese el torneo de fútbol. Pero no podía ir a casa de Bergrún y Fannar, porque ese era el primer lugar en el que Maríanna la buscaría.

Tinna había respondido en cuanto la llamó, y su madre no hizo ningún comentario cuando apareció en su casa, dado que no era algo inusual. Hekla se pasaba a ver a Tinna la mayoría de los fines de semana que estaba en Akranes. Pero Maríanna había seguido llamando, y al final Hekla entró en razón y decidió volver a casa. Tenía tanto miedo de que fuera a castigarla que, en el camino de vuelta, se devanó los sesos buscando excusas: había perdido el teléfono, había estado haciendo deberes con otras chicas del colegio (como si Maríanna fuera a creérselo), le habían dado permiso para quedarse en la piscina más tiempo, había perdido las llaves de casa, había ido a la biblioteca y perdido la noción del tiempo enfrascada en la lectura…

Cuando el autobús llegó a Borgarnes, ya tenía la historia completa en la cabeza, pero, al llegar a casa, no había ni rastro de Maríanna. Solo una nota: «Lo siento. Te quiero. Mamá». Había creído que el mensaje era por el torneo de fútbol y se había sentido aún más culpable por haberse escapado a Akranes.

Cuando quedó claro que Maríanna no iba a regresar, vio todo desde una nueva perspectiva. No la había escrito por el torneo, sino porque había decidido desaparecer para siempre. O eso había creído.

Después, todo ocurrió a la vez rápida y lentamente. La mudanza, el cambio de colegio, nueva habitación, nueva vida. Cenaba a las siete en punto, se despertaba a las siete y media e iba al entrenamiento de fútbol cinco veces a la semana. Y Hekla era feliz, demasiado feliz para pensar en Maríanna. Si acaso, se sentía agradecida porque era como si Maríanna por fin la hubiera liberado. Así se había sentido después de la desaparición de Maríanna: libre.

Pero ahora Hekla sabía la historia completa. Sabía qué tipo de hermano había tenido Maríanna y lo que había hecho. No podía ni imaginarse cómo tuvo que sentirse Margrét. El recuerdo de Margrét, tan hermosa y amable, la hizo sonreír. ¿Por qué le había tenido miedo? En la casa de verano se había sentido muy cómoda en su compañía. Como si por fin formara parte de una verdadera familia, sus parientes consanguíneos. Tinna y ella eran primas. Eso era algo que pensó que nunca tendría. Aun así, sintió una punzada en el corazón cuando pensó en Tinna y en lo que nunca podría pasar entre ellas. Quizá era lo mejor. Quizá nunca había sido una posibilidad real y solo se había imaginado que Tinna sentía algo por ella. Quizá.

No importaba. Lo que tenían ahora era mucho más grande e importante, y lo único que tenía que hacer era modificar un poco la verdad. Tenía que afirmar que había sido testigo de algo que no había presenciado para evitar que Margrét y Tinna se metieran en problemas. Después la vida podría continuar igual. No, igual no; mejor que antes.

Ahora todo sería mucho mejor.

Lunes

Habían analizado el caso una y otra vez durante los últimos días, pero, en realidad, ya no estaba en sus manos. Margrét sería acusada, aunque Elma dudaba que se enfrentara a una pena de prisión larga. Tinna y Hekla habían confirmado la historia y no tenían pruebas para refutar su versión de los hechos. Margrét no solo era convincente, sino que la gente quería creerla.

Su historia estaba en todos los medios de comunicación; el relato de cómo el pequeño pueblo le había dado la espalda después de la supuesta violación. Alguien había descubierto que Maríanna, la hermana del violador, la había acosado posteriormente. Había un clamor de voces que exigía la liberación de Margrét. Parecía que le habían dado la vuelta al caso y que, en lugar de ser culpable de asesinato —o, al menos, de haberlo encubierto—, ahora era la víctima. Una heroína. Lo cierto era que la mayoría de la gente coincidía en que ocultar el cuerpo había sido un error, pero uno justificable, dadas las circunstancias. Solo estaba protegiendo a su hija. Maríanna recibió un trato mucho peor por parte de la prensa, que la describió como una mala madre y criticó a la Agencia de Protección de Menores por haberle permitido quedarse con Hekla. Sobre todo, después de que alguien filtrara que había dejado a Hekla sola durante tres días cuando tenía tres años. Las pocas voces que creían que Margrét se merecía una sentencia dura fueron ahogadas por el maremoto provocado por la gente activa en la sección de comentarios de los periódicos. A Elma no le sorprendería que el poder persuasivo de las redes sociales acabara influyendo en el tribunal.

Apoyó la barbilla en la mano y miró a Sævar.

—Hay algo que no me convence. Algo en ella que no… que no encaja.

—¿Qué quieres decir?

—Hay una cualidad que ni la televisión ni las entrevistas del periódico logran transmitir, ni siquiera se advierte cuando la conoces en persona. Es como si se pusiera una máscara para las cámaras y todo fuera teatro. Ha guardado silencio sobre la muerte de Maríanna durante siete meses y ha fingido con frialdad que no ocurría nada. Si el cuerpo no hubiera aparecido, se habría salido con la suya.

Sævar suspiró.

—La historia de Margrét es bastante sólida y hay varias pruebas que la respaldan. Tenemos que comparar la caligrafía de las cartas amenazantes con la de Maríanna para determinar si las envió. Y, si Tinna es culpable, es muy probable que una madre reaccionara así. Si estaba protegiendo a su hija.

Elma asintió. No podía aportar ningún motivo para justificar su aversión por la mujer. Tal vez eran sus prejuicios, influidos por la manera en la que Margrét la había mirado, como si se riera de ella. No importaba las veces que Elma se recordase que a Margrét la habían tratado de forma terrible sobre el asunto de la violación: era incapaz de sentir compasión por ella.

Quizá era por la discrepancia que había percibido entre la imagen pública de Margrét y su comportamiento cuando hablaba con Elma. No era la misma persona. Elma entendía que la gente cayera a los pies de la mujer amable, cálida y franca que veían en las pantallas del televisor. Pero esa no era la Margrét con la que se había encontrado a puerta cerrada.

El teléfono sonó, y Elma entró en su despacho y cerró la puerta. Era Gulla desde la recepción.

—Tengo a una mujer al teléfono. ¿Puedo pasártela?

Elma le echó un vistazo al reloj: estaba a punto de marcharse.

—Sí, vale. Pásamela.

La mujer se presentó como Guðrún. A Elma le resultó imposible adivinar su edad. Su voz sonaba juvenil, pero su dicción era muy clara, y su lenguaje, formal.

—Está mintiendo —dijo la mujer—. Margrét está mintiendo sobre todo este asunto.

—Lo siento, ¿quién ha dicho que era?

Sævar asomó la cabeza por la puerta y Elma le indicó que esperara. Iban a comer con algunos compañeros.

—Tengo un hijo llamado Hafliði que tuvo una relación con Margrét —explicó la mujer—. Estaba perdidamente enamorado de ella y muy unido a su hija, Hrafntinna. Solo las vi una vez, pero fue más que suficiente. Había algo realmente malévolo en ella, y no tenías que estar cerca de ella mucho tiempo para verlo. Sin embargo, fue inútil intentar discutirlo con Hafliði. El amor es ciego.

Elma recordaba el nombre de Hafliði de cuando habían buscado a Margrét en el LÖKE, la base de datos policial. Era el vecino que había resultado herido de gravedad en un accidente. Pero Margrét no pudo haber estado involucrada porque tenía una coartada, por lo que a Elma no se le ocurría ningún motivo para que la madre de Hafliði la llamara.

—Me parece que no la entiendo…

—No, imagino que no —respondió la mujer—. Mi hijo y yo estábamos muy unidos. Y digo estábamos porque, aunque sigue vivo, ya no es la misma persona. Ya no se puede reconocer en él al antiguo Hafliði. En cualquier caso, me llamó la noche antes del accidente, angustiado porque había arruinado su relación con Margrét. Le había… sido infiel.

—Entiendo —dijo Elma. Recordaba que un vecino había oído a Hafliði y Margrét discutir unos días antes del accidente. Lo más probable era que la pelea hubiera sido por eso.

—Sé que estuvo involucrada en su accidente. Estoy tan segura de eso como de mi propio nombre.

—¿Qué le hace estar tan segura?

—Es obvio, ¿no? Una maceta no se cae al azar de la séptima planta y se estrella exactamente en la cabeza de Hafliði. Es una coincidencia demasiado conveniente. No. Si quiere saber mi opinión, la dejaron caer encima de él a propósito.

Elma volvió a mirar el reloj. Evidentemente, se compadecía de la mujer. Había sido un terrible accidente. Pero se compadecía aún más de su incapacidad para aceptar lo ocurrido y seguir adelante en lugar de sentir que tenía que culpar a alguien; encontrar un chivo expiatorio.

—Y por otra parte está el collar —añadió la mujer.

—¿El collar?

—Le regalé un collar a Hafliði cuando cumplió los treinta. Un cadena con un colgante con la letra H que nunca se quitaba. Cuando lo encontraron, no había ni rastro del collar. Registramos todo el piso y no lo encontramos.

—¿No es posible que lo perdiera?

—No —contestó Guðrún, tajante—. No, alguien lo robó. La misma persona que tiró la maceta.

A Elma la afirmación le pareció absurda.

—Entiendo —dijo.

Sævar volvió a asomar la cabeza por la puerta y dio unos golpecitos en su reloj. Elma le indicó que casi había terminado.

—¿Puedo enviarle una fotografía? —preguntó la mujer.

—¿Una fotografía? —Elma se puso en pie y descolgó la chaqueta del respaldo de la silla.

—Del collar.

—No sé en qué puede ayudar eso.

—Por favor —rogó Guðrún—. En caso de que lo encuentren en el transcurso de la…

—De acuerdo, envíela —la interrumpió Elma rápidamente—. Se moría de hambre. Begga también apareció en el despacho con expresión impaciente. Elma le dio a Guðrún su dirección de correo y se apresuró a terminar la llamada.

Después de comer, Elma regresó a su escritorio. Se quedó un rato sentada, mirando la pared y acariciando las orejas de Birta, con una extraña sensación de vacío en su interior. Había disfrutado de la comida hasta que Sævar les había dado a Begga y a ella una noticia que le había hecho perder por completo las ganas de comerse su sándwich club. Al parecer, el cáncer de Gígja se había extendido a sus huesos, de modo que Hörður iba a tomarse un descanso indefinido. Elma no sabía mucho sobre el cáncer, cosa que agradecía, aunque sí sabía que una vez que se extendía a los huesos, el pronóstico no era bueno.

Gígja y Hörður llevaban juntos desde que eran jóvenes. Tenían hijos y nietos, y todo lo que a Elma le gustaría tener algún día. Por muy distintos que fueran, era inevitable apreciar lo mucho que se amaban, pero también lo mucho que la enfermedad de Gígja había afectado a Hörður. Llevaba meses distraído, y últimamente parecía que sus preocupaciones lo abrumaban. Ojalá pudiera ayudar de alguna manera.

Los pensamientos de Elma se dirigieron a sus padres. Pasaron por un momento difícil cuando las hermanas eran más pequeñas, pero con el paso de los años su relación parecía haberse fortalecido. Quizá se debía a todas las vacaciones que pasaban fuera del país o a los pasatiempos que ahora compartían. El año pasado, su padre le había regalado a su madre botas de pesca por Navidad, y en verano habían ido de pesca juntos. Ahora su madre iba a recompensarlo llevándolo con ella a un partido del Liverpool.

Elma suspiró, sacó el móvil y seleccionó el número de Jakob. Era el momento de decirle la verdad. No podía seguir evitándolo de esa manera. No era justo.

Después de la llamada, volvió a sentarse con la sensación de haberse quitado un peso de encima. En ese momento vio que la madre de Hafliði le había enviado un mensaje. Cuando lo abrió, una imagen comenzó a descargarse, poco a poco.

El hombre de la foto era increíblemente atractivo. Tenía el cabello oscuro y ligeramente ondulado, una mirada cálida y una gran sonrisa que revelaba una perfecta dentadura blanca. Por último, apareció su cuello con una cadena y un colgante, y Elma recordó exactamente dónde había visto el mismo tipo de collar.

Trece años

Mi niñita se ha convertido en una adolescente. En una chica de trece años a la que le gustan raperos de los que nunca he oído hablar, que se pasa una hora en la ducha y tarda otra hora en prepararse. La dejo teñirse de rubio. Le queda bien, resalta el gris de sus ojos. No queda mucho de la niña asustadiza que una vez fue. Nadie sospecharía que no tuvo ningún amigo durante los primeros diez años de su vida o que apenas había hablado hasta los tres años. Nadie, al mirarla ahora, vería a una niña que apenas alzaba la mirada de suelo y que jugaba de forma obsesiva con aquellos soldados verdes de juguete. Hace tiempo que desaparecieron. Los metimos en una bolsa de basura y los tiramos el día en que nos mudamos a Akranes. Solo yo puedo ver algún atisbo de la niña que una vez fue. Esa vacilación cuando se encuentra en una situación en la que no sabe cómo actuar. La mayoría solo ve a una chica que sopesa con cuidado sus palabras antes de hablar. No saben que lo que en realidad está haciendo es desentrañar lo que la gente espera que diga. La comunicación normal no es algo natural para ella.

Ha habido muchos cambios desde que empecé a trabajar en la televisión. Yo misma he cambiado. Perdí todos los kilos que había ganado y recuperé la apariencia que tenía antes. No me importaba que alguien me viera o me reconociera porque no tenía razones para avergonzarme de nada. Conocí a Leifur en el trabajo. Era el director financiero de la compañía de televisión. Hrafntinna y yo nos mudamos a Akranes porque él vivía ahí y viajaba a Reikiavik cada día. Volví a disfrutar de la vida en un pueblo pequeño, y el cambio de aires también le vino bien a mi hija. Ir a un colegio nuevo le dio la oportunidad de reinventarse, y lo hizo mejor de lo que habría podido imaginar. Ha tenido tanto éxito que apenas la reconozco.

Pero su habitación no se parece mucho a las de las otras adolescentes. Oigo a las otras madres quejarse de que los cuartos de sus hijas son unas pocilgas y de que se pasan horas al teléfono sin hacer los deberes. La suya siempre está impecable y ordenada. Cada cosa tiene su sitio y cada prenda de vestir está perfectamente doblada y guardada en el armario, mientras que los zapatos están alineados en una repisa a los pies de la cama.

Me detengo junto a la foto de su escritorio: Tinna con seis años en su primer día de colegio. Por lo menos hice algo bien: le hice la foto tradicional que todos los padres deberían hacer. Al lado de esta está la piedra negra de la abuela, la hrafntinna.

Abro el cajón del escritorio. Está lleno de hojas y libros. Y también de rotuladores con los colores del arcoíris y gomas de borrar con forma de comida. Una hamburguesa, una piña y un pollo. Antes las ordenaba en la estantería, pero ahora han encontrado un nuevo hogar. Organizo automáticamente la pila de papeles y aparto las gomas de borrar.

Es entonces cuando me fijo en la cadena. Está escondida en el fondo del cajón. Cuando la saco, veo la H colgando frente a mí. De repente, el suelo parece tambalearse y me hundo en la silla del escritorio. Vuelvo a dejar el collar en el cajón y me quedo sentada observándolo. Cierro los ojos y veo a Hafliði la noche antes del accidente. Recuerdo con claridad que llevaba la cadena en el cuello cuando estaba en mi puerta, suplicando mi perdón. Y veo a Hrafntinna, el día que se conocieron, señalándola y diciendo: «Eh, esa es mi inicial». Los veo a ambos sujetando los colgantes con la letra H como si fueran la prueba de su relación. «¿Odias a Hafliði, mamá?», me había preguntado. Un mundo en blanco y negro. O bueno o malo, nada intermedio.

Me tiemblan las manos cuando me levanto y cierro con cuidado el cajón. Sigo limpiando la casa y hay dos preguntas que no dejan de rondarme la cabeza: ¿quién es realmente? ¿Quién es esa niña que traje al mundo?

Martes

Tinna observó cómo la batidora trituraba las bayas congeladas hasta reducirlas a un puré rosa. Ahora solo estaban ella, Leifur y su estúpido hermanastro en casa. Había llegado el día anterior después de pasar varios días con un médico que creía que podía analizarla. Se sentía un poco sola en casa sin su madre. Ojalá no hubiera tenido que irse, aunque sabía que no tenía elección. Con suerte, regresaría pronto. Porque era imposible que Tinna se quedara ahí mucho tiempo sin ella. Habría dado cualquier cosa para que le permitieran ir con ella. Siempre habían estado juntas, ella y su madre, y a ella le resultaba difícil imaginarse una vida distinta.

En todos esos años, Tinna solo había preguntado por la identidad de su padre una vez, y su madre había reaccionado de tal manera que nunca le había vuelto a preguntar. Pero ahora lo sabía. Cuando Maríanna fue aquel día de primavera, se enteró de que se llamaba Anton y que estaba muerto. Había muerto antes de que ella naciera. Lo buscó en Internet y lo único que encontró fue un artículo de cuando había representado a Islandia en un concurso de matemáticas en su adolescencia. Había heredado su interés por las matemáticas, así como su cabello oscuro y su corpulencia. A Tinna le hubiera gustado parecerse más a su madre: más pequeña y con rasgos más finos. Y que su nariz no fuera tan grande y su cabello tan oscuro. Había hecho todo lo posible por parecerse más a su madre. Se había teñido el cabello de rubio, llevaba ropa que su madre se había comprado e imitaba su actitud. Estudiaba sus expresiones y sonreía; practicaba frente al espejo hasta que le dolían las mejillas. Su madre se había mostrado muy complacida, y haría lo que fuera por complacerla. Todo era mucho más sencillo cuando ella se sentía feliz.

Miró por la ventana de la cocina y se fijó en un coche que estaba aparcando delante de su casa. Una mujer salió del interior y la reconoció. Era la agente de policía que había ido a buscarlas a la casa de verano. Tinna cogió su brillo de labios de fresa y se lo aplicó. Luego metió una pajita en el batido rosa y se dirigió a la puerta.

Tinna notaba que la agente de policía sentada en la silla de la cocina frente a ella estaba nerviosa, a pesar de su sonrisa. Las marcas rojas del cuello la delataban.

—Solo quería hablar contigo —dijo la mujer—. No es nada grave, te lo prometo.

Tinna no le devolvió la sonrisa. Ahora que su madre no estaba ahí, no tenia necesidad de actuar. Estaba cansada de esforzarse tanto cada día, muy cansada. Le hubiera gustado decirle a esa mujer adónde podía irse, pero sabía que sería insensato y consiguió refrenar el impulso. A lo largo de los años había aprendido a controlar la impetuosidad que solía llevarla a actuar sin pensar.

—Llevas un collar muy bonito —dijo la mujer.

Tinna levantó la mano de forma automática y acarició la H, como hacía siempre que se sentía insegura.

—¿De dónde lo has sacado? —preguntó la mujer.

—Fue un regalo —respondió Tinna, lo cual era casi cierto. Desde luego, no protestó cuando se lo quitó del cuello. Al principio lo escondía en el escritorio y solo lo sacaba de vez en cuando para mirarlo. Su propio collar también tenía un colgante con una H, pero el de ella era plateado, mientras que el de Hafliði era dorado. Hacía más o menos un año había empezado a llevarlo en lugar del que sus abuelos maternos le regalaron de bebé, que ahora era demasiado pequeño. De todas formas, ¿por qué debía llevar algo que le dieron unas personas que no se preocupaban por su madre y por ella? Su madre se fijó en el collar una noche, cuando estaban cenando con Leifur. Le lanzó una mirada extraña, pero no dijo nada. Tinna no se lo había quitado desde entonces.

—¿Quién te lo regaló?

—Mi amigo. —Hafliði era su amigo. O eso había creído ella. Cuando Hafliði traicionó a su madre, la traicionó a ella y también todas sus promesas.

La agente de policía le tendió el teléfono, y Tinna bajó la mirada y vio a Hafliði sonriéndole. Siempre tan contento y amable, dispuesto a jugar y ver los documentales de fauna salvaje o series de ciencia ficción con ella. Le explicaba cómo funcionaba la física y la ayudaba con los deberes de matemáticas, algo que su madre nunca se había molestado en hacer.

—Es Hafliði —dijo Tinna. No tenía sentido negarlo. Y sabía que, en realidad, no importaba lo que le dijera esa policía porque no podía hacerle nada.

—¿Él te dio el collar?

Tinna asintió. Sí, la historia podría haber sido así. Hafliði le había dado la cadena como regalo de despedida el día de su accidente.

—¿Te acuerdas de su hijo, Stéfan?

—Sí. —Tinna lo recordaba bien. Nunca había soportado a ese capullo engreído que quería a su padre solo para él. Si su madre y Hafliði no se hubieran separado, habría encontrado la manera de deshacerse de Stefán. Sonrió al recordar a su yo de diez años imaginando todo tipo de ideas para quitarlo de en medio.

—Jura que su padre llevaba el collar la mañana del día de su accidente.

—Me lo regaló al mediodía. Cuando volví a casa.

—¿Así que estabas en casa cuando sucedió el accidente?

—Sí.

—¿Viste lo que ocurrió?

—No.

La agente la observó durante un momento y Tinna le sostuvo la mirada. La mujer tenía unos ojos preciosos: grises, marrones y verdes. Se preguntó si debía decírselo, pero, tras considerarlo un instante, decidió que lo mejor sería guardarse el pensamiento para sí misma. Su madre le había enseñado a no confiar nunca en nadie. Le había dicho que la mayoría de la gente que era amable solo fingía serlo porque querían persuadirte para que hicieras algo por ellos. Las personas siempre intentaban engañarte. Como había hecho Hafliði.

—He hablado con la madre de Hafliði —prosiguió la agente—. Puede que no la recuerdes, pero os visteis una vez.

Tinna recordaba perfectamente a la pequeña mujer rechoncha de cabello gris que con tanta repugnancia las había mirado a su madre y a ella.

La agente continuó:

—Me llamó y me habló del collar. Me dijo que lo habían buscado por todas partes. Creo que estaría muy agradecida si lo recuperara.

Tinna apretó el collar con más fuerza y negó lentamente con la cabeza.

—Hafliði me lo regaló. Ahora es mío.

Observó a la agente de policía alejarse en coche de la casa y pasó un dedo por la H. Ojalá Hafliði no hubiera engañado a su madre y estropeado sus planes, el futuro que se había imaginado con los tres viviendo felices para siempre. Se había sentido muy emocionada por tener una verdadera familia, por tener un padre. Era muy amable y divertido, a diferencia de Leifur, que lo único que hacía era trabajar y se ponía muy rojo cada vez que trataba de mantener una conversación con ella. Si Hafliði no las hubiera abandonado, su vida habría sido mucho mejor. Daba igual. Ahora por lo menos tenía a Hekla, y su madre pronto volvería a su lado. Entonces todo sería perfecto.

Epílogo

I

Siento como si me hubieran transportado quince años atrás en el tiempo. Estoy tumbada en la cama, con sábanas blancas que parecen de papel pegadas a la piel. Al otro lado de la puerta, el personal me vigila. La única diferencia es que nadie me pone un bebé en el pecho. Ningún llanto me despierta en mitad de la noche. Estoy sola.

Me pregunto qué es lo que dicen de mí ahora. Cómo son las historias en los medios de comunicación, de qué hablan en las calles. Tengo la impresión de que esta vez están de mi parte. Creo verlo en las miradas de los funcionarios de la cárcel. No hay ni rastro de condena, solo lástima y compasión. Debo admitir que se me da bastante bien interpretar el papel de víctima. Sé cómo lucir pequeña y vulnerable. Cómo bajar la mirada como si estuviera avergonzada. Cómo hacer de madre cariñosa. Después de todo, tengo muchos años de experiencia en ese papel.

Cierro los ojos y viajo en el tiempo a la época en la que vivía sin preocupaciones en Sandgerði, sin niños y sin las responsabilidades que conllevan. En aquel entonces, Sandgerði era una pequeña comunidad pesquera a unos minutos en coche del aeropuerto de Keflavík y de la vecina ciudad de Reykjanesbær. Aparte de una bonita iglesia, tenía pocas cosas que la diferenciaran. No tenía un paisaje destacable, solo cielo abierto y la llanura volcánica plana y sin árboles del extremo occidental de la península de Reykjanes. Eso sí, tenías una vista despejada de la bahía de Faxaflói cuando hacía buen tiempo.

Con veintipocos años, solía salir de fiesta cada fin de semana. Muchas veces, tanto el viernes como el sábado por la noche, y a veces también durante la semana. No era algo que hiciera solo yo, también la mayoría de los chicos de mi edad y muchas personas mayores que todavía no habían sentado cabeza. La clase de personas sin familia y que seguían con los mismos trabajos que cuando tenían dieciocho, que llevaban décadas estancadas en la rutina. Todo ello forma parte de la vida en un pueblo pequeño que no tiene mucho más que ofrecer.

Había un bar en el pueblo. Era popular los fines de semana, y para nosotros se había vuelto una costumbre reunirnos ahí. La mayoría de las noches eran tan similares que se fusionan en mis recuerdos. La misma gente, fin de semana tras fin de semana. Bebidas, baile, charlas de borrachos y besos robados. A veces quedábamos primero en casa de alguno de los otros chicos, cuando sus padres se iban, y en ocasiones en casa de juerguistas de mayor edad.

Una noche, a finales de agosto, los padres de mi amiga estaban de viaje e invitamos a todo el mundo a su casa. Era verano, y el día había sido especialmente caluroso. Todas las puertas estaban abiertas, y había gente dentro, fuera y en la bañera de hidromasaje. Aquella noche parecía que jamás iba a oscurecer. El sol se ocultó brevemente en el horizonte, pero siguió iluminando el cielo en un crepúsculo interminable. Alguien nos dio unas pastillas y nos las tomamos sin hacer preguntas. Siguió llegando más y más gente, y la casa acabó abarrotada. Había invitados por todas partes; gente que apenas conocíamos, mucho mayores que nosotros. Pero después de que las pastillas nos hicieran efecto, dejó de importarnos.

No recuerdo exactamente lo que sucedió o cómo terminamos juntos. Solo recuerdo que estábamos varios en una habitación. Nos tocamos, hablamos y fumamos. Nos contamos cosas que de otra manera nunca habríamos admitido. De repente, él también estaba ahí, ese chico un par de años mayor que nosotros. No formaba parte del grupo de los populares, más bien lo contrario. Era obeso, tenía cicatrices de acné y el cabello grasiento. Siempre llevaba camisetas finas de algodón que se le pegaban a la espalda sudorosa. Había olvidado su nombre, pero recordaba su olor corporal de cuando íbamos al colegio; el olor a sudor y a cabello sucio. Por lo general, no lo habríamos invitado a unirse a nosotros, pero aquella noche nadie hizo ningún comentario al respecto.

Tampoco me pareció extraño que nos quedáramos a solas en una habitación y que empezase a acariciarme la mano. Cuando nos besamos, sus labios eran suaves, y no protesté cuando empezó a desvestirme. Todavía recuerdo cómo fue tocar su cuerpo y sentir su peso encima de mí. Recuerdo cómo acaricié su espalda sudorosa y lo apreté contra mí. Como si no tuviera suficiente. Como si lo único que quisiera fuera estar más cerca de él.

Debí de quedarme dormida, porque de repente la luz del sol entraba en la habitación e iluminaba mi cuerpo desnudo. Sin embargo, tenía frío. Me sentí muy mal esa mañana, a diferencia de lo bien que me había sentido la noche anterior. La sensación no mejoró al ver el bulto asquerosamente gordo y repulsivo que tenía al lado. La cruel luz del día reveló la piel blanca con cicatrices, los granos de la espalda y la frente brillante. No se movió cuando me vestí. Al hacerlo, recordé lo ocurrido la noche anterior y me inundó tal repulsión que fui corriendo hasta el baño para vomitar. No podía dejar de pensar en lo que habíamos hecho. Fue asqueroso. Repugnante. Le había dejado acariciarme y yo le había devuelto las caricias. ¿Y si alguien nos había visto? ¿Y si alguien sabía que estábamos juntos en la habitación?

Pasaron dos semanas antes de que surgieran los rumores. Era fin de semana y estaba en el bar. Un chico al que apenas conocía se acercó y me preguntó directamente. Por supuesto, lo negué, pero vi que lo sabía y me di cuenta de que los demás también. Se notaba por la burla y el desprecio con los que me miraban. El equilibrio de poder entre nosotros había cambiado, así que hice lo único que podía hacer en esas circunstancias: mentí.

Llevé a mis amigas al baño y me eché a llorar. Vomité. Luego les describí cómo me había sujetado y les dije que había intentado gritar, pero no había podido emitir ningún sonido. Fue como contar la historia de otra persona, y me dejé llevar un poco por el apoyo que recibí. En algún momento empecé a creérmela. Para ser honesta, no recordaba mucho de esa noche. Me dije a mí misma que quizá sí me violó. Debió de hacerlo. Porque normalmente no tocaría a alguien así ni con un palo, y todo el mundo lo sabía. Nadie lo sabía mejor que yo. Una de mis amigas debió de salir del baño y se lo contó a los demás, porque de repente todo el bar estaba hablando de ello.

Luego todo se volvió una locura. Al parecer, un grupo de chicos con el que solíamos quedar fue a su casa y le dio una paliza. Tras eso, lo único que tuve que hacer fue sentarme y observar.

Supongo que debió de ser bastante horrible para su familia. Ya tenían una hija de quince años embarazada de la que ocuparse. Después de que la historia de la violación se extendiera, empezó a circular por el pueblo el rumor de que el padre del bebé era su hermano. Parecía bastante lógico, dado que nadie sabía quién era. Recuerdo que un fin de semana alguien les tiró pintura a la casa. Cuando algunos de nosotros pasamos por la mañana, la puerta blanca del garaje estaba cubierta de salpicaduras rojas. Vimos al padre del joven intentando limpiarlo desesperadamente con una esponja. Nunca olvidaré su rostro cuando miró en nuestra dirección. Tan inexpresivo y vacío. Estaba sentada en el asiento trasero de un coche con las ventanillas tintadas, así que no pudo haberme visto. Aun así, sentí su mirada clavada en mí.

Creo que los padres se quedaron en paro. Probablemente no los despidieran, pero algo tuvo que pasar para que no pudieran seguir trabajando en esos lugares. No lo recuerdo bien. Tampoco recuerdo haber visto a Anton por el pueblo. Simplemente desapareció. Antes, siempre estaba en el restaurante de comida rápida, con una ración grande de patatas. Pasaron varias semanas, pero nunca fue oficialmente acusado por falta de pruebas y, por supuesto, él lo negó todo. Pero no importaba. El pueblo ya lo había juzgado y declarado culpable.

Más tarde, el padre de Anton se lo encontró en el garaje, ahorcado con una soga.

Poco después, se marcharon de la ciudad. Antes incluso de poder vender la casa. Un día se fueron sin más. Cada mañana pasaba por delante de su casa de camino al trabajo, y durante meses tuve que enfrentarme a la puerta blanca del garaje y a los restos de pintura roja. Si todo hubiera salido según lo planeado, ese habría sido el final de la historia. Por su puesto, tendría que vivir con la culpa, pero no es que sintiera especiales remordimientos.

Sin embargo, tras el suicidio de Anton, la gente empezó a murmurar. Algunos de los chicos que habían ido a la fiesta creyeron que estaba mintiendo. Debieron de ser mis amigas las que me traicionaron, las que estaban con nosotros antes de que nos quedáramos a solas. Quizá nos habíamos empezado a enrollar antes de que todos se fueran. Al principio, nadie me dijo nada, pero noté que su actitud había cambiado. Ya no me invitaban a salir por la noche y la gente me dirigía miradas acusadoras. Como si fuera culpa mía que hubiera muerto.

En cierto modo, su suicidio lo exoneró, y me pregunté si había sido consciente de ello cuando lo hizo. Si había entendido que la única manera de hacer que la gente le creyera era suicidándose. En cualquier caso, funcionó. De repente, todo el mundo estuvo seguro de que mentía. Las personas a las que había tratado mal a lo largo de los años fueron las que más revuelo armaron. Eran como buitres. Les oía reírse y veía en sus ojos lo dulce que les resultaba la venganza. Por supuesto, mantuve mi versión, pero ya nadie parecía creerme, e incluso mis padres empezaron a tener dudas. Al final me lo preguntaron directamente. Debí de reaccionar de forma extraña, debí de desviar la mirada o decir algo inapropiado, porque dejaron de creerme. Me di cuenta.

Así que ahí estaba, su princesita, despreciada y marginada. En el pueblo se murmuraba que era una asesina, que Anton estaba muerto por mi culpa. Quería señalar que no fui yo la que le puso la soga al cuello. Dios, cuánto lo odiaba por eso. Ojalá se la hubiera puesto al cuello yo y lo hubiera visto sacudirse violentamente mientras se apretaba alrededor de su garganta. Al final, mis padres no pudieron soportarlo más. Siempre habían sido una de esas parejas a las que les importa su posición en la sociedad. Solo había que echarle un vistazo a nuestra casa —que redecoraban cada año— y al jardín —por el que pagaban para tenerlo arreglado— para darse cuenta. Las apariencias lo eran todo para ellos. Así que por supuesto que se mudaron. De hecho, llevaban mucho tiempo soñando con volver a Suecia, donde ambos habían estudiado en su juventud. Fingieron que no fue por mí. Era una simple coincidencia que hubieran empezado a buscar casa en Estocolmo. Me invitaron a irme con ellos, pero tenía más de veinte años, por lo que ya no eran legalmente responsables de mí. Me daba la impresión de que no me querían, y eso se volvió aún más evidente cuando se ofrecieron a comprarme un piso en Reikiavik.

Fue por aquella época cuando empecé a sospechar que estaba embarazada. Dejé que me lo compraran, y en una semana la casa de mi infancia estuvo guardada en cajas, mis padres se marcharon y empecé a vivir sola en un piso alquilado en las afueras de Reikiavik mientras esperaba a que me dieran las llaves de mi nuevo hogar. Ese mismo día pedí cita con un médico. Ya se me empezaba a notar, y el médico solo tuvo que untar una sustancia pegajosa en mi vientre y hacerme una ecografía para que una criatura diminuta y poco definida apareciera en la pantalla que había sobre mí. El latido de su corazón llenó la pequeña habitación, y contemplé esa cosa con la esperanza de que fuera un sueño. Pero no lo era. Ahí estaba. El bebé era mitad yo, mitad el hombre que odiaba. Lo vi moverse en la pantalla negra y deseé que su pequeño corazón dejara de latir para no tener que enfrentarme al pasado todos los días del resto de mi vida.

Durante el embarazo, creí que todo cambiaría cuando ella llegara, pero seguí siendo la misma persona. Más miserable y malhumorada, pero seguía siendo yo. El único cambio fue la aparición de un bebé. Una niñita que no se reía ni sonreía. Que se quedaba sentada en silencio observando el mundo.

Hrafntinna era mi karma, mi castigo.

Me doy la vuelta en la cama y aparto el fino edredón. El aire de la habitación es frío, pero sigo teniendo mucho calor. En las últimas semanas he pensado más en mi vida en Sandgerði que en los últimos quince años. Mis intentos por olvidar han fracasado. Los recuerdos estaban enterrados, no destruidos, y ahora reaparecen con tanta claridad como justo después de que ocurrieran los hechos.

Puedo reproducir en mi mente los acontecimientos del 4 de mayo como una película.

Maríanna había envejecido en los cinco años pasados desde la última vez que la había visto. Entonces estaba en la puerta de Haflidi. Pero aquel día de primavera, en mayo, Maríanna no dijo nada. En lugar de sonreír con malicia, preguntó por Hekla, y vi el miedo en sus ojos. Después de decirle que Hekla acababa de irse, permaneció en la puerta como si quisiera decir algo más. Ojalá lo hubiera dejado ahí. Nos habríamos despedido cortésmente y comportado como si nunca nos hubiéramos visto. Pero tuvo que desenterrar el tema.

—En realidad, esperaba poder hablar contigo —dijo.

La invité a entrar, dejé que tomara asiento en la cocina y le serví un café. Se sentó en la mesa, sujetando la taza, y vi cómo trabajaba su pequeño cerebro, preguntándose por dónde empezar. Finalmente, me miró.

—¿Me reconoces? —preguntó.

Pensé en mentir. Podría haberle dicho que no la recordaba, y puede que la cosa hubiera terminado ahí. Quizá se habría sentido aliviada y se habría marchado para no volver jamás. Pero no lo hice.

—Nos conocimos hace cinco años, ¿no? —respondí. Luego añadí, bromeando—: Debo decir que ese jersey te queda mejor que la camiseta de mi ex.

Sonrió un momento, después dejó el móvil encima de la mesa.

—En realidad, ya nos conocíamos —dijo, y bebió un sorbo de café. Cuando no contesté, prosiguió—: Vivía en Sandgerði, como tú. Siempre me he acordado de ti porque vestías muy bien. Eras muy guapa. Deseaba ser como tú. Incluso le pedí a mi madre que me comprara un jersey morado como el tuyo, de esos que dejan un hombro al descubierto. Intentaba imitar tu forma de sonreír y de apartarte el cabello. Probablemente, todas las chicas lo hacían.

Sonreí y la estudié, cauta como siempre que alguien decía que era de Sandgerði. Siempre existía el riesgo de que la gente se acordara de los rumores, y nunca sabía qué era lo que creían. Maríanna era varios años menor que yo, y, por más que lo intentaba, no recordaba haberla visto allí. Pero, evidentemente, no le habría prestado atención cuando vivía en el pueblo, ya que no había nada en ella que destacara.

—No te acuerdas de mí, ¿verdad? —Miró a su alrededor. No había nadie en la casa excepto nosotras dos y Tinna, que estaba en su habitación—. Me lo imaginaba.

—Lo siento, es que… hace mucho que no vivo ahí.

—A mí me encantaba vivir ahí. Éramos muy felices en Sandgerði hasta que… hasta que mi hermano murió. Se llamaba Anton. Tal vez te acuerdes de él.

Cuando dijo el nombre de su hermano, me di cuenta de inmediato de quién era. La hermana pequeña embarazada. No me extraña que no me diera cuenta de que era la persona que estaba sentada frente a mí. Maríanna había cambiado desde los quince años. Solía tener sobrepeso, como su hermano, pero ahora era piel y huesos; estaba tan delgada que tenía las mejillas hundidas y los codos huesudos se le marcaban a través de la fina camiseta de algodón.

Me puse en pie y cogí un vaso del armario mientras pensaba. Abrí el grifo y sentí su mirada fija en mí mientras llenaba el vaso. Cuando me volví hacia ella, estaba preparada para encontrarme con su ira, pero solo vi tristeza. A pesar de que no me culpaba por lo que le había ocurrido a la familia de Anton, sabía que mis mentiras habían tenido repercusiones.

—Lo siento —dijo inesperadamente. Su voz sonaba sincera. Volví a sentarme frente a ella—. No he venido para culparte o enfadarme. Solo quería disculparme por todo. Por cómo te tratamos y por no creerte. He desperdiciado años por culpa de esta rabia. Anton lo era todo para mí. Era mi mejor amigo, y cuando oí lo que había hecho… no quería creerlo. Pero era cierto, ¿no? De verdad lo hizo. Te violó.

Me bebí todo el vaso antes de mirarla. Eran casi las cuatro y pronto tendría que irme a trabajar. Los ojos de Maríanna se llenaron de lágrimas mientras me miraba, esperando mi respuesta.

Había sido más duro de lo que había imaginado soportar la carga de la mentira todos estos años. El rostro de Anton se me había aparecido en sueños, frío y acusador, y me había despertado de golpe, empapada en sudor. Aunque lo peor eran las noches en las que soñaba que acariciaba y besaba su cuerpo y que le dejaba hacerme lo mismo. Creí que decir la verdad y recibir su perdón podría ser liberador, así que tomé la decisión de contárselo. Tal vez así me librara de los sueños. En cuanto dije las palabras en voz alta, me sentí aliviada. Todo lo que me había ocurrido desde la primera vez que mentí había sido un castigo. El nacimiento, la niña y todos los años en los que había tenido dificultades, sola y humillada. Ahora por fin sería libre, libre de la maldición que me había perseguido desde la muerte de Anton.

Pero entonces Maríanna alzó la mirada, y sus ojos ya no eran humildes y sumisos, sino que ardían con furia y odio.

—Lo sabía —dijo—. Sabía que habías mentido.

—Pero…

Se rio con sorna.

—Llevo observándote muchos años. Te he visto esconderte como una rata.

—¿A qué te refieres con observándome? —Me puse a pensar en todas las veces en las que había sentido que alguien me seguía. En

las cartas anónimas que me habían enviado—. ¿Eras tú? —pregunté mirándola fijamente, sorprendida.

Sonrió burlonamente. Era la misma sonrisa desdeñosa que le vi el día en que me recibió en la puerta de Hafliði.

—Claro que era yo —respondió, elevando la voz—. ¿Crees que voy a dejar que te salgas con la tuya? Destruiste a mi familia. Nos arruinaste la vida. A mí, a mi madre y a mi padre. Y a Anton. Solo porque no pudiste admitir que te habías acostado con él. —Maríanna tenía el rostro rojo oscuro y le temblaban las manos. Gritaba tan alto que Tinna iba a oírla—. No mereces ser feliz. Te envié las cartas para asustarte, y cuando te vi con aquel hombre justo después de la muerte de mi madre… —Hizo una pausa y movió la mandíbula de forma extraña—. No fue muy difícil irme a casa con él. No después de que…

—¿Después de qué?

Maríanna no contestó, pero me percaté de algo más.

—El bar. Las escaleras. Fuiste tú a quien vi en el baño. —Tenía una imagen clara de la chica que se había quedado mirándome en el espejo—. Fuiste tú quien me empujó.

Maríanna se puso en pie y cogió el móvil.

—¿Adónde vas?

Me puso el móvil en la cara.

—Ahora todos sabrán quién eres —siseó.

Su móvil estaba grabando. Había grabado cada palabra.

Mientras escuchaba la grabación, vi cómo mi vida se derrumbaba a mi alrededor. Mi trabajo en la televisión, la fama que había ganado y la familia que por fin había conseguido.

Mi única alternativa era detenerla.

Fue una suerte que Tinna todavía no hubiera cumplido los quince cuando maté a Maríanna. Salió de su habitación cuando oyó el ruido. Observó la escena sin palabras mientras me aseguraba de que Maríanna no volviese a hablar nunca más. Se lo expliqué todo, y entendió por qué me había visto obligada a hacer lo que hice. Maríanna era mala. Tenía planeado hacernos daño. Eso le bastó, porque para ella el mundo seguía siendo blanco y negro.

Como había visto muchos documentales de crímenes, Hrafntinna sabía exactamente cómo deshacerse de un cuerpo y salir im-

pune. Fue ella la que me entregó los guantes y el sombrero antes de meternos en el coche, y la que sugirió Grábrók. Después de todos nuestros viajes a la casa de verano, conocía cada grieta y fisura del campo de lava. Me dijo que me llevara la bolsa de plástico después de arrastrar a Maríanna hasta la cueva. De esa manera su cuerpo se descompondría más rápido y la naturaleza destruiría todas las pruebas con el tiempo.

Hrafntinna también entendió por qué tendría que cargar con la culpa. A los jóvenes de catorce años no los mandaban a la cárcel, sino a un centro de terapia para recibir tratamiento, y sus nombres no se hacían públicos. Hekla estuvo más que dispuesta a testificar en mi favor después de nuestra charla en la casa de verano. Sabía que necesitaría otro testigo además de Tinna, puesto que nuestra relación de parentesco era demasiado cercana y no bastaría con su declaración. Las primas no eran tan distintas: Hekla estaba tan desesperada por una familia y amigos como lo estaba mi Tinna en el pasado. Cuando me percaté de que eso era algo que podíamos darle, la situación no pudo ser más idónea.

En cuanto a Maríanna, nunca descubrió toda la verdad; nunca se dio cuenta de que Tinna era la hija de Anton. La muy tonta. Me preguntaba si habría cambiado algo. ¿Habría accedido a entregarme la grabación? ¿Habría estado dispuesta a renunciar a sus vulgares planes de venganza?

Eso ya no importa. Si Tinna y Hekla son buenas chicas y se ciñen a la historia que acordamos, todo irá bien. Podrán acusarme de ocultar el cuerpo, pero, según mi abogado, no es probable que me impongan una larga condena. Al fin y al cabo, mis acciones fueron simplemente las de una buena madre preocupada por proteger a su hija.

Y eso es exactamente lo que he intentado ser todos estos años: una buena madre.

II

24 de diciembre

Era imposible que ese sol fuera el mismo que el que iluminaba Islandia el resto del año. Estos rayos eran cálidos y suaves en la piel. Elma permitió que la envolvieran en una sensación de bienestar mientras estaba tumbada en la hamaca junto a la piscina. Cogió su cerveza helada y le dio un buen trago.

El viaje a Tenerife por Navidad había sido una idea brillante. Más que eso: una genialidad. Elma no estaba segura de haber tenido jamás una idea mejor. Se bebió el vaso entero y se dio la vuelta sobre el estómago para que el sol aliviara la rigidez de los músculos del cuello que la había afligido durante el último año. Cerró los ojos y sintió cómo la cerveza extendía un agradable adormecimiento por todo su cuerpo, mientras los gritos de los niños que nadaban en la piscina se desvanecían en un murmullo que poco a poco se iba apagando.

Poco después, se despertó sobresaltada por un toque helado en la espalda.

—¿Qué estás haciendo? —Se dio la vuelta.

Sævar le bloqueó la luz de pie frente a ella, con una botella de protector solar en la mano.

—Se te está quemando la espalda —señaló. Sonreía con malicia—. Quería evitar que te achicharraras.

Elma soltó un quejido. Pero era cierto. Tenía la espalda rojo escarlata. Hacía tanto tiempo que su pálida piel no veía el sol que empezó a ponerse roja en cuando puso un pie fuera del avión. También le habían brotado las pecas; todas esas pecas en su nariz, mejillas y frente que ahora hacían una reaparición triunfal después de pasar años escondidas. Dejó que Sævar le untara protector solar en los hombros y se tumbó bocarriba.

—¿Echas de menos estar en casa?

Elma no podía parar de preguntárselo. Era Nochebuena y estaban lejos de sus familias, de la nieve y de la iluminación navideña de Islandia. Todavía no entendía cómo había ocurrido. Apenas había habido ningún aviso. Solo las veinticuatro horas posteriores al momento de locura, cuando estaban sentados en el despacho oyendo el viento aullar al otro lado de la ventana. Elma tenía resaca del setenta cumpleaños de su padre, y el hermano de Sævar lo había llamado unas horas antes para preguntarle si podía quedarse con su novia por Navidad. Como si fuera un milagro, había aparecido en la pantalla una oferta especial de vuelos a Tenerife, y cinco minutos después, habían reservado el viaje. Para los dos. Sin ni siquiera pensarlo. Sin saber realmente lo que estaban haciendo.

—Elma… —Sævar se tumbó en la hamaca que había a su lado y cerró los ojos. Su piel había adquirido un color café después de solo un par de días—. ¿De verdad tengo que responderte?

Elma sonrió y recostó la cabeza. El jardín alrededor de la piscina estaba lleno de familias, jubilados y parejas. Desde ahí, se podía bajar directamente a la playa. Habían paseado por la arena la primera noche después de haber bebido demasiados cócteles durante la cena. Sævar se sentó, contempló el mar y enterró los dedos de los pies en la arena en la apacible oscuridad. Elma nunca había experimentado una sensación tan fuerte de estar en medio de un sueño lúcido.

Sævar se apoyó en el codo y se protegió los ojos con la mano.

—¿Y tú? ¿Extrañas tu casa?

Elma sonrió.

—¿Tengo que responderte?

Después de unos minutos, se levantó y se dirigió a la piscina. Hacía tanto calor que el sudor le corría por el cuerpo. Metió un cauteloso dedo en el agua, que estaba sorprendentemente fría comparada con el caluroso clima, luego se sentó en el borde y se preparó para ir hundiendo los pies muy poco a poco. De repente, sintió una mano en la espalda y ahogó un grito al zambullirse de cabeza en la piscina helada.

También de Eva Björg Ægisdóttir

EVA BJÖRG ÆGISDÓTTIR

EL CRUJIDO EN LA ESCALERA

Principal de los Libros le agradece la atención
dedicada a *Las chicas mentirosas,*
de Eva Björg Ægisdóttir.
Esperamos que haya disfrutado de la lectura
y le invitamos a visitarnos
en www.principaldeloslibros.com,
donde encontrará más información
sobre nuestras publicaciones.

Si lo desea, también puede seguirnos
a través de Facebook, Twitter o Instagram
utilizando su teléfono móvil
para leer los siguientes códigos QR: